广东"左联"作家作品及研究

黄景忠　主编

黄景忠　林洁伟　编

在洪流中

洪灵菲作品及研究

洪灵菲　著

南方出版传媒·花城出版社

中国·广州

图书在版编目（CIP）数据

在洪流中：洪灵菲作品及研究 / 洪灵菲著；黄景
忠，林洁伟编. -- 广州：花城出版社，2019.9
（广东"左联"作家作品及研究 / 黄景忠主编）
ISBN 978-7-5360-9003-3

Ⅰ．①在… Ⅱ．①洪… ②黄… ③林… Ⅲ．①洪灵菲
（?-1933）—文学研究 Ⅳ．①I206.6

中国版本图书馆CIP数据核字（2019）第191010号

出 版 人：肖延兵
策划编辑：张　懿　陈崇正
责任编辑：陈诗泳　赖秀俞
技术编辑：凌春梅
装帧设计：姚　敏

书　　名	在洪流中：洪灵菲作品及研究
	ZAI HONGLIU ZHONG：HONG LINGFEI ZUOPIN JI YANJIU
出版发行	花城出版社
	（广州市环市东路水荫路11号）
经　　销	全国新华书店
印　　刷	恒美印务（广州）有限公司
	（广州南沙经济技术开发区环市大道南路334号）
开　　本	880毫米×1230毫米　32开
印　　张	12.25　2插页
字　　数	275,000字
版　　次	2019年9月第1版　2019年9月第1次印刷
定　　价	68.00元

如发现印装质量问题，请直接与印刷厂联系调换。
购书热线：020－37604658　37602954
花城出版社网站：http://www.fcph.com.cn

广东"左联"作家作品及研究
丛书编委会

左翼文学的拓荒者和追梦人

　　二十世纪二三十年代，是中国社会大分裂、大动荡的年代，军阀混战、国共合作破裂、大革命失败，中国社会陷入沉沉暗夜。二三十年代又是大变革的年代，是一个孕育新生力量的年代，一些进步的知识分子，开始认识到社会的黑暗源于阶级对立，认识到中国未来的希望是通过工农革命建立新的体制和社会，认识到必须建立新的无产阶级文化。中国的左翼文学运动就是在这个背景中产生的。一些进步的作家、艺术家，他们自觉地把文艺与政治结合起来，通过文学、电影、戏剧等文艺形式，反映工农大众的生活，描写他们如何在黑暗中受难和挣扎，又如何进行反抗和斗争。当时的上海，由于有租界存在，为革命文学的生长提供相对宽松的政治空间，所以，从 1928 年到 1937 年近十年间，上海就成为左翼文学运动的主要阵地。尤其是 1930 年 3 月 2 日，由中国共产党创立的中国左翼作家联盟（简称"左联"）在上海成立，更是将左翼文学运动推向高潮。

在中国左翼作家联盟中,活跃着一群粤籍作家、艺术家的身影。这群作家,他们都是在新文化运动和五四运动哺育下成长起来的,二十世纪二十年代中期工农革命兴起,他们又接受马克思主义思想的洗礼。"四·一二"事变之后,他们或者因为被通缉流亡上海,或者为了寻求民族的新生投身上海。他们历尽劫难和艰辛,以卓越的才华,做出了引人瞩目的贡献,在推动左翼文学运动的发生、发展上发挥了重要的作用。他们当中,包括洪灵菲、杜国庠、戴平万、冯铿、许峨、杨邨人、欧阳山、侯枫、唐瑜、陈辛仁、梅益、丘东平、草明、蒲风等,如果再加上1933年4月成立的广州"左联",那么这份名单还要增加上易巩、杜埃、伍翠云、蒲特、楼栖等等。编辑这套广东"左联"作家文丛,一方面是他们中的部分作家的创作,的确有穿越历史的艺术力量;另一方面,毫无疑问,我们也是在借助一种方式,表达对他们的怀念和致敬。

我们首先选择的是在"左联"中较有影响力和代表性的三位作家:洪灵菲、戴平万、冯铿。

这几位作家,他们的文学事业是和革命事业紧密结合在一起的。

洪灵菲和戴平万的人生轨迹是大致相同的:1918年一同考进广东省立金山中学,接受五四运动新思想的洗礼。1922年又一同考进国立广东高等师范学校(中山大学)。国共合作时期,他们开始投身革命运动,后在许苏魂的介绍下参加中国共产党。1927年"四·一二"事变后流亡南洋。洪灵菲的长篇小说《流亡》,戴平万的短篇小说《在旅馆中》《流氓馆》等,反映的就是革命低潮时期流亡的遭遇以及在苦闷、彷徨中寻求出路的心灵历程。1927年秋，"八一"南昌起义军进驻潮汕，他们即启程回潮汕参加武装斗争。及至潮汕，发现起义军撤离，又奔赴海陆丰参加农民革命运动。戴平万后来创作的《山中》《村中的早晨》，以及洪灵菲的《前线》《大海》等，都成直接或间接反映了海陆丰农民革命斗争的情况。海陆丰农民起义失败后，洪、戴又奔赴上海，参与创办进步文学团体太阳社、我们社。1929年，因在家乡参加革命活动而一直过着流亡生活的冯铿也从韩江到了上海滩。这样，他们一起在中国共产党领导的左翼文艺运动中扮演着重要的角色。1930年，"左联"成立，洪灵菲、戴平万是发起人和筹备者，洪灵菲还是"七常委"之一，是其中最年轻的作家。冯铿非常活跃，经常参加党组织的飞行集会和宣传活动，受"左联"的委派出席中国苏维埃区域代表大会，还以苏区代表的事迹为素材，写作小说《小阿强》《红的日记》。可以说，"左联"时代是这几位作家的人生最灿烂光辉的时期。可惜的是，他们的生命都太短暂。

1931年1月，冯铿在参加党内会议时被逮捕。2月7日，被国民党秘密杀害于上海龙华。同赴刑场的还有胡也频、李伟森、殷夫和柔石。冯铿是"左联五烈士"中唯一的女性，多么年轻，才二十四载年华。与冯铿从韩江共同奔赴上海的许峨先生，于1931年4月12日在上海写道："她死了，她不死于缠绵的恋情而死于伟大的革命，这是我所引为悲壮的！"

1933年2月，洪灵菲被党派往北平任中共中央驻北平全权代表秘书处处长，不久因叛徒出卖被捕。1933年10月前后被国民党杀害于南京雨花台，年仅32岁。他也是唯一被杀的"左联七常委"，是最年轻但最早献出自己宝贵生命的文化青年。他对革命的坚定意志和宏大志向曾在 1930 年 3 月 1 日初版的《气力出卖者》中这样表达道："……母亲，我的生命是完了，但我愿意我的说话永远在你们的脑子里，在一切被压迫的人们的脑子里生了根。"

1933 年至 1934 年，戴平万被党派往满洲参加抗日工作，并写作《哈尔滨的一夜》《佩佩》，表现这个阶段的革命生活。1937 年抗战爆发，戴平万留在上海，从"左联"成为"孤岛文艺"共产党领导者之一。他接替周扬的位置，成为"左联"最后一任党团书记。坚守至 1940 年。而后，他从上海到苏北根据地，在新四军中从事新闻与教育工作。1945 年，戴平万在苏中区党委党校所在地兴化县去世，没有看到中华人民共和国成立的曙光。

在历史的记载中，他们的身份是作家。但是，他们首先是一个革命者。大多数左翼作家，是由文学而革命的，这些左翼作家的创作，其实只是对革命的文学想象而已。而这几位作家，他们的革命人生，就是壮丽的诗篇；他们的文学创作，是革命生活所迸发的火花。他们的革命和文学，是互相辉映的。

这几位作家，他们都是早期左翼文学的拓荒者，在推动左翼文学的发展中发挥着重要的作用。

洪灵菲是"左联"中具有较大影响力的作家，被蒋光慈称赞为"新兴文学的特出者"。他的文学创作，从 1927 年年底到 1933 年 10 月，六年间一共创作近二百万字的小说。对他的文学创作，学术界更多关注的是他早期长篇三部曲《流亡》《前线》《转变》，尤其是《流亡》，风靡文坛，是左翼早期革命罗曼蒂克文学的代表作。但是，洪灵菲对左翼文学的贡献还体现在另一方面。当"左联"

成立后提出建设无产阶级新兴文化时，洪灵菲是积极的倡导者和实践者。他在《文艺讲座》中发表《普罗列塔利亚小说论》，在"左联"的机关刊物《拓荒者》上发表长篇小说《家信》和中篇小说《大海》、短篇小说《新的集团》等。这个时期，他小说的表现对象从小资产阶级知识分子换成了工人、农民和革命者，主题则从表现知识分子在沉沦中走向革命变成了集中暴露时代的黑暗和正面表现工农大众的革命斗争。这些作品，是当时左翼文艺界倡导的普罗文学的样本作品。

戴平万在左翼文学中并不算一个著名的作家，但是，他是表现农民革命的好手。他是从农村长大的，又亲身参加过海陆丰的农民运动，这样，他对农民革命的描写避免了当时左翼文学常见的概念化的毛病，他的小说富于生活实感，对人物性格和心理变化的描写细腻。他创作的《陆阿六》《村中的早晨》等小说，可以说是当时左翼文学表现农民革命的代表作，《陆阿六》还作为"左联"时期的优秀作品翻译成日文在日本出版。戴平万也被当时的评论界誉为"新兴文学的花蕊"。

冯铿被誉为"中国新诞生的最出色的和最有希望的女作家之一"（《中国作家致全世界的呼吁书》），寻求革命、寻求女性解放是贯穿冯铿的人生和文学的基本主题，她的中篇小说《最后的出路》和短篇小说《小阿强》《红的日记》等，是左翼女性文学的代表作品。"左联五烈士"被害后，关于五烈士的专刊在二十世纪三十年代的上海初版。其中，冯铿的《红的日记》被翻译成日文和俄文。冯铿的贡献是，以她的创作告诉人们：女性的解放，必须与旧社会的破坏以及新社会的建立紧密结合起来！

这几位作家，毫无疑问地，他们的创作还不够完美，但是，这并不重要。重要的是，他们的文学，是以他们的充满激情、充满浪漫主义和理想主义的生命写就的。即或是一个世纪之后，阅读他们的文字，仍然能够感受到燃烧着的生命和激情：

"惟有不断地前进，才能得到生命的真诠！前进！前进！清明地前进也罢，盲目地前进也罢，冲动地前进也罢，本能地前进也罢，意志的被侵害，实在比死的刑罚更重！我的行为便算是错误也罢；我愿这样干便这样干下去，值不得踌躇啊！值不得踌躇啊！你灿烂的霞光，你透出黑夜的曙光，你在隐匿着的太阳之光，你燎原大焚的火光，你令敌人胆怖，令同志们迷恋的绀红之光，燃罢！照耀罢！大胆地放射罢！我这未来的生命，终愿为你的美丽而牺牲！"（洪灵菲《流亡》）

今天，我们重读这些充满理想主义色彩的文字，为的是纪念而不是忘却。生命是如此的短暂，但故人旧文却永恒。再读旧文，不仅仿佛重返旧时光，更能够获得新动能，看到他们对故乡、家人的眷恋和对信仰之坚定。

洪灵菲曾在《家信》中写道："'回到故乡吧，去躺在大自然的怀抱中吧，去躺在母亲的怀抱里吧！'我几乎要这样喊出来。但当我定一定神，我感到这是一场虚空的梦，这是一场渺茫而又达不到的梦。这种梦是中世纪的诗人才能够做的，我们不配。"数十年后的今天，这样的梦不再是每个青年心底遥不可及的渴望。2019 年是中华人民共和国成立 70 周年，也是五四运动 100 周年。2020 年是"左联"成立 90 周年，2021 年是中国共产党成立 100 周年。在我们越来越接近中华民族伟大复兴的梦想的时候，我们不能忘记这些早期的拓荒者和追梦人。这些青年怀抱着赤子之心，积极投身于伟大的民族革命中去。他们把最美好的青春献给了祖国和人民，谱写了一曲又一曲壮丽的青春之歌。

习近平总书记在纪念五四运动100周年大会上的重要讲话中说道："五四运动以来的100年，是中国青年一代又一代接续奋斗、凯歌前行的100年，是中国青年用青春之我创造青春之中国、青春之民族的100年。"今天，曾经的这些革命作家已经长眠地下，但是，他们灿烂的生命以及卓著的文化建树早已镶嵌在历史之中，成为一种青年精神火炬的象征符号。有时候，我们需要拂去蒙在历史上的尘埃，让他们的光芒穿越时空，照耀我们的现实和人生。

广东"左联"作家作品及研究丛书编委会

2019 年 9 月

洪灵菲（1902—1933）

学名洪伦修，字子常，笔名林曼青、林阴南、李铁郎等，广东潮州人。出身贫苦的农民家庭，6岁开始从事体力劳动，后考进国立广东高等师范学校（中山大学前身）。学生时代，积极投身革命运动。大革命失败后，遭到国民党的通缉，被迫流亡到新加坡等邻国。1926年，加入中国共产党。1928年，与戴平万、杜国痒等人成立"我们社"，主编《我们》月刊。1930年3月，"左联"成立，洪灵菲是发起人和"七常委"之一，同时也是其中最年轻的执委。1927年夏至1930年春，短短几年时间，洪灵菲创作了《流亡》《前线》《转变》《大海》《归家》等近200万字的作品。1933年中秋前后，年仅31岁的洪灵菲被枪杀于南京雨花台。

上编　洪灵菲作品

小说

诗歌

目
录

下编　洪灵菲研究

—— 上编 ——
洪灵菲作品

流亡

（节选）

一

约莫是晚上十点钟了，天上没有星，也没有月，只是下着丝丝微雨。是暮春天气，被树林包住着的T村（这村离革命发祥地的C城不到一里路远），这时正被薄寒和凄静占据着。

在一座纠缠着牵牛藤的斋寺门口，忽然有四条人影在蠕动着。这四条人影，远远地望去，虽然不能够把他们的面容看清楚，但他们蠕动的方向，大概是可以约略看出的。他们从这座斋寺右转，溜过一条靠墙翳树的小道，再左转直走，不久便溜到一座颓老的古屋去。

这古屋因为年纪太老了，它的颜色和夜色一样幽暗。它的门口有两株大龙眼树蟠踞着，繁枝密叶，飒飒作声。这些人影中间，一个状似中年妇人的把锁着的门，轻轻地，不敢弄出声音来地，用钥匙开着。余的这几条人影都幽幽地塞进这古屋里去。这状类中年妇人的也随着进来，把她同行的另一位状类妇人的手上持着的灯，拿过手来点亮着，放在门侧的一只椅子上。她们幽幽地耳语了一回，这两个状似妇人的，便又踏着足尖走出门外，把门依旧锁着，径自去了。

这时候，屋里留下的只是一对人影；这对人影从凄暗的灯光下，可以把他们一男一女的状貌看出来。那男的是个瘦长身材，广额，隆鼻，目光炯炯有神。又是英伟，又是清瘦，年约二十三四岁的样子。那女的约莫十八九岁，穿着一身女学生制服，剪发，身材俊俏，面部秀润，面颊像玫瑰花色一样，眼媚，唇怯。这时候，两人的态度都是又战栗，又高兴的样子。照这古屋里的鬼气阴森和时觉奇臭这方面考察起来，我们不难想象到这个地方原为租给人家安放着棺材之用。屋里的老鼠，实在是太多了，它们这样不顾一切地噪闹着，真有点要把人抬到洞穴里撕食的意思。

供给他们今晚睡觉的，是一只占据这古屋面积四分之一的大榻——它是这样大，而且旧，而且时发奇臭，被一套由白转黑的蚊帐包住，床板上掩盖着一条红黑色的毛毡。他们各把外衣、外裤脱去，把灯吹熄，各怀抱着一种怕羞而又欢喜的心理，摸摸索索地都在这破榻上睡着了。

但，在这种恐怖的状态中，他们哪里睡得成。这时候，最使他们难堪的，便是门外时不时有那猜猜不住的狗吠声。那位女性这时只是僵卧着，像一具冷尸似的不动。那男的，翻来覆去，只是得不到一刻的安息。他机械地吻着她的前额，吻着她的双唇。她只是僵卧着，不敢移动。每当屋外的犬声吠得太利害①，或楼上

---

① 同"厉害"。

的鼠声闹得太凶时，他便把他的头埋在她的怀间，把他的身紧紧地靠在她的身上。这时候，可以听见女的幽幽地向着男的说：

"亲爱的哥哥啊！沉静些儿罢！我很骇怕①！我合上眼时，便恍惚见着许多军警来拿你！哎哟！我很怕！我想假若你真的……咳！我那时只有一死便完了！"

"不至于的！"那男的幽幽地答，"我想他们决拿不到我！我们神不知，鬼不觉地避到此间，这是谁也不能知道的！"

这男的名叫沈之菲，K大学的毕业生，M党部的重要职员。这次M党恰好发生一个极大的变故，党中的旧势力占胜利，对新派施行大屠杀。他是属于新派一流人物，因为平日持论颇激烈，和那些专拍资本家、大劣绅、新军阀马屁的党员，意气大大不能相合。大概是因为这点儿缘故吧，在这次变故中，他居然被视为危险人物，在必捕之列。

这女的名叫黄曼曼，是他的爱人。她在党立的W女校毕业不久，最近和他一同在M党部办事。她的性情很是温和柔顺，态度本来很不接近革命，但因为她的爱人是在干着革命的缘故，她便用着对待情人的心理去迎合着革命。

"但愿你不至于——哎哟！门外似乎有了——脚步声！静，静着，不好做声！"曼曼把嘴放在之菲的耳朵里面说。她的脸，差不多全部都藏匿到被窝里去了。

"没有的！"之菲说，"哪里是脚步声，那是三几片落叶的声音呢！"他这时一方面固然免不了有些害怕，一方面却很感到有趣。他觉得在这漆黑之夜，古屋之内，爱人的怀上，很可领略

① 同"害怕"。

人生的意味。

　　"亲爱的曼妹啊！我这时很感到有趣，我想做诗！"之菲很自得地说着。

　　"哎哟！哥哥啊！你真的是把我吓死哩！你听他们说，政府方面很注意你！他们到K大学捉你两次去呢！……哎哟！我怕！我真怕！"曼曼说着，声音颤动得很利害。

　　又是一阵狗吠声，他们都屏息着不敢吐气。过了一会，觉得没有什么，才又安心。

　　老不成眠的之菲，不间断地在翻来覆去。约莫两个钟头之后，他突然地抱着僵卧着的曼曼，用手指轻轻地抹着她合上的眼睛，向着她耳边很严肃地说：

　　"你和我的关系，再用不着向别人宣布，我俩就今晚结婚吧！让这里的臭味，做我们点缀着结婚的各种芬馥的花香；让这藏棺材的古屋，做我们结婚的礼拜堂；让这楼上的鼠声，做我们结婚的神父的祈祷；让这屋外的狗吠声，做我们结婚的来宾的汽车声；让这满城的屠杀，做我们结婚的牲品；让这满城戒严的军警，做我们结婚时用以夸耀子民的卫队吧！这是再好没有的机会了，我们就在今晚结婚吧！"

　　"结婚！"这两个字像电流似的触着装睡的曼曼全身。她周身有一股热气在激动着，再也不僵冷的了。她的心在跳跃着，脉搏异常亢急，两颊异常灼热。这真是出乎她意料之外，一年来她所苦闷着，所不能解决的问题，今晚却由他口中自己道出。

　　沈之菲在K大学的二年级时，他的父母即为他讨了一个素未谋面的老婆。虽说，夫妇间因为知识相差太远，没有多大感情，但形式间却是做了几年夫妇，生了一个女孩儿。在大学毕业这年，大概是因为中了邱比德（恋爱之神）的矢的缘故吧，在不可和人家恋爱的局面下，他却偷偷地和黄曼曼恋爱起来。这曼曼女士，因为认识了他，居然和她的未婚夫解除婚约。她明知之菲是个有妻有子的人，但她不能离开他。她只愿一生和他永远在一块儿，做他的朋友也可以，做他的妹妹也可以，做他的爱人也可以。她不敢想到和他做夫妇，因为这于他的牺牲是太大的了！出她的意料之外的是"结婚"这两个字，更在这个恐怖的夜，由他自己提出。

"结婚！好是很好的，但是你的夫人呢？……"曼曼说，声音非常凄媚。

"她当然是很可怜！但，那有什么办法？我们怕也只有永远地过着流亡的生活，不能回乡去的了！——唉！亲爱的曼妹！我一向很对你不住！我一向很使你受苦！我因为知道干革命的事业，危险在所难免；所以一年来不敢和你谈及婚姻这个问题。谁知这时候，我的危险简直像大海里的一只待沉的破舟一样，你依旧恋着我不忍离去！你这样的爱我，实在是令我感激不尽！我敢向你宣誓，我以后的生命，都是你的！我再也不敢负你了！曼妹！亲爱的曼妹，这是再好没有的机会了，我们便今晚结婚吧！"之菲说，眼间湿着清泪。

她和他紧紧地抱着，眼泪对流地泣了一会，便答应着他的要求了。

二

沈之菲本来是住在K大学，黄曼曼本来是住在W女校的。一半是因为两人间的情热，一半是为着避去人家的暗算，他们在两个月以前便秘密地一同搬到这离C城不到一里路远的T村来住着。他们住的地方，是在一个斋寺的后座。斋寺内有许多斋姨，都和他们很爱好。斋寺内的住持是个年纪五十余岁，肥胖的，好笑的，好性情的婆婆。人们统称呼她做"姑太"。姑太以下的许多姑（她们由大姑，二姑，三姑排列下去）中，最和他们接近的便是大姑和十一姑。

大姑姓岑，是一个活泼的、聪慧的、美丽的女人。她的年纪不过廿六七岁，瓜子脸，弯弯的双眉，秀媚的双目，嫩腻腻的薄脸皮；态度恬静而婀娜。这半月来，姑太恰好到H港探亲去，斋寺内的一切庶政，全权地交落在她手里。她指挥一切，谈笑自若，大有六辔在握，一尘不惊之意。十一姑是个粗人，年纪约莫三十余岁的样子，颊骨很开展，额角太小，肤色焦黑，但态度却很率真，诚恳和乐天。这次党变，之菲和曼曼得到她俩的帮助最多。

党变前几日，之菲害着一场热症。这日，他的病刚好，正约曼曼同到党部办公去。门外忽然来了一阵急剧的叩门声。他下意识地叫着婆妈三婶开门。他部里的一个同事慌忙地走进来，即时把门关住，望着之菲，战栗地说：

"哎哟！老沈，不得了啊！……"

"什么事？"之菲问，他也为他的同事所吓呆了。

"哎哟！想不到来得这么利害！"他的同事答，"昨夜夜深时，军警开始捕人！听说K大学给他们拿去两百多人。全市的男女学生，给他们拿去千多人！各工会、各社团给他们拿去三千多人！我这时候走来这里，路上还见许多军警，手上扎着白布，荀枪实弹，如临大敌似的在叱问着过往的路人。我缓一步险些给他们拿去呢！吓！吓！"

这来客的名字叫铁琼海，和沈之菲同在党部办事不久，感情还算不错。他是个大脸膛，大躯体，热心而多疑，激烈而不知进退的青年。

过了一会，又是一阵打门声。开门后，两个女学生装束的逃难者走进来，遂又把门关上。这两个女性都是之菲的同乡，年纪都很轻。一个高身材，举动活泼的名叫林秋英；另一个身材稍矮，举动风骚的名叫杜蔷芬。她俩都在W女校肄业。林秋英憨跳着，望着沈之菲只是笑。杜蔷芬把她的两手交叉地放在她自己的胸部上，娇滴滴地说：

"哎哟！吓煞我！刚才我们走来找你时，路上碰到一个坏蛋军人，把我们追了一会，吓得我啊——哎哟！我的心这时候还跳得七上八落呢！吓！吓……""呵！呵！这么利害！"沈之菲安慰着她似的说。

"倒要提防他捉你去做他的——唏！唏！"曼曼戏谑着说。这时她挽着杜蔷芬的手朝着林秋英打着笑脸。

"讨厌极！"杜蔷芬更娇媚地说。她望着之菲，用一种复仇而又献媚的态度说，"菲哥！你为什么不教训你的曼夫人呢！——吓！吓！你们是主人，偏来奚落我们作客的！"

"不要说这些闲话了，有什么消息，请报告吧。"之菲严正地说。

"哎哟！消息么，多得很呢！林可君给他们拿去了！陈铁生给他们拿去了！熊双木给他们拿去了！我们的革命××会，给他们封闭了！还有呢，他们到K大学捉你两次去呢！第一次捉你不到，第二次又是捉你不到，他们发恼了，便把一个平常并不活动的陈铁生凑数拿去！……我们住的那个地方，他们很注意，现在已经不能再住下去了！许多重要的宣传品和研究革命理论的书籍，都给我们放火烧掉了！糟糕！我们现在不敢回到寓所去呢！……唉！菲哥！怎么办呢？怎么办呢？"

之菲着实地和她们讨论了一回，最后劝她们先避到亲戚家里去，俟有机会时，再想方法逃出C城。她们再坐了一会，匆匆地走出去了。

过了一刻，来了新加坡惨案代表团回国D君、L君、H君和P君。他们又报告了许多不好的消息。坐了一会，他们走了。再过一忽，又来着他部里的同事章心、陈若真。K大学的学生陈梅、李云光。

这时候，大姑已知道这里头是什么意义了。她暗地里约着之菲和曼曼到僻静的佛堂里谈话。这是下午两点钟的时候了，太阳光从窗隙射进佛殿上，在泥塑涂着金油的佛像上倒映出黄亮亮的光来，照在他们各人的脸上。大姑很沉静而恳切地向着他们说：

"你地而今唔好出街咯！街上系咁危险！头先我出街个阵时，睇见一个车仔佬畀渠地打死咯！——真衰咯！我嗰个阿妹听讲又系畀渠地拉咗去！而家唔知去咗边咯！（你们现在不能上街了！街上是这样危险！刚才我上街的时候，看到一个拉车夫给他们打死了！——运气很坏！我自家的妹妹听说又是给他们拉去！现在不知去向！）……"她说到这里，停了一息，面上表示着一种忧愤的神气。

"咁咩（这样）？"之菲说，脸上溢着微笑，"我想渠系女仔嘅，怕唔系几紧要呱。至多畀渠地惊一惊，唔使几耐怕会放出来咯！至衰系我地咯，而今唔知点好？（我想她是女子，或者不至于怎么要紧的。最利害不过给他们吓一阵，不久大概是可以释放出来咯！最糟糕的是我们，现在不知道怎样才好？）……"

"我想咁（我想这样），"大姑说，她的左手放在她的胸前，右手放在她的膝部，低着头微微地笑着，"你地而今唔好叫你地朋友来呢处坐，慌住人家会知道你地系呢处住。至好你的要辞咗嗰个婆妈，同渠话，你地而今即刻要返屋企咯。你地门口嗰个门呢，我同你地锁住。你地出入，可以由我地嗰边嘅。（你们现在不要叫你们的朋友来这里坐，恐怕给人家知道你们在这里住着。最好你们要辞去那个仆妇，对她说，你们现在便要回家咯。你们门口那个门呢，我给你们锁住。你们可以从我们那边进出的。）"

"唔知嗰个婆妈肯唔肯去呢（不知道那仆妇肯去呢）？"之菲说。

"点解会唔肯呢？一定要渠去，渠唔去，想点呢？（为什么会不肯去呢？一定要她去，她不去，想什么呢？）"大姑很肯定地答。

"……"

"……"

彼此沉默了一会，之菲忽然又想起另外一个问题来，向着大姑问着：

"唔知左近有地方瞓觉无？我想今晚去第二处训觉仲好！呢度怕唔系几稳阵咯！（不知附近有地方睡觉吗？我想今晚顶好换一处地方睡觉！这里怕不稳当了！）"

"有系有嘅，不过嗰个地方太邋遢，唔知你中意唔中意啫？

（有是有的，不过那个地方太脏，不知你合意不合意哩？）"大姑答，她笑出声来了。

"无所谓嘅，而今揾到地方就得咯，重使好嘅咩。（不要紧的，现在找到地方便可以，不用什么好的了。）……"之菲说，表示着感激。

"我地今晚等到人家完全瞓咗觉，自带你地去。好唔好呢？（我们今晚等到人家都睡觉了，来带你们去。好不好呢？）"大姑低声地说。

"好！多谢你地咁好心！我地真系唔知点感谢你地好咯！（好！多谢你们这样好心！我们真是不知怎样感谢你们好！）……"之菲说，他这时感到十二分满足，他想起戏台上的"书生落难遇救"的角色来了。……

他和曼曼终于一一地依照着大姑的计划做去。仆妇也被辞去了，门也锁起来了，朋友也大半回去，并且不再来了。那晚在他那儿睡觉的，只余着铁琼海、章心和才从新加坡回国的P。他和曼曼到晚上十时以后，便被十一姑和大姑带到那藏棺材的古屋里睡觉去。

三

一个炎光照耀着的中午，T村村前的景物都躺在一种沉默的，固定的，连一片风都没有的静境中。高高的晴空，阔阔的田野，森森的树林，远远的官道，都是淡而有味的。在这样寂静的地方，真是连三两个落叶的声音都可以听得出呢。

这时，忽然起了一阵车轮辗地的声音，四架手车便在这官道上出现。第一架坐着一个年纪约莫二十六七岁的妇人，挽着髻，穿着普通的中年妇人的常服，手上提着一个盛满着"大钱王宝"和香烛的篮，像是预备着到庙里拜菩萨去似的。第二架坐着一个年纪约莫三十余岁的妇人，佣妇一般的打扮，手上扶着一包棉被和一些杂物，态度很是坦白和易，像表示着她一生永远未尝思虑过的样子。第三架是个女学生模样的女性，年纪还轻。她的两颊如朝霞一般，唇似褪了色的玫瑰花瓣，身材很配称。服装虽不大讲究，但风貌楚楚，是个美人的样子。她的态度很像担惊害怕，双眉只是结着。第四架是个高身材，面孔瘦削苍白，满着沉忧郁闷的气象的青年。他虽是竭力地在装着笑，但那种不自然的笑愈加表示出他的悲哀。他有时摇着头，打开嗓子，似乎要唱歌的样子，但终于唱不出什么声音来。他把帽戴得太低了，几乎把他的面部遮去一大截。他穿的是一件毛蓝布长衫，这使他在原有的年龄上添加一半年岁似的颓老。他的头有时四方探望，有时笔直，不敢左右视。有许多时候，他相信树林后确有埋伏着在等候捕获他的军队，他的脸色变得更加苍白了。这四架车上的坐客不是别人，第一位便是岑大姑，第二位便是十一姑，第三位便是黄曼曼，第四位便是沈之菲。他们这时都坐着由T村走向相距七八里路远的S村去的手车。这次的行动，也是全由大姑计划出来的。这几天因为风声愈紧，被拿去的日多，有的给他们用严刑秘密处死，有的当场给他们格杀，全城已入于一个大恐怖的局面中。听说，他们在街上捉人的方法，真是愈出愈奇。他们把这班所谓犯人的头面用黑布包起来，一个个的用粗绳缚着，像把美洲人贩卖黑奴的故事，再演一回。这班被捕的囚徒真勇敢，听说一路上，《国民革命歌》《世界革命歌》，还从他们嘶了的喉头不间断地裂出。

大姑恐怕沈之菲和黄曼曼会因此发生危险，这日她又暗地里向着他俩说：

"呢几日的声气，听讲又系唔好。渠地呢班老爷周围去捉人嘅啫。我地呢度近过头，怕有的咁多唔稳阵咯。我想咁，如果你地愿意，我可以孖十一姑同你地去一个乡下。我地有一个熟人系喺嗰度，渠呢，自然会好好地招呼你地嘅。（这几日的消息，听说又是不好。他们这班老爷四处去拿人哩。我们这里离城太近，恐怕有许多不稳当了。我想这样，你们如若愿意，我可以和十一姑带你们到一个乡下去。我们有一个相熟的人在那儿，他自然会把你们好好地招待着啊。）……"

"咁（这样），自然好极啰！我想孖（和）曼妹即刻就去！"之菲答。这时，他正立在斋寺内的一个光线照不到的后房门口，两手抚摸着曼曼的肩。

"昨日我已经叫十一姑去孖渠地讲，叫渠预备一间房畀你地。渠地已经答应咯。咁，我而今想攞炷香烛、王宝①，扮成去拜菩萨咁嗰样！十一姑孖你地攞住棉被枕头等等嘢。你呢，要扮成一个生意佬，好似到乡下探亲咁嗰样。（昨日我已经叫十一姑去和他们说，叫他预备一间房给你们。他们已经答应咯。这样，我现在想拿着香烛、王宝，扮成要去拜菩萨的样子！十一姑和你们拿着棉被枕头等东西。你呢，要扮成一个商人，好像到乡下探亲的样子。）曼姑娘呢，——唏！唏！"她失声地笑了，在寂静的斋寺里，这个笑声消歇后还像一缕轻烟似的在回旋着。她露出两行榴齿，现出两个梨涡，完全表示出一种惊人之美。"曼姑娘

---

① 同"元宝"，即把纸折成元宝状，以祭拜祖先神灵的迷信用品。

呢，沈先生，你要话渠系你嘅夫人至得嘞（你要说她是你的夫人才行呀）！"大姑继续说，她的态度又是庄严，又是戏谑，又是动情，又是冷静。

曼曼的脸上红了一阵，走过去捻着她的手腕说一声：

"啐！真抵死咯（真该死咯）！"

"嘻！嘻！……"大姑望着她继续笑了一阵，便再说下去，"由呢度去东门，搭马车一直去嗰个乡下。本来呢，系几方便嘅。不过，我怕你地界人睇见唔多好。不如咁，我地自己叫四架车仔由我地门口弯第二条路，一直拉到嗰处去仲好！你话系唔系呢？（从这里到东门，乘马车直到那个乡下，本来呢，是很方便的。不过，我怕你们给人看见不大好。不如这样，我们自己叫四架手车从我们门口走另外一条路，一直拉到那处去！你说是不是呢？）"

"系嘅！咁，我地而今就去咯！（是的！这样，我们现在就去咯！）"之菲答。

经过这场谈话后，各人收拾了一回，便由十一姑雇来四架手车载向S村而去。这S村是白云山麓的一个小村。村的周围，有郁拔的崇山，茂密的森林，丰富的草原，清泠的流泉，莹洁的沙石。村里近着官道旁有一座前后厅对峙的中户人家的住屋，屋前门首贴着两条写着"国恩家庆""人寿年丰"字样的春联的，便是他们这次来访的居停的住家了。

居停是个年纪约莫四十余岁的男人，手上不间断地持着一杆旱烟筒，不间断地在猛吸着红烟。他的身材很高大，神态好像一只山鸡一般。眼光炯炯，老是注视着他的旱烟筒。他是一个农人，兼替人家看守山地的。大姑所以认识他，也是因为她们斋寺里管辖着的一片山地是交落给他守管的缘故。这时，他像一位门神似的，拿着旱烟筒，站在门边。他远远地望见大姑诸人走近，便用着他的阔大的声音喊问着：

"呵！呵！你地家下先嚟（你们现在才来）！好！好！请里边坐！……"

大姑迈步走上前向着居停含笑介绍着他俩说：

"我特地带渠地两位来呢处住几日。渠地两位呢，系我地嘅朋友。呢位系沈先生，嗰位系黄姑娘。（我特地带他们两位来这里住几天。他们两位呢，是我们的朋友。这位是沈先生，那位是黄姑娘。）……"她望着之菲和曼曼很自然地一笑，便又继续着说：

"呢位系谷禄兄，你地喺呢处唔使客气，好似自家人一样至得略。（这位是谷禄兄，你们在这里不用客套，好像自家人一样就可以。）"

"系咯！真系唔使客气咯！（是咯！真是不用客套咯！）"谷禄兄说，手上抱着旱烟筒，很朴实，很诚恳地表示欢迎。

刚踏入门口，女居停打着笑脸迎上来。她是个粗陋的，紫黑色的，门牙突出的，强壮的，声音宏大的四十余岁妇人。她很羞涩的，不懂礼貌的，哼了几句便自去了。

之菲和曼曼，大姑，十一姑都被请到前厅东首的前房里面座谈。谷禄兄依旧在吸着烟，和他们扯东说西。他的五六个男孩子和一个十一二岁的童养媳，也都蜂集到这房里来看客人。谷禄兄像是个好性情的人，那些孩子们时常钻到他的怀里去，他都不动气。

大姑和十一姑坐了一会便辞去了。她们说，可以时时来这里探望之菲和曼曼。

大姑和十一姑去后，谷禄兄父子夫妇忙乱了两个钟头，才把西首的那间本来储藏着许多蒜头和柴头的前房搬清。当中安置一个小榻给这对避难者居住。一群俏皮的小孩子走来围着他们看，十几只小眼睛里充满着惊奇的，神秘的，不能解说的明净之光。正和一群苍蝇恋着失了味的食物一样，赶开去，一会儿又是齐集。

后来，为避去这群小孩子的纠缠，之菲和曼曼合力地把他们逐出室外，把门关着。但，这群喜欢开玩笑的小朋友，仍然舍不得离去，他们把长凳抬到门口的小窗下，轮流地站高着去偷窥室内，频频地做着小鬼脸。这对来宾是来得太奇怪，尤其是剪发的女人特别惹起村童们惊奇的注意。

"嗰等嘢系男仔定女仔呢？话渠系女仔，渠又剪咗头发；话渠系男仔，渠个样又鬼咁似女仔？（那家伙到底是男子还是女子呢？说她是女子，她不该把头发剪去，说他是男子，他又是这样的像女子的模样？）……"这群小孩子喊喊喳喳在私议着。

"在这里住下去一定很危险！……"之菲说，他的眼睛直视着，心情很是焦急，烦闷，不快。他觉得全身都乏力了，在他面前闪耀着的只是一团团阴影。一刹那间，他为革命的失败，家庭的长时间隔绝，前途的满着许多暗礁种种不快的念头所苦恼着。引起他不快的导火线的是他面前的这些在扮着小鬼脸的孩儿们。他觉得这班小家伙真可恶，他的憎恶的原因，大半是因为这班孩儿们的无知的举动，会增加他们藏匿生活的不安和危险。"这真糟糕！给这班小孩子一传出去，全村便人人知道了。真糟糕！这班小鬼子！坏东西！很可恶！……"他恨恨地说，索性把窗门都关住了，颓然地倒在曼曼身旁。

"是的，"曼曼很温柔地说，"这群小孩子真是讨厌！没有方法把他们惩戒，真是给他们气坏的了！"

　　在一种苦闷的，难以忍耐的，透不过气来的状态中，他们厮守着一整个的下午，机械地接吻，拥抱，睡眠——睡眠，拥抱，接吻。他们的精神都是颓丧，疲倦，和久病后卧在黑暗无光的病室里，又是不健康又是伤感的境况一样。

　　晚饭后，他们一齐到村外去散步。满耳的鸟声，阴森的林木，倦飞的暮云，苍翠的春山，把山村整个地点缀得像童话里的仙境一样。他们歌唱着，舞蹈着，在一种迷离，飘忽，清瑟，微妙得不可言说的大自然的美中陶醉。

　　"久在樊笼里，复得返自然！"沈之菲在一条两旁夹着大树，鸟声啁啾的官道上忘形地这样喊出来，嗤的一声笑了。他望着散着短发，笑眯眯在舞着的曼曼，好像一位森林的女神一样，又是美丽，又是恬静，益使他心头觉得甜甜的只是打算着作诗。

　　他们散步归来，天上忽然下着一阵骤雨。一望葱茏的树林，高低的楼阁，起伏的冈岭，都在它们原有的美上套上一层薄纱。卧室里，灯光下，他们彼此调情地又是接了一个长久的吻，拥抱着一个长时间的拥抱。一会儿，觉得倦了，便又熄灯睡下。

　　一个凄楚的，愤激的念头，像夜色一样幽静的，前来袭击着之菲。他这时的神经又是兴奋，又是疲倦，他觉得欲哭而又哭不出来，欲把自己经过的失败史演绎一番，以求得到一种甜蜜的痛苦，但他的头脑又好像灌铅般似的，再也不能思索下去。昏沉了一会，矇眬①间像是睡去的样子。他忽而下意识地幽手幽脚地走下

　――――――――――
　① 同"蒙眬"。

18

床来。在裤袋里摸出一把硬挺挺的手枪拿在手上，轻轻地从小窗口跳出。他走得很快，一丛丛的树林不停地向后面溜过，不消半个钟头，他便发现自己已在满街灯火的C城里面了。

满街的军警还在不间断地捕人。他不顾一切，挺身走过去。

"停步！哪里去！"一个站在十字街口的壮大多力的军人叱着他说，声音大如牛鸣。

"我要去我自己想去的地方！干你什么鸟！你真可恶！你的鸟名字叫什么？"他大声地回答，眼睛里几乎迸出火来。

"哪里来的野种？你不知现在是戒严的时候么？你再敢放肆，我便给你一枪！"军士如牛喘一般地说，他把他的枪对准之菲的胸口。

之菲急得一闪身，拔出手枪给他一轰，他便倒在地面，作着他最后的挣扎了。

"戒严！戒你妈的严！我偏要给你们解严呢！"他一面说着，一面前进。

这时候，街上的军警一齐走向这枪声起处的地点来。一个满着血的死尸刺着他们的眼帘，他们即刻分头追赶着那在逃的凶手。这时候，之菲已走到三千余人的监禁所××院门前了。××院门前有几个如虎似狼的军士堵守着。他再也不向他们讲话了，一枪一个，用不到几角银的子弹费，几个大汉都倒在地上浴着血不起了。

"囚徒们！囚徒们！逃走吧！逃走吧！到你们理想之乡去吧！"之菲走入监狱里，向着他们高声地说。但见呐喊连声，十几分钟间，他们便都走尽。

"好！痛快！痛快已极！"他站在十字街口，露着牙齿狞笑

19

着说，他这时充满着一种胜利的愉快。

"轰！轰！轰！……"这时在他周围的尽是枪声。不一会，一排一排的步枪都向着他围逼着。

"叛徒！奸党！大盗！……"他们口里不停地在叫骂着。

他从街上一跳，身体很轻地飞到露台上去。他挺着胸脯立着，向他们壮烈地演讲着。（他们都不敢近他，惟远远地用枪轰击他。）

"懦夫！懦夫！你们这班卑鄙怯懦的奴隶！你们都是没有'脑'，没有'心'，没有'灵魂'的残废的动物！你们只会做人家的走狗！拍人家的马屁！杀自家的兄弟！你们永远是被欺骗者！你们永远是蠢猪！什么是党！现在的党，只在大肚商人的银袋里；在土豪劣绅的'树的'（手杖）下；在贪官污吏的官印中。你们这班蠢猪！不要脸的奴才！在忙着什么！回去吧，你们也许有父母，也许有老婆，也许有儿子，他们都在靠着你们这班蠢猪养活！你们要是作战而死，大肚的商人，狠心的土豪，劣绅，狡诈的贪官，污吏，会给你们什么利益呢？唉！唉！你们这班蠢猪！蠢猪！蠢猪！"

正在他演说得最壮烈时，十几粒子弹齐向他的头、胸、腰、腹各要害穿过，他"呀"的一声叱嚷，便觉得软软地倒下去。

"菲哥！菲哥！"曼曼说，"你在做着恶梦么？你刚才吓死人哩！你为什么这样大声地嚷！啊！啊！你受惊么？不要害怕！不要害怕！这时候你已离险地很远，正在我的怀里睡着呢！"

"呀"的一声，之菲也清醒了起来。他摸着他那受枪击的各要害，觉得没有什么，便把头靠着曼曼的心窝，冷然地一笑。

四

由C城往H港的××轮船上，华丽舒适的西餐房中，坐着两个少年，一个少女。这时船尚未起锚，他们的神色都似乎很是恐慌的样子。

一阵急剧的打门声，间着一阵借问的谈话声。

"是的，我见他们走进去，他们一定是在里面无疑！"门外的声音说着，又是一阵打门声。在房里面的他们的面色吓得变成青白，暗地里说：

"不好了！他们为什么这么快便追到来！这番可没命了！"

三人中，一个戴蓝色眼镜的青年，只得迎上前去把门推开一线，在门口伸出头来叱问：

"揾边个？嘈得咁利害！（找那个？吵得这样利害！）"

"有一个姓沈的朋友喺呢度无？我好似见渠入嚟咁。（这里有没有一个姓沈的朋友？我好像见他进来的。）"一个穿着中山装的少年跟在茶房后面来的，答着。

"见鬼咩？呢度边处有一个姓沈嘅！话你听！你咁乱嘈人哋，唔得嘅！（见鬼吗？这里哪里有一个姓沈的！告诉你：你这样随便吵闹别人，不可以的！）"戴蓝色眼镜的青年愤然地说，把门用力地关了。

"第二次咁搅法唔得嘅！唔睇得定就唔好乱嚟失礼人！（下次不可以这样搞法！没有看清楚就不好随便来得罪人！）"那个茶房向着穿中山装的少年发出牢骚的声音。

这时，那戴蓝色眼镜的青年向着坐着的那对青年男女幽幽地说：

"危险呀！总算把他们打退一阵！"

"恐怕他第二次再来，那可就没有办法了！"坐着的青年说。

"大概不会的，船也快开了！"戴蓝色眼镜的青年，带着安慰的口吻说。

这时在门口的那个穿着中山装的青年，踱来踱去不断地自语着：

"到底他到哪里去了呢？分明是见他走进来的！"

这回在坐着的那青年，细心听清了他的口音，似乎很熟，他便偷偷地从门口的百叶窗窥出，原来在门口踱着的那人正是他的同事林谷菊君。他心中不觉好笑起来了。

他随即开了门，向着林谷菊君打了一躬，林谷菊便含笑地走进来，把门即刻关上。

"之菲哥，刚才为什么不见你呢？"林谷菊问，态度很是愉快。

"哎哟！谷菊哥！我们刚才给你惊坏了！我们以为你是一个侦探啊！"之菲答，即时指着那戴蓝色眼镜的青年说，"这位是刚从新加坡回国的P君。"

"啊！啊！"谷菊君说，握着P君的手。"你便是P君，上次我在群众大会中见你演说一次，你的演说真是漂亮啊！"

"你便是谷菊君，和之菲君一处办事的么？失敬！失敬！刚才真是对不住啊！"P君答着，很自然地一笑。

这时船已开行，他们都认为危险时期已过，彼此都觉得如释重负，很是快乐。他们的谈话，因为有机器的轧轧的声音相和，不怕人家偷听，也分外谈得起劲了。

"之菲哥！想不到在此地和你相逢！你这几日来的情形怎么

样？请你报告我罢。"谷菊问。

"这几日么？"之菲反问着。他这时正倚在曼曼身上，全身都觉得轻快。"从T村到S村，你是知道的。在那里，我们觉得村人大惊小怪，倘若风传出去，到底有多少不便，所以我们便决计回到斋寺里去。前两三天本来打算到H港来，听说戒备很严。上H港时，盘问尤为利害，所以不敢轻易尝试。这两夜来，我还勉强可以睡得，曼妹简直彻夜不眠。我想，这样继续下去，有点不妙。便吩咐一个忠实的同乡出来打探情形。路上、码头和船上的查问和戒备的程度怎样，他都有了很详细的报告。经过他的报告后，我们便决意即刻逃走。恰好遇着一阵急雨（这阵雨，真是下得好），我们坐在黄包车中，周围统把帆布包住着。这样，我们便从敌人的腹心平安地走到码头来。哎哟，在黄包车中，我真怕，倘若他们走来查问时，我可即刻没命了！但，他们终于没有来打扰我！下船后，恐怕坐统舱，人多眼众，有些不便，所以和P君一同充阔气地来坐这生平未尝坐过的西餐房。恰好又是给你这位准侦探吓了一跳！哈！哈！"

林谷菊，是个年约二十二三岁的少年。他虽是广东人，但因为住居上海多年，故而面皮白净，看去仿佛江南人一样。他不幸满面麻子，要不然，他定可称为头一等的美男子呢。他说话时态度很活泼，口音很正。对于恋爱这个问题，他现出十分关心的样子，虽然女子喜欢麻脸的甚少，但他并不因此而失去勇气。他的战略，是一切可以接近的女性，都一体地加以剧烈地进攻。

P君是个很漂亮的少年，他的年龄和林谷菊差不多。他的行动确有点轻佻；据他自己说，他对于女性的艳福，确是不浅。他的身材是太高和太瘦，所以行路时总有点像临风的舞鹤一样。

"我们现在别的话都不要说，大家谈谈恋爱问题好吧。这问题谈起来又开心，又没有多大危险，你们赞成吗？"林谷菊击着舱位说。

"好的，好的，我很赞成。我提议先请之菲君和曼曼女士把他们的恋爱史说出来给我们听听。"P君动容地答，他两手插在衣袋里不断地踱来踱去。

"呀！呀！太不成！太不成！"曼曼女士羞红着脸，抗议着。

"报告我们恋爱的经过，这很容易。但，谷菊君要把他怎样进攻女性，P君要把他怎样享受过艳福先行报告，才对！"之菲很老成似的说着。

"对于女性怎样进攻么？好！我便先报告也未尝不可以。但在未报告之前，我们先须要承认：（一）凡女性总是好的；（二）凡女性纵有些不好，亦特别地可以原谅的。由这两种信念，我们对一般的女性便都会发生一种特别的好感。由这种特别的好感，便会发生一种浓烈的爱情出来。我们对任何式样的女子都要应用这种浓烈的爱情，发狂地，拚命地去进攻她。我们要令被进攻的女性发生爱或发生憎。我们不能令她们对这种进攻者漠不关心。"谷菊拉长声音演说着，他有点不知人间何世的神态。

"那么，你现在有几个爱人呢？哈！哈！"P君问。他有点怀疑，因为他对着这演讲家的麻脸，有几分不能信仰。

"爱人么？这可糟糕了！我一向不懂得这个战术。最近学到这个战术时，偏又天不作美，遇着这场亘古未有的横祸，把几个和我要好的女人都赶跑了。赶跑了！天哪！天哪！"谷菊君旁若无人地说着，他这时似乎有点伤感的样子。

"P君，现在该是你报告你的艳史的时候了。"谷菊君揉着眼

24

睛说。

P君脸色一沉，自语似的说：

"咳！我的艳遇么？不算是什么艳遇，倒可说是一场悲剧！大约是一九二二年的夏天吧，那时我才在C城N中学肄业，同校的一个美貌的女子便和我恋上了。那时候，我们时常到荔枝湾去弄舟。荔枝湾的风景你们是知道的。在那柳丝嫩绿，荔枝嫣红，翠袖浓妆，花香衣影的荔枝湾上，我们整日摇舟软语，好像叶底鸳鸯。咳！什么拥抱、接吻，我们不尝做过！然而我们的热烈相爱，只能得到旁观者的妒忌，不能得到双方父母的同情。我因此奔走南洋，久不归国。这次星洲发生惨案，不幸我更被人家举做回国代表！唉！这一回国，便给我的父母捉去结婚。哎哟，天哪！恰好结婚这一夜，我偏在街上遇着她！她像知道我的消息似的，只把我瞪了一眼，恨恨地便自去了！咳！真糟糕！那时，我心上觉得像受了一刀，觉得什么事都完了似的！唉！……"P君说完后，脸色有点青白，他的眼睛向着上面呆呆盯住，好像在凝视着他那永远不能再见的情人一样。

"你们的恋爱史怎样讲呢？"谷菊望着之菲和曼曼这样问着。

"我们还未尝恋爱，哪里便有史呢？"之菲抵赖地答。

"呀！呀！太不成！太不成！"曼曼脸儿羞红，依旧提出抗议。

一路有说有笑，时间溜过很快。不一会便听见许多人在舱面喧嚷着："快到了！""H港快到了！"在漆黑的夜色中，H港珠光耀着，好像浮在水面的一项皇冠一样。从它的表面看起来，我们即时可以断定它是骄傲的，炫耀的，迷醉的，酖毒的一个地方。同时，我们只需沉默一下，便会觉得鼻头一酸，攒到心头的是这么多痛心的材料啊！我们似乎可以看见山灵在震怒，海水在哀呼，——中国呀！奴隶的民族！不长进的民族！——一种沉默的声音，似乎隐隐间由海浪上传出。

"啊！啊！现在又要受人家检查！又要像猪狗一样地给人家糟蹋！啊！啊！做人难！做不长进的中国人尤难！做不长进的中国的流亡人尤难之尤难！"之菲想了一会，觉得能够跳下大海去较为爽快。但，这倒不是一件轻易做得到的事，结果他只得忍耐着。

船终于到岸了，码头上的检查幸不利害。给他们——那些稽查员，在身上摸索了一会，没有露出什么破绽来的之菲、曼曼、谷菊、P君，便逃也似的投向那阔气的东亚旅馆去。

五

一间华丽的大旅馆房间，电灯洒着如银的强光，壁间一碧深深的玻璃回映着。蚊帐莹洁如雪，绣被别样嫣红。大约是深夜一时了，才从轮船上岸的之菲和曼曼便都被旅馆里的伙计带到这房里来。

"好唔好呢，呢间房（这间房子好不好呢）？"广东口音的伙计问。他对着这对年轻的男女，不自觉地现出一段羡慕的神态来。

"好嘅，喺度得咯。你而今即刻要同我地搬咗行李起来嘞！（好的，在这里便可以了。你现在即刻要把我们的行李搬起来啊！）"之菲答。他倚着曼曼，在有弹性的睡榻上坐下。

"得啰！得啰！（好的！好的！）"伙计翘起鼻孔，闪着眼，连声说"得啰"出去了。

过了一忽，伙计把他们的行李搬上来。另外一个伙计拿上一本簿条给他们填来历。之菲持着紧系在簿条上的铅笔，红着脸地填着：

林守素，广东人，今年二十四岁，从C城来。

妻黄莺，广东人，今年十九岁，同上。

曼曼女士脸红了一阵，瞟着之菲一眼，又是含羞，又是快意。那伙计机械地袖着簿子走到别处去了。

这时，住在三楼的P君和谷菊都到他们的房里来座谈（之菲和曼曼住在四楼）。

"你地真系激死人啰！咁，两公婆喺处瞓觉，又软，又暖，又爽，又过瘾！唉！真系激死我地咯！（你们真是令人羡煞咯！这样，两夫妻在一块儿睡觉，多么温柔，暖和，爽快和陶醉！唉！真是令我们羡煞咯！）"P君用着C城的方言戏谑着之菲和曼曼。

"你地唔系又系两公婆瞓觉咩？你孖谷菊兄今夜成亲起来唔得咩？（你们不是也是两夫妻一块儿睡觉吗？你和谷菊兄今晚成亲起来不可以吗？）"之菲指着他俩笑着说。

"你地真系得意咯！咁，点怕走路呢！哪！你地平日瞓觉边处有咁好嘅地方。今夜真系阔起上来咯！（你们真是快乐啊！像这样，为什么怕流亡呢！哪！你们平时睡觉的地方哪里有这么漂亮。今晚真是阔气起来咯！）"谷菊也用着C城的方言戏谑着。他的麻脸上满着妒羡的表情。

"你地咁，真系讨厌咯！成日搵我地来讲！话晒嗰啲唔好听嘅嘢！真衰咯！我同渠不过系一个朋友啫，点解又话爱人！又话两公婆！真系激死人咯！（你们这样，真是讨厌咯！整天拿我们来做话柄！把那些听不入耳的话都说出来！真是坏蛋东西咯！我和他不过是一个朋友，为什么说他是我的爱人，又说我们是两夫妻，真是令人气闷得很咯！）"曼曼也用着讲不正的C城口音和人家辩驳。

"点解你地唔系两公婆会向一处瞓觉呢？（为什么你们不是两夫妇会在一处睡觉呢？）"P君老实不客气地驳问着。

"呢个床铺有咁阔，我地瞓觉嗰阵时离开点瞓唔得咩？（这只睡榻有这么阔，我们睡的时候离开一点，不是可以吗？）"之菲答，他开始觉得有点太滑稽了。

乱七八糟地谈了一会，吃了饭，洗了身，写了信，大约已是深夜两点多钟了。谷菊和P君都回三楼睡觉去，这时房里只剩下之菲和曼曼二人。

"点解你咁怕丑呢？（为什么你这么怕羞呢？）"之菲再用C城话问，把她紧紧地搂抱着。

"衰咯！而今畀渠地知道我地喺一处瞓觉咯！我觉得好唔好意思。头先唔知揾一间有两个床铺嘅房仲好！（糟糕啊！现在给他们知道我们一块儿睡觉了！我觉得真是不好意思。刚才不知道找一间有两个睡榻的房间还好些！）"曼曼答，很无气力地睡在之菲的臂上。

"仲使客气咩？你估渠地唔知道我地已经喺一处瞓觉好耐咩？而今夜咯，乖乖地瞓觉啰！（还要客气做什么呢？你以为他们不知道我们已经一块儿睡觉很久吗？现在夜深了，好好儿睡觉吧！）"之菲说。

"我今晚唔瞓觉咯，坐到天光！（今夜我偏不睡觉，坐到天亮！）"曼曼说。

"真系撒娇啰！你呃到渠地，唔通连埋我都呃得到咩？你唔瞓觉，我捉住你来瞓！睇你想点呢？（真是撒娇了！你可以骗得他们，难道连我都骗起来吗？你不睡觉，我偏要拿你来睡觉！看你有什么办法？）"之菲说，他用手指弹着她的颊。

"无咁野蛮嘅，得唔得要由我想过。（没有这样野蛮的，睡觉不睡觉应该由我打算。）"曼曼答，她推开他的手，有点嗔意。

"得嘅呖！得嘅呖！（可以的了！可以的了！）"之菲说，双眼望着她，尽调着情。

"我唔瞓（我不睡觉）！"曼曼很坚决地说。

"由得你！你唔瞓也好，我自己瞓仲爽！（随你的便吧！你不睡觉也可以，我自己一个人睡觉更快活！）"他赌气地说，放下帷帐自己睡下去了。

过了一会，她坐在帐外垂泪。

"你真系唔睬我咩？呃！呃！（你真是不答理我吗？呃！呃！）"她哭着说。

"叫你好好地瞓，你又唔瞓；点解而今又喊起上来呢？（好好儿请你睡觉你不睡，现在为什么又哭起来呢？）"他从榻上跳起来，抱着她，吻着她一阵，安慰着她说。

"菲哥！你要自己保重身体！我想不久我一定会死！我们的结果，我预料是个很惨的悲剧！我想，你的家庭断不容你和我结婚，把你的旧妻休弃！我的家庭也断不许我自由！呃！呃！呃！"曼曼用着流利的普通话说，她哭得更加利害了。

"我也知道这是我的不对！"她继续说着，"我不应该和你发生恋爱！我不应该从你的夫人手里把你夺过来！我不应该从你的父亲母亲的手里把你夺过来！菲哥，你要自己保重身体！妹妹始终是对你不住的！你让我独自个人①天涯海角飘流去吧！我不久一定会死，我不久一定会死的！但我是一个罪人，我只配死在大海里，死在十字街头，死在荒山上，死在绝域中！我不配含笑地死在你的怀里！呃！呃！呃！"她睡在之菲怀中，凄凉地哭着。

"妹妹！不要哭！——我们要忍耐着，我们要一步一步地做去，无论如何，我是不负妹妹的！我可以给全社会诅咒，给父母驱逐，可以担当一切罪名！但，我不忍妹妹从我的怀里离去！我不忍妹妹自己走到灭亡之路去！你要死也好，我们一块儿死去吧！……"之菲说，凄然泪下。

"我可以死，你是不可以死的！我死了，别无牵累。你是死不得的！你的大哥前年死去了！你的二哥去年死去了！你的一对六十多岁的慈亲，老境凄凉，只望着你一人作他们最后的安慰！唉！你正宜振作有为！你正宜振作有为！菲哥！你要自己保重身体才好，妹妹从此怕不能和你亲近的了……唉！从此便请你把我忘记吧！呃！呃！呃！"她说着又是哭着，恍惚是要在她的情人的怀里哭死一样。

"我不可以死，难道你便可以死的吗？你也有爷爷，也有妈妈，也有兄弟姊妹，难道你死了去，他们便不会悲哀吗？奋斗！奋斗！我们还要努力冲开一条血路，创造我们的新生活！"他劝着她说，把手握着拳，脸上现出英伟的表情。

"我能够永远和你在一处，那是很好的，正和一个美丽的梦一样。但，我终怕我们有了梦醒之一日！"她啜泣着说，软软地倚在之菲身上。

---

① 同"独自一个人"。

"最后我们的办法，只有用我们的心力去打破一切！对于旧社会的一切，我们丝毫也是不能妥协的！我们要从奋斗中得到我们的生命！要从旧礼教中冲锋突围而出，去建筑我们的新乐土！我们不能退却！退却了，便不是一个革命家的行为！"

最后这几句话，她像很受感动。她把她的搐搦着的前胸紧紧地凑上之菲怀里，抖颤着的手儿把他紧紧地搂抱着。口中喃喃地哼着销魂的呓语："哥哥！亲爱的哥哥！"

六

第二天早晨，曙光突过黑夜的重围，把它们愉快的，胜利的光辉，网着这一对热情的，销魂的，终夜因为狂欢不曾好好睡过的情人。之菲是个有早起习惯的人，首先为这种光辉所惊醒了。他伸一伸懒腰，连连地打了几个呵欠，身体觉着很软弱地，头上有点眩晕。他凝视着棉被里面头发散乱，袒胸露臂，香梦沉酣的曼曼，不禁起了一点莫名其妙的，不近情理的埋怨。

"你这个狐狸精！……"他心中这样说了一声。越看越爱，越舍不得离开她独自起身……

几个钟头过去了，他终于在正午时候和她一同离开睡榻。

洗过手脸，吃过午餐后便和谷菊、P君同到街上散步去。路上，之菲这样想着：

"这回真是有点诗意了！在这沦为帝国主义者的殖民地的孤岛上，在这被粉黛、珠宝麻木了人心的孤岛上，我开始地把我的瘦长的影投射着在这儿了！我时时刻刻都有被捕获的危险，因而在未被捕获以前，我时时刻刻都觉得异样的快活和自足。我这时的心境正和儿童的溜冰、探险家的探险一样，越觉得危险，越觉得有趣！……啊！啊！我从今天起，开始地了解生命的意义了！"他这时脸上溢着自足的笑，挺着胸脯在街上走动着，觉得分外有精神。过了一会，他忽而从衣袋里摸出一张写着字的纸条，默默地看了一会，便向着谷菊、P君和曼曼说："我们找章心去吧！他的通讯住址，写明他住在这条街××店楼上。"

"可以的！"P君闪着眼，翘着嘴说。

谷菊和曼曼都点着头，表示赞成。

他们几个人成为单行地走着，之菲在前，P君断后，曼曼和谷菊在中间。过了十分钟，在一间普通样子的批发铺前，之菲忽然地立住。把手儿一挥，向着他的同伴起劲地说：

"到了！这儿便是章心住着的地方，我们进去问他一问。"

他把戴在头上的帽拿到手里，口里吹着一阵轻轻的口哨，冲进店里面去。

"章心先生住在这儿吗？"他向着站在他面前的一个肥胖的老板点着头问。那老板有一个像蜡石一样光滑的头，两只眼睛像破烂了的苹果一样。

"我不晓得哪一个是章心先生！"他用鼻孔里的声音说。

"章心先生，他在写给兄弟的一封信上说他住在这里。——我是他的好朋友，请你坦白地告诉我吧！"之菲祈求着说，态度非常温和。

"我们店里没有这个人！"那老板很不耐烦地说，把面孔转开去，再也不答理①他了。

---

① 同"搭理"。

之菲不得要领地走出来，心中觉得十分愤恨。

"这班蠢猪，真是可杀！"他喃喃地说着，一半是自语，一半是要得到他的同伴的同情。

立在店外的P君、谷菊和曼曼，都说了几句痛骂资本家的话，便和之菲离开那店户走去了。

下午二点钟的时候，他们在同条街的一家店户上找到陈若真。热烈地握了一回手之后，陈若真愉快异常地喊出来：

"呵，呵，之菲哥！呵，呵，谷菊哥！呵，呵，P君！呵，呵，曼妹！你们来，好！好！我这几天很为你们担心。现在来了，好！好！"

陈若真是个西式的中国人。他的身躯是这样高大，鼻部特别高耸。他自己说，他在南洋当报馆主笔时，有一次在街上散步，一个年轻的西妇错认他是她的情郎，把他赶了好半里路。待到赶上了，他回头一看，那西妇才羞红着两颊，废然而返呢。他的性情很温和，态度很冷静，他从未曾表示着过度的快乐，也未曾表示着过度的失望。他做事的头脑很致密，秩序很井然。但有时，却失之迂缓。他在南洋当过十年主笔，这次回国不久，和之菲一同在M党部办事，感情很是融洽。这时他住在这家商店后楼的一个房里头，他的从C城带来的老婆住在店老板的家中。店老板名叫杨敬亭，和他很有点交情。

"这店里头是很古老的，女人到这里头来，他们认为莫大的不祥。尤其是剪发的女人，他们要特别地骇怕！菲哥，你现在可带曼妹去见我的妇人。再由我的妇人向老板娘商量商量，或者曼妹可以在那边同住也不一定。"若真向着之菲和曼曼很诚恳地说。

他们再谈了一会，无非是互相勉励，努力干去这类说话。

谷菊和P君先回旅舍去了。之菲和曼曼由这店里一个伙计带到老板的住家去。

老板的住家，是在一座面街的三层楼上。从街上走进，要经过了几十步的黝黑的楼梯，才会达到它的门口。楼上的布置，是把楼前划一个小面积出来，作为会客室。里面，陈设茶几，床，座椅，风景画。楼栏上，摆着许多盆花。剩下来的一个三丈宽广的整面积，分隔为两间房的样子，房前留着一条小通道。

住在这儿的有杨老板的第三、第四两个姨太，一个被人们称呼为八奶的他们的亲戚，一个三十余岁的佣妇，一个十四五岁的婢女，一个新从C城逃难来依的妇人，和陈若真夫人这一班人物。

之菲和曼曼被带到这里时，差不多已是下午三点钟了。那带他们来的伙计刚到门口时，便径自回去。之菲抱着一个羞怯的，好奇的心理把门敲着。即刻便有一个清脆的声音——谁呀？——在室内答应着。之菲站着不动，曼曼便柔声地说：

"我呀！——我是探陈夫人来的！"

"呀"的一声，室门开了，他们便都被迎接进去。

陈若真夫人是个身材娇小，乡村式的，贞静的，畏羞的美人。她的年纪二十八岁了，有了丈夫十年了，但她还保留下一种少女的畏羞的神态。她的身体很软弱，有一个多年不断根的肚痛病，性情很温柔，和蔼。见了她的人，无论如何都不会和她怄气的。她说话时的态度，小小的口一张一翕的神情，又是稚气，又是可爱。她的脸表现出十足的女性；眉、目、嘴、鼻，都是柔顺的、多情的表征。她穿着新式女子的衣裙，但不很称身。这时，她含笑地把他们介绍一番。美丽得出众的三奶，便娇滴滴地说：

"咦，沈先生，曼姑娘，我们这几天和陈夫人时常在替你们担心呢！现在逃走出来，真是欢喜啊！"

三奶年约廿一二岁的样子，生得体态苗条，柳眉杏眼。她穿的是一套称身的淡绿色常服，行路时好像剪风燕子，活泼，轻盈，袅娜！她说话时的神态，两只惊人的美的眼睛只是望着人，又是温柔，又是妖媚。听说她的手段很高强，把个年过半百的杨老板，弄得颠颠倒倒，惟命是从。

站在她身边的那位四奶，脸上只是含着笑，不大说话。她的年纪约莫十六七岁的样子，白净得像一团雪。她的身材矮胖，面貌像月份牌画着的美人一样，凝重而没有生气。在她眉目间流露着的，有一点表示不得的隐恨。听说她给杨老板弄过手后，只和她睡过一夜，以后便让她去守生寮。

和陈夫人同坐在一只长凳上的那位八奶，年约廿七八岁，是个富家奶奶的样子。她的身上，处处都表示出丰满的肉感。说她是美，实在是无一处不美，说她是平凡，实在却又是无一处不平凡。她的说话和举动的神态，证明她是个善于酬对，和使到遇见她的男子都给她买服的能手。

在八奶的后面站着的，是那个从C城逃难来依的妇人。她的年纪约莫三十岁，面貌很丑，额小，目如母猪目，鼻低平，嘴唇厚。她的丈夫是个危险人物，所以她亦是在必逃之列。这时，她站在这队美人队里，对照之下，好像一只乌鸦站在一群白鸽里面一样。

之菲和曼曼在这里和她们谈了一会，大权在握的三奶，对他们着实卖弄了一些恩意。最后，她娇滴滴地、销魂地说着："曼曼姑娘，如不嫌弃，便请在这儿暂屈几天！……沈先生，我们真喜欢见你，请你时常来这里座谈！"

下午四点钟的时候，之菲离开杨老板的住家，独自在街上走着。街上很拥挤，印度巡捕做着等距离的黑标点。经过了几条街，遇见了许多可生可死的人，他终于走到海滨去了。

这时候，斜阳壮丽，万道红光，浴着远海。有生命的、自由的、欢乐的浪花在跳跃着，在奔流着，在一齐趋赴红光照映的美境下去！他们虽经过狂风暴雨之摧残，轮船小艇之压迫，寒星凄月之诱惑，奇山异岛之阻隔；他们却始终是自由的，活泼的，跳动的！他们超过时间空间的限制，永远是力的表现！

岸上陈列着些来往不断的两足动物。这些动物除一部分执行劫掠和统治者外，余者都是冥顽不灵的奴隶！黑的巡捕，黄的手车夫，小贩，大老板，行街者，小情人，大学生……满街上都是俘虏！都是罪人！都是弱者！他们永远不希望光明！永远不渴求光明！他们在监狱里住惯了，他们厌恶光明！他们永不活动，永不努力，永不要自由！他们被束缚惯了，他们厌恶自由！他们是古井之水，是池塘之水，是死的！是死的！他们度惯死的生活，他们厌恶生！

"唉！唉！死气沉沉的孤岛啊！失了灵性的大中华民族的人民啊！给人家玩弄到彻底的黑印度巡捕啊！我为尔羞！我为尔哭！起来！你披霞带雾的郁拔的奇峰！起来！你以数千年文物自傲的中华民族的秀异的人民！起来！你魁梧奇伟，七尺昂藏的黑印度巡捕！起来！起来！大家联成一条战线！叱咤暗鸣，使用我们的强力，把罪恶贯盈的统治阶级打倒！打倒！打倒！打倒！我们要把吮吸膏血，摧残自由，以寡暴众的统治阶级不容情地打倒！才有面目可以立足天地之间！……"之菲很激越慷慨地自语着，这时他对着大海，立在市街上挺直腰子，两眼包着热泪，把拳头握得紧紧，摆在胸前。

"全世界被压迫阶级联合起来，打倒资本帝国主义！国民革命成功万岁！世界革命成功万岁！……"

这几个被他呼得成为惯性的口号，在他胸脑间拥挤着。……

这天晚上，他再到杨老板店中，在陈若真住着的房子里睡觉。

七

在徒然的兴奋和无效果的努力中，之菲和他的朋友们忙乱了几天。他们的办事处，不期然而然地好像是设在陈若真的房里一样，这现象使得陈若真非常害怕，他时常张大着眼睛，呆呆地望着之菲说：

"之菲哥，请你向他们说，叫他们以后不要再到这里来。这地方比较可以藏身些，倘若透露了些风声，以后便没有别的地方可以去的了！"

他虽然是这样说，但每天到他这里来的人仍是非常之多。麻子满面，而近视眼深得惊人的章心，大脸膛的铁琼海，肥胖的江子威，瘦长的P君，擅谈恋爱的谷菊，说话喜欢用演讲式的陈晓天，都时时到这里来讨论一切问题。

有一天，他们接到W地M党部的×部长打来一封密电，嘱他们在这H港设立一个办事机关，负责办理该×部后方的事务。经费由某商店支取。他们热烈地讨论着，结果，拟派铁琼海、江子威到W地去接洽；陈若真、沈之菲留在这H地主持后方，余的都要到海外活动去。关于到海外去的应该怎样活动，怎样宣传，怎样组织；留在H港的应该怎样秘密，怎样负责，怎样机警；到W地去的，途上应该怎样留心，怎样老成、镇定，都有了详细的讨论。但，结果那家和×部长有了极深关系的商店，看到×部长的密电后，一毛不拔，他们的计划，因经费无着，全部失败。

这天晚上，街上浮荡着一层温润的湿气，这种湿气是腻油油的，软丝丝的，正和女人的叹息一样。之菲穿着一套黑斜羽的西装，踏着擦光的黑皮鞋，头上戴着灰黑色的呢帽，被一个十四五岁的小妮子带向海滨那条马路去。那小妮子是杨老板家的婢女，出落得娇小玲珑，十分可爱。她满面堆着稚气的笑，态度又是羞涩，又是柔媚，又是惹人怜爱。她跳着足，穿着一套有颜色的下人衣服。脸上最显著的美，是她那双天真无邪、闪着光的眼，和那个说话时不敢尽量张翕的小口。这时她含着笑向着之菲说：

"沈先生，曼曼姑娘和陈夫人都在海滨等候你呢。她们要请你同她们一同到街上去散步一会。"

她说话时的神情，像是一字一字地咀嚼着，说完后，只是吃吃地笑。在她的笑里流露着仰慕他们的幸福，和悲伤着她自己的命运的阴影。

"可怜的妹妹！"之菲看着她那种可怜的表情，心中不禁这样说了一声，"咳！你这么聪明，这么年轻，这么美貌；因为受了经济压迫，终于不得不背离父母，沦为人家婢女！……还有呢，你长得这么出众，偏落在杨老板家中；我恐怕不久，他一定又会把你骗去，做他的第五个姨太太呢！"

他想到这里，心头只是闷闷，吐了几口气，依旧地在街上摆动着。

"咳！所以我们要革命！惟有革命，才能够把这种不平的，悲惨的现象打消！……"他自语着。

到了海滨，一团团的黑影在灯光照不到的地方蠕动着。一阵阵从海面吹来的东风，带来一种像西妇身上溢露出来的腥臭一样。之菲和那婢女在曼曼和陈夫人指定的地方张大眼睛寻了一会，还不见她们的踪迹。

"呀！她们哪儿去了？"她有些着急地说。"她们初到这里，怕迷失了路吧！"之菲很担心地说，心上一急，觉得事情很不好办了。

过了一会，在毗邻的一家洋货店内，她们终于被寻出来了。陈夫人这晚穿得异常漂亮，艳装盛服，像个贵妇人一样。曼曼亦易了装束，扮成富家的女儿一样华丽。照她们的意思推测出来，好像是要竭力避免赤化的嫌疑似的。（在这被称为赤都的C城附近的地方，剪发、粗服的女子，和头发披肩、衣冠不整的男子，都有赤化的嫌疑！……）

"啊，啊，我寻找你们很久呢！"之菲含笑对着曼曼和陈夫人说。

"我们等候得不耐烦了，才到这洋货店里逛一逛。"陈夫人娇滴滴地答。

"菲哥，我们一同看电戏去吧。"曼曼挽着之菲的手说，又拉着陈夫人同到电戏院去。

这一晚，他和她们都过得很快活。当之菲把她们送回寓所，独自在归途上走动时，他心里还充满着一种温馨迷醉的余影。他觉得周身真是被幸福堆满了。照他的见解，革命和恋爱都是生命之火的燃烧材料。把生命为革命，为恋爱而牺牲，真是多么有意义的啊！有时，人家驳问他说：

"革命和恋爱，到底会不会冲突呢？"

他只是微笑着肯定地说："那一定是不会冲突的。人之必需恋爱，正如必需吃饭一样。因为恋爱和吃饭这两件大事，都被资本制度弄坏了，使得大家不能安心恋爱和安心吃饭，所以需要革命！"

今晚，他特别觉得他平时这几句说话，有了充分的理由。在这出走的危险期内，在这迷醉的温馥途中，他觉得已是捆捉着生命之真了。

晚上十一点钟，他回到杨老板的店中（他每晚和陈若真同在一处睡觉）。P君、林谷菊、陈晓天、铁琼海和江子威诸人照旧发狂地在房子里谈论着一切。

"我打算后天到新加坡去，在那儿，我可以指挥着一切群众运动！"这是P君的声音。

"我依旧想到W地去。"这是铁琼海的声音。

"我们一起到W地去，实在是不错。"这是江子威的声音。

"我此刻不能去，一二星期后，我打算到暹罗去。"这是陈晓天的声音。

"我连一文都没有！我想向陈若真借到一笔旅费，同你到新加坡去。"这是林谷菊朝着P君说着的声音。

之菲在楼梯口望了一会，觉得有趣。他便即刻走到房里去参加他们的谈话会。这样的谈话，继续了约莫十五分钟以后，陈若真从客厅上走下来向着他们说：

"诸位，你们的谈话要细声一些！"他哼着这一句，便走开去了。他这几天老是不敢坐在房里，整日走到客厅上去和商人们谈闲天。

约莫十一点半钟的时候，店里一个伙计慌慌张张走到之菲那儿，用很急遽的声口说：

"走啊！几个包探！他们差不多到楼梯口来了！作速的跑！……跑！跑啊！"

这几句话刚说完时，之菲便走到门口，但已经是太迟了！一个，两个，三个……四个的健壮多力的包探都在他们的房门口陆续出现！

在门口的之菲，最先受他们的检查。衣袋里的眼镜，汇丰纸票，自来水笔，朋友通讯住址，几片出恭纸都给他们翻出来。随后便被他们一拿，拿到房里面坐着。就中有一个鼻特别高，眼特别深，举动特别像猎狗的包探长很客气地对着他们坐下。他的声音是这么悠徐的，这么温和的。他的态度极力模拟宽厚，因此益显出他的狡诈来。

"What is your name？Please！（请问尊姓大名？）"他对着之菲很有礼貌地说，手上正燃着一支香烟在吸。

"My name is Chang So.（我叫张素。）"之菲答，脸上有些苍白。

——Where do you live？（住在哪儿？）

——I live in Canton．（住在广州。）

——What is your occupation？（做什么工作的？）

——I am a student．（我是个学生。）

——How old are you？（多大年纪？）

——Twenty-five years old．（二十五岁。）

——Why do you leave Canton now？（干吗要离开广州？）

——I dislike Canton so much, I feel it is troubled！（我不喜欢广州，我觉得那里讨厌！）

这猎狗式的西人和之菲对谈了一会，沉默了一下，便又问着：

——You say that you are a student, but which school do you belong？（你说你是一个学生，但是你是哪个学校的？）

——I belong to National Kwangtung University.（我是国立广东大学的。）

——Why do you live in this shop？（你为什么住在这店里？）

——Because the shopkeeper of this shop is my relation.（因为这店的老板是我的亲戚。）

——What kind of relation it is？（什么亲戚？）

——The shopkeeper is my uncle-in-law.（老板是我舅舅。）

——Do you enter any Party？（你入过什么党吗？）

——No！I never.（不！我从没入过。）

——Are you a friend of Mr. Lee Tiesin？（你是李迪新的朋友吗？）

——No！I don't acquaint with him.（不！我不认识他。）

这像猎狗一样感觉灵敏，能够以鼻判断事物的包探长，一面和之菲谈话，一面记录着。随后，他用同样的方式去和P君、铁琼海、林谷菊、陈晓天诸人对话。随后又吩咐那站在门口的三个包探进来搜索，箱、囊、藤篮、抽屉都被翻过；连房里头的数簿、豆袋、麦袋，都被照顾一番。这三个包探都遍身长着寒毛，健壮多力。他们搜寻证物的态度好似饥鹰在捕取食物一样，迅速而严紧。

搜索的结果，绝无所得。但，他们分明是舍不得空来空去的。这时那猎狗式的包探长便立起身来向着之菲说：

——You have to go with us！（你得跟我们一道走！）

——May I ask you what is the reason？（请问是什么理由？）——之菲问。

——We don't believe you are a good citizen, that is all. （总之，我们不相信你是一个安分的公民。）

——May I stay in this shop？（我可以留在这店里吗？）

——No, you can't！（不，不成！）

——So then I must go with you！（那么，我一定得跟你们走啰！）

——Yes！Yes！（对哪！对哪！）

——May I bring a blanket with me？（我可以带一条毛毯吗？）

——Yes, you may, if you please！（可以的，请吧！）

包探长和他对说了几句，便命一个身材非常高大，遍身寒毛特别长的包探先带他坐着摩托车到警察总局去。包探长和其余的两个包探却分别和P君、谷菊、晓天、铁琼海、江子威到他们的住所去检查行李。

天上满着黑云，月儿深闭，星儿不出。在摩托车中的之菲，觉到一种新的傲岸，一种新的满足。固然，他承认不去拿人偏给人拿去，这是一件可耻的事。但干了一回革命，终于被人拿去，在他总算于心无愧。比起那班光会升官发财的革命者，口诵打倒帝国主义之空言，身行拍帝国主义者马屁之实者，总算光明许多。还有一点，他觉得要是在这H港给他们这班洋鬼子弄死，还算死在敌人手里，不致怎样冤枉。要是在C城给那班所谓同志们弄死，那才灵魂儿也有些羞耻呢！

同时，他也觉得有点悔恨。他恨自己终有点生得太蠢，几根瘦骨格外顽梗得可悲，拜跪不工，马屁不拍，面具不戴，头颅不滑，到而今，仰不足以事父母，俯不足以蓄妻子，左隳师友之欢，右贻亲戚之忧，人间伤心事，孰逾乎此！

经过几条漆黑的街道，他屡次想从摩托车里跳出来。但他觉得这个办法，总是有点不好，所以没有跳得成功。过了一忽，警察总局便在他的面前跃现着了。

下了车，他被带进局里面去。局里面正灯光辉煌，各办事人员正很忙碌地在把他们的头埋在案上。这时，他们见拿到一个西装少年，大家的样子都表示一点高兴和满足。

"赤党！一定是个赤党！"他们不约而同地张着眼睛，低喊着。他们的确是比那位包探长更加聪明；只用他们的下意识，便能断定之菲的罪状。

停了一忽，之菲站在一个学生式的办事人员面前受他的登记。那办事人员很和气而且说话时很带着一种同情的怜悯的口吻。他问：

"渠地点解会捉咗你来呢（他们为什么会把你拿来呢）？"

"我唔知点解（我不知道）！"之菲不高兴地答。一年来世故阅历得很深的之菲，知道这办事人员一定是个新进来办事的人，所以他还有一点同情的稚气。他知道要是过了三几年，他这种稚气自然会全数消尽。那时候他①一定会和其他的办事人员一样，见到一切犯人，只会开心！他沉默了一会，用着鄙夷不屑的

---

① 指这办事人员。

神气恶狠狠地望着那班在嘲笑着他的办事人员，心中很愤懑地这样想着：

"你们这班蠢猪都是首先在必杀之列！你们都是些无耻的结晶，奴隶的模型，贱格的总量！你们只配给猎狗式的西人踢屁股，打嘴巴，只配食他们的口水！你们便以此狐假虎威，欺压良善。你们为自己的人格起见，即使率妻子而为娼为盗，还不失自立门面，有点志气！但，你们不能，所以你们可杀！……"他越想越愤慨，眼睛里几乎喷出火来。

姓名，年岁，职业，和一切必须登记的话头都给那稚气的办事人员登记了。跟着，便来了一个年纪约莫三十余岁，身材短小的杂役向他解开领带，纽扣，裤带，袜带，鞋带；拿出衣袋里的眼镜，纸币，自来水笔，手巾，一一地由那登记员登记。登记后，便包起来拿去了。随后，他只带着一条毛毯，被一个身材高大得可怕的西狱卒送到狱里面去。

八

狱里面囚徒纵横睡倒，灯光凄暗，秽气四溢；当之菲被那狱卒用强力推入铁栏杆里面时，那些还未睡觉的囚徒们，都用着惊异的眼光盯视着他。

"你为什么会来到这个地方？"一个臭气满身，面目无色，像在棺材里走出来的活死人问。他的意思是以为穿西装的少年，一定是有很高的位置的，不至于坐监的。他见之菲穿着漂亮的西装，竟会和他一块儿坐在这臭湿的地面上，不觉吃了一惊。他的那对不洁的，放射着黄光的眼睛，这时因为感情兴奋，张开得异样的阔大。在他的眼光照得到的地方，顿时更加黑暗，凄惨起来。

"他们为什么要把我拿到此地，我自己也是不知道的。"之菲很诚恳地答。

"他们大概是拿错的。"另一位囚徒说。这囚徒乱发四披，面如破鞋底一样不洁。

"你外边有朋友吗？他们知道你到这边来了吗？"第三个囚徒问，他的样子有几分像抽鸦片烟的作家一样。

"朋友多少是有的，他们大概也是知道的。"之菲很感激地答。他这时面上燃着微笑，感到异常满足的样子。

"你要设法通知你的朋友，叫他们拿东西来给你吃。这里的监饭很坏，你一定吃不下的。我们初来时，也是吃不下。久了，没有法子想，才勉强把每餐像泥沙般的监饭吞下多少！"第一个囚徒说。他再把他的眼睛张开一下，狱里面的小天地又顿时黑暗起来了。

"你们为什么给他们拿来呢？"之菲问。

"抽鸦片烟，无钱还他们的罚款！"第一个囚徒觉得有点羞涩地答。

"抽鸦片烟，无钱还他们的罚款！"第二个囚徒照样地答。

"抽鸦片烟，无钱还他们的罚款！"第三个囚徒又是照样地答。

大家倾谈了一会，这个让枕头，那个让地板位，之菲觉得倒也快活。

"Chang So！Chang So！（张素！张素！）"刚才带他到这狱里来的那个西狱卒在狱门口大声呼唤着，随着他便把狱门打开，招呼着他出去。众囚徒齐向他说：

"恭喜！恭喜！你大概可以即刻出狱了！"

他来不及回答，已被那西狱卒引到一间很清洁、很阔气的拘留所去。一路这西狱卒对着他很有礼貌地问：

"Are you Mr. Chang So？（你是张素先生吗？）"

"Yes，I am！（是，我是的！）"他冷然地答。

"Oh，this place is too dirty for you！I now guide you to a fine room！（呵，这地方对你是太脏了，现在我带你到一间漂亮房间去！）"狱卒说。

"Thank you very much！（谢谢！）"之菲毫不介意地答。

"You have some friends who shall come to acompany you soon！（你有些朋友马上也来跟你做伴呢！）"狱卒笑着说。他的粗重的声音，使壁间生了一种回声。

"Yes！I am sure！（是的！我相信如此！）"之菲答，他觉得有点不能忍耐了。

这时，他们已到那漂亮的拘留所。之菲微笑着，挺直胸脯，自己塞进房里头去。狱卒向他一笑，把房门锁着，便自去了。

"在这H港给他们拿住是多么侥幸！要是在C城落在他们那班坏蛋手里，这时候一定拳足交加，说不定没有生命的了！可怜的中国人呀！你们对待自己的兄弟偏要比帝国主义者对待他们的敌人更加凶狠！这真是滑稽极了！"在拘留所内的之菲，对着亮晶晶的灯光，雪白的粉墙，雅洁的睡椅不禁这样想着。过了一会，他开始地感到孤独。在室中踱来踱去，走了一会，忽而不期然而然地，想起在伦敦给人家幽囚过的中山先生来。他把眼睛直直地凝视着，恍惚看见中山先生在幽囚所中祈祷着的那种虔诚、忧郁和为人类赎罪的伟大的信心的表情。他很受了感动，几乎哭出来了。这样地凝视了一会，他又恍惚地看见中山先生走向他面前来，向着他说着一些又是悲壮又是苍凉的训词。

"小孩子，不要灰心罢。全世界被压迫的阶级和被压迫的民族的解放，完全是要靠仗你们这班青年人去打先锋。奋斗！奋斗！为自由而奋斗！为真理而奋斗！为扑灭强权而奋斗！为彻底反帝而奋斗！为彻底打倒军阀而奋斗！为肃清一切反革命、假革命而奋斗！把你们热烈的心血发为警钟去唤醒四千年神明之裔，黄帝子孙之沉梦！把你们强毅的意志化为利器去保护十二万万五千万被压迫的同胞！杀身以成仁，舍生以赴义，与其为奴而生，不如杀贼而死！……"训词的内容大致是这样。

在狱中的之菲，至死不悟的之菲，这时尚在梦想那被许多人冒牌着的中山先生。他如饮了猛烈之酒，感情益加兴奋，意气益加激昂。

"奋斗！奋斗！幸而能够出狱，我当加倍努力去肃清一切恶势力！"他张大眼睛，挺直腰子，对着自己宣誓，把拳头一连在壁上痛击几下。

"Mr. Chang So, your friends come here now!（张素先生，你的朋友们现在来哪！）"狱卒半是同情，半是嘲笑地站在门口向他说着。他好像从梦中醒来似的，耳边听见P君和晓天君在办事处谈话的声音。

"啊，啊，他们也来了！好，好，这才算是德不孤，必有邻呢！唉！这倒痛快！"之菲在房里赞叹着，他的态度，好像在欣赏着一篇好的文学作品一样。

受过同样登记后的P君和晓天君，终于一同被那西狱卒送到之菲的房里头来。他们这时候，更是谈着，笑着，分外觉得有趣。

"一点证据都没有，我想大概是不至于有了生命的危险的。"之菲冷然地说。

"最怕他们把我们送回C城去！送回C城去，那我们可一定没有生命了！"P君答，他的脸色有点灰白，态度却是非常镇定。

"大概是不会的。"晓天带着自己安慰自己的神情说。

"起来！饥寒交迫的奴隶！起来！全世界的罪人！满腔的热血已经沸腾，作一次最后的斗争！……"P君低声唱着，手舞足蹈，有点发狂的样子。

"不要乱唱罢！"之菲说，摇着头作势劝他停止。

"谷菊君，子威君和琼海君终于不来，不知道是被送到第二处监狱去，还是给他们免脱呢？"过了一个钟头之后，晓天说。晓天是个活泼的青年，脸上很有血色，颧骨开展，额阔，鼻有锋棱。他的身体很强壮，说话时老是摇着头，伸着手，作着一个演说家的姿势。他和之菲是同学、同事，现在更同一处坐监。

约莫是深夜三点钟的时候，他们开始睡眠了。因为连一个枕头都没有，各人只得曲肱而枕。那不够两尺来宽，却有一丈多长的睡椅是太小了，他们只得头对脚地平列睡下去。一套单薄的洋毯，亦是很勉强地把他们三人包在一处。

在这种境况下不能成眠的之菲，听着房外寒风打树的声音，摩托车在奔驰着的声音，一队队的包探在夜操的声音，觉得又是悲壮，又是凄凉。他想起他的颓老的父母亲，想起他的情人，想起他的被摈弃的妻，想起他平时不尝想到和忘记的一切事情；他觉得虚幻、缥缈、苍茫、凄沉、严肃、灰暗，但他总是流不出眼泪来。

九

之菲一夜无眠，清晨早起。这时候群动皆息，百喧俱静。拘留所外，长廊上只排列着几架用布套套住的汽车，长廊外便是一个士敏土填成的广场。广场的对面，高屋岸然，正是警察总局的办公处。

一轮美丽的朝阳，距离拘留所不够五十丈远的光景，从海边的丛树中探头探脑地在窥望这被囚的之菲。它是像胭脂一样的嫣红，像血一样的猩红，像玫瑰花一样的软红，像少女的脸一样的嫩红，像将军的须一样的戟红。它象征柔媚，同时却象征猛烈；它象征美，同时却象征力。它是青春的化身，它是生命的全部。它有意似的把它红光射到黑暗的拘留所，把它温热浸照着之菲的全身。它用它无言的话语幽幽地安慰着他。它用它同情的脉动深深地鼓励着他。他笑了。他深心里感到一种不可言说的愉悦地笑了。

过了一会，一个司号的印度兵雄赳赳地站在长廊上。他向四围里望了一望，便把手上的喇叭提到口里，低着头，张着目，胀动着两腮地吹起来。在这吹号声中，足有两百个印度兵，几十个英包探，一百个中国兵，一齐挤到这廊外的广场上。他们都很认真地在操练着，一阵阵皮鞋擦地的声音，都很沉重而有力。

雇佣的印度兵差不多每个都有十二两重的胡须。须的境域，大率自下项至耳边，自嘴唇至两腮。须的颜色，自淡褐色至沉黑色，自微黄色至深红色，大体以黑色者为最多。他们像一群雄羊，虽须毛遍体，而权威极少。他们持枪整步的技巧似乎很高，一声前进如黑浪怒翻，势若奔马。一声立正，如椰林无风，危立不动。

英包探个个都很精警，有极高的鼻峰，极深的眼窝，极凶狠的神气，极灵活的表情。眼睛里燃着吃人的兽性，燃着骄傲的火星。他们都长身挺立，像一队忍饥待发的狼群一样。他们散开来，每人都有一辆摩托车供着驱使，来去如驰风掣电，分明显出捕人正如探囊取物。

雇佣的中国兵，那真滑稽第一，不肖无双的了！他们经过帝国主义者高明的炮制，只准他们戴着尖头的帽，缚着很宽阔的裤脚，腰心很不自然地束着一条横带。一个个鼻很低，脸色很黄，面上的筋肉表现出十分弛缓而无力。操也操得特别坏，他们的足在摆动着，他们的头却永远地不是属于他们所有的样子。

这时，P君和晓天君也起身了。他们都即刻走到门边隔着铁栏望着广场上的三色板的晨操。看了一会，觉得着实有趣，他们便在这拘留所里面用着皮鞋踏着地板，十分用力地操起来。

从门外经过的白种人，都很感到兴味地把他们考察一番，问问他们被拘的理由，便自去了。他们这种热心的照顾，全然是由于好奇心的激励，同情的部分当然很少，这是无疑的。其中如一个西狱卒，和一个把之菲从××号带来的包探，有时也玩弄着一点小殷勤，这算是绝无仅有的例外。

但，在这种漆黑的、闷绝的环境中，居然有了一个杂役头目的华人和一个司号的印度人向他们表示着亲切的同情。虽然这种同情对于他们的助力极少，但同情之为同情，自有它本身的价值。

这华人是个身躯高大，脸生得像一个老妈妈一样，态度非常诚实的人。他穿着一身制服，肩上有了三排肩章。行路时很随意，并不将他的弯了的腰，认真挺直一下。他的面孔，有些丰满，但不至于太肥。他说话时，声低而阔，缓而和。这人忽然走到他们的门口，问着他们是否要买食物。之菲便把袋里的两角银——他们搜身时不小心留下的——给他，嘱他代买面包。之菲恳求他到××街××号通知陈若真和杨老板，请他们设法营救，也经他的允许。不过，这件事完全是失去效力。因为当他晚上回来报告时，他说杨老板完全不承认有这么一回事。

司号的印度人是个中等身材的人，他的皮肤很黑，胡子很多。他的眼很明敏警捷，额小，鼻略低。全身很配称，不失是个精悍灵活的好身手。他偷偷地用英语和他们谈话，但他很灵敏地避去各个白种人的注意。他对于他们的被捕，有一种深切的同情，和一种由羡慕而生出来的敬意。有时，他因为不能得到和他们谈话的机会，便迅速地从铁栏门外探海灯似的打进来一个同情的苦脸。当白种人行过时，他又背转身在走来走去，即刻把他的行为很巧妙地掩盖了。

有一次，他把一支铅笔卷着一张白纸，背转身递给他们，低声地说着：

"Please, write on your friends' address, I can inform them to see you! （请写上你朋友的住址，我能通知他们来看你！）"

他的声音很悲激，很凄沉，这显然是由他的充分同情的缘故。

"Thank you! We have sent a message to them, but the answer is not to be received yet! （谢谢你，我们已经派一送信的人到他们那里去了，不过到现在还没得到回信！）"之菲答，他这时倚着铁

栏杆很敏捷地接过他的纸笔，即便藏起。

是傍晚时候，斜阳在廊外广场的树畔耀着它最后的笑脸。树畔的座椅上坐着一个十分美丽的西妇，几个活泼的小女孩像小鸟般在跳跃着。那西妇穿着淡红色的衬衣，金丝色的发，深蓝色的眼，嫩白色的肉，隆起的胸，周身的曲线，造成她的整个的美。她对于她自己的美，似乎很满足。她在那儿只是微微笑着。那几个小女孩，正在追逐着打跟斗，有时更一齐走到那西妇的身上去，扭着她的腕，牵着她的臂，把头挂在她的腿上。那西妇只是笑着，微微地笑着。彻夜没有睡，整天只吃到三片坚硬的冷面包的之菲，现在十分疲倦。他看到门外这个行乐图，心中越加伤感。幻灭的念头，不停地在他心坎来往。他想起他儿时的生活，想起他小学、中学、大学时代的生活，想起一切和他有关系的人，想起一切离弃他的人，最后他想起年余来在革命战地上满着理想和诗趣中沉醉着的生活。这些回忆，使他异常的怅惘。他一向是个死的羡慕者，但此刻他的确有点惊怕和烦闷。他的脸很是灰白，他的脑恍惚是要破裂的样子。

P君是因为受饿的结果，似乎更加瘦长起来了。他踱来踱去，有点像幽灵的样子。他的脸上堆满着黑痕，口里不住地在叱骂着。他的性情变得很坏，有点发狂的趋向。

晓天君说话时，依然保存他的演说家的姿态。但声音却没有平时那么响了。

一〇

又是过了一夜。这一夜他们都睡得很好。听说今天要传去问话，这个消息的确给他们多少新的期望，不管这期望是坏的还是好的。他们平时都是自由惯了，不知自由是这么可贵的人，此刻对于铁栏外一切生物在自由行动的乐趣，真是渴慕到十二分。连那在门外走廊上用一团破布在擦净着地面的，穿着破烂衣裤的工人，和一只摇着尾在走动着的癞皮狗，都会令他们羡慕。因为对于自由的渴慕愈深，所以对于帝国主义者无端对自由的侵害愈加痛恨！同时，想起那班勾结帝国主义者在残杀同胞的所谓"忠实同志"，更成为痛恨中之顶深切的痛恨！

其实痛恨尽管由他们痛恨，然而入狱者终于入狱，被残杀者终于被残杀，安享荣华者终于安享荣华。事实如此，非"痛恨"所得而修改。这时候为他们计，最好还是在心灵上做一番工夫，现出东方人本来的色彩来。最上乘能够参禅悟道，超出生灭，归于涅槃。那时候，岂不是坐监几日，胜似面壁九年？其次或者作着大块劳我以生，佚我以死，享乐我以入狱的玄想。要是真能得到"忘足，履之适也；忘身，住之适也"的混沌境界，也未尝不可。但他们都是二十世纪的青年，他们不能再学那些欺人自欺的古代哲学家，去寻求他们的好梦。……其实，他们也要不到这种无聊的好梦！

差不多是上午十一时，他们便一齐被传出去问话。问话处由这拘留所门外的长廊向左走去，不到几十步的工夫便到了。他们一路上各人都有他的一个护兵式的杂役把他们牵得很出力。牵着之菲的一个杂役，满脸露着凶狠之气。他穿着普通警察一样的制服，斜眉，尖目，小鬼耳。他行路时几根瘦骨头本有些难以维持之意，但他拿着之菲，却自家显出自家是个威猛、有气力的样子来。他的表情很难看，不停地圆睁双眼看着之菲，鼻孔里哼出

"恨！恨！"的声音来，表示他对这犯人的不屑！

"你贵处系边度啊（你贵处哪里呢）？"之菲低声下气地问着他。

"你想点啊（你想怎样），混账！"这杂役叱着，他的眼睛张得愈大了。"我好好地问你一声，点解你咁可恶啊！你估你好勒咩，我中意时，赏你几巴掌！（我好声气地问你一声，你为什么这样胡闹呢！你以为你很高贵吗？我如果觉得快意时，便赏给你几巴掌！）"之菲大声叱着他，眼睛几乎突出来了。

欺善怕恶的杂役，这时只得低着头，红着脸，沉默着不敢作声。

问话处是一间三丈见方，二丈多高的屋子，安置着办公台、旋转椅，像普通机关的办事处一般的样子。室内有一点木材气味。坐在那里的翻译员是个矮身材，洋气十足，穿着称体西装的人。他的鼻头有一粒小黑痣，痣上有几条鬈曲着的黑毛。那在翻译员上首，专司问话的西人，穿着一套灰色的哗叽洋服，脸上红得像一个酒徒一样。

之菲最先被审问，其次P君，再次晓天。在问话中，他们摇一下身子，扭一下鼻孔，都要受谴责。"无礼！""不恭敬！"那翻译员时常用着师长的神气说，极望把他们加以纠正。最后，他似乎为一种或然的同情所激动，扭着身子向他们开恩似的说：

"诸位，你们这件案情很轻，一二天内当可出狱。不过，哈！哈……"他很不负责任地笑着。

停了一会，他们又被送回拘留所去。

他们今早又没有饭吃，饿火在他们腹中燃烧着，令他们十分难耐。他们开始暴躁起来，一齐打着铁门，用着一种饿坏了的声音喊着：

"Sir！Sir！Sir！（先生！先生！先生！）——"

"Mr.！Mr.！Mr.！（先生！先生！先生！）——"

他们的声音起初好像一片石子投入大海里一样，并没有得到些儿影响。过了一个不能忍耐的长久的时候，那个西狱卒才摇摇摆摆地走来把他们探望一下。

"Sir！We are on the point of dying！We don't have any food to eat these two days.（先生！我们都快要死了！这两天我们什么也没吃上口。）""Why！Why！（呵！呵！）"他表示出十分骇异，把肩微微地一耸着说。"You have no friends to give you foods！Oh，Sorry！（你们没有朋友给你们食物，呵，真对不起！）"

"But now what shall we do，we are nearly starved！（但是现在我们怎办呢，我们饿得要死！）"之菲说，他对于面前的西狱卒恍惚看作一只刺激食欲的适口的肥鸡一样。

"This evening，food is to be prepared，though it may be far from your appetite！（今天黄昏给预备食物，虽然可能不大合你们的口味！）"西狱卒很不耐烦地说着，便很忙碌似的跑去了。

翌日下午两点钟的时候，他们都被带到包探长室里面去。包探长室在拘留所的斜对面，和正副警察长的办公处毗连着。室内布置很有秩序，黄色的墙，黑色的地板，褐色的办公台和座椅，很是显出镇静和森严。包探长这两天的案件大约审判得太多，所以他的鼻也像特别长起来了。他的鼻的确是有些太长，那真有些令人一见便怕碰坏它的样子。他的声音依旧是这样温缓低下，同时却带着一种很专断的口吻。他穿着一件很适体的黑色西装，态度很严肃，这当然是个有高位置的人所应该有的威严。

"Mr. Chang So，（张素先生，）"他用着他的高鼻孔哼出来的鼻音和之菲谈了一会，最后终于这样说着，"We don't allow you to remain here any longger. I think you had better go back to Canton！（我们不许你再留在这里。我想你最好回到广州去！）"他说罢，向他狞笑，很狡猾而发狠地狞笑。

"I don't like to go back to Canton in my life-time！（我这辈子是不高兴回广州去的！）"之菲很坚决地答，脸上表示出一种鄙夷不屑的神态。

"Then where shall you go？（那么，你到哪里去呢？）"包探长再用他的鼻音说。

"I shall go to S.town，in which place，I can live under my parents' protection（我回到S城去，在那里我可以得到我父母的保护！）"之菲很自然地回答。他虽然知道到S埠亦是和到C城一样，有被捕获的危险。但他对这两天的狱居生活异样觉得难受。他对于经过S埠虽有几分骇怕，但总还有几分幸免的希望。至于他所以向他提出他的父母的名义来，这不过是要令他相信他是个好儿子，并不是一个了不得的革命党人的意思。

"Yes，you may go！（是的，你可以走哪！）"包探长说，他把他那对像猫一样蓝色的眼光，盯视着之菲。随后，他便即在案头用左手摸起那个电话机的柄，放在他的口上，右手摸起那个听筒，喃喃地自语了一会，他像得到一个新鲜的消息似的，便放下听筒和机柄，向着之菲说：

"You can go to S. ——immediately on board，the ship called Hai Kun.（你可以立刻坐船到S埠去，船名叫海空。）"

P君和晓天都因急于出狱，结果便被这包探长判决伴着之菲一同出境，同船到S埠。

　　一个面色灰暗，粗眉大眼，高颧骨，说话带着C城口音的暗探，步步跟随着他们。他对于他们的一举一动都有意地干涉。他惯说：

　　"不要动！——没规矩！——失礼！——这里来，快！——"等带权威的命令式的话。"你一个月赚到几个钱呢！哈哈！……"P君冷然地向他问着，一双恼怒的眼只是向着他紧紧盯住。这显然是向他施行一种侮辱和教训。他似乎很发气，他的眼睛全部都变成白色了，但他到底发不出什么火气来。约莫三点钟的时候，他们都被一个矮身材、横脸孔，行路时像一步一跳似的西人，带到和包探长室距离不远的一间办公室去。室内是死一样的沉静，几个在忙着办公的西人都像石像一样，一动也不动地坐着。他们都是半被挟逼地站着在这办公室的近门口的一隅，那儿因为永久透不到光线，有点霉湿的臭气味。他们每人的十个指头，先后被安置在一个墨盒上，染黑后被安置在纸上转动着把各人的十个指纹印出。那些被印在纸上的黑指纹，像儿童印在纸面上的水猫一样，对着它们的主人板着嘲笑的脸孔。停了一忽，他们又被带到办公处外面，给他们照了三张相。

　　一种潜伏着的爆裂性，一种杀敌复仇的决心，在他们胸次燃烧着，鼓动着。但他们的理性告诉他们说，他们暂时只得忍辱和屈服，他们的复仇的机会仍然未到，只好等待着。

　　约莫四点钟的时候，一切登记后被没收去的东西都全部发还，他们即时可以出狱。那司号的印度人频频地向着他们笑。他向着他们说：

　　"Can I go to see you off？（我可以给你们送行吗？）"

"They tell us that we shall go to the steamship on motor car! I think you can not keep pace with us!（他们告诉我们说，我们将坐汽车到轮船上去，我想你是没法跟上我们的！）"之菲答，他表示着感激和抱歉的样子。

一颗率真的泪珠在这司号的印度人的黑而美的眼睛里湿溜着。懊丧和失望的表情，在他脸上跃现。

"Good-bye！（再会！）"他说，声音有些哽咽。

"Good-bye！（再会！）"之菲很受感动地踏近一步，把手伸给他说。那印度人四边望了一望，有十几对白人的眼睛在注意他，他便急忙把手插在裤袋里，装着不关心的样子似的走开去了。

停了一忽，一切手续都弄清楚了。一架由一个马来人驾驶着的漂亮的汽车，把他们载向那斜日照着黄沉沉的光，凉风扇着这里、那里的树叶的马路上去。押送着他们去的，有那个遍身寒毛的西捕，和那个面色灰暗的暗探。

一阵狂热和爱的牵挂纠缠着之菲。他用一种严重的、专断的口吻向着那西捕说：

"Sir！I have a lover here，I must go to see her now！（先生，我有一位爱人在这里，现在我一定得去看看她！）"

"No！（不！）"西捕含笑地说，"Time is not enough！（时间来不及了！）"

"No！I must go to see her！Only a few minutes，that is enough！（不！我一定得去看看她！几分钟就够了！）"之菲说，他现出一种和人家决斗一样的神气。

"Why，you may write her a letter，that is the same！（呵，你

59

可以写封信给她，是一样的！）"西捕说，开始地有点动情了。

"No! I don't think that is the same！（不，我想这不是一样的！）"之菲更加坚决地说，他有些不能忍耐了。

"All right！You may go to see her now！（好吧，现在你可以去看她一下！）"西捕说，他闪着眼睛笑着，显然地为他的痴情所感动了。

曼曼这两天因为没有看见之菲，正哭得忘餐废寝。杨老板家中的人骗她说，之菲因为某种关系，已先到新加坡去了。他们完全把之菲被捕入狱这件事隐瞒着，不给她知道。但她很怀疑。她知道之菲如果去南洋一定和她同去，断不忍留下她一个人在这H港漂流。她很模糊地，但她觉得一定有一件不幸的事故发生。因此，她整天整夜地哭，她的眼睛因此哭得红肿了！

当之菲突如其来地走到杨老板的住家时，她们都喜欢异常。曼曼即刻走来挽住他，全身了无气力地倚在他的身上，双目只是瞪着他，再也说不出一句话来。

"好了！好了！你这两天到哪儿去，曼曼姑娘等候得真是着急——啊！她这个时候刚哭了一阵，才给我们劝住呢！"三奶莺声呖呖地说，她笑了，脸上现出两个美的梨窝。她转一转身，正如柳树因风一样。

四奶、陈夫人、八奶和其余诸人，都来朝着他，打着笑脸，问长道短。他一一地和她们应酬了几句，便朝着曼曼急遽地说："曼妹，快收拾吧。我们一块儿回S埠去！事情坏极了，待我缓缓地告诉你！"之菲说，他被一种又是伤感，又是愉快，又是酸辛，又是欢乐的复杂情调所陶醉了。

再过十五分钟的时间，他们和晓天、P君都在码头下车子了。

之菲向着那西捕带着滑稽的口吻说：

"Good-bye! I shall see you again! （再会，我将再看到你的！）"

"Good-bye! Mr. Chang So! I hope you are very suc-cessfully! （再会，张素先生，我祝福你们完全顺利！）"那西捕含着笑紧紧地和他握着手说。

P君和晓天都照样和他握一回手。大家都觉得很满足地即时走下轮船里面去。

"呜！呜！"轮船里最后的汽笛响了。船也开行了。立在甲板上的之菲，凝望着黑沉沉的烟囱里喷出来的像黑云一般的煤烟，把眼前的天字第一号的帝国主义者占据的H岛渐渐地弄模糊了，远了，终于消灭了。他心中觉得有无限的痛快。

"哼！"他鼻子里发着这一声，自己便吃吃地笑了。但，停了一忽，他的脸色忽而阴沉起来了，他把他的眼睛直直地凝视着他那无论如何也看不到的地方，叹着一口气说：

"咳！可怜的印度人！你黑眼睛里闪着泪光的司号的印度人！我和你，我们的民族和你们的民族，都要切实地联合起来，共同奋斗！共同站在被压迫阶级的战线上去打倒一切压迫阶级的势力！……"这样叹了一声，他眼上似乎有点湿润了。他怅然地走回房舱里去。

—— ——

晚上七点钟的时候，船身震摇得很利害。之菲觉得很软弱地倚在曼曼身上。他的脸色，因为在狱中打熬了两天，显得更加苍白。他的精神，亦因为经过过度的兴奋，现在得到它的休息与安慰，而显出特别的疲倦。他把他的头靠在她的大腿上，身子斜躺着。他的眼睛不停地仰望着她那低着首，默默无言的姿态。一个从心的深处生出来的快乐的微笑，在他毫无牵挂般的脸上闪现：这很可以证明，他是在她的温柔的体贴下陶醉了。"你地两位真系阴功啰（你们两位真是罪过咯）！——唉！讨厌！……"P君含笑站在他们面前闪着眼睛，作出小丑一般的神态说。他这时左手插在裤袋里，右手的手指上夹着纸烟，用力地吸，神气异常充足。晓天君正在舱位上躺着，他把他的目光紧紧地盯着他们只是笑。

"真爽啰，你地！（真快乐啰，你们！）——"他说。

"嘻！嘻！……哈！哈！……"之菲只是笑着。

"嘻！嘻！……哈！哈！我的两个手拉手，心心相印，同渠地斗过。——咳！衰啰！你地手点解咁硬！——唔要紧！唔要紧！接吻！接吻！嘻！嘻！哈！哈！（嘻！嘻！哈！哈！我们俩手儿相携，心儿相印，和他们比赛。——咳！真糟糕！你的手儿为什么这样粗硬呢！——不要紧！不要紧！我们接吻吧！接吻吧！嘻！嘻！哈！哈！）"P君走上前去揽着晓天的臂，演滑稽喜剧似的，这样玩笑着。"我做公！你做乸！（我做男的，你做女的！）……"晓天抢着说。

一个军官装束的中年人的搭客，和一对商人样子的夫妇，和他们同舱的，都给他们引得哈哈地笑起来了。

正在这样喧笑中，一个长身材举动活泼的少女，忽然从门口走进这房舱里来。她一面笑，一面大踏步摇摇摆摆地走到之菲和曼曼身边坐下。她便是党变后那天和杜蔷芬一同到T村去找之菲的那个林秋英。她是个漂亮的女学生，识字不大多，但对于主义一类的书却很烂熟。她生得很平常，但十分有趣。她的那对细而有神的眼睛，望人尽是瞟着。她说话时惯好学小孩般跳动着的神情，都着实有几分迷人。她在C城时和之菲、曼曼日日开玩笑，隔几天不见便好像寂寞了似的。这时候她在之菲和曼曼身边，呶着嘴，摇着身，娇滴滴地说及那个时候来H港，说及她对于之菲入狱的挂念，说及在这轮船里意外相遇的欢喜。她有些忘记一切了，她好像忘记她自己是一个女人，忘记之菲是一个男人，忘记曼曼是之菲的情人。她把一切都忘记，她紧紧地挽着之菲的手，她把她的隆起的胸用力压迫在之菲的手心上！她笑了！她毫无挂碍地任情地大笑了！

"菲哥！菲哥！菲哥！……"她热情地，喃喃叫着。

"你孤单单地一个人来的吗？"之菲张大着眼睛问。

"和志雄弟一道来的。我们同在隔离这地不远的一个房舱上，到我们那里座谈去吧！"

"和志雄弟一道来的吗？好！志雄弟，你的情人！——"曼曼抿着嘴，笑着说。

"你这鬼！我不说你！你偏说我！菲哥才是你的情人呢！嘻！嘻！"林秋英说，她把指儿在她脸上一戳，在羞着曼曼。

"莫要胡闹，到你们那边座谈去吧！"之菲调解着说。他站起身来，向着P君和晓天说：

"我给你们介绍，这位是林秋英女士，是我们的同乡！"跟着，他便向着林秋英说：

"这两位都是我的好朋友，这一位是P君，——这一位是晓天君。"

"到我们那儿座谈去吧，诸位先生！"林秋英瞟着他们说。她把先生两个字说得分外加重，带着些滑稽口吻，说着，她便站起身来，拉着之菲、曼曼和P君、晓天，一同走向她的房舱那面去。

陈志雄这时正躺在舱位上唱着歌，他一见之菲便跳起来，走上前去握着他的手。

"之菲哥！之菲哥！呵！呵！"他大声叫着惊喜得几乎流出眼泪来，脸上燃着一阵笑容。他的年纪约莫十七八岁的样子，身材很矮，眼大，额阔，表情活泼，能唱双簧。在C城时和他相识的人们都称他做双簧大家。他和林秋英很爱好，已是达到情人的地步。出人意料之外的是他和林秋英的不羁的精神和勇气，他俩在这房舱中更老实不客气地把舱位外边那条枕木拉开，格外铺上几片板，晚上预备在这儿一块儿睡觉。

"一对不羁的青年男女！"这几个字深深地印在之菲的脑海里。

在这房舱中，之菲和着这对小情人谈了一回别后契阔，心中觉得快慰。他的悲伤的，烦闷的意绪都给他俩像酒一般的浓情所溶解了。

"英妹！雄弟！啊啊！在这黑浪压天的大海里，在这苍茫的旅途中，得到你们两位深刻的慰安和热烈的怜爱，真令我增几分干下去的勇气呢！"他终于对着他们这样说。

跟着，他便挽着P君和晓天坐在这对小情人的舱位上，秘密地谈起来了。

"对不住你们！船到S埠时，我要即时和你们分开，乔装逃走。因为我是S埠人，格外容易被人看出！"之菲说，他觉得很有点难为情的样子。"但不行！我不行！我现在连一文钱都没有了，你应该设法帮助我！"晓天着急地说。

"那，我可以替你设法！我可以写一封介绍信给你，到一家商店去借取三十元！"之菲说，他把晓天的手紧紧地握着。

"我打算到新加坡去。我的旅费是不成问题的！"P君说。他的态度很是悠闲，闪着眼睛，翘着嘴在作着一个滑稽面孔。"介绍信便请你这个时候写吧！明早船一到埠时你即刻便要跑了，时间反为不够！"晓天说，他的态度急得像锅里蚂蚁一样。

"好的，好的，我即刻便替你写吧。"之菲说。即时从衣袋里抽出一枝①自来水笔来，向着林秋英索了信封信纸，很敏捷地写着：

S埠天水街同亨行交李天泰叔台大人　钧启

内详

天泰叔台大人钧鉴:晓天君系侄挚友，如到贵店时，希予接洽，招待一切。彼拟日间往暹罗一行，因缺乏旅费，特函介绍，见面时望借与三十元。此款当由侄日内壁赵。侄因事不暇趋前拜候，至为歉仄！肃此，敬请道安

侄之菲谨启　　月　　日

之菲把这封信写完后，即刻交由晓天收藏。

"留心些！把它丢失，便没法子想了！"P君说，他望着晓天一眼，态度非常轻慢。

---

① 同"支"。

一二

S埠仁安街聚丰号，一间生意很好的米店。店前的街路，两旁尽是给一些卖生菜的菜担，卖鱼的矮水桶，刀砧所占据。泼水泥污，菜梗萎秽，行人拥挤喧嚷，十分嘈杂。这店里的楼上，在上午十点钟的时候，来了一个远客。这远客是位瘦长身材面色憔黄而带病的青年。他头戴着一顶破旧的睡帽，眼戴一副深蓝色的眼镜，身穿深蓝色的布长衫。他的神情有点像外方人，说不定是个小贩，或者是个教私塾的塾师，或者是个"打抽丰"的流氓。他是这样的疲倦和没有气力，从他的透过蓝色眼镜的失望的眼光考察起来，可以即时断定他是一个为烦恼、愁闷、悲哀所压损的人物。他虽然年纪还轻，但因为他的面色的沉暗和无光彩，使他显出十分颓老。这远客便是从轮船上易装逃来的沈之菲。

这间米店是曼曼的亲戚开的。告诉他到这里来的是曼曼女士。当海空轮船一到埠时，他留下行李给曼曼女士看管，独自扮成这个样子，一溜烟似的跑到这里来。

店里的老板是个年纪约莫四十岁的人，他的头部很小，面色沉黑。从他的弛缓的表情，和不尝紧张过的眼神考察起来，可以断定他是在度着一种无波无浪的平静生活。他的名字叫刘圭锡。之菲向他说明来意后，他便很客气地把他款待着。

"呵，呵，沈先生，刚从C城来吗？很好！很好！一向在C城读书吗？好！读书最好！读书最好！"刘老板说，他正在忙着生火煮茗。

"啊，啊，不用客气！茶可以不用啊。我的口并不渴！……唉！读书好吗？我想，还是做生意好！"之菲一面在洗着脸，一面很不介意地说着。

"不是这么说，还是读书好！读书人容易发达。沈先生一向在K大学念书吗？好极了！K大学听说很有名声呢！啊，沈先生，你看，现在这S埠的市长，T县的县长，听说统是K大学的学生。说起来，他们还是你的同学。好，沈先生！好，我说还是读书好！……"刘老板滔滔地说，脸上溢着羡慕的神气。"是的，有些读书人或许是很不错的。但——不过，唉，有些却也很是难说！"之菲答，微微地叹了一口气。

过了一刻，曼曼女士带着一件藤呷哎①，和她的父亲一同进来了。

"菲哥，这位是我的爸爸。我上岸后便先到M校去找他，然后才到这里来。"曼曼很羞涩而高兴地向着之菲介绍着。遂即转过身来向着他的父亲介绍着说：

"爸爸，这位便是之菲哥，我在家信里时常提及的。"

"呵，呵，呵，这位便是之菲兄吗？呵，呵，呵，回来了！回来了！回来了！前几天听说C城事变，我真担心！真担心！呵，呵，回来好！回来好！"曼曼的父亲说，脸上溢着笑容。

他的名字叫黄汉佩，年纪约莫五十余岁。他的身材稍矮而硕大，面很和善。广额，浓眉，大眼。面形短而阔，头颅圆，头后有一个大疤痕。说话声音很响，如鸣金石。他是个前清的优廪生，现时在这S埠M中学当国文教员。他的家是在T县，距离这S埠约有百里之遥。

他的女儿和之菲的关系，黄汉佩先生已略有所闻。不过只是

---

① 同"藤箧"。

略有所闻而已，尚不至于有所证实。所以忠厚的黄先生，对于"所闻"的也不常介意。他和之菲谈话间，时常杂着一些感激的话头。什么"小女多蒙足下见爱，多所教导，多所提携，老夫真是感激"，什么"我的小女时常说及你的为人厚道，真可敬呢"一类的话头，都由黄先生口里说出。

之菲心中老是觉得惭愧，不禁这么想着："黄老先生，真不好意思，你是我的岳父呢！我和你的女儿已经结了婚了！唉！可怜的老人家！我要向你赔罪呢！"

有些时候，他几乎想鼓起勇气，把他和曼曼间的一切过去都告诉他，流着泪求他赦罪，但，他终于不敢这样做。他觉得他和曼曼的关系，现时惟有守着秘密。他觉得这时候，正在亡命时候，他们的革命行动固然不敢给他们的父母知道，他们的背叛礼教的婚约，愈加有秘密的必要。社会是欢迎人们诈伪的，奖励人们诈伪的，允许人们诈伪的；社会不允许人们说真话，做真事，它有一种黑沉沉的大势力去驱迫人们变成狡猾诈伪。他想这时候倘若突然向他老人家说明他们的关系，只有碰一回钉子，所以索性只是忍耐着。

"黄老先生，我和你的令嫒是很好的朋友，互相帮助这是很平常的事啊。说到感激一层，真令人愧死了！"他终是嗫嚅地这样说着。过了一会，黄老先生和他的女儿到楼前的一个卧房里面密谈去。约莫十分钟之后，他便又请之菲到房里面去。关于他们现在处的危险，黄老先生已很知道。他诚恳地对着之菲说：

"之菲兄，到我们家里去住几天吧！我们有一间小书斋，比较还算僻静。你到我们家里去，在那小书斋里躲藏十天八天，人家大概是不知道的！""黄老先生，谢谢你！到你们家里去住几天本来是很好的，但，T县的政治环境很险恶，我这一去，倘若给他们知道，定给他们拿住了！……我还是回到我的故乡A地去好。那儿很僻静，距离T县亦有三四十里，大概是不致会发生危险的。"之菲答。他这时正坐在曼曼身旁，精神仍是很疲倦。

"不到我们家里去吗？……"曼曼脸色苍白，有些恨意地问着。

"去是可以去的，但……咳！"之菲答，他几乎想哭出来。要不是黄老先生坐在旁边，他这时定会倒在她的怀里啜泣了。

"你们两人在这儿稍停片刻吧。此刻还早些，等到十一点钟时，你们可以雇两抬轿一直坐到停车场去。——坐轿好！坐在轿里，不致轻易被人家看见！我是步行惯了的，我先步行到停车场去等候你们一块儿坐车去。"黄老先生说着，立起身来，把他的女儿的肩抚了一下，和之菲点了一下头便自去了。

"菲哥，哎哟！……"曼曼说。她的两片鲜红的柔唇凑上去迎着他的灼热的唇，她的在颤动着的胸脯凑上前去迎着他的有力的搂抱。

"亲爱的妹妹！"之菲像发梦似的这样低唤着。他觉得全身软酥酥的，好像醉后一样。

自从之菲在H港入狱直至这个时候，他俩着实隔了好几天没有接吻的机会，令他们觉得唇儿只是痒，令他们觉得心儿只是痛。这时候，经过一阵接吻和拥抱之后，他们的健康恢复了，精神也恢复了！

"菲哥！亲爱的哥哥！你回家后，……咳！我们那个时候才能再会？唉！和你离别后，孤单单的我，又将怎样过活？……"她啜泣着，莹洁的眼泪在她的脸上闪着光。"亲爱的曼妹！T县无论如何我是不能去的，留在这S埠等候出洋的船期又是多么危险！所以我必须回到偏僻的A地去躲避几天。我想，这里面的苦衷，你一定会明白的，最好，你到T县后，一二天间，即刻到A地去访我。我们便在A地再设法逃出海外！唉！现在只有这个办法！"之菲答。他一面从衣袋里抽出一条手巾来，拭干曼曼的泪痕，一面自己禁不得也哭出来了。

"唉！菲哥！这样很好！你一定要和我一块儿到海外去！离开你，我是不能生活下去的！"曼曼在之菲的怀里啜泣着说，脸色白得像一张纸一样。从窗外吹进来一阵阵轻风，把她的鬓发掠乱。她眼睛里流出来的泪珠，一半湿在她的乱了的鬓发上。

"心爱的妹妹！"之菲说，为她理着乱了的鬓发，"在最短的期间，我们总可以一块儿到海外去的！……在不久的将来，我们的生活一定能够放出一个奇异的光彩来！不要忧心吧！只要我们能够干下去！干下去！干下去！曙光在前，胜利终属我们！"他把她的手紧紧地握着，站起身来，张开胸脯，睁大着发光的眼睛，半安慰曼曼，半安慰自己似的这样说。

"好！我们一块儿干下去吧！"曼曼娇滴滴地说，在她的泪脸上，反映出一个笑容。

一三

约莫正午的时候，辞别了曼曼父女先从××车站下车的之菲，这时独自个人在大野上走动着。时候已是夏初四月了，太阳很猛厉地放射它的有力量的光线，大地上载满着炎热。在这样寂静得同古城一样，入耳只有远村三两声倦了的鸡啼声的田野中间，在这样美丽得同仙境一样，触目只见遍地生命葱茏的稼穑的田野中间，他陶醉着了，微笑着了，爽然着了。他忘记他自己是个逃亡者，他忘记死神正蹑足潜踪地在跟着他。在这种安静的、渊穆的、美丽的、淡泊的景物间，他开始地忆起他的童年的农村生活来。

——在草水际天的田野上，他和其他的小孩一般的，一丝不挂地在打滚着，游泳着，走动着。雪白的水花一阵一阵地打着他们稚嫩的小脸。满身涂着泥，脸上也涂着泥，你扮成山上大王，我扮成海面强盗。一会儿打仗起来，一会儿和好起来。这样的游戏尽够令他由朝至暮，乐而不疲！

——在那些麦垄之上，在那些阡陌之间，在那些池塘之畔，在那些青草之墟，在那些水沼之泽、树林之丛，他堆着许多童年之梦，堆着童年的笑着，哭着，欢乐着，淘气着的各种心情。

这时候，他通忆起来了。他的童年的稚弱的心灵，和平的生活，平时如梦如烟地，这时都很显现地在他脑上活跃着了。他笑了，他微微地笑了。在他瘦削的、灰白的、颓老的、饱经忧患的脸上有一阵天真无邪的、稚气的、微妙的笑显现。但，只是一瞬间他又是坠入悲哀之潭里去了。

他再也不笑了，他脸上阴郁得像浓云欲雨，疏星在夜一样了。他开始战栗，昏沉。他觉得他的家庭一步步地近，他去坟墓一步步地不远。他恐怕这坟墓，他爱这坟墓。他想起他的父母的思想和时代隔绝，确有点像墓中的枯骨。他恐怕这枯骨，他爱这枯骨，他是这枯骨里孵生的一部分。他即变成磷光，对于这些枯骨终有些恩爱的情谊。他贪恋光明，但他不忍过分拂逆黑暗里的枯骨的意旨。他像磷光一样地战栗，恐怖，彷徨！他想起他的妻的妙年玉貌而葬送在这种坟墓的家庭中，在一种谈不到了解，谈不到恋爱，谈不到思想的怨闷，憔悴，失望，亏损的长年抑郁中。他对她充分地怜悯，拥抱她，吻她，一处洒泪。但她在他的心上总得不到一种恳挚的，迫切的，浓烈的，迷醉的，男女间的爱。她给他的全是一种肉体的丰美，圆滑，秀润，心灵上的赐与①只有一个深刻的怨恨。他为此而战栗，而失望，而灰心。但他终是下意识地，宗教色彩的，牺牲的，一步一步走向他的家庭间去！

他下车的这个乡村叫鹤林村，由这鹤林村再过三四十里便是宁安村，由宁安村横渡一条河面阔不到一里远的韩远河便是仙境村，再由这仙境村前行不到三四里路远便是A地，他的旧乡了。

他这时，茫茫然地行着。渐渐地由幻想里回到现实的境界来。他开始地觉得太热，满面汗湿。他急把蓝布长衫脱下，挂在手臂上。他开始看见在这路上行着的不止他自己一人，前面还有和他一样的两个人在走动着。他忽然觉得有和他们谈话的必要，便快步追上前去和他们接洽。

"老哥！到哪里去的？"之菲向着他们点着头笑问着。

"到宁安村去的。你老哥呢？"两人中一个私塾教师模样的少年人答着。他的头部很细，眉目嘴鼻却勉强地安置得齐备。他的声音从他很小的口里发出来，但不低细。他的样子很自得，因为身材虽然很小，但他在乡村间的位置，却似很高。他虽然是渺小，但照他的衣着估价起来，他大概还不失是个斯文种子。

"兄弟是到A地去的。你们两位老哥在那里贵干啊？"之菲

---

① 同"赐予"。

问着。

"不敢当！不敢当！兄弟和这位朋友都在这宁安村里教小学。你老哥就请顺道到那儿去坐吧！"这小头少年说。他的朋友向着之菲微微笑着，表示敬意。这朋友有些村野气，面上各部分，界限划不大清楚。但，眼光很灵活，似乎是个聪明的人物。

"好的！好的！到你们贵校去参观一下是很好的！你们两位老哥从前在什么地方念书啊？"之菲问，他这时正用着手巾去揩着他脸上的汗。"兄弟从前是在T城B小学念书的。"他们两人齐声说。

"兄弟十年前也是在B小学毕业的。"之菲说。

"呵，呵，老兄这么说是我们的前辈了！未请教老兄贵姓名啊！"小学教师问。

"兄弟姓张名难先。算了吧！大家都是同学，不要客气吧。"之菲说。

"呵，呵，张先生，久仰！久仰！"小头教师和他的朋友交口赞着。

这场谈话的结果，使他们骤然变成朋友。他到他们的校里喝了几杯茶，洗了一回凉水面。他们便替他雇来一乘轿，把他一直抬到A地去。

一四

在一条萧条的、凄清的里巷间，之菲拖着迟疑的、惶急的脚步终于踏进。巷上有三四个小孩，两个廿余岁的妇人，一个六十余岁的老妇人，他们正在忙碌着他们的日常琐事。

"呀！三叔来了！三叔来了！"一个十三四岁的小女孩首先发见，差不多狂跳着说。

"三叔来了！三叔来了！三叔来了！"其余的几个小孩一样地狂跳着叫出来。

一阵微微的笑，在那两个少妇的面上跃现，在那老妇人的面上跃现。

"母亲！嫂嫂！纤英！媚花！惜花！绣花！撷花！"之菲颤声向各人招呼着，两眼满含着清泪。

"孩儿——你——回来——回来好！好！"他的母亲咽着泪说，终于忍不住地哭了。

"叔叔！"他的嫂嫂咽着泪望着他凄然地哭起来。

他的妻纤英把他饱饱地望了一眼，也哭了。

他忍不住地也哭了。

几个小孩子见不是路，都跑开了。

过了一会，他的母亲忍着泪说："菲儿，唉！先回来几个月还可以见你的哥哥一面！——唉！儿呀！回来太迟了！"

他的二嫂听着这几句话，打动着她的惨怀，更加悲嘶起来。

"不要哭！"之菲竭力地说出这几个字，自己已是忍不住地又哭了。

"大嫂哪儿去呢？"他继续着问。

"她到外头去，一会儿便回来的。儿呀！肚子一定饿了！呀！阿三快些煮饭去！"他的母亲说。

"妈妈！我已经在这儿煮着饭了！"纤英在灶下说。

"好！好！你的父亲现在T城，过几天才回来呢！"他的母亲说，"唉！儿呀！家门真是不幸啊！你的大哥，二哥，——唉，真是没造化！你这次回来好！好！还算你有点孝心！爷娘老了，以后不放心给你出门去了。儿呀，你以后不要再到外头去了。外头的世界现在这么乱，杀人如切葱截蒜！唉！我们的祖宗又没有好风水，怎好到外头去做事呢？儿呀！回来好！回来好！还算你有点孝心，以后只要靠神天保佑，在家吃着素菜稀粥好好地度日便好，再也不要到外头去了！再也不要到外头去了！儿呀！我还忘记问你，这一次四处骚乱，你会受惊么？好！好！回来好！回来好！还算你有点孝心！"他的母亲态度很慈爱地继续说着。她是个长身材，十分瘦削的人。她的额很宽广，眼眶深陷，两颊凹入。表情很慈祥，温蔼，凄寂，渊静。她眉宇间充满着怜悯慈爱，是一个德行十分坚定的老妇人。

"不会的，孩儿这次并不受到什么惊恐。不要心忧吧！孩儿再也不到外面流浪去了！不要心忧吧！"之菲浴着泪光说，他为他的母亲的深沉的痛苦所感动了。

"叔叔啊，还是留在家里的好。妈妈真是受苦太深的啊！"他的二嫂说。

他的二嫂年约二十三四岁的样子，生得很标致。一双灵活的眼睛，一个樱桃的小口，都很足证明她本来是很美丽的。但她这时已是满脸霜气，像褪了色的玫瑰花瓣，像凋谢了的蔷薇，像遭雨的白牡丹，像落地的洋紫荆一样。她是憔悴的，凋黄的，病瘦的；春光已经永远不是她的了。

"知道的，嫂啊！我从此留在家庭中便是了！"他说，凄惶的心魂，遮蔽着他的一切。

过了一会，他吃完饭了，走入他自己住的房里去休息。他的妻纤英跟着他进去。

纤英是个窈窕多姿，长身玉立的少妇。她的年纪很轻，约莫是二十一二岁的样子。一种贞洁的、天真的、柔媚的、温和的美性蕴藏着在她的微笑，薄怨，娇嗔中。她像野外的幽花，谷里的白鹿。她是天然的，原始的。她不识字，不知"思想"是怎么一回事。但她的情感很丰富，很热烈，很容易感到不满足。她的水汪汪的双眼最易流泪。她的白雪雪的额最易作着蹙纹。她已为他生了一个三岁的女孩。这女孩酷类之菲，秀雅多感，时有哭声，以慰那父亲远离的慈母之凄怀。

"婵儿哪里去呢？"之菲问。

"卖给人家去了！"纤英笑着说，"你一去两年不回来！唉！——狠心得很！——婵儿到外边玩着去了，她现时会行会走呢！——我以为你从此不再回来了！唉！狠心的哥哥！——唉！妈妈真凄惨哩！她天天在哭儿子，在想儿子。还算你有点天良，现在会回来！——咳！不要生气吧！亲爱的哥哥！你近来愈加消瘦了！你的精神不好么？你有点病么？"她倚在他的怀上，双眼又是含怨又是带着怜爱地望着他。

他紧紧地搂抱着她，心头觉得一阵阵的凄痛。他在她的温暖的怀上哭了！

"对不住呀！——一切都是我负你们！——"他再也不能说下去了，他无气力地睡下，像一片坠地的林叶一样。"我病了！我疲倦！亲爱的纤姊！让我睡觉一会！"他继续说着，双眼合上了。

她觉得他好似分外冷淡，而且不高兴的样子，她也哭了。他俩互相拥抱着，哭着，各自洒着各的眼泪！

"你不高兴我么？你不理我么？狠心的哥哥！"纤英说。

"不会有的事，我很爱你！"之菲说。

"你形式上是很爱我的，但，你终有点勉强！你的心！唉！我现在知道你和我结婚时候，为什么整天哭泣的缘故了！我现在才听到人家说，你本来不愿意和我结婚，不过很孝顺你的父母，所以不敢忤逆他们的意思才和我做一处。唉！我知道你的心很惨！唉！我想起我的命运真苦啊！唉！哥哥！做人真是无味，我想我不如早些死了，你才可以自由！唉！我惟有一死！哥哥！你在哭么？唉！妹妹是说的良心话，不要生气！唉！你是大学生，我连一个字都不认识，我很知道，这分明是太冤枉你的呀！——但，莫怪妹妹说，你也忒糊涂了，你那时候为什么不反对到底！唉！难道我没有人好嫁！唉！我嫁给别人倒好，不会累你这么伤心！哥哥！你生气么？唉！我是个粗人不会说雅话，你要原谅我啊！……"纤英说，她大有声罪致讨之意。

"亲爱的妹妹！一切都是我对你们不住！唉！原谅我啊！原谅我啊！我的心痛得很啊！"之菲说。他只有认罪，他觉得没有理由可以申诉。他想现在只好沉默，过几天惟有偕着曼曼逃到海角天涯去。不过他觉得很对不住她。在这旧社会制度的压迫下，她终生所唯一希望的便是丈夫。现在他这样对待她，她将怎样生活下去呢？他想照理论，他们这种两方被强迫的结合当然有离婚之必要，但照事实，她和他离婚后，在这种旧社会里面差不多没有生存的可能。他又想这时候正在流亡的他，正叠经丧去两兄，家庭十分凄凉的他，倘若再干起这个离婚的勾当来，不但纤英有自杀的危险，即他年老的父母也有不知作何结束的趋势。他为此凄凉，失望，烦闷，悲哀，恐惧。

"唉！妹妹！我是很爱你的！我的年老的双亲，你一向很殷勤地替我服侍。我所欠缺的为人子之责，你一向替我补偿；我很感激你！很感激你！——唉！离婚的事，断没有的！几年前做的那幕剧，未免太孩子气了，现在我已经做了父亲了，有了女儿了，再也不敢做那些坏勾当了！你相信我罢！相信我罢！我是爱你的！"之菲说，他的心在说着这几句假话时痛如刀割。

"你真的是爱我么？那我是错怪你了！"纤英说。

"真的，妹妹！我真的是爱你的！"他说。他骤然地为一阵心脏剧痛病所袭，抽搐着。他紧紧地咬着牙根忍耐着，泪如雨下。

"你为什么老是这样哭的呢？"她问。

"不！我不尝哭！"他答。

"你枕边的席都给你的眼泪流湿了，还说你不尝哭！唉！哥哥！告诉我，你为什么要这样伤心？"她问着。

"呵！呵！……"他再也不能出声了。

停了一会，他说："我很伤心！我的大哥死了！我的二哥又是死了！现在剩下我一人，我是不能死的了！妹妹！你相相我的样子，不至于短命吧！唉！我恐怕我——唉！妹妹！"

"……"她默默无言。

"愿天帝给我一个惨死，在爱我的人们从容仙逝之后！但，妹妹！不要悲哀，我是很爱你的！……"他继续地说着，勉强地装出一段笑脸去媚她，吻着她，拥抱着她，竭力去令她高兴。他心中想道：

"唉！你这无罪的羔羊呀！这恶社会逼着我去做你的屠夫！你要力求独立离开我，才有生机；但这在你简直是不可能。我为自拔计，不能和你在黑暗里摸索着度过一生，这是我的很不过意的地方。但，我这一生便长此蹂躏下去，糟蹋下去，实在也是没有什么益你的地方。唉！罢了！这都是社会的罪恶！我需要着革命！革命！革命！唉！无罪的羔羊，怨我也罢，诅咒我也罢，我终是你的朋友，我将永远地立在帮助你的地位，去令你独立！"

一阵阵死的诱惑，像碧磷一样地在他的面前炫耀着！他借着这阵苦闷，昏沉沉睡去！晚上睡觉的时候，他托辞病了，没有和她一块儿睡觉。为的是恐怕对他的情人曼曼不住。

一五

过了几天，之菲的母亲和他在厅上谈话，都是关于他的大哥怎么样死，二哥怎么样死的惨状，复说着，哭着，哭着，复说着。在这种悲酸凄凉的景况中，他眼击慈母心伤的颜色，心念两兄病死的魂影，他的脑像被鬼物袭击，他的眼前觉得一阵昏黑，鼻孔里都是酸辣。他有时三四分钟间失了知觉，如沉入大海一样，如埋入坟墓一样，如投在荒郊一样，冥然，懵然，昏然，寂然，呆然，待到他忽然地叹口气起来，才渐渐惊觉醒转过来。他发觉他的心像被大石压着，周身麻木，失去他原有的气力。他的无神的双眼像坚实的木头做成的一样只是不动，他的灰白的脸更加罩上一层死光！他搐搦着，震颤着！

当他想起将来怎样结局时，他遍身打着寒噤，面上同幽磷一样青绿。他有两个寡嫂，有大嫂的遗孤媚花、惜花、绣花、撷花；二嫂的遗孤一人，将来都要由他全部供给教养费。他更想起他的父亲来，他的心像被锋利的快斧劈成碎片一样，他的固体般的眼泪，刺眼眶奔出。他的无生气的脸，显现出恐惧，怯懦，羞耻和被凌辱的痕迹来！

他的父亲是永远不会同情他的，他对他好像对待一个异教徒一样。他憎恶他是本能的，性质生成的，他永不容许他的哭诉。他平时糟蹋他的地方，譬如骂他生得太瘦削，没福气，短命相；写字入邪道，作诗入邪道，做文章入邪道，说话入邪道，叹口气也入邪道。他觉得他身上没有一片骨、一滴血，不是他父亲憎恶的材料。他想起这一次的失败，他父亲给他的同情将是冷嘲，热讽，痛骂，不屑！他震恐，凄惶，满身的血都冷了。他悔恨他这次的回家。

"父亲几时才回来呢？"他咽着泪向他的母亲问，心中一震，脸儿有些青白了。

"他大概今天是要回来的。"他的母亲很慈祥地说。他给他母亲这句话，吓得再也不敢作声了。他自己觉着骇异，他平时冲锋陷阵的勇气哪里去了呢？他的为同辈所崇拜的过人的胆量哪里去了呢？正在这个时候，他听见他的父亲的声音在巷上来了。他同他的母亲即时走出门口去迎接他。"父亲！孩儿回来了！"之菲咽着泪说。他看他的父亲似乎很劳苦的样子，满拟安慰他几句，但恐怖侵蚀他的心灵，他只偷望他一眼，便低下头不敢作声。他这时虽然未尝受到他①的叱骂，但他②平时的威凛尽足以令他噤住。

他的父亲望着他一眼，冷然地笑了一笑便沉着脸说：

"知道了。"声音很雄壮粗重，而且显然含着恶意，令他吓了一跳。

---

① ② 指父亲。

他的父亲名叫沈尊圣，是个六十余岁的老头子。他的眉目间有一股傲兀威猛之气，当他发怒时，紧蹙着双眉，圆睁着两眼，没有人不害怕他的。他很质朴，忠厚，守教，重义，是地方上一个有名的人物。他的性格本来很仁慈，但他的脾气太坏，太易发怒，所以不深知他的人是不容易了解他原来狮子性中却有一股婆心的。他很固执，有偏见。他认为自己这方面是对的，对方面永无道理可说。他的确是个可敬的老人物，他不幸是违背礼教、捣乱风俗社会的之菲的父亲！他是个前清的不第秀才，后来弃儒从商，在T县开了一间小店，足以糊口。他这时正从距离这A地四十里远的T县的店中回到家中来。因为天气太热了，所以他把他的蓝布长衫挂在手臂上。这时他把长衫交给他的老妻收起，叫他的三媳妇给他打一盆水洗面。他洗完面便在厅上的椅中坐下。他望着之菲，只是摇着头，半晌不出声。

之菲的母亲为他这种态度吓了一跳，问着：

"今天你看见儿子回来，为什么不觉得高兴，好像有点生气的样子？"

"哼！高兴！你的好儿子，干了好事回来！"他的父亲生气地说着，很猛厉地盯着之菲一眼。之菲心上吓了一跳，额上出了一额冷汗。

"到底是怎么一回事呢？"他的母亲很着急地问。

"你问问你的好儿子便知道了！"他的父亲冷然地答，脸上变成金黄色。在他面前的之菲，越觉得无地自容。他遍身搐搦得愈利害，用着剩有的气力把牙齿咬着他的衣裾。

"儿呀，你干了什么一场大事出来呢？你回家几天为什么不告诉娘呢？"他的母亲向着之菲问，眼里满着泪了。

"呢！——……"之菲竭力想向他们申诉，但他那从小便过分被压损的心儿一阵刺痛，再也说不出声来了。

"哼！装成这个狐狸样，闯下滔天大祸来！"他的父亲不稍怜悯他，向他很严厉地叱骂着，便又向他的老妻说：

"你才在梦中呢？你以为你的儿子记念着我们，回家来看看我们么？他现在是个在逃的囚犯呀！时时刻刻都有人要来拿他，我恐怕他是已经死无葬身之地了！哼！我高兴他回来？我稀罕他回来吗？"他的父亲很不屑的神气说着。

他的母亲骤然为一阵深哀所袭，失声哭着：

"儿呀！不肖的菲儿呀！"

之菲这时转觉木然，机械地安慰着他的母亲说：

"孩儿不肖，缓缓改变便是，不要哭罢！"

"第一怨我们的祖宗没有好风水，其次怨我们两老命运不好，才生出这种儿子来！"他父亲再说着，"哼！你真忤逆！"他指着之菲说，"我一向劝你学着孔孟之道，谁知你书越读多越坏了。你在中学时代循规蹈矩，虽然知道你没有多大出息，还不失是个读书人的本色啊！哼！谁知你这没有良心的贼，父亲拼命赚来的钱供给你读大学，你却一步一步地学坏！索隐行怪，坠入邪道！你毕业后家也不回来一次！你的大哥、二哥，死了，你也没有回来看一下！一点兄弟之情都没有！你革命！哼！你革什么命？你的家信封封说你要为党国，为民众谋利益，虽劳弗恤！哼！党国是什么，民众是什么？一派呆子的话头！革命！这是人家骗人的一句话，你便呆头呆脑下死劲地去革起来！现在，党国的利益在哪里？民众的利益在哪里？只见得你自己革得连命都没有起来了！哼！你这革命家的脸孔我很怕看！你现在回家来，打算做什么呢？"他的父亲越说越愤激，有点恨不得把他即时踢死的样子。

"父亲，你说的话我通明白，一切都是我的错误。我很知罪。我不敢希求你的原谅！我回家来看你们一看，几天内便打算到海外去！"之菲低着头说，不敢望着他的父亲。

"现在T县的县长，S埠的市长听说都是你的朋友，真的么？"他的父亲忽然转过谈话的倾向问着。

"是的，他们都是我的朋友！"之菲答。

"你不可以想方法去迎合他们一点么？人格是假的，你既要干政治的勾当，又要顾住人格，这永远是不行的！你知道么？"他的父亲说，这时颜色稍为和平起来了。

"不可以的！我想是不可以的！我不能干那种勾当，我惟有预备逃走！"之菲说，他这时胆气似乎恢复一些了。

"咳！人家养儿子享福，我们养儿子受气！现在的世界多么坏，渐渐地变成无父无君起来了！刘伯温先生推算真是不错，这时正是'魔王遍地，殃星满天'的时候啊！孔夫子之道不行，天下终无统一之望。从来君子不党，惟小人有党，有党便有了偏私了！哼！你读书？你的书是怎样读法？你真是不通，连这个最普通的道理都不明白！哼！破费了你老子这么多的钱！哼！哼！"他的父亲再发了一回议论，自己觉得无聊，站起来，到外头散步去了。

他的母亲安慰他一阵，无非是劝他听从他父亲的话，慎行修身这一类大道理。他唯唯服从地应着，终于走回自己的房里去。

他的妻正在里面坐着，见他进来冷然地望着他。他不知自己究竟有什么生存的价值，颓然地倒在榻上暗暗地抽咽。他的妻向他发了几句牢骚，悻悻然出去了。他越想越凄怆，竭力地挽着自己的乱发，咬着自己的手指，紧压着自己的胸，去抑制他的悲伤。他打滚着，反侧着，终不能得到片刻的宁静。他开始想着：

"灵魂的被压抑，到底是不是一回要紧的事？牺牲着家庭去革命，到底是不是合理的事？革命这回事真的是不能达到目的么？我们所要谋到的农工利益、民主政权，都只可以向着梦里求之么？现在再学从前的消极，日惟饮酒，干着缓性自杀的勾当不是很好么？服从父母的教训去做个孔教的信徒是不是可能的呢？"

他越想越模糊，越苦恼，觉得无论怎样解决，终有缺陷。他觉得前进固然有许多失意的地方，但后顾更是一团糟！过了一会，他最终的决心终于坚定了。他这样想着：

"惟有不断地前进，才得到生命的真诠！前进！前进！清明地前进也罢，盲目地前进也罢，冲动地前进也罢，本能地前进也罢，意志的被侵害，实在比死的刑罚更重！我的行为便算是错误也罢；我愿这样干便这样干下去，值不得踌躇啊！值不得踌躇啊！你灿烂的霞光，你透出黑夜的曙光，你在藏匿着的太阳之光，你燎原大焚的火光，你令敌人胆怖，令同志们迷恋的绀红之光，燃罢！照耀罢！大胆地放射罢！我这未来的生命，终愿为你的美丽而牺牲！"

一六

由S埠开往新加坡的轮船今日下午四时起锚了。这船的名字叫DK，修约五十丈，广约七八丈，蓝白色，它在一碧无垠的大海中的位置好像一只螳螂在无边的草原上一样。这第三等舱的第三层东北角向舱门口的船板上，横躺着七八个乡下人模样的搭客。

这七八个搭客中有一个剃光头，跛着足，穿着一件破旧的暹绸衫的青年人。他的行李很简单，他连伴侣都没有。——一起躺在那儿的几个粗汉都是他上船后才彼此打招呼认识的，他和他这些新认识的朋友，似乎很能够水乳交融。他们有说有笑，有许多事情彼此互相帮忙，实在分不出尔我来。

"老陈，你这次到唛叻（即新加坡）去，是第一次的，还是以前去过的？"一个在他身边躺着的新朋友向着他问。这新朋友名叫黄大厚，今年约莫二十六七岁，长头发，大脸膛，黄牙齿，两颧阔张；神态纡徐而带着不健康的样子。

"兄弟这一次是第一次到新加坡去的。"他答。

"到坡面还是到州府仔（小埠头）去呢？"黄大厚问，他这时坐起来卷着纸烟在吸，背略驼，态度纡缓，永不会起劲的样子。"到坡面去的。"这剃光头的青年回答，他也因为睡得无聊，坐起来了。他的脸色有一点青白，瘦削的脸孔堆积上惨淡、萧索之气。

"到坡面哪条街去？你打算到那里做什么事？"老黄问着，口里吐出一口烟来。那口烟在他面前转了几圈便渐渐消失了。

"到漆木街××号金店当学徒去！"这剃光头的青年答。他似乎有点难过的样子，但这是初次出门人的常态，他的忠厚的朋友未尝向他起过什么怀疑。

"好极了！好极了！我想你将来一定很有出息！"黄大厚叫着，筋肉弛缓的脸上溢着羡慕的神态。他把他用纸卷的红烟吸得更加出力了。在他右边躺着的一个大汉名叫姚大任的，这时向着他提醒着：

"老陈，漆木街××号金店实在很不错。我上一次回唐山时，在那儿打了一对金戒指呢。很不错，很不错！到坡后，你如果不识路，我可以把你带去。"

姚大任一向是在砂拉越做小生意的，他的样子很明敏活泼。年纪约莫二十七八岁，双眼灼灼有光，项短，颏尖。还有筋肉健实，声音尖锐，脸孔赤褐色而壮美的姚治本，年纪轻而好动的姚四，姚五，姚六，都和这光头青年是紧邻一路。谈谈说说，旅途倒不寂寞。

这剃光头，穿破暹绸衫，要到新加坡当学徒的青年，便是K大学的毕业生，M党部的重要职员沈之菲。

之菲自回家后，接到爱人曼曼的信十几封，封封都由他的父亲看完后才交还给他，他俩的关系，家人都大体知道了。他的父亲设尽种种方法，阻止她到他家里去，所以直至他出走这一天，他俩还没有会过一次面。

有一次，她已到之菲的父亲的店中，请他带她到他家中去会之菲一面，他的父亲说：

"他现时在乡的消息需要秘密，你这一去寻他，足以破坏这个秘密。这个秘密给你破坏后，他便无处藏身，即有生命之虞！"

她给他这段理由极充足的议论所驳退，终于没有去见他。过几天他的父亲便回家去，他带去一个极险恶的消息，这消息促他即日重上流亡之路，没有机会去晤他的情人一面。

那天他的父亲回家，他照常地去他面前见见他。他叫了一声"父亲您回来"之后，考察他的神色分外不对，心中吓了一怔！他站立着不敢动，只是偷偷地望着他父亲的脸孔。

"哼！你干的好事，还不快预备逃走么？这是一张上海《申报》，你自己看罢！"他的父亲说着，把手里那张红色的上海《申报》向他身上投去，便恨恨地走开去了。

他提心吊胆地拾起那张《申报》一看。他发见他的名字正列在首要的叛逆分子里面，由M党中央党部函K政府着令通缉的！他不曾感到失望，也不曾着慌。因为这些事他是早已料定的。他毫不迟疑，在他的母亲的老泪和他的妻的悲嘶中整理着行装，把自己扮成一个农家子，在翌日天尚未亮时便即出走。

他知道这次的局势更加严重了，他不敢再坐火车到T埠，他从一个乡村里雇了一只小船一直摇至S埠的港口。他不敢上岸，在小船中等到DK轮船差不多要开出时，才由小船送他到轮船上去。

他时时刻刻都有被捕获的危险，但他算是很巧妙地避过了。现时在这三等舱中和黄大厚诸人在谈谈闲话，他自己很放心，他知道危险时期已经过了。他这时候呆呆地在想着：

"像废墟一样，残垒一样，坟墓一样的家庭现在算是逃脱了！恐惧的，撘撖的，悲伤的，被压抑的生活现在算是作一个结束了。鸢飞鱼跃的活泼境界，波奔浪涌的生命，一步一步地在我面前开展了！但，脱去家庭极端的误解便要在社会不容情的压迫下面过活！新加坡！帝国主义者盘踞着的新加坡！资本家私有品的新加坡！反动分子四布稍一不慎即被网获的新加坡！在那里我将怎样生存着？漆木街××号金店，虽说在H港未入狱时陈若真说过那店是他的叔父开的，可以一起走到那里去避难。但，现在的情形又不同了，陈若真这次有没有逃来新加坡，这已显然成一问题。便算他逃来新加坡，照现时的局面，他仍然需要到一个秘密的藏匿所，不敢公然在那店里头居住——他也是政府通缉的人物。那，我用什么方法把他寻出来！

"除开他，偌大的新加坡，和我相识的，却是一个都没有！我将怎样生活下去？唉！糟糕！糟糕一大场！

"我的亲爱的曼曼！我的妹妹！我的情人！唉！她这个时候又将怎样呢？我临走时给她那一封信简直是送她上断头台！她这时候定在她家中整日垂泪，定在恨我无情！在欲暮的黄昏，在未曙的晓天，在梦醒的午夜，在月光之下，在银烛之旁，在风雨之夕，在徬徨①之歧路！呵！她一定因凄凉而痛哭！她那忧郁病一定要害得更加利害！她的面色将由朱红变为灰白，由灰白变为憔暗。她的红色的嘴唇将变为褪色的玫瑰瓣；她的灵活的双眼将变为流泪的深潭。啊，啊，我真对她不住！我真对她不住！"

他想到这里便忘情地叹了一口气。

"老陈！你在想什么？大丈夫以四海为家，用不着唉声叹气啊！"黄大厚安慰着他说。他露出两行黄牙齿来，向着他手里持着的一个烟盒里面嵌着的镜注视着。

"今天的天气真是太热，令人打汉（忍耐）不住啊！"姚大任说，他这时正赤着膊在扇着风。

姚治本热得鼻孔里只是喘着气说：

"真的是热得难耐啊！巴突（理应该），现在的天气亦应该热的了！"

据他们两人的报告，新到新加坡的唐客，自朝至暮都要袒着上身；并且每天还要洗五六次身。洗时须用一片木柴或者一条粗绳用力擦着周身的毛孔，令他气出如烟才得安全！他们又说到埠

---

① 同"彷徨"。

88

时到人家处座谈的时候，不能够翘起双足盘坐着，因为这是大避忌的！

之菲觉得很无聊，便举目瞩望同舱的搭客。男的，女的，杂然横陈！有的正在赌钱，有的正在吸鸦片烟，有的正在谈心，有的正在互相诅咒，有的正晕船在吐，有的正吐得太可怜在哭。满舱里污秽、臭湿、杂乱、喧哗，异声频闻，怪态百出。

这种景象由早起到黄昏，由船开出时一直到达目的地，始终未尝变过！

这是船将到埠的前一日，船票听说今天便要受检查的了。倏然间空气异常紧张，各人都提心吊胆各把船票紧紧地握在手里。没有船票的都各各被水手们引去藏匿着了。（这是水手们赚钱的一种勾当。无钱买船票的人们拿三数块至十多块钱交给水手们，由水手们设法，引导他们当查票时在各僻静处——如货舱、机器间、伙计房等地方藏匿。听说每次船都有这样的搭客三四百人！）

一会儿便有四五个办房的伙计一路喧呼呐喊，驱逐舱面的搭客一齐起到甲板上面去。最先去的是妇人，其次是小孩，姚四，姚五，姚六，都被他们当作小孩先行提去！（原来这亦是他们赚钱的一个方法！譬如他们卖五百张半单的小童船票便声报一千张。其余五百张的所谓"半票"统统卖给全价的成人。这样一来他们便可以弄到一笔巨款。但当查票时，点小童的人数不到，他们便不得不到各舱乱拉年轻人去补数！）最后才是成年的男人。这样一来，这个乱子真闹得不小了！

这时甲板上满满的拥挤着几千个裸着上体的搭客。（现在听说西番大人对待中国人已算是好到极点了！男人光裸上体，不用裸出下体！女人们连上体都不用裸出。二十年前，据说男女都要全身一丝不挂给他们检验呢！）那些袒露着的上体，有些是赤褐色的，有些是白润的，有些是炭黑的，有些是颓黄的；有些很肥，有些很瘦；一团团的肉在拥挤着，在颤动着，在左右摇摆着，像一队刮去毛的猪，像一队屠后挂在铁钩上的羊，像春秋两祭摆在孔圣龛前的牛，在日光照射之下炫耀着，返光回照①，气象万千！

过了一会，人人垂头丧气走到查票员柜前给他欣赏一下！（不！他们看得太多，确有点厌倦了！还算洋大人的毅力好！）走前几步给新加坡土人用那枝长不到半尺的铅笔在胸部刺了一下便放过了。足足要经过四个钟头，才把这场滑稽剧演完！

忠厚的黄大厚真有些忍耐不住了，他眼里夹着一点眼泪说：

"在家日日好，出外朝朝难！唉！唉！……"

在他前后左右的搭客听着他这句说话，也有点头称是的；也有盯着他一眼，以他为大可以不必的！

经过这场滑稽剧之后，再过一夜便安然抵埠。稽查行李的新加坡土人虽有点太凶狠，但因为他们用钱可以买情的缘故，也算容易对付。第一次出洋的之菲，便亦安然地到达目的地了。

一七

这是晚上了，皇家山脚的潮安栈二楼前面第七号房，之菲独自个人在坐着，同来的黄大厚诸人都到街上游散去，他们明早一

---

① 同"回光返照"。

早便要搭船到砂拉越去。室里电灯非常光亮，枕头白雪雪的冷映着漾影的帐纹。壁上挂着一幅西洋画的镜屏，画的是椰边残照，漆黑的"吉宁人"①正在修理着码头。一阵阵暖风从门隙吹进来，令他头痛。他忆起姚大任、姚治本的说话来，心中非常担忧，忙把他的上衣脱去，同时他对于洗身之说也很服膺，在几个钟头间他居然洗了几次身，每次都把他的皮肤擦得有些红肿。

这次的变装，收着绝大的功效！听说这DK船中的几十个西装少年都给"辟麒麟"②扣留，——因为有了赤化的嫌疑！

"哎哟！真寂寞！"他对着灯光画片凝望了一会便这样叹了一声，伸直两脚在有弹性的榻上睡下去了。在这举目无亲的新加坡岛上在这革命干得完全失败的过程中，在这全国通缉，室家不容的穷途里，曾在那海船的甲板上藏着身，又在这客舍与那十字街头藏着身的他，这时只有觉得失望，昏暗，幽沉，悲伤，寂寞。全社会都是反对他的，他所有的惟有一个不健全的和达不到的希望。

过了一会，忽然下着一阵急雨，打瓦有声。他想起他的年老的父母亲，想起他的被摈弃的妻，想起他的情人。他忽而凄凉，忽而觉得微笑，忽而觉得酸辛，忽而觉得甜蜜了。他已经有点发狂的状态了！最后，他为安息他的魂梦起见，便把他全部思潮和情绪集中在曼曼身上来。他想起初恋的时候的迷醉，在月明下初次互相拥抱的心颤血沸！……

"曼曼！曼曼！亲爱的妹妹！亲爱的妹妹！"他暗暗地念了

---

① 华侨称定居在马来亚的印度人为"吉宁人"。

② 辟麒麟（Pickering）是新加坡第一任华民政务司长官，对华人的私会党采取过严厉的镇压措施。一些老华侨有时仍称殖民政府的华民政务司为"辟麒麟"。

几声。

"唉！要是你这个时候能够在我的怀抱里啊！——"他叹着。

楼外的雨声潺潺，他心里的哀念种种。百不成眠的他，只得坐起，抽出信纸写着给她的信。

最亲爱的曼妹：

谁知在这凄黄的灯光下，敲瓦的雨声中，伴着我的只有自己的孤零零的影啊！为着革命的缘故，我把我的名誉，地位，家庭，都一步一步地牺牲了！我把我的热心，毅力，勇敢，坚贞，傲兀，不屈，换得全社会的冷嘲，热讽，攻击，倾陷，谋害！我所希望的革命，现在全部失败，昏黑，迷离，惨杀，恐怖！我的家庭所能给我的安慰：误解，诬蔑，毒骂，诅咒，压迫！我现在所有的成绩：失望，灰心，颓废，坠落，癫狂！唉！亲爱的曼妹！我唯一的安慰，我的力的发动机，我的精神的兴奋剂，我的黑暗里的月亮，我的渴望着的太阳光！你将怎样的鞭策我？怎样的鼓励我？怎样的减少我的悲哀？怎样的指导我前进的途径？

啊！可恨！恐怖的势力终使我重上流亡之路，终使我们两人不得相见，终夺去我们的欢乐，使我们在过着这种凄恻的生活！同乡的L和B听说统被他们枪毙了！这次在C城死难者据说确数在千人以上！啊！好个空前未有的浩劫！比专制皇帝凶狠十倍，比军阀凶狠百倍，比帝国主义者凶狠千倍的所谓"忠实的同志们"啊，我佩服你们的手段真高明！

亲爱的妹妹！不要悲哀罢，不要退缩罢。我们想起这千百个为民众而死的烈士，我们的血在沸着，涌着，跳着！我们的眼睛里满逬着滚热的泪！我们的心坎上横着爆裂的怒气！颓唐么？灰心么？不！不！这时候我们更加要努力！更加不得不努力！

他们已经为我们各方面布置着死路。惟有冲锋前进，才是我们的生路！我们要睁开着我们的眼睛，高喊着我们的口号，磨利着我们的武器，叱咤喑呜，兼程前进，饮血而死！饮血而死终胜似为奴一生啊！

亲爱的妹妹，不要悲哀罢，不要退缩罢。只有高歌前进，只有凌厉无前，跳跃着，叫号着，进攻的永远地不妥协，永远地不灰心！才是这飙风暴雨的时代中的人物所应有的态度！

祝你

努力

你的爱友之菲　月　　日

他写完后，读过一遍，把激烈的字句改了好几处，才把它用信封封着，预备明天寄去。

这时候，他觉得通体舒适，把半天的抑郁减去大半。他开始觉得疲倦，矇眬地睡着。过了一忽，他已睡得很沉酣。他骤觉得一身快适轻软，原来却是睡在曼曼怀上。她的手在抚着他的头发，在抚着他的作痛的心，她的玫瑰花床一样的酥胸在震颤着，她的急促的呼吸可以听闻。

"妹妹！你哪儿来的！"他向她耳边问着，声音喜得在颤动着。

"咳！狠心的哥哥啊！你不知道我一天没有见你要多么难过！你，你，你便这样地独自个人逃走，遗下我孤零零地在危险不过的T县中。你好狠心啊！我的母亲日日在逼我去和那已经和我决绝的未婚夫完婚，我整日只是哭，只是反对，只是在想着你！

"咳！——你那封临走给我的信，我读后发昏过两个钟头。我的妈妈来叫我去吃饭，我也不去吃了！我只是哭！我谅解你的苦衷，我同时却恨你的无情。你不能为你的爱情冒点危险么？你不能到T县去带我一同逃走么？咳！——狠心的你！——狠……心……的你！你以为你现在已经逃去我的纠缠么？出你意料之外的，你想不到现在还在我的怀里！哼！可恨的你！寡情的你！呃！呃！呃！"她说完后便幽幽地哭了。

他一阵阵心痛，正待分辩，猛地里见枕上的曼曼满身是血，头已不见了！这一吓把他吓醒起来，遍身都是冷汗！他追寻梦境，觉得心惊脉颤！他悔恨他这次逃走，为什么不冒险到T县去带她一路逃走！"咳！万一她——唉！该死的我！该死的我！"他自语着。

雨依旧在下着，灯光依然炫耀着，雪白的枕头依旧映着漾影的帐纹！夜景的寂寞，增加他生命里的悲酸！

一八

之菲晨起，立在楼前眺望，横在他的面前的是一条与海相通的河沟，水作深黑色，时有腥臭的气味。河面满塞着大小船只，船上直立着许多吉宁人和中国人。河的对面是个热闹的"巴萨"①。

巴萨的四围都是热闹的市街。西向望去，远远地有座高冈，冈上林木翁郁，秀色可餐。

他呆立了一会，回到房中穿着一套乡下人最时髦的服装，白仁布衫，黑暹绸裤，踏着一双海军鞋——这双鞋本来是他在C城时唯一的皮鞋，后来穿破了，经不起雨水的渗透，他便去买一双树胶鞋套套上，从此这双鞋便成水旱两路的英雄，晴天雨天都由它亲自出征。在这新加坡炎蒸的街上，树胶有着地欲融之意，他仍然穿着这双身经百战，瘢痕满面的黑树胶套的水鞋。他自己觉得有趣便戏呼它做海军鞋——依照姚大任告诉他的方向走向漆木街××号金店去。

街上满塞着电车，汽车，"猡厘"②，牛车，马车，人力车。他想如果好好地把它平均分配起来，每人当各有私家车一辆；但照现在这种局面看起来，袋中不见得有什么金属物和任何纸币的他，大概终无坐车之望。这在他倒不见得有什么伤心，因为坐车不坐车这有什么要紧，他横竖有着两只能走的足。一步一步地踱着，漆木街××号金店终于在他的面前了。

金店面前，吊椅上坐着一个守门的印度人。那人身躯高大，胡子甚多，态度极倨傲，极自得。店里头，中间留着约莫三尺宽的一片面积作为行人路，两旁摆着十几只灰黑色的床，床上各放着一盏豆油灯，床旁各各坐着一个制造金器的工人，一个个很专心做工，同时都表显着一种身份很高的样子。之菲迟疑了一会，

---

① 马来语，即菜市场。
② 英语lorry的译音，即卡车。

把要说的话头预备好了便走进店里去。

"先生，陈若真先生有没有住在贵店这儿？"他向着左边第一张床的工人问着。

"我不晓得哪一个是陈若真先生！"那工人傲然地答，望也不望他一眼。

之菲心中冷了一大截，他想现在真是糟糕了！

"大概还可以向他再问一问吧，或许还有些希望。"他想着。

"先生，兄弟不是个坏人，兄弟是若真先生的好朋友。在H港时他向兄弟说，他到新加坡后即来住贵店的，并约兄弟来新加坡时可以来这儿找他的啊！"之菲说，极力把他的声音说得非常低细，态度表示得非常拘谨。

"我不识得他就是不识得他，难道你多说几句话我便和他认识起来吗？"工人说，他有些发怒了。这工人极肥胖，声音很是浊而重，面上没有什么特别的地方，不过鼻头有点红。

之菲忍着气不敢出声。他想现在只求能够探出若真的消息出来便好，闲气是不能管的。他再踏进几步向着坐在柜头的掌柜先生问：

"先生，请问陈若真先生住在贵店吗？兄弟是特地来这里拜候他的！"

掌柜是个长身材，白净面皮，好性情的人。他望着他一眼，很不在意似的只是和别个伙计谈话。过了一会，他很不经意地向着他说：

"在你面前站着的那位，便是陈若真的叔父，你要问问他，便可以知道一切了。"

站在之菲面前所谓陈若真的叔父，是个矮身材，高鼻，深目，穿着一套铜钮的白仁布西装，足登一对布底鞋，老板模样的人。他显然有些不高兴，但已来不及否认他①和若真的关系了。他很细心地把之菲考察了一会便说：

"你先生尊姓大名啊？"

"不敢当！兄弟姓沈名之菲。兄弟和若真先生是很好的朋友，我们在C城是一处在干着事的。兄弟和他在H港离别时，他说他一定到新加坡来！并约兄弟到新加坡时可以来这儿找他。兄弟昨日初到，现住潮安栈，这里的情形十分不熟悉，故此一定非找到陈先生帮忙不可的。"之菲答。

"呵，呵，很不凑巧！他前日才在唐山写了一封信来呢。他现在大概还在故乡哩。"若真的叔父说，"你住在潮安栈么？我这一两天如果得空暇，便到你那边坐坐去。现在要对不住了，我刚有一件事要做，要出街去。请了！请了！对不住！对不住！"他说罢向他点着头，不慌不忙地坐着人力车出去了。

"糟糕！糟糕一大场！完了！干吗？哼！"之菲昏沉沉地走出金店，不禁这么想着。街上的电车，汽车，马车，牛车，"猡厘"，人力车，依旧是翻着，滚着。他眼前一阵一阵发黑，拖着倦了的脚步，不知道在这儿将怎样生活下去，不知道要是离开这儿又将到哪儿去，到那儿去又将怎样生活下去。

"玄之又玄，众妙之门，这时需要点玄学了，哼！"他自己嘲笑着自己地走回潮安栈去。

黄大厚诸人已到砂拉越去。他独自个人坐在七号房中，故意把门关住，把电灯扭亮，在一种隔绝的，感伤的，消沉的，凄怨

---

① 指之菲。

的，失望的复杂情绪中，他现出一阵苦笑来。

"生活从此却渐渐美丽了！这样流浪，这样流浪多么有文学的趣味！现在尚余七八块钱的旅费，每天在这客栈连食饭开销一元五角。五天：五元，五五二块五，七元五角。索性就在这儿再住五天。以后么？他妈的！'天上一只鸟，地下一条虫！''君看长安道，岂有饿死官！'以后吗？发财不敢必^①，饿死总是不会的！玄学，玄学，在这个地方科学不能解决的，只好待玄学来解决了！——不过，玄学不玄学，我总要解决我的吃饭问题。今天的报纸不是登载着许多处学校要聘请教员吗？教国语的、教音乐的、教体操的、图画的、教国文的，无论哪一科都是需要人才。索性破费几角银邮费，凡要请教员的地方，都写一封信去自荐。在这儿教书的用不着中小学毕业，难道大学毕业的我不能在这里的教育界混混么？好的！好的！这一定是个很好的办法！不过这儿的党部统统勾结当地政府，他们拿获同志的本事真高强。现在K国府明令海内外通缉的我，关于这一层倒要注意。教书大概是不怕的，我可以改名易姓，暂时混混几个月。等到给人家识破时，设法逃走，未为晚也。名字要做个绝对无危险性的才好。——'孙好古'，好，我的姓名便叫作孙好古吧！'好古'两字好极了，可以表示出一位纯儒的分来！但'孙'字仍有些不妥！孙中山大革命领袖是姓孙的，我这小猢狲也姓孙起来不是有点革命党人的嫌疑吗？不如姓黄吧！但姓黄的有了黄兴，也是不妥，也是不妥！唉！在这林林总总的人群中，百无成就的我，索性姓'林'起来吧。好！姓林好！我的姓名便叫林好古！

---

① 同"不敢了"。

"退一步说，假如教书不成功，我便怎样办呢？呵，呵，可以卖文。今天《国民日报》的学艺栏中分明登载着征文小启，每千字一元至三元。好，不能教书，便卖文也是一个好办法。卖文好！卖文好！卖文比较的自由！"他越想越觉得有把握，不禁乐起来了。只是过了一会，他想起这些征求教员和征文的话头都是骗人的勾当，他不禁又是消沉下去。这儿的情形他是知道一点的，虽然从前并未来过。教员是物色定了，才在报端上虚张声势去瞎征求一番，这已是新加坡华人教育界的习惯法了。大概这用不着怀疑，教书这一层他是可以用不着希望的。卖文呢，那更糟糕了，便退一百步说，征文的内幕都是透亮的，他的文章中选了，但卖文的习惯法，大约是要到明年这个时候才拿得到稿费的。仅有五天旅费的他，要待到那个时候去拿稿费，连骨头都朽了！

他再想其次，到店里头当小伙计去吧。中英文俱通，干才也还可以，大概每月十元或二十元的月薪是可以办到的。但，这也是废话，没有人相识，哪个人要他？到街上拉车去吧，这事倒有趣。但对于拉车的艺术，一时又学不到，而且各种手续又不知怎样进行。

"完了！完了！糟糕！糟糕一大场！"他叹息着，呆呆地望着灯光出神。

一九

——深黑幽沉的夜，
深黑幽沉的土人，
在十字街头茂密的树下，

现出一段黑的神秘的光。

黑夜般的新加坡岛上的土人啊！

你们夏夜般幽静的神态，

晓风梳长林般安闲的步趋，

恍惚间令我把你们误认作神话里的人物！

在你们深潭般的眼睛里闪耀着的，

是深不可测的神秘！

家国么？社会么？

你们老早已经遗弃着了。

人类中智慧的先觉啊，

你袒胸跣足的土人！

宇宙间神秘的结晶啊，

你闪着星光的黑夜！

　　时候已是盛夏六月了，之菲来新加坡已是十几天了。他在潮安栈住了两天，即由若真的叔父——他的名字叫陈松寿，之菲和他晤面几次后才知道的——介绍他到海山街X公馆去住。住宿可以揩油免费，他所余的几块钱旅费，每天吃几碗番薯粥过日，倒也觉得清闲自在。

　　这晚，他独自个人在这街头踱来踱去。大腹的商人，高鼻的西洋人，他在C城看惯了，倒不觉得有什么值得注意的地方。最令他觉到有浓厚的趣味的是那些新加坡土人。他们一个个都是黑脸膛，黑发毛，红嘴唇，雪白的牙齿，时时在伸卷着的红舌，有颜色的围巾，白色——这色最圣洁，他色也有——的披巾。行路时飘飘然，翔翔然，眼望星月，耳听号风，大有仙意。在灯光凄暗，夜色幽沉的十字街头，椰树荫成一团漆黑，星眼暗窥着紧闭着的云幕，披发跣足的土人幽幽地来往，令他十分感动。他沉默地徘徊了一会，便吟成上面那首新诗。

过了不到五分钟，他又觉得无聊。他想起这班羔羊被吞噬着，被压迫着的苦楚，又不禁在替他们可怜了！

他们过的差不多是一种原始人生活，倦了便在柔茸的草原上睡，热了便在茂密的树荫下纳凉，渴了便饮着河水，饥了便有各种土产供他们食饱。他们乐天安命，绝少苦恼，本来真是值得羡慕的。但，狠心的帝国主义者，用强力占据这片乐土，用海陆军的力量，极力镇压着他们背叛的心理。把他们的草原，建筑洋楼；把他们的树荫，开办工厂；把他们的生产品收买；把他们一切生死的权限操纵。

他们的善良的灵魂怎抵挡得帝国主义的大炮巨舰！他们的和平的乐园怎抵挡得虎狼纵横占据！唉！可怜的新加坡土人，他们的好梦未醒，而昔日神仙似的生活，现在已变成镣枷满身的奴隶人了！

过了一会，他很疲倦，便走回他的寓所去了。

这寓所是个公馆。地位是在一座大洋楼的二层楼向街的一个房中。馆内有几种赌具——荷兰牌，扑克，麻雀牌。赌徒每晚光降的时常都在七八人以上。馆的“头佬”是个胖子，姓吴名大发，说话很漂亮，神情有点像戏台上的小丑，年约三十岁左右，在洋行办事，兼替华人商家把货名译成英文送关（华商办进出口货，必需列货单呈海关纳税，单上货名统要由中国名译成英文）。据他自己说，他每月有五百元进款。他不过在英文夜校读过九个月的英文，他常为他自己的过人的聪明和异样的程度所惊异。他时不时这样说：

"哼！不是我夸口，我的English（英文）的程度，在这新加坡读'九号'英文毕业的也赶我不上！哼！他们只管读英文的诗歌小说，和学习什么做文章，这有什么用处？new words（生字）最要紧！一切货物名字的各个new words能够记得起，才算本事！才能赚到人家的钱呢！"

照他的意思，读英文的，除记起货物的名字的生字外，更无其他法门。关于做人的办法，他亦觉得很简单。他时常说：

"中国人不可不学习英文！学习英文不可不记起new words，把new words记得多了，不可不替洋人办事！"

他很快乐，他觉得他所有的行动和说话，完全是再对没有的。他是这公馆中的领袖，一切银钱大计，嫖赌机宜，有什么纠纷时，都要听他解决。每每一语破的，众难皆息！

他很少来公馆，大约是几天来过一次的。他对之菲——他们叫他做林好古——很客气，不过也不大高兴搭理他。他和松寿有点交情，松寿把他介绍给他。他算是之菲的恩主。他时常蹙着额对着之菲说：

"好古先生，不是兄弟看不起你们这班大学生，但你们这班大学生只晓得读死书，不晓得做活事，这真有点不可以为训！哼！你在大学时如果留心记着new words，现在来到新加坡不愁没饭吃了！"

对着一切事件他未尝和人家讨论过，便下着结论。因为他说的话，总是对的！

他有一个表弟名叫陈为利的，年纪很轻，身材很小，脸孔有点像猫头鹰的，白天总在这儿学习英文。他①对他很满意，很赞赏。因为他②很是能够记起生字的。他自朝至暮不做别的工作，都在把他的表兄钦赠给他的几张华英对照的货物单练习着，练习着。什么"鸡蛋=egg，碎米=broken rice，麦粉=flour，鱼=fish……"这一类的生字，镇日地写着，念着。据说这几张货物单，新加坡岛上没有第二人能够比得上吴大发填得这样精密！

　　赌徒而且每晚都和之菲一处在楼板上睡觉的，有三人。第一位名叫林大爷，洋行伙计，年约四十，矮肥精悍，鼻低，额微凸，口小。此人在赌徒中，最慷慨，最骄傲，嗜嫖若命！第二位名叫蔡老师（不知道前清是否有点功名，人人都称他做老师），年约三十，秀雅温存，鼻特别大些，眼很灵活，行路时背有点驼。此人比较谨慎，拘滞，谦下，嗜嫖若命！第三位名叫程阿顺，洋行伙计，现已失业。他完全是个不顾生命的嫖客。年纪三十左右，样子漂亮，可惜嘴唇太突，眼睛太小。他为嫖而牺牲他的位置，为嫖而牺牲他的健康，但他现在仍积极地在嫖着。他的那个最要好的妓女像一只腊鸭一样，时常到×公馆来和他吊膀子，真是令人一见发呕。此时有时来住有时不来住的赌客还有几位。第一个有趣的名叫陈大鼻，此人年约四十，面色灰白，腰曲，说话时上气接不得下气。有时一句话他只说一两个字，以下的他便忘记说下去。还有名叫"田鸡"的，行动时酷似田鸡。名叫"九筒子"③的，是个麻子。

---

① 指吴大发。
② 指陈为利。
③ 麻将牌（赌具）牌面分刻筒、索、万三种，数目各自一至九，筒牌按数目刻上圆形花纹。有人戏称麻脸为"九筒子"。

这班人除程阿顺日里也在馆里高卧不起外，余的概在黄昏六七时以后才来馆里集齐。由六七时赌起，赌到十一时左右便散会。散会后便一齐到妓馆去，一直到深夜两三时才回来，这是他们的日常功课。

之菲便在这群人中间混杂着生活下去。这真有点不类，有时他自己真觉得有点惊异，但大体上他也觉得没有好大的不安。

这晚，他拖着倦步回来，他们正在赌着荷兰牌。他们并不问讯他一声，由他自来自去。关于这点，他觉得多少方便，因为彼此可以省些多少不安的情绪。

他们心目中的"林好古"，是个从乡村新出来谋生活的后生小子，是个可供驱使的杂役。他们有时叫他去为他们买香烟，泡"沽俾牛乳"，这后生小子都是很殷勤地应声而往。

程阿顺的"老契"那像腊鸭般的妓女也很看不起他。她日日来公馆和程阿顺大嬲特嬲，但未尝向他说一句话。她向他说话时只是说："去！去！替我买一包白点烟来！"

这真有点令他觉得太难堪了！

但，在过着逃亡生活的他，只得在这个藏污纳垢的场中生活下去！

二〇

漆木街××金店里的伙计名叫陈仰山的，这两天时时到公馆里来访他。他已经得到陈松寿的同意，把陈若真住在那里的消息报告给他。

这晚，大约是七时前后，他到公馆来带之菲一道探陈若真去。他年约二十七八岁，带着几分女性，说话时声音柔而细。态度很拘谨，镇定。普通人的身材，鼻端有几点斑点，眼睛不光亮，口很美，笑时像女人一样。这人，政治上的见解很明了，他同情于W地的政府而攻击N地的政府为反革命派。但他没有胆量，所以他不敢有所表示。

经过了十分钟的电车，四五十分钟的"猡厘"，初时只见电灯照耀着的市街一列一列地向后走，继之便是两旁的草原不断地溃退。最后开始看见周围幽郁的高林浴着冷月寒星之光，海浪般地向后面追逐。在万树葱茏，幽香发自树叶的山冈马路上，他们在那宽可容五六人的小电车"猡厘"车内喊着一声"Glax！"，那车便停住一会，给他们下车，便即由那始终站在"猡厘"后面的boy喊一声"Goo wit！"那车照旧如飞地奔驶去了。

这是新加坡"顶山"第四块"石"的地方。他们下车后，仰山便幽幽地向着之菲说：

"这里的路很难行，我在前面走着，你跟在后面，要留心些！"

说着，他便走进丛林去，之菲紧紧地跟在他的后面。丛林里山坡高下，细草柔茸，月光窥进茂密的树荫下，有些照得到的地方，十分闪亮，有些照不到的地方，仍然浓黑可怖。他们踏着一条屡经人们蹂躏，草不能生的宽不到半尺的小径曲折前进。不一会，一座荒广的园便横在他们的面前了。

这园完全在乳白色的月光中浸浴着。幽静的，优雅的，清深的，隐闭着的景况，正如画景一样。它像陶渊明所赞美的桃花源一样的遗世脱俗，它像柳子厚所描写的游记一样的幽邃峭怆。这园外用木片钉成一门，这时已是锁着。园内有一株魁梧的大树，枝干四蔽，小树浅草，更是随地点缀。距离园门不到五十步远，隐隐间可以看见灯光闪闪，屋瓦朦胧。仰山望着之菲说：

"这儿是一个朋友的住家，若真先生是暂时在这儿借宿的。"

他幽幽地敲着门，用平匀的声音叫着：

"七嫂——七嫂——七嫂——！来开门——来开门——来开门——！"

差不多叫了几十声，才听见内面一个妇人的声音答应一声，"来！"倏时间便见一个三十余岁的妇人，幽幽地走到门边来，她一面和仰山说话，一面把门开了。仰山向着之菲说：

"你在这儿稍等一忽。"说着他便和那妇人进去了。

之菲独个人站在园门外，看着这满目蔚蓝的景色，听着一两声无力的虫声，想象着片刻间便可晤见同在患难中的若真的情境，觉得更是有趣。

"流亡！流亡！有意义的流亡！满着诗趣的流亡！"他对着在地的短短的人影摇着头赞叹着。这时他忽又想起曼曼来。他觉得唇上一阵阵灼热，胸次一阵阵痒痛，心中一阵阵难过。

"要是曼曼这时在我的怀上啊！——唉！"他自语着对这地上冷清清的，短短的人影，又禁不得可怜起来了。

"之菲哥，进来啊！"陈若真颤巍巍地站在树荫下声唤着。

他脸儿尚余红热，从沉思之海醒回地走进园去，和他握手。这一握手，表示着无限感慨，无限亲热。陈若真叫那仰山到房里冲两杯牛乳去。他们两人便坐在树干上谈着，谈着。

陈若真说："之菲哥！自从在H港你被捕入狱之后，我们都分头逃走！我于翌日即搭船来新加坡，他们——那些所谓忠实分子！——已经知道这个消息，打电报到这里来，买嘱当地政府拿

106

我！我已经先有戒备，用钱买通船里的'大伙'，到岸时给我藏匿起来。等到他们扑了一个空回去，我才逃走！"说到这里，他探首四望，见无动静，便又说下去："咳！我到此地时，一点子活动都不可能！这里的同志被驱逐出境的有三百余人，秘密机团大多数被破获！我现时不敢住在这里，我藏匿着在离开这里尚有一日路程的X埠。在那儿我假做一个营业失败的商人，日日和那边的人们干些赌钱和饮酒的勾当，竭力地掩饰我的行为。现在我穷得要命，一筹莫展，真是糟糕啊！"他说完时，表示出非常懊丧的样子。这时，仰山已把牛乳拿来，他们每人饮干一杯，暂时休息着。

这时，一片浓云遮着月光，大地上顿形黑暗。但在这黑暗里，仍然模糊地可以看见他俩的形象。陈若真的高大的身躯，并不因忧患减去他的魁梧；沈之菲的清瘦的面庞，却着实因流亡增加几分苍老。

他们间像有许多话要说，一时间却又说不得许多来。

"你的嫂夫人呢？"之菲问。

"她已从H港回家去了！"若真答。

"曼曼呢？"他随着问。

"她现在大概是在家中哩！"之菲答。

"我们到房里坐坐去吧！"若真说，他挽着之菲的手，同仰山一路走到他的房里去。

他的卧房，离这株大树尚有数十步远。房为木板钉成，陈设颇简陋。一床一榻之外，别无长物。房隔壁是一座大厅，鸭声呷、呷、呷地叫着。这园的主人大概是畜鸭的吧。

若真大概是已经给几个月来的险恶的现象吓昏了，他的神经的确有些变态，只要窗外有几片落叶声，或者是蛇爬声，或者是犬吠声，足声，都要使他停了十几分钟不敢说话，面上变色。他必须叫仰山到室外考察一会，见无什么不幸的事的痕迹发生，他才敢说下去。"我们设法到槟榔屿极乐寺做和尚去吧！"他很诚恳地向着之菲说，"现在的局面这么坏，人心这么险恶，我辈已是失去奋斗的根据地。最好还是能够做一年半载和尚，安静安静一下！"

之菲对他的学说极赞成，但结论是无钱的不能做和尚，更不能做极乐寺的和尚。只好把这个念头打消了。

关于之菲混杂着在海山街×公馆这一点，陈若真极为担心。

他说那里人品复杂，包探出入其间，时时刻刻都有被捕获的危险。最后的结论，他写一封信介绍他到十八溪曲×号酒店去住宿和借些零用钱去。据他说，这店里的老板和他是个生死之交，去寻他投宿，是十二分有把握的。

他们再谈论了一会，大约晚上十时左右，之菲便辞别他独自个人回去。在山冈的马路上，两旁都是黑森森的茂林，时不时有几声狗吠。他踏着他那短短的影，很傲岸地，很冷寂地，很忧郁地，很奇特地在行着。关于现在这种情形是苦痛还是快乐，是有意义还是不值一文钱，他不能够知道，他也不想知道。他只是像一片木头，一块顽石，很机械地在生活着。他失去他的锐敏的感觉，他失去他的丰富的想象，他失去他的优美的情绪。

他决意不再思想，不再追逐什么，不再把美丽的希望来欺骗他自己。

"生活便是生活。生活有意义也好，无意义也好，但，生活下去吧！革命是什么东西，说他坏也可以，说他不坏也未尝不可以。到不得不革命时，便革命下去吧！

"咳！你这可鄙的亡命之徒！咳！你这可赞颂的亡命之徒！"他在辽远的道路上，对着他自己的人影叹息着……

二一

这日清晨，太阳光如女人的笑脸似的，夸耀着的，把它的光线放射着在向阳的街上。它照过了高高的灰色的屋顶，照着各商号的高挂着的招牌，照着此处彼处的发光的茂密的树，它把一种新鲜的、活泼的、美丽的、有生命的气象给予全新加坡的灰色的市上。

之菲也和一般人一样，在这恩贶的、慈惠的日光下生活；但他的袋里已经没有一文钱。对于商人的豪情，慷慨，布施的各种幻象，在他的脑上早已经消失。

但，因为若真这封介绍信的缘故，他自己以为或许也有相当的希望。他把他平日的骄傲的，看不起商人的感情稍为压制一下。

"商人大概是诚实的，拘谨的，良善的俗人，我们只要有方法对待他们，大概是不会遭拒绝的吧。我们在他们的面前先要混账巴结一场，其次说及我们现在的身份之高，不过偶然地，暂时地手上不充裕，最后和他们约定限期加倍利息算还，这样大概是不遭拒绝的吧！"

他这样想着，暂时为他这种或然的结论所鼓舞着。他从公馆里走到街上，一直地走向那商店的所在地去。他忽然感到耻辱，他觉得这无异向商家乞怜。他想起商家的种种丑态和种种卑污龌

109

龌的行动来。他们一例的都是向有钱有势的混账巴结，向无钱无势的尽量糟蹋。他有点脸红耳热，心跳也急起来了。

"是的，自己'热热的脸皮，不能去衬人家冷冷的屁股'！我不能忍受这种耻辱！我不能向这班人乞怜！"他自己向着自己说，一种愤恨的心理使他转头行了几步，眼睛里火一般的燃烧着。跟着第二种推想又开始地在他脑里闪现。

"少年气盛，这也有点不对。既有这封介绍信，我便应该去尝试一下。该老板既和革命家陈若真是个生死之交，也说不定是个轻财重义的家伙，应该尝试去吧。少年气盛，这有时也很害事的。"大概是因为囊空如洗，袋里不名一文的缘故。他自己推想的结果，还是踏着不愿意踏的脚步，缓缓地走向那商店的所在地去。

十八溪曲的×店距离海山街不到两里路的光景。借问了几个路人，把方向弄清楚，片刻间他便发现他自己是站在这×店门前了。经过了一瞬间的踌躇，他终于自己鼓励着自己走进去。

这店是朝南向溪的一间酒店，面积两丈宽广，四丈来深。两壁挂着许多的酒樽。店里的一个小伙计这时一眼看见之菲，便很注意地用眼盯住他。

"什么事？先生！"那伙计向着他说，他①是个营养不良，青白色脸的中年人。

"找这里的老板座谈的，我这里有一封信递给他。"之菲低气柔声说，他即刻便有一种被凌辱的预感。

这伙计把他手里的信拿过去递给坐在柜头的胖子。那胖子把

---

① 指伙计。

110

信撕开，读了一会便望着之菲说：

"你便是林好古先生么？"

"不敢当，兄弟便是林好古。"之菲答。他看见他那种倨傲无礼的态度，心中有些发怒了。

"请坐！请坐！"他下意识似的望也不望他地喊着。他的近视的眼，无表情而呆板、滞涩的脸全部埋在信里面。他像入定，他像把信里的每一个字用算盘在算它的重量和所包涵的意义。

之菲觉得有无限的愤怒和耻辱了，他觉得自己的地位完全是站在一种被审判的地位。

经过了一个很长久的时间，那肥胖的、臃肿的、全无表情的，陈若真的生死之交的那老板用着滞重的、冷酷的、嘶哑的声音说：

"林先生，好！好！很好！请你过几天得空时前来指教，指教吧！"

"好！好！"之菲说。这时候，他全不觉得愤怒，倒觉得有点滑稽了。"那封信请你拿过来吧！"

那商人便把那封信得赦似的递还给他。

他把信拿过手来，连头也不点一点地便走出去。那封信是这样写着：

　　竹圃我兄有道：半载阔别，梦想为劳！弟自归国，迭遭厄境。现决闭户忏悔，不问世事矣。

　　林兄好古，弟之挚友，因不堪故国变乱，决之南洋。特函介绍，希我兄妥为接待。另渠此次出游，资斧缺乏，一切零用及食宿各项，统望推爱，妥为安置。所

111

费若干，希函示知，弟自当从速筹还也。辱在知己，故
敢以此相托。我兄素日慷慨，想不至靳此区区也。余不
尽，专此

　　敬请

道安。

　　　　　　　　　　　　　　　　　　弟陈若真上

　　他冷笑着，把这封信撕成碎片，掷入街上的水沟里去。

　　"糟糕！糟糕！上当！上当！出了一场丑，惹了一场没趣。
今早还是不来好！还是不来好！现在腹中又饿，——唉！过流亡
的生活真是不容易！"

　　袋中依旧没有钱，腹中的生理作用并不因此停止。他一急，
眼前一阵阵黑！陈松寿方面，他前日写了一封信给他，和他借
钱，他连答复都没有。陈若真方面，他自己说他穷得要命，怎好
向他要钱。这慷慨的竹圃先生方面，啊！那便是死给他看，他还
不施舍一些什么！教书方面，卖文方面，都尝试了，但希望敌不
过事实，终归失败。

　　"难道，当真在这儿饿死吗？"他很悲伤地说，不禁长叹
一声。

　　这时候，街上拥挤得很利害；贫的，富的，肥的，瘦的，雅
的，丑的，男的，女的，遍地皆是。但，他们都和他没有关系，
他不能向他们中间任何一个人借到一文钱。他很感到疲倦，失
望，无可奈何地踏着沉重的脚步，一步一步地走回他的寓所去。

　　在寓所里，他见状似猫头鹰的陈为利在那儿练习英文生
字： broken rice=碎米，fish=鱼，bread=面包，flour=麦粉，egg=鸡

蛋……他见之菲回来，便打着新加坡口音的英文问着他：

"Mr. Lin, where do you go？（林先生，到哪里去？）"

"我跑了一回街，很无聊地回来！"之菲用中国话答。

他检理着他的行装，见里面有一套洋服，心中一动，恍惚遇见救星一般了。

"把它拿到当铺里去，最少可以当得十块八块。我这套洋服做时要三四十块钱，难道不能当得四分之一的价钱吗？"他这样地想着，即刻决定了。

他揖别了陈为利，袖着那套洋服，一口气走到隔离海山街不远的一家字号叫"大同"的当铺去。

他在大学时，和当铺发生关系的次数已经甚多。但那时候都是使着校里的杂役去接洽。自己走到当铺里面去，这一回是他平生的第一次。他觉得羞涩、惭愧，同时却又觉得痛快、舒适。当他走进当铺里时，完全被一种复杂的心绪支配着。时间越久，他的不快的心理一步一步占胜，他简直觉得苦闷极了。

当铺里很秽湿，而且时有一种霉了的臭气，一种不健康的，幽沉的，无生气的，令人闷损的景象，当他第一步踏进它的户限时即被袭击着。当铺里的伙计们，一个个的表情都是狡猾的，欺诈的，不健康的，令人一见便不快意的。

他非常的苦闷，几乎掉转头走出来；但为保持他的镇静起见，终于机械地，发昏地，下意识地把那套包着的洋服递给他们。

一个麻面的，独目的，凶狠的，三十余岁的伙计即时把那包洋服接住。他用着糟蹋的，不屑的，迁怒似的神情检查着那套洋服。他口里喃喃有词，眼睛里简直发火了，把那包洋服一丢，丢到之菲的面前，大声地叱着：

"这是烂的！我们不要！"

"这分明是一套新的，你说烂，烂在哪个地方？"之菲说，他又是愤怒，又是着急。

"这是不值钱的！"他说时态度完全是藐视的，欺压的，玩弄的了。

他觉得异常愤恨，这分明是一种凌辱，也大声地叱着他说：

"混账东西，不要便罢，你的态度多么凶狠啊！"这几句话从他的口里溜出后，他心中觉得舒适许多。他拿着那包洋服待走出去。那麻面的伙计说：

"最多一元五角，愿意便留下吧！"本来经过这场耻辱和得到这个出他意外的低价，他当然是不能答应的。但，他恐怕到第二家去又要受到意外的波折，只得答应他。

一会儿，他揖别他同经患难很久的那套洋服，手里拿到一元五角新加坡纸币在街上走着。心头茫茫然，神经有点混乱，眼里涨满着血，手足觉得痒痒地只想和人家寻仇决斗。此后将怎样生活下去，他自己也不复想起这个问题！混乱的，憔悴的，冒失的，满着犯罪的倾向的他在街上走着，走着，无目的地走着！

大海一般的群众里面，混杂着这么一个神经质的无家无国的浪人，倒也不见得有什么特异的地方。

二二

这是在他将离去新加坡到暹罗去的前夕。这时他站在临海的公园里欣赏惊人的美景。正当斜阳在放射它的最后的光辉时候，壮阔，流动，雄健的光之波使他十分感动。他尝把太阳光象征着人的一生：朝日是清新的，稚气的，美丽的，还有一点朦胧的，比较软弱的，这可以象征着少年。午间的太阳，傲然照遍万方，立在天的最高处，发号施令，威严可畏，这可以象征着有权位的中年。傍晚的斜阳，遍身浴着战场归来的血光，虽有点疲倦，退却，但仍不失它的悲壮和最后的奋斗，这可以象征着晚年。这时候这斜阳，他觉得尤其美丽。或许是因为有万树棕榈做它的背景，或许是因为有细浪轻跃的大海为它衬托，或许是因为有丰富秀美的草原，媚绿冶红的繁花和它照映，他不能解释；但他的确认识这晚、这斜阳是最美丽的，是他从前尚未在任何地方欣赏过的斜阳。

新加坡临海的这个公园，绕着海边，长约五百丈，广约一百丈。公园中间，有一条通汽车的路，傍晚坐汽车到这里兜风的，足有一万架。汽车中坐着的大都是情男情女，情夫情妇。临海这边，彼处此处，疏疏落落地点缀着几株棕榈。浅草平滑如毡，鸡冠花、美人蕉杂植其间。在繁花密叶处，高耸着一座纪念碑，题为Our Glorious Dead（我们光荣的死者），两旁竖着短牌，用新加坡文及华文写着游客到此须脱帽致敬礼的话。

距海稍远的那边，有足球场、棒球场，四围植着茂密的树，成为天然的篱笆。

晚上在这草地坐着的，卧着的，行着的人们，如蚁一般众多。这里好像是个透气的树胶管，给全市闷住的市民换一口气，得一些新生机的地方似的。

在这嚣杂的群众里面，在这美丽的公园中的之菲，这时正在凝望斜阳，作着他别去新加坡的计划。全新加坡没有一个人令他觉得有留恋之必要，令他觉得有点黯然魂销的必要。令他觉得有无限情深的，只是这在斜阳凄照下脉脉无语的公园。

由新加坡到暹罗的轮船的三等舱船票要不到十元。这笔款他已经从陈若真处和一个邂逅的老同学处借到。他明日便可离开这里动身到暹罗去。

转瞬间，他到这儿来已有十余天了；一点革命的工作都不能做到，一点谋生藏身的职业都寻找不到。他离开这里的决心便在这样状况下决定了。

他踽踽独行，大有"老大飘零人不识"之意。过了一会，斜阳西沉，皓月东上。满园月色花影，益加幽邃有趣。在一株十丈来高的棕榈树下的草地上，他坐下了。瘦瘦的人影和着狭长的棕榈树影叠在一处。灯光，月光，星光交映的树荫下；幽沉，朦胧，迷幻，像轻纱罩着！像碧琉璃罩着！

"唉！这回不致在这新加坡岛上作饿殍真是侥幸啊！"他这样叹息着，不禁毛骨悚然。

"要不是在绝境中遇见老同学T君的救济，真是不堪设想了！"他这时的思潮全部集中在想念T君上。

T君是个特别瘦长得可怜的青年，他的年纪约莫廿七八岁，他的诨号叫作"竹竿鬼"。其实，比他作竹竿固然有点太过，但比他作原野间吓鸟的"稻草人"那就无微不似的了。他的面部极细，他的声音也是极细；他说话时，好像不用嘴唇而用喉咙似的。但他的同情心，却并不因此而瘦小，反比肥胖的人们广大至恒河沙数倍。他在T县G中学和之菲同学是十年前的事。他来新加坡××学校当国文、算学两科的教员，也已有两三年了。

之菲和他相遇的时候，是在他到巴萨吃饭去的一个灯光璀璨的晚上。T君那时候正和三位同事到××球场看人家赛球回来，也在那里吃饭。之菲用着怀疑的，自己不信任自己的眼光把他考察一会，终于在惊讶之中和他握手了。他同事的三人中，有两位也是他的同学，他们都各自惊喜地握着手。

他们的生活很好，每月都有月薪八十元。新加坡教书的生活真好，教小学的每年也有一千元薪金，不过，那些资本家对待这些教员好像对待小伙计一样（新加坡华人学校大都由资本家筹资创办，校长教员都由他们的喜怒以为进退），任意糟蹋，未免有点太难以为情罢了。

T君的父亲和之菲的父亲算是很好的朋友。他们算是世交，故此他对之菲差不多是用一种再好没有的态度去对待他。他很明白这次党争的意义，对于之菲，具有相当的同情。当之菲为饥饿压迫，减去他一向的高傲性，忍着羞涩的不安的情绪走去和他借钱时，他便慷慨地借给他十元。

"唉！不是绝处逢生，遇着慷慨的T君，真是糟糕一大场了！"他依旧叹息着。

这时大约是晚上九点钟了，他留连①着不忍便归。在一种诗意的，幻想的，迷梦的境界中，他有点陶醉。虽说他的现实是这么险恶，但他的希望又开始地在蛊惑他了。

"到暹罗去，那儿相识多，当地政府压迫没有这般的利害，或许还可以做一点事！退一步说，便算在那儿也须过着一种藏匿的生活，但那儿有关系极深的同乡人的店户可以歇足，饿死这一层一定不用顾虑的。到暹罗去！好！到暹罗去！好！我一早便应

---

① 同"流连"。

117

该不来这里，跑到暹罗去才是！"

他似乎很愉快了，好像是由窒闷的，幽暗的，霉臭的，不通气的坟墓里凿开一个通风透明的小孔一样！光明在他面前闪耀着，他觉得有了出路了。他全身的力量是恢复了，他失去了的勇气也一概恢复了，他觉得他的血依旧在沸着。他显然是有了生气了。

"前进，前进。跑，跑，从这里跑到那里，从此处跑到彼处，一刻不要停止，一刻不要苦闷。动着，动着，动着，全身心，全灵魂，全生命地动着，动着。只要血管里还有一点血，筋骨里还有一点力时，总要永远地前进，永远地向前跑，跑，跑，向前跑去。我不忍我的灵魂堕落，我终于不忍屈服在父亲、母亲、旧社会、旧势力的下面而生存，我必须依照我的意志做去！"在夜色微茫中，他挺直身子，吐了几口郁气，向着自己鼓励着。

过了一会，他的瘦长的影离开这公园渐渐地远，他终于沉没在黑暗的市街里去。

二三

由新加坡到暹罗的货船名叫PF的，今早在搁势浅（搁势浅离暹京只有几点钟水程，此间海浅，须待潮水涨时，船才能驶进）开驶，不一会便可到埠了。

这船里的搭客仅有四人，一个将近二百八十磅重的五十余岁的老人，一个穿着上衣左肩破了一个大孔的工人模样的青年，一个是不服水土、得了脚气病、金银色脸的三十余岁的病客，第四个便是沈之菲。

由新加坡到暹罗本可以搭火车，但车资最低要三四十元；其次有专载客的轮船，船票费也须十余元；最下贱的便搭这种货船，船票仅费六元。

搭这种货船的可以说是很苦：第一，船里的伙计可以随便糟蹋着搭客，因为他们是载货的，所以把这些搭客也看作无灵性的货物一般可以任意践踏！第二，这些伙计们对待搭客显然有如主人对待仆人，恩人对待受恩者一样。唯一的理由是因为他们为着慈悲心的缘故，才把这些搭客载了这么远的路程，在这么远的路程中，压迫，凌辱，轻视，糟蹋，这算不得怎么一回事。因为搭客中如有不愿意受这种待遇的，可以随便地跳下海去，他们大概是不大干涉的。

根据这两种理由，在这货船中四五天的生活，简直可以说是一种奴隶的生活。吃饭时要受叱责；洗面、洗身时也要受叱责。

但，没有钱时一切恶意的待遇，和一切没理性的蹂躏大都是能够忍受的。素日十分高傲的之菲，居然也在这样的货船中受到五天的屈辱，并且更无跳下海的意思。他大概也是和一般穷人一样，不曾因为他曾经受过高等教育和读过几句尼采的哲学和拜伦的诗，便可以证明是两样。

那二百八十磅重量的老人，在四人中所受的待遇算是最优。因为他生得身体结实，目光灼灼如火，声如破钵，这些伙计们委实不敢小视他，他们责问他时也比较有礼貌些。最吃亏的是那个有脚气病的病客，其次便是那披着破衫的工人，其次便是沈之菲。那脚气病的搭客上船时险些给他们丢下大海去。他们或许没有这种用意，但他们确有这种威吓的气势。船开行后，因为天气过热的缘故，他从冷水管中抽出一桶水去洗身，恰好被那个跛着足的伙计看见。他大声叱着：

"做什么？"

"兄弟热得难耐了。施恩些，施恩些，给兄弟洗一回身总可以罢！"

"哼！连搭客都要弄水洗身！我们船里的水是自己都不够用的！"

"兄弟不洗身恐怕病起来了，就请施恩，施恩吧！"

"哼！你一定不可以！"

"啊！我们来搭船是有钱买船票的！我想你先生不能这样糟蹋人！"

"你妈的！谁稀罕你的钱，你的钱，你的钱！你比街上的乞丐还要富些！我说不可以便不可以！你妈的！你敢和我斗嘴吗？哼！哼！"

"不是兄弟敢和你斗嘴，实在是火热难捱①啊！施恩些，施恩些，兄弟自然知情的啊！"

"哼！你妈的！洗你妈的身！洗去罢！洗去罢！哼！哼！"

他叱骂了一会，觉得十分满足，便自去了。

受着同样待遇的之菲，自然有些受不惯。但这有什么，现在船已由搁势浅开驶，再过几个钟头便可到埠了。

"梦境，这风景多美！"

"我们可以想象，仙人们一定常到这里来！"

之菲这时凭着船栏，对着两岸的风景出了一回神，不禁这样

---

① 同"难挨"。

喊着。他的头发散乱，穿着黑旧暹绸衫裤，状类农家子。由搁势浅到暹京，人们传说还要经过九十九个弯曲。这九十九个弯曲的两岸，尽是佛寺和长年苍翠的槟榔树、棕榈树、椰子树。这些寺和这些树是这么美丽的，新鲜的，令人惊奇的，启人智慧的，开人胸襟的。他们把大海的腥气洗净，把大海的沉闷，抑郁，咆哮，奔波，温柔化了，禅化了，诗意化了。他们给茫茫大海以一种深的安息。

如若我们把暹罗国比作一个迷醉的妇人，这儿，是她的眉黛，是她的柔发，是她的青葱的梦，是她的香甜的心的幻影。

如果我们把暹罗国比作个道德高广的和尚，这儿，是他的栖息的佛殿，是他的参禅的宝坛，是他的涅槃归去的莲花座。

这船不久便到湄南河了，湄南河与海相通，河面上满着青色的石莲，黄衣的和尚，——这些和尚都荡着仅可容膝的独木舟，袒一臂挂着黄色袈裟，一个个在水面浮着，如一阵一阵黄色的鸭。（东坡诗，"春江水暖鸭先知"，此境似之！）一种柔媚，温和，迷醉，浪漫的情调，给长途倦客以无限的慰安。

"暹罗，啊！暹罗是这样美丽的！"之菲开始赞叹起来。

"差不多到码头了。唉！好了，好了！"二百八十磅重的老人哑着声说，他脸上燃着笑容。

"可不是吗？这回准可以不致被丢入大海里饲鱼去了！"病客说，金银色的脸上也耀着光。

"出门人真是艰难啊！"穿着破衣的工人若有余恨地叹息着，他这时正在修理行装。

"林先生到埠住客栈去吗？得合兴客栈，我和它的老板熟悉，招呼也不错，和你一同去好吗？出门人俭也是俭不了的；辛苦了几天，到埠去快乐一两天，出出这口气罢！——哟！林先生到暹罗教书的吗？看你的样子很斯文。暹罗这里教书好，一年随便可以弄得一千几百块！——老汉真是没中用的了，在这暹罗行船二十多年，赚到的钱很不少，但现在剩下的却有限！……"老人对着之菲说。

"好的，一同到客栈去是很好！"之菲答。

船停住了，马马虎虎地被检查了一会，便下船雇艇凑上岸去。最先触着之菲的眼帘使他血沸换不过气的，是一个二十七八岁的妇人裸着上体，全身的肉都像有一种弹性似的正在岸边浴着。她见人时也不脸红，也不羞涩，那美丽的面庞，灵活的眼睛，只表现着一种安静的，贞洁的，优雅的，女性所专有的高傲。

"美的暹罗！灵异的暹罗！像童话一样神秘的暹罗！"

他望着那妇人一眼，自己的脸倒羞红了，不禁这样赞美着。

"林先生，你觉得奇怪吗？这算什么！我们住在山巴①的，一天由早到黑都可以看见裸着上体的少女、少妇呢！在山巴！唉，林先生你知道吗？这里的风俗多么坏！但，年纪轻的人到这里来是不错的！林先生，你知道吗？像你这么年纪来这里讨个不用钱的老婆是很容易的，林先生，你知道吗？"老人带笑说，他戏谑起之菲来了。

"不行，我不行！我又不懂得暹罗话！恐怕靠不住的，还是你老人家啊！"之菲答，他不客气回他一下戏谑。

"少不得要承认，我少时也何尝不风流过。实在老了，这些

①　即乡村。

122

事只好让给你们青年人干。哈！哈！哈！"老人笑着。

那位穿着破衣的工人和那位病客都滞留在后面；老人和之菲各坐着黄包车到得合兴客栈去。

二四

这儿的政治环境，也和新加坡一样十分险恶。《莱新日报》的总编辑邓逸生，M党部的特派员林步青，陈子泰都在最近给当地政府拿去监禁。已经被逐出境的也很多。全暹罗国都在反动派的势力之下。他在旅馆住了两天，经过几位同志的劝告，便避到湄南河对岸"越阁梯头"一家他的乡人开办的商店名叫泰兴筏的，藏匿去了。

这筏是用木板钉成的，用木柱，红毛泥①柱支住在水面上，构造和其他的商店一样。潮水涨时从对岸望去，这座屋好像在河面上游泳一样。潮水退时，又恍惚像个褰裳涉水的怪物一样。湄南河对岸的筏一律如此，住筏上的人都有"Water！Water！Everywhere！（水，水，到处是水！）"的特异感觉。晚上有一种虫声于灯昏人寂时，不住地在叫着"克苦，克苦，克苦"，其声凄绝，尤其是这水屋上特有的风味。

泰兴筏里的老板名叫沈松，是个三十岁前后的人。他从前在乡间教过几年书，后来弃学从商。现在肚皮渐渐凸起，面上渐渐生肉，态度渐渐狡猾，差不多把资本家的坏脾气都学到，虽然他倒还未尝成为资本家。他的颊上有指头一般大的疤痕，嘴唇厚而

---

① 即水泥。

黑，眼狭隘而张翕有神。他对待之菲是用一种无可奈何的客气，一种讨厌到极点而故意保持着欢迎的神情。

筏的"廊主"名沈之厚，年纪三十四岁，眼皮上有个小小的疤痕，长身材，面庞有些瘦削，他是个质直，宽厚，恳挚，迟缓，懦弱的人。他很同情之菲，他对待之菲很好，但他比较上是没有钱的。

他们都是之菲的同乡人，之菲的父亲对他们都是有点恩惠的。故此之菲在这筏中住下去，被逐的危险是不至于发生的。

之菲度过的童年完全是村野的，质朴的，嬉戏的。他的性格非常爱好天然的、原始的、简陋的、质朴的、幽静的生活。在这种像大禹未开凿河道以前洪水泛滥的上古时代似的木筏上居住，他觉得十分适意。

他的日常的功课是棹着一只独木舟在湄南河中荡着。他对他的功课是这般有恒。不管烈日的刺炙，猛雨的飘洒，狂浪的怒翻；或者是在朦胧的清晨，溟濛的夜晚；他的臂晒赤了，他的脸炙黑了，他只是棹着，棹着，未尝告过一天假！

关于游泳的技能，他颇自信；故此在洪涛怒浪之中，他把着舵，身体居然不动，并没有一丝儿惊恐。在这样的练习中，心领意会，学到许多种和恶势力战斗的方法。他的结论，是冷静，镇定，不怕不惧，便可以镇平一切的祸乱！

我们可以想象到在烟雨笼罩着全江，风波发狠在吞噬着大舟小舟的时候，这流亡者，袒着胸，露着背，一桨一桨，用尽全身的气力去和四周围的恶环境争斗，一阵一阵地把浪沫波头打退时，他的心中是怎样的安慰！

有一天，他刚吃完了午饭，正赤日当空，炎蒸万分，他戴着箬笠，袒着上身，穿着一条黑暹绸裤，棹着小舟，顺流而下，在他眼前的总是一种青葱、娴静、富有引诱性的梦幻境。他一桨一桨追寻下去，浑忘这湄南河究是仙宫还是人间！不一会，他把舟儿棹到河的对岸去。那时，那小舟距离泰兴筏已有两三里路之遥了，他开始从梦幻的境界醒回，觉得把舟棹回原处去，那并不是一回容易的事情！他只得暂时把舟系住在一个码头的红毛泥柱上，作十分钟的休息。河面的风浪本来已经是很大，每经一只汽船驶过时，细浪成沫，浪头咆哮，汹汹涌涌，大有吞噬一切，破坏一切的气势。但他不因此感到惧怯，反因此感到舒适！他出神地在领会他的灵感。他望望悠广的天，望望悠广的河面，觉得爽然，廓然，冥然，穆然，渊然，悠然。他合上眼，调匀着吸息，在舟上假睡一会。耳畔满着涛声，风声，舟子喧哗声，远远传来的市声；他觉得他暂时成了人间的零余者，世外的闲人。在这种如中酒一般朦胧，如发梦一般迷离的境界里，他不禁大声地歌唱起来。把平日喜欢诵读的诗句，在这儿恣性地拉长声儿唱着。

过了一会，他解缆用尽全身气力把船棹回对岸去，因为水流太急，待达到对岸时，那舟又给风浪流下一里路远了。

他发狠地棹着，棹着，过了十分钟，看看前进数十步的光景，可是略一休息，又被流到刚才的地位去了。他开始有点心慌。

"糟糕！糟糕！几时才能够棹回泰兴筏去呢？"他这样想着。

他不敢歇息，一路棹着，棹着，他把两臂的力用完了，继续用着他的身体的力。把身体的力用完了，继续用他的心神的力，生命里蕴藏着的力！他不计疲倦，不计筋骨酸痛，不计气喘汗出，只是掉着，咬着牙根地掉着，低着头地掉着。经过点余钟的苦斗，他终于安安稳稳地达到他的目的地去。

他到泰兴筏时已是下午四时余，一种过度的疲劳，令他头部有点发昏，心脏不停地狂跳。他只得走到房里躺下去，死一般地不能动弹。在那种境况中，他觉得满足，他觉得像死一般地舒适。

第二天，他又在骇涛惊浪中做他日常的工作了。

离泰兴筏不远，有一个十分娴静的"越"（佛寺）。那儿有茂密的树，有几只斑皮善吠的狗，有几个长年袒着肩挂着袈裟的和尚，有许多大大小小的塔，有一片给人乘凉的旷地，也是之菲时常到的地方。

暹罗的风俗真奇怪！男人十分之八当和尚，其余的便都当兵和做官。做生意的和耕田的男人，正如凤毛麟角，遍国中寻不出几个来。和尚的地位极高，可以不耕而食，参禅而坐享大福。供给他们这种蛀虫的生活的，是全国的女人，从事生产的事业，对于僧侣有一种极端的迷信和崇奉的结果。

全国的基本教育，也操纵在这般僧人之手。僧人是国里的知识阶级和说教者，僧院内大都附设着启发儿童的知识的学校，由僧人主教。

之菲常到的这个佛寺，里面也附设着学校。当他在那里的长廊坐着看书时，时常看见许多跣足袖书前来上课的儿童。

当他在叶儿无声自落，斑皮狗停吠，日影轻轻掠过树隙，天云渺渺在飞着，院内寂静极，平和极，安定极，自在极，以至有些凄凉的境况中，他也参起禅来，跏趺坐着，身心俱寂。这时要是有一个外人在那边走过，定会误会他是个道法高广的和尚。

在过着这种生活的之菲，这时，好像变成一个极端个人主义者，悲观主义者。他似乎一点儿也不像一个赤色的革命家，而是个银灰色的诗人，黑褐色的佛教徒了。

二五

在这神异的，怪诞的，浪漫的暹罗国京城流浪着的之菲，日则弄舟湄南河，到佛寺静坐看书，夜则和几个友人到电戏院，伶戏院鬼混。时光溜得很快，恍惚间已是度过十几天了。在这十几天中，他也尝为这儿的女郎的特别袒露的乳部发过十次八次呆；也尝游过茂树阴森，细草柔茸的"皇家田"①；也尝攀登"越色局"②，眺览暹京满着佛寺的全景；也尝到莱新报馆去和那儿的社长对谈，接受了许多劝他细心匿避的忠告；也尝到一个秘密场所去，听一个被逐的农民报告，说从潮州逃来的同志们，总数竟在万人以上：有的在挑着担卖猪肉，有的在走着街叫喊着卖报纸，有的饥寒交迫，辗转垂毙。

他受着他的良心的谴责，对于太安稳和太灰色的生活又有些忍耐不住！他的奔走呼号，为着革命牺牲的决心又把他全部的心灵占据着。他决意在一两天间别去这馨香迷醉的暹罗，回到革命空气十分紧张的故国W地去。

"到W地去，多么有意义！在那儿可以见到曙光一线，可以

---

① "皇家田"，指曼谷皇宫前面的大广场，每逢节日群众聚会之处，是一片草地。
② "越色局"，泰国语，"越"即寺庙，"色局"是寺庙的名称。"越色局"是曼谷一个有名的大佛寺。

和工农群众站在同一条战线上去，向一切恶势力进攻！在那儿我们可以向民众公开演讲，可以努力造成一队打倒帝国主义者和打倒军阀的劲旅。我的一生不应该在这种浪漫的，灰色的，悲观的，颓唐的，呻吟的生活里葬送！我应该再接再厉，不顾一切地向前跑！我应该为饥寒交迫，辗转垂毙的无产阶级做一员猛将，在枪林弹雨中，在腥风血泊里向敌人猛烈地进攻！把敌人不容情①地扑灭！敌人虽强，这时候已是他们罪恶贯盈的时候。全世界被压迫的阶级和被压迫的民族都已渐渐觉悟，不愿再受他们的压迫，凌辱，强奸，蔑灭，糟蹋，渐渐地一齐向他们进攻了！故国这时反动的势力虽然利害，但我们的势力日长，他们的势力日消，只要我们能够积极奋斗，他们最后终会成为我们的俘虏的。——唉！即退一步说，与其为奴终古，宁可战败而死！去吧，去吧，只要死得有代价，死倒不是一件可怕的事。家庭啊，故国啊，旧社会啊，一阵阵黑影，一堆堆残灰，去吧，去吧，你们都从此灭亡去吧！灭亡于你们是幸福的事！新的怒涛，新的生机，新的力量，新的光明，对于你们的灭亡有极大的愿望与助力！我对你们都有很深的眷恋，我最终赠给你们的辞别的礼物便是祝你们从速灭亡！"他这几天来，时常这样想着。

这次将和他一道到W地去的是一位青年，名叫王秋叶。他是之菲的第一个要好的老友，年纪约莫二十三四岁，矮身材，脸孔漂亮，许多女人曾为他醉心过。他和之菲是同县人，而且同学十年，感情最为融洽。他是个冷静，沉着，比较有理性的，强毅的人。他的思想也和之菲一样，由虚无转到政治斗争，由个人浪漫

---

① 同"毫不容情"。

转到团体行动。他于去年十月便被M党部派来暹罗工作，现在也是在过着流亡的生活。他从初贝逃走出来，藏匿在暹京的××华人学校。这时已间接受到校董的许多警告，有再事逃匿的必要；所以他决定和之菲一同回到W地去。

二六

这是大飓风之夕。泊在H港和九龙的轮船都于几点钟前驶避H港内面，四围有山障蔽之处。天上起了极大的变化，一朵朵的红云像睁着眼、浴着血的战士，像拂着尾、吐着火的猛兽。镶在云隙的，是一种像震怒的印度巡捕一样的黑脸，像寻仇待发的一阵铁甲兵。满天上是郁气的表现，暴力的表现，不平的表现，对于人类有一种不能调解的怨恨的表现，对于大地有一种吞噬的决心的表现。

这时，之菲正和秋叶立在一只停泊着在这H港的邮船的三等舱甲板上的船栏边眺望。他这时依旧穿着黑暹绸衫裤，精神很是疲倦，面庞益加消瘦。秋叶穿的是一条短裤，一件白色的内衣，本来很秀润的脸上，也添着几分憔悴苍老。

甲板上的搭客，都避入舱里面去。舱里透气的小窗都罩紧了，舱面几片透气的板亦早已放下，紧紧地封闭，板面上，并且加上了遮雨的油布。全船的船舱里充满着一种臭气，充满着窒闷，郁抑①，惶恐，憎恨，苦恼的怨声！

过了一会，天色渐晚，船身渐渐震动了，像千军万马在呼喊

---

① 同"抑郁"。

着的风声，一阵一阵地接踵而至。天上星月都藏匿着，黑暗弥漫着大海。在这种极愁怆的黑暗中，彼处此处尚有些朦胧的灯光在作着他们最后的奋斗。

这种情形继续下去，每分钟，每分钟风势更加猛烈。像神灵震怒，像鬼怪叫号。一阵阵号啕，惨叫，叱骂，呼啸，凄切的声音，令人肠断，魂消，魄散！

"哎哟！站不稳了！真有些不妙，快走到舱里去！老王！"之菲向着秋叶说。

"舱中闷死人！在这里再站一会儿倒不致有碍卫生。"秋叶答。他的头发已被猛烈的风吹乱，他的脸被闪电的青色的光照着，有些青白。

一阵猛烈倾斜的雨，骤然扫进来，他俩的衣衫都被沾湿。

"糟糕！糟糕！没有办法了，只好走到舱里面去！"秋叶说。

"再顽皮，把你刮入大海里去！哼！"之菲说，他拉着秋叶，收拾着他们的行李走入舱里面去。

舱里面，男女杂沓横陈。他们因为没有地方去，只得在很不洁的行人路的地板上马马虎虎地把席铺上。一阵阵臭秽之气，令他们心恶欲吐。在他们左右前后的搭客，因为忍不住这种强烈的臭味和过度的颠簸在掏肝洗肠地吐着的，更占十分之五六以上。之菲抱住头，堵着鼻，不敢动。秋叶索性把脸部藏在两只手掌里，靠着船板睡着。

"'在家日日好，出外朝朝难！'是的，忠厚的黄大厚夹着眼泪说的话真是不错！"之菲忽然想起黄大厚说着的话和在由S埠到新加坡的轮船上的情形来。

在距离他不到二十步远的地方，在吊榻上睡着的几个女人，在灯光下，非常显现地露出她们的无忌惮的，挣扎着的，几个苦脸。她们的头发都很散乱，乳峰都很袒露。她们虽然并不美丽，但，实在可以令全舱的搭客都把视线集中在她们身上。

"唉！唉！假使我的曼曼在我的身边！——"他忽然又想起久别信息不通的曼曼，心头觉得一阵凄伤，连气都透不过来。"唉！唉！我是这样地受苦，我受苦的结果是家庭不容，社会不容，连我的情人都被剥夺去！她现在是生呢，是死呢？我哪儿知道！唉！唉！亲爱的曼，曼，曼！亲爱的！亲爱的！……"在这种风声惨厉，船身震簸的三等舱，臭气难闻的舱板上，他幽幽地念着他的爱人的名字，借以减少他的痛苦。

决定回国之后，之菲便和秋叶再乘货船到新加坡——暹罗没有轮船到上海——在新加坡等了几天船，便搭着这只船预备一直到上海，由上海再到W地去。恰好这只船来到H港便遇飓风，因此在这儿停泊。

"吁！吁！哗哗！啦啦！硼硼！砰砰！"船舱外满着震慑灵魂的风声，海水激荡声，笨重的铁窗与船板撞击着的没有节奏的声音。

"老王！我们谈谈话，消遣一下吧！我真寂寞得可怜！"他向着秋叶呼唤着。

"Hnorhnor！Hnorhnor！Hnorhnor！……"只有鼾声是他的答语。

"这是多么可怕的现象呀，我不怕艰难险阻，我不怕一切讥笑怒骂，我最怕的是这个心的寂寞啊！"他呻吟着，勉强坐起来，从他的藤箧中抽出一枝自来水笔和一本练习簿，欹斜地躺下去写着：

亲爱的曼妹：

在S埠和你揖别，至今倏已三月。流亡所遍的足迹逾万里，在甲板上过活逾三十天。前后寄给你信十余封，谅已收到。但萍飘不定的我，因为没有一定的住址，以致不能收到你的复信，实在觉得非常的怅惘！

这一次流亡的结果，令我益加了解人生的意义和对于革命的决心。我明白现时人与人间的虚伪，倾陷，欺诈，压迫，玩弄，凌辱的种种现象，完全是资本社会的罪恶的显证。欲消灭这种现象，断非宗教，道德，法律，朝廷所能为力！因为这些，都站在富人方面说话！贫困的人处处都是吃亏！饥寒交迫的奴隶，而欲和养尊处优的资本家谈公道，论平等，在光天化日之下同享一种人的生活，这简直是等于痴人说梦！所以欲消灭这种现象，非经过一度流血的大革命不为功！

中国的革命，必须联合全世界弱小的民族，必须站在反对资本帝国主义的联合战线上，这是孙总理的遗教。谁违背这遗教的，谁便是反革命！我们不要悲观吧，不要退却吧，我们必须踏着被牺牲的同志们的血迹去扫除一切反动势力！为中国谋解放！为人类求光明！国民革命和世界革命的终必成功，一切工农被压迫阶级终必有抬头之日，这我们可以坚决地下着断语；虽然，我们或许不能及身而见。

流亡数月的生活，可说是非常之苦！一方面因为我到底是一个多疑善变的知识分子，是一个对着革命没有十分坚决的小资产阶级人物，故精神，时有一种破裂的痛苦。一方面是因为家庭既根本不能了解我，社会给我的同情，惟有监禁，通缉，驱逐，唾骂，倾陷，故经济当然也感到异常的穷窘。我几乎因此陷入悲观，消极，颓唐，走到自杀那条路去！但，却尚幸迷途未远，现在已决计再到W地去干一番！

　　我相信革命也应该有它的环境和条件，为要适应这种环境和条件起见，我实有回到W地去的必要。在这儿过着几个月的流亡生活，一点革命工作都谈不到，做不到；虽说把华侨的状况下一番考察，也自有其相当的价值，但总觉得未免有些虚掷黄金般的光阴……

　　你的近况怎样？我很念你！你年纪尚轻，在社会上没有什么人注意你，大概不至于有什么危险吧！这一次不能和你一同出走，实在因为没有这种可能性，经济方面和逃走时的迫不及待的事实，想你一定能够谅解我吧！

　　这十几天来，由暹罗到新加坡，由新加坡到这H港，海行倦困。此刻更遇飓风，海涛怒涌，船身震簸。不寐思妹，益觉凄然！

　　妹接我书后，能于最近期间筹资直往W地相会，共抒离衷，同干革命！于红光灿烂之场，软语策划一切，其快何似！倦甚，不能再书！

　　祝你努力！

之菲谨上

七月十日夜十二时

他写完这封信时，十分疲倦，凄寂之感，却减去几分。风声更加猛厉，船身簸荡得更加利害。全舱的搭客一个个都睡熟了。

"唉！这是一个什么现象！"他依旧叹息着。但这时，他脸上显然浮着一层微笑。过了不到五分钟，他已抱着一个甜蜜的梦酣睡着。

二七

邮船到黄浦江对岸浦东下锚了。船中的搭客都把行李搬在甲板上，待客栈来接。朝阳丽丽地照着，各个搭客的倦脸上都燃着一点笑容。十余个工人模样的山东人，他们围着他们的行李在谈着，自成一个特殊区域。和之菲站在一处的除秋叶外，便是两个厦门人，和两个梧州人，亦是自成一家的样子。

两个厦门人中一个穿着白仁布，铜钮的学生装的——这种装束南洋一带最时髦——从前是北京工业专门学校的学生，现时在新加坡陈嘉庚的树胶厂办事。他的眼圈有些黑晕，表示出他有点虚弱。他对于社会主义一类的书，似乎有点研究；口吻像个无政府主义者。第二个厦门人是个现时尚在上海肄业的学生，着反领西装，样子很不错，似乎很配整日写情书一流的人物。

两个梧州人，都是五十岁左右的老人。一肥一瘦，一比较好动，一比较好静。他们每在清晨起来便都盘着腿静坐一会。他们都是孔教的热烈信仰者。那肥者议论滔滔，真是口若悬河，腹如五石瓠。他说：

"仁义礼智信，夫子之大道也！此大道推之百世而皆准，放之四海而皆验！是故，此五者皆人类所不可缺之物；而夫子倡之，夫子之足称为教主，孔之成教也明矣！"他说话时老是像做八股文章似的，点缀着一些之乎者也，以表示他对于旧学的渊博。同时他把近视眼圆张呆视着，一面抱着水烟筒在吸烟。

对于人类的终于不能平等，大同的世界的终于不能实现，他也有他的妙论。他说：

"君者，所以出令安民者也；臣者，所以行令治民者也。今虽皇帝已去，而总统犹存；总统者亦君之义也。然总统时代之不如皇帝时代，此则近十余年来，事实可为证明，不待老夫置辩。倘并此总统而无之，倡为人类平等之说，无君父，无政府，是禽兽也！若禽兽者斯真无君父，无政府矣！当今异说蜂起，竞为奇伪，共产公妻之说，溢于禹域！安得有圣人者出而惩之，以挽人心于既坠！孟子曰，能言拒杨墨者，圣人之徒也。余之不得不极端反对共产公妻，盖亦此意焉。劳心者治人，劳力者治于人，不易之理也……"他说话时老是摇着头，摆着屁股，神气十足。

那瘦者是个诗人，他缄默无言，不为而治。他扇头自题《莲花诗》三首。中有警句云：

任他风雨连天黑，自有盘珠似火明！

这两位老友，是从H港下船来上海的，他们的任务，是到上海来夤缘做官。他们前清时都是廪贡生；民国后，宦游四方，做过承审、知事等类官职。

这时客栈的伙计们已来接客了。两位老人和之菲、秋叶都同意住客栈去，由肥的老人和伙计们接洽。

"到我们的栈房去，好吗？行李一切都交给我们，我们自然会好好地招呼的。"一个眇一目，穿着深蓝色衫裤的客栈伙计向他们说。

"我们这里一总行李三件，到你们客栈去，共总行李费几多？"肥的老人问。

"多少随你们的便吧，不要紧的，不要紧的。"眇一目的伙计答。他一一地给着他们一张片子，上印着"汇中客栈"四个字。瘦的老人向他索着铜牌。他很不迟疑地袖给他①一个鹅蛋形大小的铜牌，上面写着什么工会什么员第若干号字样。瘦老人把它很珍重地藏入衣袋里，向着之菲和秋叶很得意地说：

"有了这牌，便是一个证据，可以不怕他逃走了！"

之菲和秋叶点头道是。过了一会，行李已先给小艇载去，他们便都被这眇一目的伙计带去坐小轮船渡河。

这时那两位老人步履很艰地在踱来踱去。眇一目的伙计向着他们说：

"坐我们栈里头自己特备的汽车去吧。"

"恐怕破费太多，我们坐黄包车去吧。"

"不，这汽车是我们自己特备的，车资多少任便，不要紧的，不要紧的。"

"真的是这样吗？"

"怎么不真！"

两老和之菲、秋叶都和这眇一目的伙计坐上汽车去。这时忽然来了一个流氓式的大汉，向他们殷勤地通姓名，打招呼，陪着他们同车到客栈去。

---

① 指"瘦的老人"。

汇中客栈是一所房舍湫隘，光线很黑暗的下等客栈，两老同住一房。之菲和秋叶同住一房。两老住的房金是每日一元八角。之菲和秋叶的是一元六角。过了一会，他们的行李都被送到，他们都觉得心满意足。

　　之菲和秋叶在房中，刚叫伙计开饭在吃的时候，那眇一目的伙计和那流氓式的大汉，和另外又是一位大汉忽然在他们的门口出现。

　　"先生，打赏！"眇一目的伙计说。

　　"我们是替先生一路照顾行李来的。"流氓式的两位大汉说。这两位大汉，贼眼闪闪，高身材，一脸横肉，声音蛮野而洪大。

　　"那两位老先生打赏我们九元五角。你们两位照样打赏吧！"两位大汉恫吓着说。

　　"我们两人只是一件行李，行李费讲明多少不拘。我们又不是个有钱人，哪里能够给你们那么多！"之菲说，他觉得又是骇异又是愤怒。

　　"你先生想给我们多少！"他们用着嘶破的口音说，声势有些汹汹然了。

　　"给你们一元总可以吧！"之菲冷然地答。

　　"哼！不行！不行！最少要给我们九元！那两位先生给我们九元五角。难道你们一路来的给我们九元都不能够吗！"他们说，露出十分狞恶的态度。

　　"出门人总是要讲道理的！照普通客栈的规矩每件行李不过要二毫钱。难道你们要几多便几多，不可以商量的么？"之菲说，他觉得他们这种敲诈的办法真是可恨。"最低限度要给我们八元！快快！快快！我们现时要到外边吃饭去！"两个流氓式的大汉说，露出很不屑的神态来。

"一定要我出这么多钱，有什么理由，请你们说一说！你们要去吃饭吗？不要紧的，我这儿可以请你们吃饭！"之菲带着笑谑的口吻说。

"快！快！最少要给我们八元，分文是不能减的！快！快！快！你们的饭不配我们吃，我们到外边吃饭去！快！快！"大汉说，他们握着拳预备打的样子。

"给你们两块吧，多一文我也不愿意给！你们要怎么便怎么，我不轻易受你们的敲诈！"之菲说。他望也不望他们只是吃他自己的饭。

"快！快！快！快！我们到外边吃饭去！给我们七元五角，再少分文我们是不要的！快！快！快！"大汉再恫吓着说。

为要了事，和减去目前的纠纷起见，最后终由之菲拿出六元纸币打发他们去。这时秋叶吓得面如银蜡色，噤不敢声。

"全世界，全社会都充满着黑幕！"秋叶说，抽了一口气，倒在榻上睡着。

"这里比新加坡暹罗所演的滑稽剧还来得凶！在暹罗买好了船票，还要避去公司们——暹罗私会①——彼此吃醋（船票须由公司们抽头，此私会与彼私会常因争夺这项权利斗杀，酿成命案），在岸上藏匿着，直到轮船临开时，才敢下船。在新加坡遭福建人的糟蹋（新加坡海面，福建人最有势力。他们坐货船由暹

---

① "私会"，或称"私会党""帮会"，为太平天国失败后流亡海外的成员所组成。经多年变化后，分成许多个帮会组织，参加者多为工人，常因争夺码头、车站、街道势力范围而相互殴斗，但他们都热爱祖国，曾参加抗日救国斗争。

罗到新加坡时，船在离岸数十丈处下锚，由福建人的小艇来把他们载上岸去。别处人的小艇不敢来做这项生意，这些搭客都要拜跪赔小心，由这些福建人每人要三元便三元，五元便五元，才有上岸之望），出了钱惹没趣！来这儿又遇了这场风波！唉！黄大厚说的真是不错，在家日日好，出外朝朝难！"之菲说，他这时正在饮着茶。

"所以，人类这类东西，到底可以用革命革得可爱些与否，这实在是成了一个大疑问！"秋叶很感伤似的说。

"这个解释很简单，他们的种种丑态，都是受着经济压迫演成的结果！在这些地方，我们益当认识革命！我们益当确定革命所应该走的路，是经济革命！"之菲说。他这时对刚才那几个流氓的愤恨，似乎减少了几分。

"或许是吧！要是革命不能改变这种现象，别的愈加没有办法了！唉！只得革命下去吧！"秋叶说，他的怀疑的目光依旧凝视在刚才几个流氓叱咤暗呜的表演场上。

二八

W地也发生党变，他们都不能到那儿去，只得滞留在上海。之菲这时，差不多悲观到极点。他和秋叶在F公园毗近的×里租着一间每月十元的前楼住着，预备在这里过着卖文的生活。他这时差不多变成一块酸性的石头。他神经紊乱时老是这样想：

"虽然醇酒妇人的颓废和堕落的生活，断非一个在流亡着的狂徒的经济力量所能胜。但，在可能的范围内，且从此颓废下去吧！堕落下去吧！我虽不能沉湎在鸩毒的酒家，淫乱的娼寮中；

但到四马路去和那些和我一样堕落的'野鸡'去碰碰，碰着她们高耸的乳峰，碰着她们肥大的屁股，把神经弄昏了，血液弄热了，然后奔回寓所来，大哭一场，这总是可以的！有时，减衣缩食去买一两瓶白玫瑰，以失望为肥鸡，嘲弄为肥鹅，暗算为肥鸭，危险为肥猪，凌辱、攻击为肥牛、肥蛇，饱餐一顿，痛饮一番，大概是不至于没有这种力量的！沉沦！沉沦！勇往的沉沦！一瞑不返的沉沦！不死于战场，便当死于自杀！我的战场已失去了！我的攻守同盟的伴侣已经溃散了！我所有的只有我自己的赤手空拳！我失去我的斗争的立场！我失去我的斗争的武器！在我四围的，尽是我的敌人！我不能向他们妥协，屈服！我只有始终站在反对他们的地位，去从事我个人的沉沦生活！"

但，当他神经清醒时，他觉得这种办法实有些不对。他便这样想着：

"革命这件东西，是像怒潮一样，一高一低，时起时伏。这时候中国的革命运动虽然暂时消沉下去，不久当然会有高涨的希望。我应当忍耐着，冷静地考察着各方面的情形怎样，我不应因此而失望，悲观，堕落，颓丧。我应当在这潜伏期内，储蓄着我的力量去预备应付这个新局面……"

这两种思潮，各有各的势力平分占据他的脑海。他因此益显出精神恍惚，意志不专。

秋叶的态度，益显出颓丧。他的否认一切的言论发得真是太多！他的失望，灰心，颓丧，不振，无生气，没有丝毫力量的倾向，一天一天地利害起来！"希望"这个名词，在他的眼里，简直成为一种嘲弄。他永不希望。譬如做文章寄到杂志编辑部去，别人总是希望或许可以发表的吧，他寄去时从未尝有过热烈的倾向；寄去后，好像他的工作便算完了。他不曾多做一层希望的工夫。结果，他的不希望的哲学大成功。因为事实证明，他们对于这些是永远用不着希望的！

他们睡的是楼板；穿的是从朋友处借来的破衣服；食的是不接续的"散包饭"；所做的文章，从未尝卖到半文钱。他们实在是可以不用希望的。

这天，他们在报纸上看见一段S埠T县都为工农军占据的消息。之菲决意再回去干一干，秋叶不赞成，他们的辩论便开始了。秋叶说：

"第一点，这支工农军，子弹饷械都不充足，日内必定败退溃散，我们没有回去跟他们逃走的必要。第二点，我们现在需要竭力保持灰色，这一回去，色彩益加浓厚，以后逃走，更加无地自容。第三点，干革命工作，不必一定到工农群众里面去做实地工作。在文学上，我辈能够鼓吹一点革命思想，也算是尽一分力量。我根据这三点理由，绝对不赞成回去。"他说话时，一面正在翻译逖更司[①]的*Tales of Two Cities*（《双城记》），态度很是冷静镇定。

之菲这时，全身的血在沸着，他对于文学本身已起着很大的怀疑。在这样大风雨、雷电交加的时代，他觉得安安静静地坐下去从事文学创作，这简直是一件不可能的事。他觉得月来的郁积，有如火山寻不到爆烈口一样沉闷，现在须让它爆烈一下！他觉得月来的苦痛，有如受缚的鸷鸟一样悲哀，现在须让它飞腾一下！他的青春之火，他的生命之火，他的为民众的利益而牺牲的

---

① 同"狄更斯"。

壮烈之火，整日里在他胸次燃烧着，使他非常焦灼，坐卧不安！他的灰白色的脸，照耀着一层慷慨赴难的表情，他的眼睛里有一种恳挚的，急切的，勇往的光在闪着。他听见秋叶的话老大地觉得不舒服，立起身来说：

"第一点我们必须回去，因为我们从暹罗奔走到新加坡，从新加坡奔走到上海来，为的是要到W地干革命去。W地现时既不能去，而W地的革命势力现时几乎全部集中在S埠T县；故此我们必须把到W地去的决心移到S埠T县去。工农军的是否失败，现时不能武断。假使失败，我们只有再事逃亡，并无若干的损失。第二点，我们必须回去，因为我们的战地久已失去，战伴久已分离，战斗的力量和计划大半消失，这一回去可以把这些缺陷统统填平。保持灰色这一层，现在大可不必；既已在流亡通缉之列，尚有什么灰色可以保持？第三点，从事革命文学对社会当然也有相当的贡献。但既已决心从事革命文学而不作实地斗争，这种文学易成蹈空，敷衍，而失去它的领导时代的效力！根据这三点理由，我绝对地主张回去！"他说话时，声音非常亢越，有一种演说家的表情。

"且稍安毋躁！"秋叶冷然地说，他依旧在干着他的翻译的工作，他面上并无丝毫激动着的感情，"革命是一种科学，并不是能够任情。我们先要研究，加进我们去，在这个溃败的大局中有没有挽救的力量？我敢说，这是没有的！现在工农群众的暴动，有许多幼稚、错误，我们能不能纠正这种幼稚和错误？我敢说，我们是不能够的！依照我们的特长说，与其说是政治的不如说是文学的。我想，现时还是安安静静地在这上海蛰居，从事文学创作吧！"

"对于你所说的话，我根本地加以否认！"之菲说，他这时对着秋叶的冷静的态度几乎有些愤恨，"革命是科学的，理性的，不能任情恣意，这是当然的。但照你这种蔑视自己的态度，人人像你一样便足令革命延缓几千年尚不能成功！革命运动之所以能够一日千里，全视各个细胞之能够尽量活动。个人的力量，不能左右一个局面，这也是当然的。但我们虽不能做一个左右局面的伟人，我们不能不尽我们的能力去做我们所应当做的事。工农运动是否幼稚、错误，我们现在尚无批评的资格；因为我们所得到的各种消息都大半是造谣的，内容怎么样我们未尝切实知道。我辈的特长，即使是文学方面，难道在这个政治斗争的高潮中，我们不应该再学习些政治斗争的手腕吗？回去，我们一定回去才对！

因为在上海摸索了一月，所受的苦楚，实在证实卖文这种生活的无聊；所以结局，秋叶用着一种无可奈何的态度，答应和他一同回到S埠去。

二九

八月将尽的时候，岭东的天气依然炎热。是中午了，由上海抵S埠的广生轮船的搭客，纷纷上岸。

"昨夜工农军全数逃走，白军现时未来，全埠店户闭门！……"一个挑行李的工人说。他戴着破毡帽，穿着旧破衫，面上晒得十分赤黑。

这时有两个西装少年，态度非常沉郁，却极力表示镇定。两人中一个瘦长的向着这工人问道：

"红白的军队现在都没有了么？好！好！军队真讨厌，没有便干净了！请问今天海关有没有盘查上船的搭客？"

"没有的！"工人咳了一声说，"今天好，今天没有盘查！前两天穿西装的，都要被他们拿去呢！"

这两位西装少年便雇着这个工人挑行李到天水街同亨号去。全埠上寂静得鸦雀无声，满布着一种恐怖的痕迹。海关前平时熙熙攘攘，这时也寥落得像个破神庙一般。商店全数闭门，门外悬着的招牌呆然不动，象征死一般的凄寂。全埠的手车工人因为怕扰乱治安的嫌疑，亦皆逃避一空。铃铃之声，不闻于耳，大足令这些萧条的市街减色。

由这S埠至T县的火车已经没有开行，埠上几个小工厂的烟囱亦没有了袅袅如云的黑烟。街上因为清道夫没有到来洗扫，很是秽湿，苍蝇丛集。远远地望见一个破祠内，还有几个项上挂着红带的残废的兵卒，在那儿东倒西歪地坐卧着。祠门外隐隐间露出一面破旧的红旗，在微风里战抖着。此处、彼处时有一两家铺户开着一扇小门，里面的伙计们对这两位惶惶然穿着西装的少年都睁着目在盯视着。

这两个西装少年，便是之菲和秋叶。一种强烈的失望，令他们只是哑然失笑。

"这才见出我们的伟大！两方面的军队都自动地退出，让我们俩'文装'占据S埠全埠！"之菲向着秋叶说。

"莫太滑稽，快些预备逃走吧！"秋叶答。

天水街同亨号，离码头不远，片刻间已是到了，付了挑夫费，他们一直走入该店中。店老板姓刘名天泰，是之菲的父亲的老友。刘天泰的年纪约莫五十余岁，麻面，说话时，有些重舌，

144

而且总是把每句话中的一两个字随便拉长口音地说。他这时赤着膊，腹上围着一个兜肚在坐着。他是一个发了财的人，但他并不见肥胖。之菲和秋叶迎上前去说一声："天泰叔！"

他满面堆着笑地说："呀！来——好！好！——你们今早大约是未尝吃饭的，叫伙计买点心去。"他说后即刻叫伙计把他们的行李拿上楼来，并在兜肚里拿出两角钱来叫另外一个伙计去买两碗面来。

这店是前后楼，楼上楼下全座都是刘老板一姓的私物。他做出口货，以菜脯、麻为大宗。收入每年在一百几十万以上，赢利总有十万八万元。他有个儿子，年约三十岁，一只目完全坏了，余一只目也不甚明亮。那儿子像很勤谨，很能干的样子。刘老板整天的工作，是费在向他发牢骚，余的时候便是打麻雀牌，谈闲天；他的家产便在这种状况中，一年一年地增加起来了。

楼上的布置，和普通的应接所一样。厅正中靠壁安放着一张炕床，床前安放着一只圆儿。两旁排列着太师椅，茶几。

之菲和秋叶都把西装解除，各自穿着一件白色的内衣。洗了脸，食了面后，他们便和刘老板商议这一回的事应该怎样办。刘老板说：

"三——少爷——我，我想你以后——还是不要再干这些事体好——我，我们这，这个地方没有大风水，产生不出大伟人！现在——这些工——农军坏——坏极了！这——次入到这——S埠后，几天还没有——出榜安民！唉！唉！这——怎样——对——对呢？！"他很诚恳地谆告着之菲，继续说，"这——次的军队没有抢——还算好！那些——手车夫——可就该死了！什么——放，放火——打劫，他们都干——现在统——跑避——一空了！

145

唉！做事——不从艰难困苦中——熬炼出来——这，这哪里对呢！革——革命军，这——这一斤值几个钱？第一要——要安民，不——不——扰民。王者之——师，秋毫无——犯！将来成大事的——我——我想还要——等到——真——真主出来！这回么，你们两——位，算是上了——人家的大当，以后——还是做——做生意好。做生意——比较——总安稳——些！我劝你们还——是改变方——方向，不再干那些——才好！现在——红军白军俱走，你们逃走——要乘这——这个机会逃走比较容易！我叫——叫伙计去替——替你们问问，今天有船到上——上海去没有。如若——有上海船时——最好还是即——即时搭船到——到上海去！"他说罢，即叫一个伙计去探问船期，并问之菲和秋叶的意思怎样，他们当然赞成。

过了一忽，伙计回来报告说没有船。之菲便向天泰老板说：

"在这S埠等候轮船，说不定要等三两天才有。在这三两天中，有许多危险！我想和秋叶兄暂时回到A地去躲避几天！这儿有船到上海时便请你通知小侄，以便即日赶到。这个办法好吗？"

"好——好的，你们先到乡中去躲——避几天也——也好！"刘老板说。

这店的露台上，一盆在艳阳下的荷花在舒笑；耳畔时闻一两声小鸟的清唱，点缀出人间无限闲静。便在这种情境中，之菲和秋叶把行李暂时寄存在这店里，各人仅穿着一件短衫，抱着烦乱、惊恐、忧闷的心绪和刘老板揖别。

三〇

在一间简朴的农村住室里面，室内光线黑暗，白昼犹昏。地上没有铺砖，没有用灰砂涂面，只是铺着一种沉黑色的踏平着的土壤。楼上没有楼板，只用些零乱的木材纵横堆砌着；因此在屋瓦间坠下来的沙尘都堆积在地上的两只老大的旧榻上。这两只旧榻，各靠着一面墙相对地安置着，室中间因此仅剩着两尺来宽的地方做通路。

在这两榻相对的向后壁这一端，有一只积满尘埃的书桌。桌上除油垢、零乱的纸片、两枝旱烟筒外，便是一只光线十分微弱的火油灯燃亮着。

在这里居住着的是一个年纪七十余岁的老人，他的须发苍白，声音微弱。他的颓老的样子和这旧屋相对照，造成一种惨淡的、岑寂的局面。他是之菲的伯父。之菲的住家，和他这儿同在一条巷上，仅隔了几步远。之菲和秋叶这次一同由S埠逃回来，家中因为没有适当的地方安置秋叶，便让他在这旧屋里暂时住宿。

他回到A地来已是几天了。这时之菲正和秋叶在这室里对着黯淡的灯光，吸着旱烟筒在谈着。

"我真悲惨啊！"之菲眼里满包着眼泪说，"我的父亲无论如何总不能谅解我！他整日向我发牢骚！他又不大喜欢骂我，他喜欢的是冷嘲热讽！我真觉得难受啊！"

"你的家庭黑暗的程度可算是第一的了！你的父亲糟蹋你的程度，也可算是第一的了！前晚你在你自己的房里读诗时，他在这儿向我说："这时候，谋生之术半点学不到，还在读诗，真是开心呀！读诗？难道读诗可以读出什么本事来么？哼！'我那时候不能

147

答一词，心里很替你难过！"秋叶答，他很替他抱着不平的样子。

"我承认我是个弱者。我见到父亲，我便想极力和他妥协。譬如他说我写的字笔画写得太瘦，没有福气，我便竭力写肥一点以求他的欢心。他说我读书时声音太悲哀，我便竭力读欢乐些以求他的欢心。他说我生得太瘦削，短命相，我便弄尽方法求肥胖，以求他的欢心。但，我的努力总归无效，我所能得到的终是他的憎恶！别人憎恶我，我不觉得难过。只是我的父亲憎恶我，我才觉得有彻心之痛！唉！此生何术能够得回我的父亲的欢心呢！"之菲说，他满腔的热泪已是忍不住地迸出来了。

"之菲！之菲！……"这是他的父亲在巷上呼唤他的声音。他心中一震，拭干着眼泪走上前去见他。

他的父亲这时穿着蓝布长衫，紧蹙的双眉，表示出恨而且怒。之菲立在他眼前如待审判的样子，头也不敢抬起来。

"你终日唉声叹气，这是什么道理！"他的父亲叱着。

"我不尝唉声叹气。"之菲嗫嚅着说。

"你还敢辩，你刚才不是在叹气吗？"他的父亲声音愈加严厉地叱着。

"孩儿一时想起一事无成，心中觉得很苦！"之菲一字一泪地说。

"很苦？你很苦吗？哼！哼！你怎样敢觉得苦起来？你的牛马般的父亲，拚命培植你读书、读大学，为你讨老婆！你还觉得不满足吗？你还觉得苦吗？你苦！你觉得很苦吗！唉！唉！你看这种风水衰不衰，生了一个孩子，这样地培植他，他还说他苦！哼！哼！"

"我并不是不知父亲很苦，但孩儿也委实有孩儿的苦处！"

之菲分辩着说。

这句话愈加激动他父亲的恼怒，他咆哮着。他气急败坏地说："你！你想和我作对吗？你想气死父亲吗？你！负心贼！猪狗禽兽！你！可恶！可恨！"他说完拿着一杆扫帚的柄向他掷去！

"父亲！不要生气！这都是孩儿不是！孩儿不敢忤逆你呢！"之菲哭诉着，走入房里去。

他的父亲在门外叫骂了一会，恰好他的母亲在外面回来把他劝了一会，这个风潮才渐归平息。

之菲不敢出声地在他的卧房内抽咽着。他觉得心如刀剜！由足心至脑顶，统觉得耻辱，凄凉，受屈，含冤。他咬着唇，嚼着舌，把头埋在被窝里。过去的一切悲苦的往事，都溢上他的心头来。他诅咒着他的生命。他觉得死是十分甜蜜的。他痛恨这一两年来，参加革命运动，真是殊可不必。

"唉！人生根本是值不得顾惜！为父亲的都要向他的儿子践踏！父亲以外的人更难望其有几分真心了！"他这样想着，越发觉得无味。

过了几点钟以后，他胡乱地吃过晚餐，便又走回到自己的房里去胡思乱想一回。这时，他的妻含笑地走入房里来，把一封从T县转来的信交给他说：

"你的爱人写信来给你了！信面署着黄曼曼女士的名字呢。"

纤英在家本来是不识字的。嫁后之菲用几个月的工夫教她，她居然能够认识一些粗浅的字。上次他回家时，曼曼从T县给之菲的十几封信，她封封都看过。看不懂的字，便硬要之菲教她。信中所含的意义，她虽然不大明白，但在她的想象里，一个女人写信给一个男人，除了钟情以外，必无别话可说。因此她便断定曼曼是之菲的情人。

"是朋友，不是情人！"之菲也笑着，接过那封软红色的信封一看。上面写着"S埠T县××街××店沈尊圣先生收转沈之菲哥哥亲启，妹曼曼托"。他情不自禁地把那浅红色的信封拿到唇边，吻了几吻，心儿只是在跳着。他轻轻地用剪刀把信封珍重地剪开，含笑地在灯光下读着。那封信是这样写着：

> 菲哥！亲爱的菲哥！我的又是不得不爱，又是不得不恨的菲哥啊！唉！唉！在秋雨淋泠的夜晚，在素月照着无眠的深宵，在孤灯不明，卷帷欲绝的梦醒时节，我是不得不想念着你。想念着你，又是不得不流着眼泪，又是不得不心痛啊！唉！唉！别久离远的菲哥啊！别久离远的菲哥啊！……
>
> 这时候，咳！这时候我正流落着在藏污纳垢的北京！这北京，咳！这落叶满阶，茂草没胫的旧皇宫所在地的北京！这儿的思想界的腐旧，龌龊，落后，也正和斜阳下返光映射的旧宫里面的断井颓垣一样，只足令人流下几滴凭吊的眼泪，并没有半丝儿振兴的气象！咳！在这儿，在这儿，我日间只得拖着几部讲义到造成奴性的大本营的×大学去念书，晚间只得回到我的和监狱一样的寓所里去睡觉。咳！在这儿，在这儿，我一方面饥寒交迫，每餐吃饭的钱都要忍辱向相识的同乡人乞贷，一方面要避开政治上的压迫，和登徒子们的进攻。咳！说到这般登徒子，才是令人又是可恨，又是可笑呢！他们都是向我说你是个有妻有子的人，不应该再和我恋

爱！又说你是个被政府通缉的罪人，生死存亡，尚未可必，我尤不宜和你恋爱！他们的说话，都是有目的，有作用的；这真是令我又是厌恶，又是痛恨！唉！唉！在这样恶劣的环境里面我怎能不想念着你！想念着你，我又怎能不流着眼泪！怎能不心痛呢！唉！唉！别久离远的菲哥啊！别久离远的菲哥啊！……

菲哥！亲爱的菲哥！我的又是不得不爱，又是不得不恨的菲哥啊！在这菡萏香销，翠叶凋残，西风愁起，绿波无色的深秋的日暮，我躺在我的病榻里，不禁流着泪的思量着我俩的往事。咳！忍心的哥哥！你怎么自到海外后连只字都不寄给我！我寄给你的信，前后三四十封，你怎么连只字也不肯答复我呢？！咳！狠心的哥哥！唉！唉！你要知道我自从和你别后是多么凄惨吗？……唉！我便在这儿详细地告诉你吧！

三月二十九日那天在×车站和你握别后，我的心中只是觉得惘然，凄然，如有所失！到家后，母亲抱着我只是哭，我亦觉得十分酸楚，不能自己地倒在她的怀里抽咽！以后，我便天天过着洒泪的生活，在C城时和你那般亲热！日同玩，夜同眠的那种甜蜜的回忆，只增加我的日间哭泣，夜里失眠的材料。

你的父亲！咳！我不知道你为什么有这样的一个父亲呢！在我回家的第三日，我终于抱着一种惶恐的、疑惑的心理去和他相见。我恳求他带我一起到A地找你，他老不客气地把我拒绝，并且向我说着一些我无论如何也不愿意听的说话！"现在的世界坏极了！女子不能够

151

谨守深闺，偏要到各处找男人一起玩！哼！"唉！菲哥！你一定可以想象到当我听到这几句说话的时候是怎样羞耻和伤心呀！

又是过了两天，我接着你从A地寄给我的一封信，那是使我多么安慰啊！我把它情不自禁地吻了又吻！晚上睡觉时，我把它贴肉地放在我的怀上！只这样，便的确地安慰了我几分梦魂儿的寂寞！……

可是，我的家庭中又是发生问题了！我的母亲天天逼着我去和我的旧未婚夫要好；他也嬉皮笑脸地日日到我家中来讨好！我天天只是哭着，寻死！不打理他们！后来母亲觉得有些不忍了，才停止她的挟逼。他也不敢再到我的家中来了。唉！哥哥！亲爱的菲哥！为着你，我是受着怎样的痛苦啊！……

在这个时候，你差不多天天都写信给我，要我到你的家里去。我也时时刻刻都想到你的家里去；但因为我又不认识路，又恐怕到你的家里去时，我是个剪了头发的女人，很会惹到乡下人的大惊小怪，这于你的踪迹的秘密是有大大的妨害的！因为此，我终于没有到你的家中去，直到你仓皇出走的那一天。

唉！唉！你仓皇出走的那一天！你仓皇出走的那一天！你仓皇出走的那一天！是多么令我感到凄凉和绝望哟，当你把这个消息递来给我的时候！我那时候，一方面固然体谅你仓皇出走的苦楚；一方面我却十分怨恨你的寡情！"你为什么不带我一起逃走呢？你为什么撇下我一个人孤零零在政治环境险恶不过的T县呢？！"我那时老是这样想着……

又是一月过去了，我在家中整日哭泣，恹恹成病。我的姊姊刚从北京××女子大学放暑假回家；她见我这么悲观，天天都在劝解我，带我到各处去游玩。咳！她哪里知道我的心事呢？……

唉！哥哥！我的亲爱的菲哥！真是"春蚕到死丝方尽，蜡炬成灰泪始干"！有时，我很想冷静些，想把理性提高，把情感压制一下。但，当我想到你的像音乐一般的声音，你的又是和蔼，又是有诗趣的表情，你的一双灵活而特别带着一种文学情调的眼睛，你的高爽的胸襟，你的温柔的情性……我觉得陶醉！我觉得凄迷！唉！亲爱的哥哥，我的眼泪怎得不为你而洒？！我的心怎得不为你而痛呢？！……

六月初八的时候，我听从我的姊姊的诱劝，预备和她一起到北京升学去。升学虽然是无聊，但我想离开家庭到外方游赏一回或许可以减少我的伤感。但，当我们从S埠坐着轮船到上海时，我又大大地失望和伤感起来了。我在轮船里面，不禁终日啜泣！当我在甲板上望着一碧无垠的苍天和了无边际的大海时，我只是觉得一阵一阵心痛。我想起和我的在南洋流浪着的菲哥，将因这次的旅行一天一天的距离远了！相见的机会亦将因此益加困难了！唉！唉！亲爱的菲哥！在那黑浪压天，机声似哭的轮船里面，我哪得不想起你，想起你我又哪得不洒着眼泪，不为你心痛呢？！……

六月十五日，我安抵北京了，我和我的姊姊住在一

153

处。我的姊姊有了一个未婚夫，他也和姊姊住在一处。他家里有了不少的钱，我的二姊读书费用是由他供给的。我初到北京时，也在他那儿用了二三十元。唉！过了几天，我才知道他原来是个浑蛋！他和我的姊姊感情很不好；我初到北京时，他对我还带着一种假面具，所以待我还不错。后来，我时常攻击他，他便索性撕开假面具，把我压迫得很利害。他本来是答应帮助我读大学的，这时候，他对我更是一毛不拔。唉！金钱的罪恶！资本社会的罪恶！哥哥！亲爱的菲哥！唉！想到这一层，我真觉得非即刻跑到你的身边去，去和你同干着出生入死的革命不可！但，忍心的哥哥！你怎么出走时，不设法带我一起去！你怎么出走后连信也不寄给我一封呢？咳！狠心的哥哥！……

又是一月过去了，我忍着耻辱向着几个同乡人借贷，暂时地得以维持生活。同时，我为消遣无聊的岁月计，便考进××大学念书去。唉！哥哥！亲爱的菲哥！这儿的大学，才真叫人失望，这儿的大学生，才真叫人可鄙呢！这儿的大学的一切制度都很腐败；充教职员的，都是一些昏庸老朽的坏东西！这儿的学生，除少数外，都是很落后的；他们都在希望做官！我在这儿的大学念书，除觉得厌恶，失望，无聊外，尚有一些儿什么意义呢？"这是养成奴性的大本营！"我时常这样想着。

菲哥！亲爱的菲哥！这儿的男学生才可笑呢！他们对待女学生的态度很特别！我们的××大学，合共只有四个女生！当我们上课时，总有一千对惊奇的、不含好意的眼睛把我们盯视着！唉！这有什么意思呢？唉！

还有呢！他们这班坏东西，偷偷地对着女性的进攻真是来得太利害！他们真是把恋爱这回事弄得莫名其妙！他们和一个女性才开始相识，便拼命进攻；过几天，他们便以为已经是恋爱起来了！唉！这班浑蛋真是讨厌！我受他们的气，委实是不少！菲哥！亲爱的菲哥！你看这儿的环境是多么布满乌烟瘴气啊！咳！在这样恶劣的环境下的我，怎能不回忆到我们俩在革命发祥地的C城的那段光明璀璨的浪漫史！想到那段光明璀璨的浪漫史，又怎的不令我想念着你！想念着你，又怎的不令我心伤泪落呢？唉！我的别久离远的菲哥啊！我的别久离远的菲哥啊！……

现在已经是深秋的时候了！唉！唉！在这万里飘零，异乡作客的孤单单的情况中，在这世态炎凉，人心险恶的无依无靠的状态下，在雨声敲着枣子树的深更，在月影儿窥到我的帷帐的午夜，我凄凉，我痛哭！我怎能不忆起我的哥哥！我的又是不得不爱，又是不得不恨的菲哥啊！……

听说你到上海后，住不到一个月，又是回到A地去！你回到S埠去，当然是去干革命的，这我是很佩服的！但，你为什么又要回到A地去呢？这真是使我觉得异常愤恨。唉！唉！菲哥，你一方面和我有了婚约，一方面又恋着旧妻，这是什么办法？唉！我真是——唉！上你的当了！……

菲哥！亲爱的菲哥！从速离开你的腐败的家庭！从

155

速起着家庭革命！不要再在那黑暗的，误解的，无恩义的，以儿子为畜类的旧家庭中滞留着！快到北京来看你的可怜的妹妹吧！你的可怜的妹妹！唉！你的可怜的妹妹，恐怕再也活不出今年了！她是这样的悲观，消极，惨不欲生！自从她觉得已经被你摈弃之后！唉！唉！……

　　或许，和你相见后，能够得到一线生机！唉！亲爱的菲哥！我的又是不得不爱，又是不得不恨的菲哥！在这样寂静得怕人的深秋的午夜，我一面觉得受到死神的挟逼，一面又在洗泪泣血望着你之来临！……

　　我一面又在洗泪泣血望着你之来临！唉！最亲爱的哥哥！我知道你决不是一个寡情的人，你的连一封信都不寄给我，和不答复我的一个字儿，我想你一定也有你的苦衷。或许是因为你萍踪莫定？我寄给你的信，你家中无由转交。或许是你的家中恐怕我俩通信太多，故意把我寄给你的信统统毁灭，你寄给我的信，或许也是由我的家中将它们全数扣留，不转来北京给我。唉！要是这样，要是这样，我真是错怨了我的最亲爱的哥哥了！……

　　你的回到A地去，大概也是因为政治环境上的关系吧！我相信你不是喜欢和你的旧妻在一处的人！唉！菲哥！那我也是错怨了你呢！你一定要说，你在革命上完全失败之后，又要受到你的爱人的误解和诅咒！你一定要因此而失望，而伤感起来了！唉！亲爱的哥哥！你如果真是这样，那真是我的罪过啊！……亲爱的哥哥！快赶到北京来吧！我将把你紧紧地搂抱着，流着泪抚着你半年来为失败而留下的周身的瘢痕。你也将和我接一个长时间的热吻，以慰安我的半年来的被压损的心灵。唉！菲哥！最亲爱的菲哥！我是怎样地急切在盼望着你之来临！我是怎样地急切在盼望着你之来临呢！唉！唉！……

菲哥！你还记起吗？我想你无论如何是不能忘记的！我们俩在 C 城时合影的那张手儿相携，唇儿相亲的相片，你还记起吗？我想你无论如何是不能忘记的！唉！唉！在C城的我俩，在影相里面的我俩！我现在一面在写信给你，一面在把这张相片呆呆地细看。唉！唉！亲爱的哥哥！我怎的能够不想念着你！想念着你，我怎的又能够不为你心伤泪落呢？！……

唉！菲哥！你亲笔题在这张相片上的几句话，你大概是不至于忘记的吧！不！我想你一定是不至于忘记的！唉！让我在这儿再抄录出来给你一看！你在这张相片上写的是：

在革命的战线上，

我们都是头一列的好战士！

在生命的途程中，

我们都是不断的创造者！

让我们永远地团结着吧！

永远地前进着吧！

牺牲着我们的生命！

去为着人类寻求着永远的光明！

唉！菲哥！亲爱的菲哥！我直至这时候，念着你这几句说话，心尚为你热，血尚为你沸，泪尚为你洗！我想你大概不至于忘记吧！不！我想你决不至于把这样庄重严肃的说话亦忘记了的！唉！亲爱的菲哥！别久离远的菲哥啊！别久离远的菲哥啊！我在这儿，洗泪泣血盼望你早日之来临！盼望你早日之来临呢！……

　　菲哥！家于我何有？国于我何有？社会于我何有？我所爱的惟有革命事业和我的哥哥！哥哥！从速离开你的腐败的家庭，到我的身边来吧！唉！亲爱的哥哥！让我们永远地手携着手，干着革命去吧！……

　　祝你健康！

你的妹妹曼曼

　　坐在灯下看着这封信的之菲，这时心中十分感动，双眼满包着热泪！他下意识地不住念着："家于我何有？国于我何有？社会于我何有？我所爱的惟有革命事业和我的哥哥！"

　　这时候，在他面前的，显然分出两条大路来。一条是黑暗的，污秽的，不康健的，到灭亡的路去的！一条是光明的，伟大的，美丽的，到积极奋斗，积极求生的路去的！他脸上溢出一点笑容，他最后的决心，似乎因他的情人这封信愈加决定了！他站起身来，挺直腰子，展开胸脯，昂着头，把那几句题在相片上面的诗句，像须生一样的腔调，唱了又唱。坐在他身旁的纤英只是觉得莫名其妙，看见他在笑着，她也笑……

　　明天的清晨，他和王秋叶把行装弄清楚了，悄悄地离开他的家庭，再上他的流亡的征途去！……

家　信

一

英儿，不肖的英儿！ [1]

你已经完全不是我们的儿子了，狠心的英儿！你不但是完全变了，你简直已经不是人类，而是魔鬼！你知道你在信里面说了一些什么话吗？我想你一定是喝醉了酒，或者，是害了一场热症；不然为什么会发出这样可怕的，无良心的，荒谬绝伦的议论来呢？唉，无灵性的禽兽！我为你羞！我为你哭！

英儿，我想这封信一定不是你自己写的。你自己能这样残忍，这样冷酷地对待你的父亲，你的母亲，你的寡嫂，弱妹，稚弟，守活寡的妻吗？你这一封信……唉，亲爱的英儿呀，你要赶快再写一封合乎"天理人情"的信来给我们，并且否认你前信的一派糊涂的说话吧！

英儿，你知道你这封信给予家庭是怎样的一个打击吗？唉，

---

① 现行书信格式一般此处使用冒号，为遵循原著，此处保留感叹号。

我的可恨的而又可怜的英儿啊。你的信我们是两天前便接到的。那是一个稍微寒冷的下午，我刚在巷头"饲鸡"的时候，你的父亲像害着一场重病似的从城里跑回来了。他的脸色完全变成金黄，走路时不停地在抖颤着。

"你回来了，啊啊！"我这样地问他。

他好像没有看见我似的，一面摇着头，一面喃喃着，走进室里面去。

"碰到什么事情了呢……身体不好吗？"我很担心地这样问他。

他依旧没有答应着我，只是望着睡床躺了下去，长长地叹了一口气。我的心里更加害怕起来，只是呆呆地守望着他。

"菩萨保佑吧，天地神明保佑吧！……啊啊，你的身上不舒服吗？……啊啊，菩萨保佑吧，天地神明保佑吧！……"我低声地在说着。

父亲忽而站起身来，用着他的阔大的牙齿咬着他的嘴唇，鼻孔里出着沉重的气息，眼睛带血似的盯视着我：

"去你的吧！你这老货！"他在我的额上打了一拳。

我呻吟着，但不走开。我知道你的父亲在这三两年来性情是变得特别暴躁的，但我可怜他。菩萨保佑他吧，他是这样一个慈心肠，辛苦了一生的人物。他的老境是这样凄凉，他的脾气哪里能够不一天天地变坏呢。

"你生的好儿子呀！你这不中用的老货！"他这样骂着我，从他的内衣袋里拿出你的那封信来，出力地掷在我的面孔上，"这是你的好儿子寄给你的信！你拿了去吧！……唉，简直是造反了！这时代是儿子来教训老子的时代了！……"

英儿，狠心的英儿呀，当我们把这封信看完以后，你的二位嫂，你的妻，和我都一道地哭起来了。但我们不敢大声地哭，恐怕邻右会笑话着我们。你的妻哭得最伤心，她不住地把头在撞着墙壁。你的两位嫂嫂一面在哭着，一面在埋怨着你的忘恩负义。你所以能够读大学不是完全靠两位哥哥辛苦赚来的金钱吗？现在你的两位哥哥不幸过世了，你应该怎样照顾两位寡嫂，照顾这许多的孤儿，才算不背"天理人情"呢。可是你并不这样做，你说你已经觉悟，你是一个文明的人物，你是一个不顾死活的鬼革命家，你要让你的两位嫂嫂改嫁去！唉，发昏的英儿呀，你简直是变成禽兽了！

你说了许多话，有许多我们简直不懂。就那些我们懂得的来说，却完全是废话的。你的父亲说你是把书越读越不通了，越读越走入邪道去了！儿呀，你该想一想，你现在的思想离开正道该有多少里路远呢。你的父亲一向是希望你做个"纯儒"的。当你要到C城升大学去的时候，他不是谆谆劝你该尊重孔孟之道吗？唉，儿呀，你该想一想，你现在不但不配称是个"纯儒"，简直是变成一个鬼怪了！

儿呀，我一向便不主张给你读书的。你从前是怎样听话的一个孩子，我是怎样的爱你。我真不忍你一刻离开我。我时常都向你这样说："儿呀，照我的意思，你还是在家耕田种地好。嘴看见，眼看见的！"你不相信我的说话，拚命要读书，不分昼夜地用功。小学毕业的时候你要死要活地想读中学，中学毕业了，你又要死要活地想读大学。本来，我们这样的家况哪里能够供给你读大学。不过，我们和你的大哥二哥都这样爱你，不忍令你太难过，所以节衣缩食来供给你读书。你在读书的时候还口口声声说你将来要怎样帮助家庭，要在大学毕业以后回到家乡来当一个中学教员，每年一千多块钱是不难赚到的……

儿呀，够了，我不再说下去了。你现在是拿什么东西来报答你的家庭呢？哎哟，可怕的，流血的革命！这是说，革你的老子，革你的老娘，革你整整的全家的命！……我不很明白，现在的革命不是有很多种的吗？很多的人们都是因为革命升了官发了财，你的那些同在大学念书的朋友不都是越革命越做起官来吗？他们差不多都回家来谒祖，做着"大戏"，闹着筵席。连他们的亲戚朋友都觉得有光宠些。以前听说是你的好朋友，曾经到我们的店里来座谈了好多次的那位林祖菊，现在正在做着市长，大屋祠堂都堂堂皇皇地落成了。还有那位你从前说的一个很胖的什么无政府主义者，他在我们这T县做县长还不够一年的工夫，据说已经扒到二十多万块钱了。他们都是现在的成功的革命家。儿呀，你如果一定非革命不可，那便学他们也无妨。像你现在这样的革法，实在是太背时了。

但是，我的儿，我的走入迷途的儿呀，你现在还是回乡来好。你以前做的那些对不住家庭的事情，我们都不埋怨你。我们亦不希望你去学那些成功的革命家的朋友一样，去升官，去发财。我们相信我们没有这样的福气。"一世做官九世绝！"耕田种地，或者做小生意虽然是苦些，可是比较做官，罪恶是做的小得多了。

你要是回家以后，靠神天庇佑，没有碰到什么歹人，危险总不会有的。儿呀，你回来吧，暂时我们是可以不希望你赚钱的。只要我们每餐的粥吃得更稀一点，店里的事情暂时由你的父亲和弟弟负责，生计倒不是即刻便维持不住的呀。

自从你的大哥和二哥过世之后，我合上眼睛便看见他们。我无日无夜不见他们的幻影，可是他们却已经是没有了。天王爷，这是什么意思呢！假定我们有罪便让我们死去好了，为什么要把我们的儿子拿去呢？天王爷，他们的年纪是这样轻的，他们应该活着。但是，……啊，只好怨我们命苦，怨我们没有福气啊。

你的二哥是大前年十月过世的。他患的是"脚气冲心"的病。这种病是很利害的。起初他在店里患病的时候，他还不肯说，每天还是抱着头在做着工作。唉，好蠢的孩子啊，他只是挂虑着店务，真是太不顾身体了。直至你的父亲发觉出他终日眉弯额皱，饭又吃不下去的时候，才吩咐他回家来休养，但已经是太缓了。

他自己好像知道他不久于人世似的，当你的父亲叫他回家来的时候，他不禁在垂着泪。当时，你的父亲心里吃了一惊，便暗暗地感觉到这是不祥之兆了。

在他回家之后，他的脾气变得非常不好。你的二嫂还可以和他说几句话。我和他说话的时候，他简直连理都不理我了，可怜的儿！医生说，病人最忌脾气变坏。脾气变坏是很难医治的。初头，他吃了几天肉桂，他的病似乎已经好了一些，肿也消退了一些，饭也可以吃一点。我正在欢喜的时候，忽然碰见鬼，那个会画符，会采取草药的揩油叔到来看他了。他睁着眼睛向他说："咦，你这病，不是我阿某夸口，要是你能够听从我的说话，我包管把一帖草药给你吃，便完全好了！"真是，命该如此，你的哥哥听从他的说话了。他吃了他一帖草药。哎哟，刚吃下去，便完全不对了。他直着喉咙大喊，说有许多鬼怪在他的身边站立着。这样地过了几个钟头他便毕命了。唉，天诛的揩油叔！

当他正在危急的关头，我替他走到庙里去拜菩萨。在路上，我碰见人家在捕鱼。无意间听见一个捕鱼的人在埋怨着："那真是不走运，昨天拿了四尾鱼回到家里去，被猫儿偷去了一尾，只剩下三尾！"我听见这句说话不由得打着冷战，一阵不幸的预感临到我的心头。胡乱地拜了菩萨，飞跑到家中去，那时你的二哥哥已经不能够说话了。他只用着无神的眼睛瞅着我，跟着他的头便垂到他的胸际，喉头涌上一阵痰来，霍霍地响着。他的生命便这样的完结了。

你的二哥哥逝世之后，我正昏头昏脑，日夜都在做着恶梦，跟着你的大哥又是病将起来。哎哟！天哟，在这里变乱的年头，连天老爷都变糊涂了。天老爷也变得欺善怕恶了。你的大哥病的是吐血症，时发时止。他负病治理着店务，连呻吟都没有闲空。最后，他的脸色完全变成金黄了，还是一面摇着头，一面做着事情。我屡屡劝他歇息，他便这样叱着我说："你懂得什么呢！生意倒闭是比较病倒更加可怕的啊！"

前年十二月的时候，他周身瘦得剩下一把骨，面孔也变得越是怕人。他很怕冷。没有太阳光的地方，他便不敢站立着。……有一天，他幽幽地对着我说："母亲，你写信快叫三弟回来吧，我已经是不中用的了！……"他说着，情不自禁地在洒着眼泪。唉，老天爷，看见儿子这样的不幸，实在比较从我的身上把肉剜去还要难过啊。

儿呀，那时候正当你在替"党国民众谋利益，虽劳弗恤"的时候，我们虽然写了许多封信要你回来看你的哥哥，但结果你终归是没有回来的。……你的大哥算是不能等候你了，他不能够度过那个十二月。但他是多么热烈地想见你一面啊，在他差不

164

多断气的时候，时不时还抬着头问着我说："……三弟回来了吗？……三弟回来了吗？……"唉，我不忍再说下去了。狠心的英儿呀，你该想想，你现在是拿什么态度来报答你的哥哥啊！我们正在替他"养子"（他自己生的几个女孩，是不能承继香灯的）。正在设法安慰你的嫂嫂的心。而你主张……唉，儿呀，你快写信来承认你前信是一派胡说吧……

儿呀，现在真不知道是什么样的天年。你的姊夫从前也曾加入×会，因为他是一个高小毕业生，很有文墨，而且办事很能干，所以被举做×会头。现在他乡里的有钱人和绅士都革命起来了。他们说×会是反动派，是××。×会被解散了，有许多人被抓去枪毙。你的姊夫现在不敢住在家中，四处奔跑着。你的姊姊也回到家里来了。我们的家乡，靠菩萨保佑，未尝办过×会，还算安静些。我们的邻近乡有许多乡里真是凄惨啊！除开富人和绅士外，全乡男女老幼都得逃走一空。他们四方流离，强壮的走去"过番"，老弱的在做着乞丐。啊，这样的天年，不知是什么恶劫啊！你的父亲说的真不错，现在是"魔王遍地，殃星满天"的时候啊！

你的姊姊住在我们家里已经快半年了，还不敢回家里去。事实上，她的家庭已经是没有了。你的姊夫也尝偷偷地走到我们这里来一两次。他还是和从前一样斯斯文文，见了人怪和气的。为什么咬定说他是个反动派，是个××，硬要治他的罪呢！这真是不可解！唉！总是天年不好的缘故啊！

你的姊夫和你的姊姊都很赞成你的行为。他们都说你很勇敢。但他们都是"乳花"未干的小孩子，他们晓得什么呢！耕田种地的人们固然是凄惨不过，有钱人和乡绅固然大都是作恶的人，但这些菩萨都是知道的。让天老爷去处治他们好了。……我们是什么事情也不要管，只要勤俭刻苦，做事对得住天地便好了。

儿呀，千言万语也说不尽了。我们只希望你回来，只希望你以后说话要谨慎些，不可乱说。

儿呀，回来啊，全家的人都在关心着你，希望你回来。你要是不回来，我们简直是活不下去了！

母字

正月廿四日

二

英儿，最亲爱的英儿：

今天你的弟弟从城里走回来。他走得上气接不得下气地一进门便告诉我们说，城里风传你已经回来，这几天时不时有侦探和警察在我们的店门口窥伺着。唉，苦命的儿呀，像这样说，你的那些做官的老朋友实在是对你不怀好意的了。你暂时还是不要回来好。唉，我们的命运真苦呀！

另者你在家的时候很喜欢吃菜脯，母亲特为你寄一篓去。到时查收。

母字

正月廿六日

三

最亲爱，最亲爱的母亲：

接到你的信后，我是异常的悲伤，异常的难过；但同时我却并未失望，并未灰心。我上信之不能使父亲、母亲以及家人了解，这是我意料中的事情。但我相信我要是用着这样的态度继续和你们通信，在不久的将来，你们一定会明白我的说话是对的。

母亲，你们都很爱我，都很关心我，处处都在替我着想，你们的说话我当然是应该听从的。但，当我发觉了你们的说话是有了错误，而这种错误对于人类未来的光明的社会的建设是有了严重的阻碍的时候，我便不得不竭尽我的力量来向你们解释了。我爱你们，我愿意你们走向新社会的观点上来。旧社会已经是腐朽了，破烂了。我们需要新的社会。而这变乱的年头，便是伟大的斗争的开始。在这斗争的后面，有着光明的，快乐的未来。现在为斗争而流下的血，是一些不得不流的血。这些血可以洗去人类的污浊。未来的美丽的社会便是这些血所得来的代价啊。……母亲，为着你们的缘故，我是不应该在这血潮中牺牲的。但是为着光明的将来，为着新生的社会，我却不能靳此一身了！母亲，站在我们家庭的立场上，我耗费了家庭中这么多的金钱，——由母亲诸人每天做十五六个钟头，而且节衣缩食得来的金钱，——而又没有像家庭所希望一样的去做个中学教师，去帮助家庭。这自然是我的过失。但站在整个的革命的立场上来说，假使我只顾及家庭，而不能为广大的穷苦群众出点力量，这能算是一个怎样的人物呢？母亲，在这新旧两种势力的斗争日趋剧烈，日趋尖锐化当中，对得住家庭便对不住革命；对得住革命，便对不住家庭。

这两者是冲突的，不能调和的啊。

母亲，本来在我们的家庭状况已经是这样支离破碎当中，我似乎不应该参加革命，似乎只应该切切实实地做着家庭里面的一个良好的儿子。但当我进一步地想我们的家庭为什么会这样支离破碎，我的父母亲为什么磨折了这几十年还不能得到好好的安息，我的两位哥哥为什么会因为工作过度而致死，我的两位嫂嫂为什么不敢再嫁，我的女人为什么不明不白便被人家抬来和我睡在一块，现在我既然已经不能回家，她为什么不能再找旁的男人去，我的那队弱孙为什么没有好好的地方来安置他们，这一切，这一切都证明旧制度的罪恶，旧社会的残忍。倘若不是把这旧制度，旧社会根本地推翻，根本地打碎，个人的独善其身的生活绝对是做不到的。母亲，当我想到这一层的时候，我便觉得非积极地参加这种革命不可了。

母亲，诚如你来信所说的一样，在这次革命的浪潮中，大多数的农村有着巨大的牺牲。被枪毙的最良好，最忠实，最有信心的老百姓盈千累万。无罪的男女老幼流离失所的更不可胜数。母亲说他们是十分凄惨的。对啊，他们诚然是十分凄惨，他们比我们的家庭状况还要凄惨了许多倍呢。母亲，这难道说都是他们自己的罪过吗？不错，他们都是多少和×会有关系的人物。但×会的组织不是经过大人先生们的许可，而且经过他们积极提倡的吗？……提倡组织农会的是他们，压逼①×会的也是他们。这难道也算是一种什么道理吗？……母亲，你自己不是说过吗？现在是连天老爷也变糊涂了！请你不要再信赖天老爷吧！最后，能够裁

---

① 同"压迫"。

判这班狗东西的只有现在这些最被压逼，最被蹂躏，最被糟蹋，最被侵害的群众！

　　母亲，我相信你，相信父亲，相信我们全家的人物或迟或早都会赞同革命，甚至于参加革命，正如我相信革命或迟或早终必会成功一样。母亲，你说姊姊和姊夫都赞同我的行为，这使我异常的高兴。母亲，姊姊是比我聪明得多了，你应该时时和她谈话，她一定能够把许多为什么要革命的扼要的道理告诉你呢。

　　母亲，你所说的那些做市长、做县长的旧时的朋友，真是堕落得太可怜了！他们在大学的时候，都曾经唱过很好听的高调，都曾经在攻击着那些旧官僚。现在看，他们是比那些旧官僚来得更下贱了。最好笑的是那个肥胖的伪善者，那个无耻的无政府主义革命家。他在大学的时候，大谈其五不主义：不嫖，不赌，不吸烟，不饮酒，不坐黄包车。现在看，他是变成怎样的一个官老爷！……母亲，你是相信所谓"报应"的，我便和你谈一谈"报应"的道理吧。像他们这班现在大啖吮吸着民膏民血的魔鬼，将来是免不了要在民众之前受着死刑的裁判的啊！

　　祝你和父亲都康健！

　　家中诸人均此问好！

儿　长英

二月初四

四

　　母亲！最亲爱的母亲！

　　今天我虽然已经写了一封回信给你。但我觉得我还有许多要说的说话未尝和你说，所以我又再来写一封信给你。母亲，我真是觉得惭愧，我虽然把大学读毕业了，虽然对于文字这方面还算曾经下了一点功夫，但当我拿起笔来写信给你的时候，我总觉得我的才力是太不够了。横在我的心里的有了许多很深刻，很沉痛，很能够使母亲和家人一听到便会了解革命是怎么一回事情的说话，但我终是不能够充分把它们写出来。还有最糟糕的一点，便是我在大学里面学到了许多专门的名词，这些名词对于你们是和外国语一样难懂的。我在写信的时候，总想竭力避去这一类使你们不容易了解的名词，但在不知不觉间，我每回都不免要写了一些进去。这真使我自己异常不满意，我虽然不至于像父亲所说的把书越读越不通，但最低限度，是我把书越读，我的说话越发使你们不容易了解的。我想，这完全是我的错误，我以后应当更加努力地用着更加浅显的说话来和你们通信。我不是想向你们卖弄学问，我只想使你们怎样地来了解着这时代是什么样的时代，这时代的革命有了怎样重大的意义的。

母亲，为什么我不能向你们说明这种种的道理呢，虽然你们的意识是受了旧时代的伦理观念的蒙蔽和催眠，但你们彻头彻尾都是被压逼者，你们虽然比较一般农民和工人的境遇好了一些，但你们始终还是在沉重的压逼下面过活的，你们需要革命。革命能够解放你们。革命不但能够使受压逼最利害的工农从十八层地狱下面解放出来，它同时能够使一班穷苦的小商人从苛捐杂税，重利剥削的两层压逼下面解放出来。革命给一切在过着牛马似的生活的人们以苏生的机会。它的目的是在把特权阶级打得粉碎。这是一种伟大的企图，光明的策划。谁反对它的，谁便是魔鬼。

母亲，难道说，让作恶的地主、官僚，和以重利剥削小民的资本家等候天老爷来惩治他们便好了，这也是一个正当的办法吗？天老爷，根本便没有这回事的。退一步说，假定真的有了天老爷的说话，那他也只是特权阶级的守家狗。他是一点也不能给广大的被压逼的群众一点好处的。母亲，如果你一定非信神不可，那你可以相信"革命"便是一位公正无私的神，他对于一切受灾难，遭不幸的人们是极其慈爱的。他对于他们是有求必应的。母亲，相信我的说话吧，如果你一定非信神不可的说话，那便请你虔诚地相信这位公正无私的"革命神"吧。

前信上所说的关于父亲一向期望我做一个"纯儒"，能够尊重孔孟之道的这回事情，我想在此说一说我的意见。不错，父亲确是始终在希望我做一个尊经重道的"纯儒"。在父亲方面，他有了这种要求，是很自然的。父亲的确是有点古君子的风味，他是封建社会中一个很难得的人物。他是这样的质朴，这样的言行不苟。在科举未废的时代，他拿过不少次数的"场篮"。他考不上秀才，教了十年的私塾。改建民国以后，因为维持生活起见，他只得弃儒从商。他脑子里还是在憧憬着古先唐虞三代之治，碰到什么看不上眼的事情，便大有"如礼何？""如乐何？"之感。像他这样的脑筋，对于我自然只期望我做一个"纯儒"的。但像父亲这样的期望是可以达得到吗？自然这是不可能的一回事情。不对吗？为什么父亲自己便不能做一个"纯儒"只得弃儒从商呢？父亲一定要说，这哪里有办法，连"满清朝廷"也维持不住，我这区区的一个"童生"安得不弃儒从商呢。对咯，从这一点看起来，我们应该明白"纯儒"的时代已经过去了，过去得老远了。所以，父亲希望我做一个"纯儒"这一点，无论如何也是做不到的。

"纯儒"的时代已经是过去了，那么教人怎样去做"纯儒"的孔孟之道，还有什么用处呢？在这资本主义十分发达，有钱的便登天堂，无钱的便入地狱的时代，在这全世界十二万万五千万人正在地狱里挣扎着，非革命不能生存的时代，站在旁边空喊着"是可忍，孰不可忍也？""如礼何！如乐何！"这还成什么说话呢！把孔孟之道完全丢到粪坑里去吧！这时代所需要的是把特权阶级根本推翻，根本打碎，怎样去寻求着新的光明，实现着美丽的社会，再也不是什么"君使臣以礼，臣事君以忠"的那一派鬼话了！

　　祝你们快乐和康健！

你们的儿子　长英
二月初四晚

<h1 align="center">五</h1>

母亲！最亲爱的母亲！

　　信和菜脯都已经收到了，我在你们的伟大的爱中沐浴着。你们的伟大的爱对于我是和日光一样需要着的。

　　唉，母亲，在像我现在这样的艰难困苦的状况下，伟大的爱和日光对于我都是极其需要的，就和穷人需要金钱一样，甚至和监狱里面的犯人需要自由一样。母亲，在你们所给予我的伟大的爱之下，我禁不住在洒着眼泪，然而这眼泪是甘甜的。这眼泪使我感到异常神秘，使我的枯燥的心灵润湿起来。这眼泪使我健康，使我充满着精力。母亲，我对着家乡的菜脯，不知不觉地大动起乡思来了。母亲，我们的故乡是世界上最美丽的一个去处。

或许我未免是说得太过，但我的感觉的确是这样的。我们的故乡有着辽阔的天空，有着空旷的大野，有着美丽的河流，澄澈的池塘。在秋天的时候，有着耀着日光的黄叶。……"回到故乡去吧，去躺在大自然的怀抱里吧，去躺在母亲的怀抱里吧！"我几乎要这样喊出来。但当我定一定神的时候，我感到这是一场虚空的梦，这是一场渺茫而又达不到的梦。这种梦是中世纪的诗人才能够做的，我们不配。

唉，母亲，故乡虽有辽阔的天空，但这对于在过着牛马似的农民只像是一种怀恶意的白眼。故乡虽然有着空旷的大野，但这些只是地主豪绅们所占有的土地，它在向着一钱不值的农民，现着冷笑的神色。故乡虽然有着美丽的河流，澄澈的池塘，但这些都特为地主豪绅们灌溉田亩之用，运载货物之用，它在向着无终止的受磨难的农民吐着口沫。那些耀着日光的黄叶或许是美丽的，但这不能当饭吃，当衣穿，因此对于饥寒交迫的农民是完全没有用的了。

母亲，当我每一想起这些事情时，我的心情即刻便变老了。我不能够嬉笑，我不能够浪漫，我不能够空想，我不能够娱乐。我不能够！当我想起这些事情时，我的态度即刻变成严肃起来。于是，我感到假定我能够回到我们的故乡去的说话，我不能去躺在大自然的怀抱里，或者躺在母亲的怀抱里，而是去站在这些牛马不如的农民们这一边去要着地主豪绅的命，去把他们打得落花流水……

母亲，现在的时代是菩萨无权，上帝已死的时代，人间的正义和公道都要被压逼，被践踏，被糟蹋，被驱逐，被侵害的大众全体动员起来做着最英勇的，最彻底的斗争，用血的代价购买，才可以得到的。……母亲呀，试想一想，当一切地主、豪绅、贪官、污吏、资本家，……这一些最坏的人种从地球上被诛尽杀绝的时候，一切巍峨的大洋楼变成广大的群众的娱乐所，一切美丽的花园，变成广大的群众的游目骋怀之场；一切矿山工厂，山林大野，河流湖泽变成广大的群众自己的财产，他们将为他们自己做着他们自己的工作。每一个人都是健康，快活，口里哼着歌儿，脸上挂着微笑。国界也没有了，阶级也没有了，姓名只是一种符号。啊啊，那时候，那时候，世界该多么美丽，生活该多么有意义啊！

像现在这样的世界，只是地狱！像现在这样的社会。只是火坑！

母亲，关于我的那些老朋友想捕拿我的事情，和我在实际上不能回去的苦衷，现在你们总算是明白了。"事实胜于雄辩"，我感谢那些得志的老朋友，他们在这一次把他们的本来的面孔在你们的面前显露出来，而且，把你们的幻想给打破了。

母亲，我一面在咬着你们从故乡寄来的菜脯，一面在流着甘甜的眼泪。我的心情是快乐的，我的希望是新鲜的，在我的带着泪光的眼睛之前，闪现着未来的美丽的社会的面孔。

祝你们快乐！

你们的儿子　英

二月初六日

六

最亲爱的英儿：

你真是太顽强了，你使我们异常忧愁。也许你所说的那些说话都是对的，但你不应该用那样的说话来对我们说。我们都是太老了。我们所需要的是安慰和休息。我们这一生忧愁，挣扎，犯罪，都为着儿子的缘故。现在我们是精疲力竭了，不久便要死了，我们的一切希望都不能不寄托在儿子身上。然而革命把你从我们这边夺过去了，这叫我们怎样不难过呢？……也许革命能够解放我们，但终不如儿子来得切实些。儿呀，我们都是太老了，死亡太和我们接近了。

儿呀，你动辄说流血，流血，这在你或许是对的，因为你是这样的年轻。年轻的人是不知道死亡和睡眠有什么差别的。年轻人时常是最愚蠢的，他不知道生命是怎样可贵的。可是我们是你的父母，是你的生身的父母，我们却不能不宝贵着你的生命，我们却不能让你随便去冒危险。儿呀，你应该知道，你对于我们是如何的重要，你是我们的仅有的幸福，希望和快乐的总和。我们这样老了，死是不用顾惜的。但你是这样年轻，你的每一滴血都是青春的，壮健的。你应该活着。你有权利在这世界上活着。谁能阻止你，障碍你在这个世界上活着呢？我们虽然是这样穷苦，虽然做牛做马地过了几十年，但我们仍然活着。我们村里所有的耕田种地的人自然过的是比我们更苦的生活了，但他们也都仍然活着。他们壮健，活泼，不怕风雨。地主，绅士和官厅虽然不断地在压逼着他们，但这对于他们并没有很大的妨害。这对于他们好像牛身上的虻，人身上的虱一样，虽然吮去了一些血，但并不至于伤害生命。

依我说，革命是大可不必要的，因为它是太可怕了，它需要多量的血。也许这多量的血能够洗涤人类的污浊，能够把虻虱杀

175

死，但这样牺牲是太大了。啊，流血是一件可怕的事情，是一件罪恶的事情！菩萨保佑啊，一个孩子，十月怀胎，三年乳哺，在他的长成之后经不起砰的一枪便打毙了，这是多么可怕的一回事情啊！

儿啊，我真不知道现在是怎样的天年！真是杀人如截葱切蒜。杀！杀！杀！动辄就杀！哎哟，天老爷，这多么残忍，每一个人都有一个母亲！哪一个母亲愿意她的儿子被人家拿去砍头呢！

现在四乡六里都在闹着清乡，这是一件最凄惨的事情。每晚站在我们乡里的空旷的地方向着无边的黑暗里眺望，便可以看见远远地一阵阵炮火的火光。枪声也可以沉沉地听到。唉，这该多么残忍！在这样火光、枪声下面该有多少强壮而活泼的生命被牺牲了呢！……儿呀，当我看见这样的炮火和听见这样的枪声的时候，我便禁不住心伤泪落，而且禁不住这样想着：

"啊啊，天老爷保佑吧！我们的邻乡真是太不知进退了。我们耕田种地的人，最要紧的是守本分。他们提倡组织×会我们便组织，他们说取消我们便取消。我们和他们争抗，难道能够得到胜利吗？他们有的是枪，他们的军队都是能征惯战的！……啊啊，菩萨老爷保佑吧！"

儿啊，在这样的时候，我是怎样的挂念着你，我真恨不得胁下生了两翼飞到你的身边去，像母鸡孵伏雏鸡一般的翼护着你，不让你随便到翼外去。啊啊，这世界是太险恶了，你的为人是太傻气和太正直了，我应当好好地保护你，看顾你，不然的说话，你会很容易便被可恶的鹰鸟攫去了！

儿呀，世界上没有第二人像我一样地知道你的性格。世界上没有一个母亲不比旁的人们更加知道她的儿子的脾气的。自从你在襁褓的时候，我便知道你怎样哭，怎样笑，怎样痾屎和痾尿。关于你的一切，我自然是比谁都更知道得多了一些。你的性格和脾气都是很好的。就只有一点，因为你是太傻气和太正直，所以你太容易受人们的欺骗了。当你刚是五六岁的时候，你的二哥曾经骗你，说要捕拿一只鸟来给你。于是，你天天地问着他要，行也问他要，坐也问他要。你不论看见在空中飞着的鸟或者栖在林子里的鸟，或者在田野上走来走去的鸟，都缠着你的二哥说："鸟！我要！二哥。"

现在你对于所谓大多数人的"幸福"也具着这样的狂热在追求着。可是，这样的"幸福"和那样的鸟都是不容易得到的呀。儿呀，像那样的希望总是渺茫的，空幻的，儿戏的。你不应该因为追逐着那样的希望的幻影便把现实忘记。你的希望的幻影虽然是怎样的伟大，怎样的带着光明而美丽的彩色，但那终归是一种梦想；而你的破碎的家庭，你的年老的父母亲需要你的帮助，需要你的支持，需要你的安慰则是一种逼切的现实。……儿呀，回转着你的头吧，你的父母亲，你的家庭中的任何人都是血和肉所构成的人物，比你的希望来得切实得多了。

你的父亲近来精神异常不好，当他自己在坐着的时候，他时常喃喃地对着他自己在说话；但当我们向他询问的时候，他却一声不响了。他的脾气一天一天地变得更坏，弄得家里的人们都对他非常害怕起来。你近来寄来的信，多亏他一字不看，不然的说话，定会把他气坏了。前几天他恰好又是从城里回来，他的面孔缩拢得像斧头一样。一只母猪在他的面前跑着，挡住他的去路，他用脚把它踢了一下，怒叫着：

"你这盲目的猪，你这魔鬼！"

当他看见我的时候，他像碰到仇人似的叱着我说：

"你这老东西，你怎么还不去死呢！"

家里的人都害怕着，连那只在檐下站立着的狗也在震颤着，把它的尾巴藏将起来。你的姊姊鼓着勇气走到他身边去说：

"父亲，怎样了？"

父亲喃喃着，用着哽住的声音在向着自己诉苦：

"唉！……一切都完了！……我这六十年也活够了！……一切都归于徒然，……就和不曾生存过一样！……"他自己在哭着。

半点钟之后，他才归平静。他用着温和而且调解的口吻向着我们诉说着：

"最小的这个儿子，现在算是十分能够帮忙店务的。但他年纪轻，不管轻重。有些时候，做工作做得头晕眼花，连饭都吃不得下。我觉得怪心痛，便这样劝告着他：'呀，饭要多吃一点，工作缓缓做好了。'那猪狗不如的东西不但没有听从我的说话，反而睁大着他的眼睛说，'你不要管我吧！'这是什么话呢，现在这个时代真成了什么时代呢，老子不能管儿子了。'放屁，为什么我不要管你！'我叱着他一句。你说他是怎样答应我呢，唉，真把我气死了！'你管我也没有多少好处！'他这样说，连眼睛也不抬起来看我。

"'狗东西，你要来气死父吗？'我真气得想哭出来。'你要气死子吗？'他全不让步地这样答复着我。唉，你看，这还成什么世界呢！好，现在我是不要管他了，让他去吧！我活这几十年也活够了，我所生的都是一些好儿子！……唉，大、二是死去了，第三的也和死去一样，这第四的是比较有良心，但他又这样来气我！……唉，我真受不了，老东西，我和你到外方做乞丐去吧，做流氓去吧，不要再在家里混下去了。家里的事情，我们是管不了的。……唉，便算我们没有儿子好了，我们纵使死在道路上，难道便没有仁人君子会把我们收殓起来吗！……"

我和你的姊姊都在哭着。像我们现在这样的家运的确是太凄惨了。英儿，远远地离开我们的英儿，你将用着什么方法来安慰你的父亲，用着什么方法来安慰我们呢？

你的弟弟近来也越变得瘦削了。他本来是被宠坏的，一向只是爱逛，不管事。自从你的大、二哥过世之后，他便大变了他的态度。拚命地在治理着店中的事务。他真是变成一个很好的儿子了，整天地做着这件，做着那件，也不埋怨，也不叹气。……但是操心烦恼是多么可怕呀！他自从负责治理店务以来，眼眶渐渐变得更深，眼睛渐渐变得更大，脸色渐渐变得更黄，神情渐渐变得更为消沉，一点儿活泼的意趣也没有了，一点儿天真烂漫的态度也不剩留了。他用着一种绝大的速率变老了，在这一两年之间，他好像老了十岁。

他很有孝心，不间断地买着滋补的食品来给父亲和我吃。但他的脾气是不好的。有时，因为一两句话便和你的父亲闹起来了。可是，过后，他便很懊恼，便到父亲跟前去赔不是。但有时，他却在和父亲吵闹之后，一句话也不说，寂寞地退到角落里去，偷偷地在流着眼泪。时常在这样沉默了十分钟或者二十分钟之后，他便用着一种突然惊起的态度说：

"还是死，最干净！"

唉，英儿呀，像你的弟弟，年纪这样轻的便有了这样的念头，这真是可怕的现象啊！……唉，这还是要怨我们的家运不幸。要不然，这个时候，还可以让他多玩多吃一点。唉，做父母的，谁肯让他们的儿子过着辛苦的生活呢！

现在，家中最令人感到麻烦的，便是你的二嫂。她是一个聪明的但是怪脾气的妇人。她的性格是比男人还要倔强的。碰到她高兴，她便花言巧语来和我们谈心说笑。碰到她不高兴，她便寻死寻活，终日啼哭着。有时，她一连三几天头发也不梳理，饭也不吃。有时，她却终日在嬉笑着。劝她吗？她的答话是很特别的："妈妈！让我放纵一点吧，我再也不想活下去了！"

我们"养"了一个还未满月的儿子给她，那时她却好正生着一个遗腹的女了，有了奶汁，但她不让这养来的儿子吃奶。"我的丈夫已经死了，养活了儿子有什么用处呢！"她说。唉，像这样的一妇人，才真是要不得的妇人呢！她的丈夫死了，谁害她！该怨自己的命运不好啊！她的丈夫是我的儿子呢！唉，算是你的母亲的"积恶"，我老人家替她把这养来的儿子养活起来了。唉，这"一房头的香灯！"

你的大嫂算是蠢些。但天王爷保佑，我们是乡村里面的人物，越是蠢些，越是好些。她有了四个女儿，我们现在还"养"了一个男的给她。……乡中的女人，只要有穿有吃，便该满足了。至于丈夫呢，有，自然更好；没有，也只好听天由命。要是寻死寻活便是太糊涂了。

你的妻，身体很康健，工作也很做得来。她不但担水、舂米很来得，便是田园上的工作，她也做得很好呢。我们今年种了一亩地番薯，都由她和你的大嫂种作起来的。她不认识字，你每回寄来的信，她都看不懂。但她每回听说你有信寄来，她便走到我们这边来，要我们读给她听。上回，当她听到你要她去嫁的那封信的时候，她禁不住失声地哭起来了。

"为什么不要我，我犯了什么罪呢！"她这样凄惨地哀叫着，用着手捶着她的前胸。唉，英儿，狠心的英儿，她虽然不是一个自由，但她自顶至踵都是你的妻，你该爱她，你该养她，你该永远地做她的丈夫啊！

现在，我要说及你的姊姊了。哎哟，你的姊姊，现在也变成一个怪物了！她是聪明活泼的，但同时，她却带着一点难驯的野性。一碰到机会，她便向我们说了许多奇奇怪怪的事情。她说现在的世界，男人和女人是平等的。这是胡说，男人可以穿短裤到处跑，女人难道也可以穿短裤到处跑吗？她又说，现在的世界是太不公平了，将来的世界是人人都要做工，同时却人人都有福可享的。这也是胡说，像这样，没有尊卑上下，还成什么体统呢！

可是，你的姊姊真会说话，她这边几句，那边几句，说起来总是怪有道理的。有时，我的意见虽然和她不同，却是驳不倒她。父亲的脾气虽然很不好，有时碰到她，也只好转怒为笑呢。她真是一个奇怪的女人啊！有一天，父亲在她面前这样埋怨着：

"阿乳——，父亲这样地叫着你的姊姊——，你终归是一个不知进退的女人，你的丈夫加入×会，我早就知道不妥了。我这样的告诉他：'菊宗——，你的姊夫的名字——，你为什么加入×会呢？这是危险的！在你的意思，自然是因为你一向太受保成派他们的'压逼'，想加入×会去向他们报仇。但这样办是不好的。现在的世界很难说，你可能断定×会的寿命怎样吗？万一将来×会被解散了，你不是更惹了麻烦吗？你还是年轻，火气太盛的。受了人家的'压逼'，有什么要紧呢？只要我们处处留心，处处让步便好了。现在的时代是变乱的时代，吃点亏也不算什么，只求平安无事便好了。'菊宗自然是一个很好的孩子，但他却有点自作聪明的脾气。他表面上虽然没有和我辩驳，但他暗地里加入×会里去。这就该死！不听老人的说话，现在闹得无家可归，真是何苦来呢？！但阿乳，你是他的妻子，你老早便应该劝告他。为什么让他加进×会去呢！唉！你这不懂事的孩子！"

"父亲，你说加进×会是不应该的事情吗？"你的姊姊狡猾地笑着。

"自然是不应该加进去的！"父亲严厉地说。"难道说让人家压逼？永远地不表示反抗便是好办法吗？父亲，你说是这样说的，不见得你自己受了人家压逼的时候，你自己便忍得住啊！"你的姊姊安静地说。

"放肆，你在说些什么呢！"父亲认真气恼起来了，"我受了压逼受得多呢，整整地受了六十年呢，但我完全把它忍受着。有时，我还装聋作哑呢！这六十年来我所吃的苦头，所受的各方面的压逼，只有你的母亲才能够知道呢！这六十年来，我受了有钱人的压逼，受了官厅的压逼，受了一切横暴的人们的压逼，不知道多少。受了压逼，这有什么奇处！要像你们这班后生辈一样，动不动便说反抗，动不动便要组织这样，组织那样，天下才会大乱起来呢！……"

"天下大乱起来便不好吗？"你的姊姊依旧眯着眼在笑着，她的态度是这样可爱而且有趣，那使你的父亲虽在盛怒之下，也不忍把她过事苛责，"看看是哪一种的大乱。如果这种大乱是全体的被压逼者起来反抗那班逼人太甚的鬼东西的大乱，那是应该欢迎的。在这样的大乱之后，才有真正的太平。这笔账如果不赶早把它算清楚，不但父亲要受了六十年的压逼，像我们这样一代，一代的过活下去，便六百年，六千年也还要受压逼的。忍耐吗？他们代代地压逼我们，我们代代地忍耐下去吗？父亲，老实说，我便忍耐不住了！"

"小娼婆，你说得这么激烈，要是在城市上你用着这样的语气在向人家说话，包你活不了好多天，便会被人家抓去枪毙了！"父亲忽而笑将起来了。"抓去便让人家抓去好了，我愿意做个敢死队！"你的姊姊也在笑着。

儿呀，你的姊姊，说话的态度这样激烈，这也是很难怪她的。姊夫在他的乡族中，"房脚"最小最弱，你的姊姊过门之后，受了大"房脚"（乡村中，由血统上亲疏的关系，分房、分派，在每一派下人数多而富者为强大的"房脚"；人数少而贫者为小的"房脚"。大"房脚"的人可以随便压逼小"房脚"的人，就和大氏族可以随便压逼小氏族一样的）的气多得很哩。她的乡中是保成派的"房脚"最大而且最有钱的，保成是一间售卖豆饼和米的铺子的名字（豆饼是用大豆的渣滓造成，每块重约四五十斤的一种肥田料）。这间铺已经开了好几代了，派下的子孙已经好多，好多了。因为这间生意是做得这样长久，因此依照他们的"数簿"查起来，全村上无论哪一家人或是由祖先，或是由父亲，或是由自己经手，都是欠了他们的账的。有的祖先本来才欠他们几块钱，但他们天天起利息，直至现在便是欠了他们一千几百元了。因此，保成这一派，在乡中做了大王。乡绅由他们做，历代的秀才由他们入，一切有"天面"（即是出风头）的事情都由他们包办。

当你的姊夫在高小毕业的时候，照乡例是有"公烝"（即公家的产业）分的。保成派内便有两个高小毕业生，每年分'公粜"，得了三几十石粟呢。但村中的公数是由保成派他们理，乡绅是由他们做的。在一乡里面，乡绅的权力是最大的，他说对便对，他说不对便不对，谁敢说个不字呢。但你的姊夫究竟是"新生牛子不怕虎"，他仗着血气之勇，居然走去找着保成派的乡绅，要把那份毕业生的"公粜"拿来做三份分配。

"我不是高小毕业生吗？我也应该分一份公粜！"他向那乡绅说。"你是不是盲眼呢，你也要来分'公粜'！哪，这便是我所要给你的'公粜'，你这狗东西！"那乡绅在你的姊夫的脸上一五一十地打了几巴掌。

你的姊姊"过门"不久之后，他们时不时走到她门口去嘲弄她："哪，这是一个美人儿，高小毕业生的夫人！……秀才娘！……哪，你看她的大腿多么白啊！……啊，她的丈夫不在家里，夜里难道不寂寞吗？……看她这样俊俏的面孔，晚上一定会偷人的！……哈哈哈！……"

你的姊姊是气得要死的，但这哪里有办法！还算他们斯文，他们便野蛮一点也没有办法哩！在乡村间大"房脚"压逼小"房脚"，这是很普通的一件事情呢！……

你的姊夫是在外乡教书的，亲家却在乡中耕田。亲家是个有福气的人物，他每天在做完艰难困苦的田园上的工作以后便快快乐乐地跑回家来。晚餐的时候，他特别喜欢喝着一二两高粱酒。他说，宁可少吃一点饭，酒却不可不喝。他的脸上永远挂着笑，他的心情永远是快乐的。当你的姊姊把白天间所受的嘲弄的事情告诉他的时候，他总是含着笑告诉着她说："这是不相干的，不要打理他们便好了！"

你的姊夫的态度便完全不同了。他是很能干，而且恩怨最是

184

分明的。他和全乡耕田种地的兄弟叔孙感情最好，和保成派的感情却是最坏。他是贫穷的人们里面的一个领袖，同时却是保成派的一个敌人……

组织×会的时候，算是他顶高兴的时候了。他应用着教小学生的本事来教全乡的农民。他年纪虽然是轻轻的，但全乡的农民都心悦诚服地承认他是他们的先生。他教他们全都加入×会，教他们要求减租，教他们全部否认他们祖先的欠数。

"哼，这该我们起来活动的时候了！……打倒保成派，……他们的财产都是我们的脂髓！……"他教他们这样乱喊着。

那时，×会是很合时的，各乡各里都有了这样的组织，而且彼此互通声气，互相帮助。一时间，真是天变地变，连官厅也不敢来干涉他们的……

你的姊姊每回回家的时候，总是兴高采烈地对着我们说：

"母亲，现在是我们的世界了！……保成派那班'狗种'，现在从我们的门前经过，连头也不敢抬起来，再也不敢来说'猫狗'话了！……本来，他们说乡里中无论谁都是欠他们的债，但现在我们一齐起来反对他们，我们不承认有了这么一回事。'谁欠你们的债啊！我们艰难刻苦，代代在替你们赚钱。你们吃的，穿的，都是我们供给你们的；你们才真是欠我们的债啊！'我们高兴时便这样地在他们的面前乱喊乱叫，他们望着我们，现出恐慌而且可怜的态度，好像在乞求我们怜悯他们一样！……啊哈，这才是快乐极了，现在是我们的世界了！"有时，她会一面高声大笑，一面这样地告诉着我说："母亲，跟我到我们的乡里去看一看吧，真是有趣极了！那些平时只会吃番薯的农夫们居然也会开起什么会，什么会来了。他们也真有他们的本事呢！开会的时候，有的站立着，有的蹲的，有的坐在地上像有些时候，他们高声大叫，有些时候，他们全部都把赤褐色的手高举起来。……他们全都变成小孩子一般的神气。不论笨拙也好，不论不懂仪式也好，不论说话的时候，像在喊口号一样地大声也好，他们全都高兴，全都愿意在开会的时间把他们的意见次第地提出来。……啊哈，这真有趣极了！……"

英儿，真的，我们都是穷苦的人们，我们所到穷苦的人们会有了这样趾高气扬的一天，我们自然是很高兴的。但我们都是老年人，我们对于各件事情都知道多了一些。我们知道有钱人和官厅究竟是不可惹的。从古以来，他们都是高高在上的呢。

你的父亲虽然脾气不好，但他是个深思远虑的人物。他是很不容易有了高兴的日子的。当人家正在高兴的时候，他便开始在忧愁着。他度着他的日子在阴惨，忧郁和唉声叹气中间。我和他相处了几十年，真是很少看见他开怀地大笑一下呢。唉，他真是一个可怜的人啊！当×会正在得势，你的姊夫和姊姊正在兴高采烈的时候，他便时常在垂头丧气地说：

"世事难料！……菊宗最好还是不要学人家这样瞎干好！唉，青年人老是顾进不顾退的！"过了不久，你的父亲所顾虑的事情果然碰到了。到处×会都被解散了，各乡各里在短时间内都充满了一种恐怖的空气。你的姊姊的乡里的农民又都垂头丧气起来，保成派却又耀武扬威起来了。

"现在不但要你们全都承认你们的旧欠，还要把你们加多一些利息。你们再敢起来反抗吗？你们这些'回头狮'，你们这些笨牛，你们这些呆鸟！……我们自从祖先一直到现在，代代都在养活你们，你们还敢起来造反。现在看，你们还有本事来反抗我们吗？"这回，轮到保成派的人们在乡上跑来跑去地叫喊着了……

唉，英儿，你试想想，在这样时候，我们是多么提心吊胆呀！我们一面在挂虑着C城的你，一面在挂虑着闯下了大祸的你的姊夫。听到枪声，我们便肉战；看见炮火，我们便心惊。夜里的犬吠，使我们失眠了；白天在树林里响动着的风声，使我们吃不下饭。你的父亲更是变得有点失常了。

"这样的年头！……啊，杀戮太重了！……唉，年轻的人们都是知有进不知有退！……"他每天一听到杀人的消息，便反复地念着这几句。有一天，我真教他吓死了。他从城里回来，碰到我，什么话也没有说，劈头便是这一句："唉，天王爷，好好的儿子，教人家枪毙了，只剩下一对皮鞋！……"

"谁的儿子啊？……"我只说了这一句，便禁不住哭了出来。

"一个姓李的，哎哟，死得怪惨的啊！……"他这样答复着，眉毛和唇角都在战动着，"是个三十多岁，很有趣的少年，《国民日报》的主笔。文章做得真好，要是满清的时候，最少是可以中举人的。哎哟，青年人只知有进，不知有退，这样结局了太可惜哩！"

"我们的儿子呢？……"我不知为什么，被你父亲这一吓，总是不能让精神把定起来。

你父亲好像没有听清楚我的说话似的，只是继续着："他的父亲是我的老朋友，现在发狂起来了！……他碰见人的时候便这样说：'字纸应该拾起来！……字纸应该拾起来！……'谁也不知道他说的是什么意思。……他的儿子被警备司令部拿了去以后，最初听说警备司令部还是好酒好肉地管待他。他也时常写信出来给他的家人，劝他们不要挂虑。以后，他便许久没有写信出来。他的父亲着急了，他和几个朋友到各处去寻找他的消息。最后，才由军队里传出来，说他的儿子已经和其他的几个要犯被秘密处死，而且用黑布包着死尸，丢进大海里去了。……在这个消息传出来几天之后，姓李的这个朋友恰好碰到一个兵士拿了几对皮鞋在贱卖着。其中有了一对，正是他自己的儿子的皮鞋呢！唉！我的朋友看见了这对皮鞋之后，什么话也不说，从此发狂了！……唉，这样的年头，杀戮真是太重了！……"

儿呀，当我听完这条悲惨的故事以后，我的心日夜都在悲痛着。我真不了解为什么同是人类却不能相亲相爱，反而一部分人硬要把别一部分人屠杀，这是什么道理呢？慈悲的天王爷！

儿呀，你现在年纪也不小了，凡事都应该有个把握些。危险的事情，应该永远地避开，应该珍重着生命，为着老人们的缘故。唉唉，英儿呀！英儿呀！

母字

二月十八日

七

最亲爱的母亲：

你的信，我已经接到了，我一口气把它读完之后，只是觉得难过，难过。唉，母亲，我将用什么方法来安慰你呢？

我今年刚二十多岁，但看起来却是和三四十岁的人物一般。我的脸色青白得像鬼火似的，我的头发和胡子也和枯草一般的蓬乱着。我住在一个缺少日光和空气的洞穴里，这洞穴被叫作我的家。不论健康和疾病，我一样地做着我的工作。在这工作上面我建筑了我的信心。这几年来，我是变迁得太大了，由一个糖一般的大学生变成一个朝不保夕的流亡者。这社会用着它的粗暴的脸色在对着我，用着藤鞭和枪炮在恫吓着我，把我掷入黑暗，霉湿的地窖里去。它好像在向着我狞笑着说：

"你这不知自量的叛徒，你敢来反抗我吗？"

然而我，我有着我的广大的伴侣，我们彼此互相鼓励着，一步步地前进着。我们既不悲观，也不退缩。我们始终是要把这残酷的社会捣碎，我们始终是相信着我们的力量的。……自然，在一般不了解我们的人们的眼里，我们是白痴，是呆子，是恶汉。然而，我们终觉得我们的信心是伟大的。目前我们虽然免不了要受压逼，受糟蹋，受蹂躏，但最终，我们一定会占胜利的。

母亲，现在即使我是在睡眠中，我也未尝忘记勇往直前，把性命去为着被压逼的兄弟们的幸福的缘故，而牺牲是一条最伟大的出路。母亲所说的宝贵着生命自然是很对的，但是在这样畸形的社会里面有资格去宝贵着生命的怕只有极少数，极少数的特权阶级的人物。我们自然都是不配的。我们的大哥和二哥难道不知道他们的生命是可宝贵的吗？可是，他们都保留不住他们的生命。他们都在沉重的压逼下面受磨折而死。这不是一幕极惨痛的流血的悲剧吗？从这一点看起来，我们可以明白，在现阶段的社会里面，一切穷苦的，被压逼的人们的生命都被操纵着在特权阶级的手里。我们时时刻刻都有死的危险，我们的生命即使不在战场上完结，也不能不在牛马般的劳苦生活下面完结。向后，没有我们的希望。我们的希望只在前面。

母亲，我不愿意做一个忤逆的儿子，但这时代特别课给我们青年人一种重大的使命，——摧毁旧社会，建设新社会的使命——这种重大的使命使我离开了家庭。这种重大的使命需要我去流血，去牺牲。在这里面有着很大的意义，这种血和这种牺牲是有着很大的代价的。这或者是一件悲惨的事情，但这绝对是不能够避免的一件事情。……拜菩萨也没有用处，埋怨命运也没有用处，倘使不把万恶的旧社会摧毁，全体被压逼的兄弟们便将永远地过着非人的生活。可是，要把万恶的旧社会摧毁，用着和平的手段是绝对做不到的。在这儿绝对地需要一班有了彻底觉悟的人们，领导着全体被压逼的兄弟们，站在最前线来和敌人做着最无情的战斗。在这儿便需要大大地流血，便需要大大地牺牲了。母亲，流血呀，牺牲呀，自然是一件最可痛心的事情，但为着大多数人的幸福的缘故而流血，而牺牲，这是十二分值得的啊。

母亲，你或者要说，这些血都是空流的，这些牺牲也将收不到什么效果的。他们富贵的人们，"都是天上有星的"。我们无论怎样努力，也不能够把他们打倒。我们无论怎样奋斗，也不能够把他们的宝殿锄平。我们惟一的办法，只有忍耐，忍耐。不管他们对于我们施了怎样的压逼，只要我们能够忍耐便好了。……母亲，我要说，像你这样的主张是完全不对的。正如姊姊所说的一样，假使我们不把这班压逼我们的狗东西打倒，假使我们不把他们的特殊的地位消灭，我们便子子孙孙地忍耐下去，亦是忍耐不了的。牛和马便是最能够忍耐的动物了，无论你怎样鞭打它们，虐待它们，它们总是能够忍耐的。但，我们不是牛，不是马，我们不需要这种忍耐。我们所需要的是反抗的精神，是勇往直前的意气。我们不仅是要像牛马一般地活着便够，我们应该过着人的生活。像现在我们所过的并不是人的生活，而只是一种牛马似的生活。牛马的生活有了什么价值呢！母亲，生命本来自然是可贵的，但像现在这样的生命便真是一文不值了。……可是，我们不是悲观主义者，我们绝对地相信我们的力量，绝对地相信我们有着推翻特权阶级的力量。我们应该用着我们自己的生命，来开辟着我们的道路——广大的人类的进化的道路——要这样，我们的生命才可以算是宝贵的啊。

母亲，我们为什么应该那样客气，那样退让？当我们的敌人在向我们节节进攻的时候，在向我们大肆屠杀的时候，我们为什么不应该一致起来消灭他们，打倒他们呢！难道说，我们没有这种力量吗？不是的！难道说，我们这样做便是不道德吗？不是的！我们一直到现在，还想忍耐着，忍耐着。这便是他们所以能够摧残我们，屠杀我们的最重要的理由了。母亲，难道说，压逼可以忍耐，摧残也可以忍耐，屠杀也可以忍耐吗？母亲，忍耐是忍耐不了的。我们应该毫不迟疑地起来，我们的人类是最多的，我们的力量是最大的，只要我们能够一致地起来，那些专为压逼我们而生存的魔鬼们是抵挡不住的。他们都是一些纸老虎。母亲，只要我们能够把压逼我们，摧残我们，屠杀我们的特权阶级消灭，天下从此便会太平，人类从此便会相亲相爱。以后，在这世界上便没有这种专由一部分人来摧残，屠杀另一部分人的怪现象发生了。母亲呀，那时候，世界上的母亲们都用不着提心吊胆，她们的脸上将会永日地挂着微笑。枪声也没有了，炮影也没有了，大地上有的只是花，只是光明，只是爱。那时候，人人都做工，人人都享乐。彼此全都平等，全都自由。但是，母亲呀，我们要使这样美好的世界实现，非先把现社会的制度根本推翻，把这现社会上的特权阶级彻底消灭不可。在这样的过程中，需要最坚决的争斗，需要多量的血和牺牲。这样的血，这样的牺牲便都是付给未来的美丽的社会的代价啊！

　　母亲，相信我的说话吧！像我所说的这样美丽的社会，将来是一定会实现的。世界上最聪明而且最无私心的人物和已经觉醒了的广大的被压逼的兄弟们，都已不断地在为着这目的而计划着，工作着，争斗着。他们都不惜把他们的生命和尸体做着达到未来的美丽的社会去的桥梁。这一个跌倒下去，那一个又是站立起来；这一队被压逼下去，那一队又是爆发起来。我们的阵营一天一天地扩大，我们的战士一天一天地增加，敌人们是一天一天地减少下去，一天一天地衰老下去，一天一天地没落下去。……于是，终归有一天，由我们的生命和尸体筑成的桥梁，可以达到我们的理想的，美丽的社会去。母亲，假若我们把这美丽的社会来比作一只鸟，那这一只鸟，是在我们的鸟笼里面，而不是在空中，在林际，在田野上，只要一伸手，便可以把它得到了。母亲，我们的这种希望是一种最切实的希望，这和幻想，和做梦，完全是两回事情呢！母亲，家庭的破碎，的确是使我异常难过。但我现在已经不是一个傻瓜，我绝对不能够因此而伤心痛哭，像一个颓废派的文学家一样，整日地在呻吟着。假使我那样做，那我便真的是值得诅咒了。伤心痛哭，颓废呻吟，这是消灭自己的最好的方法。但我们现在所需要的不是消灭自己而是消灭敌人呢。是的，我们应该把我们所有的力量都集中到消灭敌人这个观点上面去。不论父亲也好，不论母亲也好，不论家庭中的任何人都好，谁都有消灭敌人的权利，谁都有参加这消灭特权阶级的伟大的运动的权利。……母亲，你们吃了一生的苦头，大、二哥之死，大、二嫂的守寡，妻的守活寡，姊姊和姊夫的无家可归，弟弟的在做着过度的工作，这都是我们的敌人所给予我们的赠品。……哭泣也不必要，悲伤也不必要，只要我们能够一致地向前把我们的敌人消灭，便一切问题都能够解决了。

母亲，你和父亲都是年纪太老了，你们不但所有的精力都给旧社会的特权阶级剥夺净尽，便连你们的头脑——一切思想的机能——也都给他们剥夺去了。你们受了太长久的欺骗了，你们受了太长久的愚弄了，你们受了太长久的麻醉了。你们都不相信我们有消灭特权阶级的权利，你们都不相信我们有把一切资本家、地主、恶绅、贪官污吏都赶跑、都杀尽的权利。你们只想忍耐，便是敌人们把刀架到你们的颈子上，你们也想忍耐。母亲，这是太笑话了！我们不需要这种忍耐了！现在应该是我们把刀架在敌人们的颈子上，让他们去享受，享受这点忍耐的滋味的时候了。

母亲，我相信你们是世界上最好的人，最有良心的人，你们有了各式各样的美德。但这有了什么好处呢？当我们的位置已经和牛马一样，做着牛马的工作，吃着牛马的食物，受着牛马的待遇，还讲什么美德不美德呢？……母亲，我们现在是什么也不需要，只需要反抗！……母亲，你是不是已经在我们的乡村四周望见了许多火光，听见了许多枪声吗？母亲，不要骇怕，这是一种可喜的现象。这表示着两个阶级的斗争已经走到最紧张，最逼切的地步。这表示着被压逼，被糟蹋，被驱使，被蹂躏的奴隶们已经有了深切的觉悟。这表示着英勇的，争自由的斗争已经在开始。母亲，像这样的战争是不能够使我们伤心的，因为，全体被压逼的兄弟们的出路都要在这火光，这枪声中打出来的啊。

母亲，我相信在不久的将来，我们的乡村也将有这样的战争出现。那时候，无论母亲也好，无论嫂嫂也好，妻也好，你们都可以做着英勇的战士，在队伍中跑来跑去，拚着生命去和敌人们争斗，这比较躲在家中哭泣，悲伤，失望，要好得多呢。

母亲，这时代是一个非常的时代。这一个非常的时代是全体被压逼的兄弟们在起来大活动的时代。被压逼的兄弟们和大海一般，而这大海是在汹涌着，狂吼着，活跃着。谁也不能够阻止它，谁也不能够令它平静。压逼阶级的人们像大海上的小舟一样，平时他们轻视着这大海，在这大海上面吐着口水，现在他们是在战栗着，面目惨无人色，他们的运命是非至沉没在这大海中不可了。母亲，这三几年来奔走四方的结果，使我益加了解人生的意义。人生的意义是什么呢？战斗！没有战斗的精神，便没有生存的资格。在厂主工头的藤鞭下过活的工人，在街头拉车，饱受红头阿三的哭丧棒的黄包车夫，在巍峨的洋楼之旁徘徊着，而没有地方栖身，在酒家的门前咽着口水而没有食物果腹的一切失业者、流亡者、丐儿，在广大的农村间做牛做马的一切农夫都是被征服者，都是特权阶级的俘虏。他们所需要的是什么呢？战斗！惟有战斗才能够解放他们，惟有战斗才能够改善他们的地位。哭泣吗？悲伤吗？摇尾乞怜吗？忍耐下去吗？……这些都是奴隶的哲学，都是自杀的哲学。被压逼的人们惟一的出路只有战斗！战斗！战斗便是被压逼的人们的全生命的意义啊！

母亲，我们的家庭是这样的破碎，你和父亲是这样的衰老，家人是这样的无依。但是我能够拿出什么东西来帮助家庭呢？在这样军阀战争永不停息——这是因为帝国主义大人们在背后操纵指挥的结果——苛捐杂税迭出不穷，资本家重利剥削的各种关系之下，一切被压逼的人们都逃不了就支离破碎的处境的。除了我们全体觉醒起来消灭军阀战争，把一切统治的势力根本推翻，让我们自己来找我们自己的出路之外，还有什么办法呢？

自然，我不得不向着母亲承认，站在旧的伦理观点上，我是一个不孝得很可以的儿子，可以说是十二万分的负义忘恩。但是，母亲，那种旧的伦理观点现在已经完全不适用了，那只是一种封建的旧观念。那种旧观念是统治阶级统治我们的一种武器，我们应该破坏它，诅咒它，把它送到粪坑里去！……站在这新时代的伦理观点上，每一个青年人都得做一个勇往直前的战士，每一个青年人都负有破坏旧社会，建设新社会的责任。青年人是新时代的创造者，不能够随着旧时代以共灭亡。……我承认在可能的范围内我应当竭力帮助家庭，但这不是行孝不行孝的问题，而是关系我的责任和我的能力的问题。革命的根本任务便是为一切被压逼的穷苦民众谋利益，找出路的。我们的家庭是这样穷苦，是这样的支离破碎，我自然应该帮助它。……不过，母亲呀，我现在是在流亡，我现在是在朝不保夕的过活，我现在是像丐儿一样穷困的，我能够拿什么东西来帮助家庭呢？……母亲，我是什么都没有的。我所有的一切便是革命。母亲，对于我个人，对于家庭，对于全体被压逼的兄弟们，我所能够贡献的只是革命。假如我还算可以帮助家庭的说话也便是这革命。因为在革命成功之后，我们的支离的、破碎的家庭，便会跑着大众的解放的路，有了解决的办法了。

母亲，革命并不是一件难于了解的东西，每一个被压逼的人们的心里头都有着革命的要求，只要把旧观念丢开，谁都可以做着革命的工作呢。……母亲，全世界被压逼的兄弟们都已经在怒号着，叫喊着，大海在翻着狂涛，天畔在烧得整个儿殷红，我们跟着时代跑吧！即使我们目前是这样的艰难困苦，但我们的前途是可以乐观的啊！

你的儿子　英

三月六日

八

最亲爱的母亲：

今天碰到一个从南洋那方面跑来的朋友，一个以监狱为住家，有着勇往直前的精神的朋友。天啊，他的样子比较两年前我们在一道做事体的时候是变得多么利害啊！他简直是变成另外的一个人物了！两年前他是一个二十多岁的青年，现在他的样子好像已经有了三四十岁；两年前他是一个面皮白净，样子看去是很斯文的人物，现在却变得像非洲土人一样，连头发也变得鬈曲起来了。可是，同样地，我的变迁并不会比他小了一些。……当我们在街头开始碰到的时候，我们彼此都不能够认识。但当我们相对地望了一望之后，我们从不挠不屈的眼睛的视线中，把我们自己介绍出来了。"我们是同一条战线上的人物！我们从前是同在一道做事体的！"我们的眼睛这样地告诉着我们。"你不是老林吗？"他迟疑了一会，使用着他的粗厚的手掌拍着我的肩。

"一点也不错，你不是老李吗！"我的回答也是和他的问话一样地充满着惊异而快慰的神气的。

于是我们走到一个僻静的地方大谈特谈起来了。

"你那时候到上海来，找到了事体做没有？"我首先便这样问他。

"我到此地来已经十几天了，事体还找不到，……我现在在过着他妈的流氓生活呢！……白天我在街头乱碰，晚上我便在僻静的角落里和丐儿们一道睡觉呢！……他妈的！……"他的眼睛几乎喷出火来地说。

我告诉他像他的这种现象，已经变成了一种很普遍的现象，全中国像他这样流离失所的青年真不知有多少呢。这时代青年人真是活该。……然而青年人有的是热烈的血，热烈的希望，快乐的人生观，勇往直前的斗争的勇气，活该不活该他们是丝毫不会害怕的啊！……

"笑话，我们害怕艰难困苦的生活便不应该来参加革命了。不过，他妈的特权阶级实在是太可恨了！"他狞笑着说。

"不过，你这回为什么要从南洋跑到此地来呢？"我禁不住这样问他。

"为什么？你是说得太可笑了！……又不是坐监，驱逐出境这一套吗？我们到处差不多都要被驱逐出境的。"他这样地答复着我，用手抓了抓他的长而且乱的头发。

我们谈话的地方是在近郊的原野上，在我们身边的除了几只在草地上滚着的水牛而外，旁的什么也没有。我们的谈话是大可以放胆地谈下去的。

"饥饿，……流亡，……坐监，……枪毙，这些都是革命者的家常便饭。老林，我们自从在C城逃走，在H港入狱并且被逐出境以后，我便到新加坡去。H港和新加坡都是英帝国主义者的殖民地，这两地的政府自然是联成一气的。但我不管他妈的一气不一气，我跑到新加坡去了。横竖他们极其量不过是把我再抓去坐监，再把我驱逐一回，这算得什么呢！"老李用着一种近似说故事的神气在向着我说，"而且，我们的一切进行都有了一定的程序，断不能因为害怕这样，害怕那样而怠工。我们如果不识利用避免一切危险的可能性而专去寻死这自然只是可笑的蠢货，不能算是真正的革命者，但如果我们因为恐怕危险便抱着躲避的观念，什么事体都不敢干，这自然是更加要不得的。"

"帝国主义者利用一切殖民地来做他们的续命汤。他们要加紧着对殖民地的剥削，借以延缓着他们的生产的矛盾的危机，并且借以缓和着他们国内的无产阶级的革命的空气。因此殖民地的革命的任务，最主要的便是打倒帝国主义，消灭帝国主义的剥削。在这样的任务中，倘若我们害怕被帝国主义者抓去坐监或者驱逐出境，自然是什么工作都不敢做，只好把自己完全藏匿起来了。"老李因为一向是在做着政治宣传的工作的，所以他在说话当中不自觉地放进了许多关于革命的理论，"所以到了新加坡以后，我们一班人加紧地在做着这个反帝的工作。新加坡的工人群众是很觉悟而且很有斗争的勇气的，他们都知道资本家和帝国主义者是他们的最大的敌人。他们都知道要把他们自己的地位根本改变，只有毫不容情地把他们的敌人消灭。因此，在新加坡方面，我们的确做了不少快意的工作的。我们在极严重探捕戒备下面举行了好几次的大罢工，我们把罢工的群众领导到街上去做着示威运动。……帝国主义者和资本家虽然把我们看作眼中钉，千谋百计，想尽方法来破坏我们的各种运动。但群众的热烈的革命情绪，群众的大无畏的精神终于战胜了他们。他们的牢狱，毒刑，鞭打，驱逐出境，各种无理的威吓，终于不能够把群众的斗争情绪压低下去。"老李一面说，一面用着拳头在空中挥舞，用着在群众大会上面演讲时的神气。

这样继续着谈了约莫一个钟头，他差不多把新加坡这一两年来的革命的情形都报告给我了。最后，他才用着一种近于说笑话的口吻，向我报告着那几个和我相识的朋友最近在新加坡被捕的情形："第一个可笑的便是老张。他这位家伙有趣是有趣极了。他是很勇敢的，而且很适宜于做煽动群众的工作的。到了新加坡之后，他做了很多很多的煽动的工作呢。但是他，多多少少地总还有了一点虚无党人的色彩。在那一次机关的破获当中，旁的同志们都逃走了。只有他，老张，不愿意跑。当巡捕打门打得很利害的时候，他，老张，忽而发起神经病来，用着马来话向他们大骂：'你们这些浑蛋，敢来乱打老子的门，岂有此理，老子刚要睡觉呢。'他一面乱骂着，一面把门打开了。

"当那十几个如狼似虎的探捕跑进来，搜得了许多危险的证物的时候。他，老张，又是勃然大怒，拍案叫骂起来了：'你妈的，老子革命，是替一切穷苦被压逼的兄弟们谋幸福的。这是一种神圣庄严的事业。你们敢来干涉我吗？……哼，我老张，从十五岁起便晓得怎样抛掷炸弹，便晓得怎样制造炸弹，我的每一颗炸弹都是要把这整个的资本社会炸坏的。……哼，老张坐监是坐过七八个年头了，从二十三岁坐到三十岁。这只是一件平常的事情。这是吓不倒老张的！……你们这些坏蛋东西，你们这些走狗，你们这些没有廉耻的卖阶级的下等动物，你们把我拿去吧！我要是有点害怕，便不是姓张的了！'那些探捕都对着他摇头，笑他是个傻子。但他们不敢打他，因为他，老张，样子是太雄赳赳了。谁都怕会被他一拳打死的。

"他给他们抓去了。他，老张，似乎觉得很有趣似的。他，一路跑，一路演讲。……审判的时候，他被判定了四年徒刑。但是，老张，又发起神经病来了。他又是拍案大骂，大呼打倒帝国主义。可是那位审判官是很聪明的，他什么话都不说，按照老张叫一句口号便加多了两年徒刑。最后是加到十四年徒刑了。那位狡猾的审判官胜利地问着老张说：'现在可还要打倒帝国主义吗？'老张咬牙切齿地把他痛骂了一顿说：'为什么不要打倒帝国主义呢？现在是更加要打倒帝国主义了！打倒帝国主义！打倒帝国主义！……'他一连地喊了几十句口号，'我现在应该判定几多年徒刑呢，你替我加上去吧！'他冷笑着说。那位审判官是一点办法也没有的。他吩咐探捕把他带走了。老张是完全胜利了。他越喊越凶，一路跑一路还是大呼打倒帝国主义。'老子，要把这个口号多喊几句，要把这个口号送到全体被压逼的兄弟们心里头去。拿坐监来吓我真是笑话，老子，为什么怕坐他妈的监狱呢！'老张向着那些押他的探捕解释着。这回，连那些探捕都把他大大地尊敬起来了。你要知道，探捕并不一定是些坏家伙。他们都不过是因为受了经济的压逼，而且是受了特权阶级的欺骗才会暂时地在做着他们的走狗的。倘若我们能够好好地宣传他们，把他们组织起来，他们是很能够帮助我们的革命的进行呢。"老李停了一下，用着探询的眼光在望着我。我只点了一下头，他便又再说下去：

"两三个月前，我在反帝的群众大会的席上被探捕抓了去。在狱中，我时常碰见他，老张。这家伙的确是有趣的。他的近视的程度，深到差不多和盲人一样。在狱中，本来是不能够戴眼镜的。但他是因为了这点特殊的情形，经过要求的结果，眼镜是准许戴着了。但当他在洗澡的时候——在新加坡的监狱中，有时是可以洗澡的——马来由鬼（新加坡的土人）最喜欢捣他的蛋，偷偷偷地把他的眼镜拿开。于是，等他洗完澡之后，他因找不到眼镜便连他的衣服放在什么地方都不能够找出来，只得大声地喊叫，直至马来由鬼把眼镜送还他之后，他才能够从浴室里走开呢。可是，他的确是个怪物，是个精力绝伦的怪物。在监狱里，谁都免不了有时要唉声叹气，谁都免不了有时要因挨苦不过而致病。只有他，老张，整日高声大叫，一天一天地肥胖起来。'监狱是特权阶级优待我们的最优等的病院呢！'有时，他这样向着狱友大众说。他，老张，真是一个双料的怪物啊！"老李把这故事说完了以后，向着我苦笑着。我只是摇着头，不能够说话，也不能够叫喊。自然，我的朋友，老张，是有点错误的。他不应该在可以逃走的时候不逃走。我们无论生或死都应该站在我们整个的被压逼阶级的利益上计算。我们的意识应该是集团的。像老张这样负有责任的前驱人物，尤不应该太任意。这是浪漫主义。这是无政府主义者的行为。这是我们所不允许的。可是，除开这一点外，他的英勇，他的率直，他的大无畏的宣传，在判官之前，在探捕中间，在牢狱里面，都一样宣传着我们的主张，扩大着我们的政治影响。这是值得称赞的。这是被压逼阶级战士的真面目。然而，我的朋友是这样失去了，他不得不把他的最坚强的躯体和最坚强的意志让牢狱里的铁链锁住，在帝国主义者的无理的压逼下面。可恶的帝国主义！……但，这种事体究竟是值不得悲伤的，在这全世界的被压逼的兄弟们都纷纷起来向着他们的敌人们作着最坚决，最彻底的斗争当中，在这像火山在爆发，像大海在怒翻的革命的洪潮当中，帝国主义者的牢狱的墙，铁的锁链不久终归会被破灭，被毁坏着的。我们的信心是比较一切更加强固些。我们的臂膀是比较一切更加有力量些。我们终归是最后的胜利者。

跟着，老李又在说着老廖、老陈被捕的故事。这些故事都可以证明青年人的不顾死活的精神。环境对于我们的压逼是很利害的，但青年人的勇往直前的精神战胜了它。青年人是时代中的脉搏，青年人是把时代向前推进的最有力的战士。特权阶级对于青年人所能采取的方法只是酷刑，鞭挞，监禁，枪杀，而当青年们对着这些方法完全不会害怕的时候，当青年们不顾一切只是在艰难困苦的下面做着艰苦的奋斗的时候，特权阶级便也无计可施了。历史注定他们的运命是要被消灭的，历史注定他们的运命是要被打倒的啊。

我们谈着，谈着，一直谈到傍晚。最后，我关注地问着老李说：

"那么，你在这上海十几天，究竟是怎样生活下去呢？"

"每天吃饱了清水，一个人可以捱十天八天才饿死；每天吃了三两块烧饼，是一两个月也不碍事的，朋友！"他这样地安慰着我，可是他的眼睛里面已经是挂上了愤怒的泪光了。

啊，母亲，这是怎样的一个时代呢！青年人到处受驱逐，受监禁，受严刑，受屠杀，而他们还是始终不屈服，始终地勇往直前，这是一种什么现象呢！啊！可歌可泣的大革命的时代啊！

祝你和父亲以及全家的人们都安乐！

你的儿子　英

三月十日

大　　海

上　　部

　　每天的晚上，锦成叔的门口都洒满着灯光。这在乡村中是一种稀有的景象。村人们因为要节俭的缘故，非至不得已的时候，晚上是不会点着灯的。"哼，你点灯，做什么呢？"像这样的说话，是老婆婆们威吓着她们的媳妇，不幸的农夫们威吓着他们的儿子所常说的说话。真的，农村的人们谁都会以为在晚上点起灯来，这是一种莫大的损失呢。

　　广大的农村，像是一面黑色的大海——这大海在白天是充满着活气，牛马的嘶鸣，鸡犬的啼吠，老婆婆们的诉苦，小孩子们的狂呼乱跳，脸色像青铜的农夫们的早出暮归的不息的活动，这一切就和大海在怒翻着，在奔腾着，在申诉着不平一样。可是，一到晚上，这一切的动作便归于停息，白天的疲劳像大石头一般地压倒了他们，于是这大海便如浪静波平的时候一样，一点儿也没有动作，一点儿也没有声息了。锦成叔可以算是一个例外，他是这样一个违背了乡村里的动息的旋律，晨昏颠倒的人物。白天里他多半是在睡觉，一到晚上，他却大大地活动起来了。照例地，一到晚上，他的室子里便充满着活气，灯光辉煌地在照耀着，他和他的同伴们在吵闹，在打架，在欢狂地大笑。每晚，他们都在喝酒。

锦成叔的躯体是这样高大，有了像用钢铁铸成一样的坚强的骨骼。他的皮肤是赤褐色的，显露出健康而坚实。他的年纪约莫是四十岁，具着一对有威棱的大眼睛，在鼻子下面，有了两撇普通的农夫们所不应该有的胡子。这两撇胡子使他显出格外有杀气，像海盗一样的有杀气。他是一个见过世面的人物，一个老在南洋各处奔跑的人物。他晓得怎样去生活着。他是一个有主见而不容易屈服的人物。他虽然不知道什么是被压迫的人们所应该走的广大的道路，但他却本着一种原始的、野兽性的本能，在向着社会反抗。他恼恨着城市上的资本家，恼恨着乡村间的地主——因为这两者都是他的生活上的逼寄者。有时，他甚至于想把他们都弄死，因为他是一个强者，他不愿意任何人给予他以压迫啊。

他可以说是一个有本事的人物，他的身边时常有钱用，而且每餐都有了大碗酒大块肉的吃喝。他从什么地方拿到这些钱来，是谁也弄不清楚的。有些人说，他在南洋发了财；有些人却在猜疑着他的金钱的来历一定是不清白的。但这在锦成叔自己是完全不成问题的。当人家鼓起勇气问他为什么有了这么多的金钱的时候，他只是狂笑着。

他过的是农民的生活。他和旁的农民一样的能够做着田园上的工作。但人们的心里头，总觉得他的耕种田地，不过是一种饰词。他有了一种特殊的技能，便是当他在和人家打架的时候，大都是占上风的。他有了像狮子一样的气力，有了像钢铁一般的拳头，有了像鹰鸟一般锐利的目光，同时又有了极狡黠的智慧，这使他到处都受了人家的敬畏。"这家伙是不可惹的！"他给予人们的，是这样的一种印象。可是锦成叔，却并不凶恶，他时常和小孩们一道戏谑，脸上挂着天真的微笑，让他的胡子给小孩们揪挽。有时，他甚至于拿着肉给孩子们吃，拿着酒给孩子们喝，在他自己的蒙眬醉态中向着孩子们叙述着"番邦"（注：指南洋各地）的有趣的故事。他说"番邦"的鳄鱼是多么凶狠，"番邦"的和尚是多么神通广大，"番邦"的"头家们"（即资本家）是多么无恶不作，值得用脚尖踢踢他们的屁股。这些说话对于孩子们真是别开天地，使他们听得连动也不愿意动。在小孩们的眼里，锦成叔是一个十分可爱的人物呢。

锦成叔有了老婆和儿子。但他不愿意照顾他们。他说让他们自己去，他们自己便会有了办法了。他说，他自己也是这样地生长起来，没有受过谁的照顾的。当他酒酣耳热的时候，他这样地向着他的酒伴说："一个人如果要辛辛苦苦地照顾着他的妻子，便只好把他自己弄成一枝出不得气的鸟枪！"当他的酒伴受了他们的妻室的责骂时，他老是主张他们向那些讨厌的婆娘们痛打一顿。

……

经常地和锦成叔在一道喝酒的是裕喜叔和鸡卵兄，他们也和锦成叔一样的是乡村中的例外而奇怪的人物。

裕喜叔是一个有癫气的人物，人们称呼他的时候，总是叫他做癫裕喜。他的年纪似乎比较锦成叔老了一些，他的酒量也比较锦成叔更为大些。在平时他并不见得比旁的农夫特别有气力，但当他在喝了一两斤酒以后，四百斤重的东西，他可以从容地挑起来乱跑呢。他的脸色是黑沉沉的，却时常地挂着孩子气的微笑。他无时无刻不拿着长烟管在抽着，直至烟气把他包围起来，他仍然在狂吸着，这时他的眼睛便闪着一种欢乐的火焰，他的嘴唇也因为一开一合地在衔住烟管的缘故而发出一种愉快的声音来。他是一个穷透的人物，他把他所生下来的六个儿子都卖尽吃光了。在他的六个儿子中，最小的一个是他最钟爱的。他的样子生得非常好看，许多"算命"的先生们都说他有了大可以发达的"八字"。裕喜叔相信他们的说话，但这只使他更加坚决地把他卖出去。因为裕喜叔不是一个蠢汉，他知道要是不把他的儿子卖出去——卖给有钱的人家去，便任这儿子有了怎样好的"八字"，也是发达不起来的。"小的池塘生长不出大的鱼来，穷困的人家生长不出能够发达的儿子来。"裕喜叔对于这句在乡村里流行的说话，是十分相信的……可是，当他把他的最小的这个儿子卖出去的时候，他的心里是多么苦痛啊！在他喝酒喝得泥醉的时候，他亦不能够把这痛苦忘记的。有时，他睁大着他的醉眼，伸长着他的在打颤着的手，质问着他的同伴说："喂，我的儿子哪里去了？"

"被你喝酒喝进肚子里去了，你这老家伙！"锦成叔会这样地调侃着他，喀声地狂笑着。把最后的一个儿子卖出去便要这样伤心，这在锦成叔看起来，实在是太可笑的事情了。把儿子卖出去，这儿子不仍然是在这世界上生活着，而且生活得更好吗？这为什么要伤心起来呢？这是蠢汉的想头啊！

"不！我应该把我的儿子找回来，我不愿意再喝酒了！……唉，入娘的，我变成一个恶鬼了！"裕喜叔不因为他的同伴的调侃而停止了他的伤心，他更进一步地在哭着。

"啊哈！癫裕喜，我看你快要变成一个女人了！啊哈！你应该害羞！像你这样硬挺挺的老家伙居然也哭起来了！啊哈！你想把儿子找回来干什么呢？你这样做，还不如把你的儿子杀死好。试想想，你这老家伙，喝酒也好，不喝酒也好，你能够拿什么东西来给你的儿子呢？你比一个老乞丐还要可怜，你是什么东西都没有的啊！……"锦成叔又是纵情地狂笑着，他在他的同伴的肩上粗暴地打了几下。

这是过去的事情了，裕喜叔现在每天还在喝酒，他已经不大为他的儿子伤心了。他必得在这人世上生活着，而这人世给予他的没有一星儿幸福的希望，他不得不喝酒。喝酒便是他的天国。

他的老婆现在是在当着乞丐婆。乡村的乞丐婆的生活比起城市上的乞丐婆的生活来是好了一些的。乡村里穷人更多了一些，因此要找求同情便也比较容易一些，这便是乡村里的乞丐婆比较城市上的乞丐婆幸福些的唯一的理由了。裕喜叔虽然是个精力绝伦的人——他有了像牛马一般的气力，但他不能够帮助他的老婆；而这当乞丐婆的老婆有时反而能够帮助着裕喜叔。那是说，当裕喜叔把他的最后的一个铜钱都喝光了的时候，他的老婆还要供给他吃饭呢……

二十年以前，裕喜叔是一个壮健而活泼的农夫。他耕种田地的本事比较旁的农夫还要来得高明些。他的气力比谁都要大些，他的心眼也是比谁都要高傲些。"伸直手便可以摸着天"，那时，他自己老以为他将来一定会成为一位了不得的人物，由他自己的手里将来可以买几头牛，购置几亩田地。他将使他的孩儿们过着快乐的生活。有时他在咒骂着他的死去了的父亲，因为他是那样的没有本事，挣扎了一生，结果没有留下一些小儿地盘来给他。他是"断分寸土"的（注：断分寸土，即是绝对地没有田地的意思）。但那时的裕喜叔，并不十分为着这而忧愁，他感觉到他全身所有的都是精力，他相信他能够用着他的锄头去开拓着他自己的命运。

开始的时候，裕喜叔的确是走了好运的。他贱卖着他的精力，不分昼夜地在工作着。结果，他用他自己的手赚得一笔款来讨老婆。那时，他真可算是天之骄子，他成为农村里面的王。他到处都是欢笑着。加之他一连地生了好几个儿子，这使他高兴得随时都向人家夸说他生儿子的本事和他耕种田地的本事一样的都是了不起的。"和女人交媾的时候多抽几下便可以生男的，少抽几下便可以生女的，这在我是十二分有把握的啊。"他向着生不出儿子来的农夫们这样地教导着，欢笑得忘记把他的阔大的口闭拢。但是，在农村里，每一个佃农，决不能够时常走着好运道的。裕喜叔不能来一个例外。倒霉的运气很迅速地找到他了。裕喜叔起初不晓得儿子是吃父母的骨头的一种怪物，等到他感觉到他一年一年地穷困下去，渐渐支持不住的时候，他才大大地埋怨起他的老婆和他的儿子们来了。他时常骂他的儿子们做"食父的"！而在骂他的老婆的时候，他老是说她是一只母猪，她不该生了这么多的儿子来陷害他。但他仍然是很乐观的，因为他是一个十分有精力的农夫啊！……

……

在他三十岁那年，他因为欠了地主清闲爷的谷租，被他"吊佃"了（注：即是不让他种他的田地，做他的田佃）。这对于他简直是晴天的一个霹雳。他以前完全没有这样想过，因为清闲奶是一个吃斋念佛的太太，清闲爷素来也是一位以救济穷人自命的善士。他哪里知道他们会把他吊了佃呢。他欠他们的谷租并不多，不过一年没有还给他们，而这一年的谷租所以没有还给他们的理由，是因为年岁不好，收获不多的缘故啊。可是，当他向清闲爷和他的奶奶这样诉说的时候，他们的回答，只是在他的脸上吐着口水。那时候，裕喜叔还是很愚蠢，他不知道穷人们是不能够向着有钱的人们讲说道理的。穷人们和有钱的人们是两种完全不同的生物啊！

那时，他是一点办法也没有的。他只像一只迷了路的野兽似的，在村外乱跑着。当他从他曾经耕种过的田园跑过的时候，他忽而大声地号哭起来了。他曾经在这田园上流着很多很多的汗，他曾经在这田园上出着很多很多的力，他曾经在这田园上躺卧着，休息着，他曾经在这田园上欢笑着，叹息着。这田园和他已经成了亲密的朋友，成了亲密的兄弟。这田园已经成为他自己的血，成为他自己的肉，他有权利保有这田园，就如他有权利保有他自己的血和肉一样。但他现在是被"吊佃"了，他现在已经没有权利到这田园上去走一走了。这是说，他的血，他的肉，现在已经不是他所有了。那时候，裕喜叔是很愚蠢的，他不晓得这便是田主们所给予田佃们的公道。他在诅咒着清闲爷。

跟着他便在村中跑来跑去，跑了好多天，跑了好多个月，但他依然想不出办法来。他看着旁的农夫们在用力耕种着田地，他看着田地上的稼穑在发着愉快的微笑，他是多么感到妒羡的啊！但是他，有了像牛马一样的气力，有了这么粗的臂膀，而这样的气力和这样的臂膀可完全变成废物了。啊啊，裕喜叔，开始了解他的父亲为什么会那样贫穷，挣扎了一生，还是那样"断分寸土"。他开始了解穷人们有了精力到底是没有多少好处了，他现在的精力是比较牛马的精力还要更加不值钱的了。真的，牛马的精力还可以算是用得其所，他是空有精力而没有地方施用的。他开始地羡慕起牛马来了！

从那个时候起，裕喜叔渐渐地变得有些癫气。他无论碰到什么人，便问他要田地种作。因此，人家便叫他做癫裕喜。他的学会饮酒的习惯，也是在他有了癫气之后，才学成功的。

他第一次喝酒的时候，便是和锦成叔在一道喝的。那时候，锦成叔刚从南洋回来，他身上大约是有了百几十块钱的。锦成叔是个异样的人物，他晓得怎样去赚钱，同样地他晓得怎样去用钱。他的赚钱的办法是很奇怪的，他说只要把钱赚得到手便算了事，用什么手段是无须计较的。他说，横竖金钱便不是好东西，谁有了太多的金钱，谁便会制造出更多的罪恶来。所以，大人先生们的说话是完全靠不住的。大人先生们说贫穷的人们应该循规蹈矩，这只是生怕他们的金钱被贫穷的人们抢夺过去，不能再让他们作恶。贫穷的人们是不是应该循规蹈矩呢？不应该的。因为贫穷的人越是循规蹈矩，大人先生们所有的钱便是越积越多，于是他们便会制造出更多更多的罪恶来了。他主张，做强盗也好，乘其不意把资本家活理也好，只要把金钱抢过手便算了。金钱是完全没有标记的。拿到谁的手里都一样的是金钱。这是大人先生们太失算了的地方，他们当初如果在金钱上面注明只有富人们才配使用金钱，那我们便真是没有了办法了。但他们都是愚蠢的家伙，他们谁都没有想到这一层，因此，我们只要不是卑怯的笨货，便能够得心应手，任意作为了。

他对于用钱，亦有了一种奇怪的办法。他没有读过书，他不大懂得文明世界的五花八门。譬如高堂大厦，出入的时候大惊小怪，这在他是完全感不到趣味的。他时常以为这也是有钱人的愚蠢的地方。他的世界是自由的，广大的，他得到处流浪。或者躺在河边，或者躺在山上，或者躺在一间卑湿的室子里，这在他是完全一样的。他的身体是这样的强健，他的精神是这样的活泼的呀！他唯一的趣味，只是饮酒，吃着大块的肉，喝着大碗的酒。因此，可以说他的用钱的方法是很简单的，他觉得只有把金钱用来买醉才是一种最好的办法。

裕喜叔第一次和他一道喝酒的时候，他顿时感觉到他的生命起了一种重大的变化。酒的香味和锦成叔的说话一样的把他带到另一个世界上去。他感觉到锦成叔所说的说话都是他所想说而说不出来的说话。他在咀嚼着锦成叔在说着活埋资本家的时候的神气，他感觉到他要是能够把清闲爷和清闲奶奶活埋着，那是多么痛快的事情啊！当他一杯一杯地喝着，喝到醉倒下去，锦成叔在他的肩上重重地拍了几下，欢狂地叫喊着"啊，不中用的家伙啊！"的时候，他的心境得到了一种从未感觉过的舒适。他朦胧地自语着："这是活神仙！"

裕喜叔，可以说完全不是一个蠢货。他很快地便学会饮酒了，他的酒量一年一年地增加，从半斤到一斤，从一斤到斤半，最后是从斤半到二斤。在村中，说起饮酒这回事来谁都会把裕喜叔首屈一指的。但命运对于贫穷的人们是毫无所吝惜的。裕喜叔越懂得喝酒，他的家境便越穷了。他毕竟是一个弱者，他不能够学锦成叔那样东奔西跑，到处都能够应用着新鲜的方法去赚着金钱。他唯一的本事，只是出卖气力；而当人家不要他的气力的时候，他便只好变成手足无措。可是，在这样境况下，裕喜叔终于领悟到一种新奇的哲学了。这新奇的哲学，便是把儿子一个个地出卖。但，当他这样做的时候，他是和他的老婆争吵了多少回次，而他的心灵上是感受了多么沉重的打击啊！每一次当他在用着他的卖儿子得来的金钱在喝酒的时候，他的心便像被什么鬼物撕裂一样。他感觉到他像在吃着他的儿子的肉一样，他感觉到他已经变成了一只食肉兽了。于是，他痛哭着。他想把他的行为大大地改变，他想大大的振作一番。但，第二天，当他到处碰壁的时候，他只好又是喝起酒来，而且喝得更加沉醉了。

他有时在当着雇农，那是当人家收获太忙的时候，雇他去做一月半月工的。过了那种时期以后，他便没有工可做了。自然，他的地位是比较做佃农的时候更低了。有时他在替人家做着散工，一天，或者是一个下午的工。有时走到市上替人家挑东西去，碰到运气好的时候，一天可以赚到一块几角钱。但一年中像这样好运气的日子实在是太少啊！有时他回家的时候，也想把钱交给他的老婆，但第二个念头即刻便会来诱惑他："剩下这块把钱来有什么用处呢！"于是他依然把白天赚来的银钱再行放进衣袋里去。而当他的老婆在向他申申①咒骂的时候，他脸上只是挂着孩子气的微笑，一声不响地走开了去。

当锦成叔的身边又是带着不少的金钱，第十次从南洋跑回来的时候，裕喜叔已经把他的最后的儿子卖出去了。他依旧来和锦成叔一道喝酒，手里拿着长烟管，脸上挂着孩子气的微笑。但当这位老朋友向他问好的时候，他忽而向他诉说他把所有的儿子都卖尽吃光了，于是他孩气地哭将起来。

"你这家伙是一个弱者！"锦成叔露出他的牙齿在笑着。跟

---

① 同"呻呻"。

着，他便用着酒杯来安慰着他的同伴……

……

现在让我们来介绍这第三位同伴，鸡卵兄。他是一位特别枯瘦而细小的人物。把他拿来和锦成叔、裕喜叔对比，那简直是一种有趣的笑谑。他的年纪是和裕喜叔差不多，因为贪吃的缘故吧，他的牙齿大半脱落了，剩下来的只是几个大的黄牙。他的面孔，细小得和玩具的面孔一般，也和玩具的面孔一般有趣。这样的面孔一方面显出这位主人公在这世界上是走投无路，另一方面却显出了他另有了一种自得的神气。他的身材也是细小的，细小得和一条小木杆一般。但他仍然是很坚强，四肢显出瘦硬而有力。这要归功于他的田园上的工作。在乡村的田园的工作上面，绝对地是不允许衰弱的人物的存在啊！

鸡卵兄是一位特别聪明的人物，他认识了许多字。他能够写春联，也能够看《三国演义》，但这是无补于他的穷困的。在乡村里，聪明才智绝对地没有像田地一样重要的。和裕喜叔曾经夸张着他的气力一样，鸡卵兄也曾夸张着他的智慧。当他十一二岁在私塾里读书的时候，他是许多学生中最聪明的一个呢。那位拖着长辫子的红鼻的塾师，曾经当众称赞他有了"状元才"的。但这有了什么益处呢？什么叫作"状元才"，这对于农家的儿子只是一种嘲笑。鸡卵兄的父亲是一个出卖劳力的佃农，他所要求于他的儿子的，只是他能够提前帮忙他的田园上的工作。他所要求于他的儿子的只是放牛，踏水车，掘园……各种田园上的工作。他给他的儿子念书的目的，只限于他能够认识几个字，认识看一看买卖的数目便够了。因此，这位被塾师赞许为"状元才"的小学生，在他的父亲的眼里完全是不值得什么的。这小学生一面读书，一面还要"赶早赶暗"（注：即是乘着早起和晚上没有课的时间），做他份下的田园上的工作。他的父亲是另一位的严厉的"教师"，他严格地考查着他的工作，当他认为不满意时，便是给他①一顿鞭打。在农村里，父亲们鞭打儿子是和鞭打牛马一样的，因为父亲们都在过着牛马的生活，他们所吃的苦头实在是太多了，他们不能不找求发泄气愤的地方，于是乎他们的儿子们的身上便变成了他们的火山的喷裂口了……

鸡卵兄是很倒霉的，在私塾里他虽然被当作一位最聪明的学生，但在他的父亲眼里，他却是一个最蠢笨不过的小孩子。他的气力是不够的啊，当他拿起锄头在掘园的时候，他的手不禁在抖颤着，而在把它掘下去的时候，那锄头只在地面上跳了又跳，连浅浅的土都不能够掘翻。他旁的工作，也和他的掘园的工作一样蹩脚。这激怒了他的父亲了，他不能够向他作着什么说明，只在他的身上乱捶，用着他的铁一般的拳头。这是一种教育。强壮或者死亡，没有别的说话。要在过着牛马的生活的农人们的家庭里，享受着优等的教育，这是不行的啊！

一年一年地度过了，鸡卵兄还是聪明，还是活泼，而且因为受惯了捶打的缘故，他的筋肉反而渐渐地发达起来。他能够和旁的人们一样地做着田园上的工作了。他成了一位短小精悍的铁的战士，在广阔的田垄上活动着，受着烈日猛雨的打击，严霜冷雪的侵袭，连眉毛也不动一动。他已经和旁的佃农们的儿子一样，有了做小牛马的资格了。他的父亲也不再打他了。有时，他在看着他生龙活虎似的做着这样，做着那样的时候，这位老教师脸上

---

① 指鸡卵兄。

溢着微笑，频频地点着头，好像在庆祝着他的"教育"已经得到了蛮好的成绩一样。然而，也在这个时候，这老教师心里头满塞着另一种的苦恼，那便是他的儿子的年纪已经不小了，他应该怎样地替他讨着一房媳妇。这种苦恼在兽类的老牛马对于小牛马是可以不在乎的，但他是人类的牛马啊。人类的牛马应该比兽类的牛马多了这一层苦恼的。

当鸡卵兄还未讨到老婆的时候，他的父亲已经死去了。他在死去之前一刻钟还是在田园上工作，死的时候，是不费一文钱药费地倒在犁锄的旁边。那时，没有谁在服侍他，只有那只和他一道在工作着的水牛睁大着带血的大眼睛在瞅视着这不幸的老朋友——这老朋友和他一样的是田主的忠心的家畜啊。

鸡卵兄并不哭泣，他是连哭泣的时间都没有的。他不得不生活着，而生活把他所有的时间都剥夺去了。他继承着他的父亲遗留给他的地位，佃农的地位，牛马的地位。这样的地位是使他在他的父亲死去的时候连哭泣的时间都没有的。而且，哭泣有什么益处呢？这并不能够创造穷人们的命运啊！鸡卵兄是不会忘记了他的父亲所给予他的教训的——铁一般的拳头的捶打的教训。他晓得无产者的生存是怎么样的一回事情。这是挣扎，这是不顾死活地挣扎着。在这样挣扎中，哭泣有了什么益处呢！鸡卵兄是聪明的，他不但不哭泣，他是一面在和艰苦的命运苦斗，一面却在留心替他自己找一个老婆，他需要"传种"（注：乡下人以为没有儿子的便是绝了种，生儿子的最大的目的便是传种）。这是说，他需要再生出"小牛"来，为着田主们的缘故啊……

鸡卵兄用着各种可能的方法在找求着他的理想中的老婆——一位强壮多力而且"价钱公道"的老婆（注：价钱公道，指聘金不多）。这样的老婆，不但可以替他"传种"，而且可以大大地帮助他对付田园上的工作。当他三十一二岁的时候，他的目的算是达到了。他请了一班月兰会①，用一百多块钱讨得一位强健的女人来做他的妻。那时候，他真是快乐极了！女人的隆起的乳房，女人的丰满的臀部，女人的柔软而芳馥的肌肉，这使他沉迷，使他乐得快要发狂。把同女人一道睡觉这回事拿来和田园上的工作比较，这简直是两个世界上的事情了。有许多天，鸡卵兄脸上总是挂着笑，他觉得他是太幸福了。

几年以后，他和他的妻生下了几个儿子，那时候，他的目的是完全达到了，他的家庭中算是一切应有尽有的了。他已经有了"传种"的母牛——他的妻，这母牛也已经替他生下几只"小牛"来了。可是，这毁了他。这像在他的被压迫的生活上面再加上了两块石头。这两块石头是比较他父亲用铁一般的拳头捶打他的时候更来得沉重难受些。在这样的情形底下，不管他全家怎样勤苦，每天做了十八小时的工作，怎样节俭，吃的是稀饭，穿的是破烂的衣衫，可是他的家还是一天一天地维持不下去。在农村里，佃农们照例是应该过着悲惨的生活的，他们工作的结果，只建树了田主们的幸福。

有一天，鸡卵兄在田园上工作，因为熬不过日光的蒸晒，直挺挺地晕倒下去。有两个钟头，他和死人一样，一点也不能够移动。等到他醒来的时候，他的脑子里忽而发生了一种奇异的思想了。他要到南洋那儿去试一试，田园上的工作他是受不了的！在一般贫苦的农民眼里，南洋是他们的最后的避难所，那儿没有地

---

① 月兰会是盛行于小城市和乡村间的一种经济互济性质的会。

主的剥削，那儿出卖气力可以得到高一点的价钱。佃农们十之八九都曾到过南洋的。他们去的时候，都像火一样热，回来的时候，一个个都变得冷灰了。但未曾到南洋去的农民们还是一个个地跟着去。去的时候，还是像一团火。穷人们是活在希望里面的。他们虽然在接连的失败中，还要把他们的希望建立起来。南洋是他们的希望，是他们的发达的道路，他们非去跑一趟不可。鸡卵兄所以有了这样奇怪的念头，在贫苦的农民大众中，不算是最初的一个，也不算是最后的一个啊。

可是，现社会的制度像一架奇怪的机器一样，这机器在农村间可以剥削农民们的膏脂，在城市上同样地可以抽吸着工人们的骨髓。在这样的制度下面，无产者们到处是走投无路的。自然，鸡卵兄到南洋去是不会碰到好运气的。他去的时候是赤手空拳，回来的时候也还是赤手空拳。去的时候是藏在船舱里面，回来的时候依然也是藏在船舱里面的（注：没有钱买船票藏匿在船舱里面的）。他到南洋挣扎了十年，一个钱也没有寄回家来。到头来只使他变成一个惯喝白干，惯在街头躺卧的苦工。这样的生活的滋味是不会比佃农的生活的滋味更加甘甜些。在皮鞭下面做工并不会比在猛烈的太阳光下耕田更加闲易些。资本家的脸孔和田主的脸孔同一样是狰狞可怕的啊！

鸡卵兄自从南洋跑回来以后，便变成锦成叔和裕喜叔的亲密的酒侣——变成形影不离的伴侣了。在鸡卵兄的老婆眼里这是一种坠落①，这是向着无底的深渊似的一种坠落。回答着这样的坠落，她每天给予他以咒骂，甚至于用着扫帚杆击打着他。但鸡卵

---

① 同"堕落"。

兄已经变成非喝酒不可的一种动物了。他宁可受他的老婆的咒打，但他不能够不喝酒。他不晓得这社会给予他的是怎样的一种打击。他不知道用什么方法来回答着这社会的打击。他只知道他如果不喝酒便一定要闷死。于是，他每天都在喝着酒了。鸡卵兄是个聪明的人物，他对于喝酒，也有他自己的妙法的。他虽然是穷困，但在吃喝中间他并不会使他的同伴们吃亏。他时常可以得到一些不用钱的佳肴——如人家不要的癞了的狗，和病死了的猪，鸡，等等，他都可以拿来用意烹调，作为他们的下酒的佳肴。他是一位烹调的能手啊！

……

锦成叔是这三人中的领袖。他有着高大的笑声，恣肆的哲学，钢铁一般的体格。他巧妙地逃脱了压迫阶级的压迫，他的劳力完全为着他自己而用。他在一个自由的世界里生活着。只有他是为着快乐而饮酒，他的同伴们的贪杯的缘故却都是为着忧愁。他是一个强者，他是一个特殊的人物啊！

可是像他这样的人物，是特别惹起大人先生们的怀疑和担心的。每次村中有了盗案或者失窃的事件，做了大人先生们首先怀疑的对象的便是锦成叔。地主而兼绅士的清闲爷对于锦成叔尤其是不高兴。清闲爷在乡村里面是最高最上的，他受了每个人的尊敬。可是，锦成叔好像和他对立一样，他似乎有了另外的一种势力在和他对抗着。他好像用着他的阔大的笑声，看不起一切的神气在轻视他①。这已经尽够使清闲爷对他觉得痛恨起来了。清闲爷和警察分署的署长是把兄弟的，他有权力可以惩治着锦成叔。

————————————

① 前两个"他"指锦成叔，最后一个"他"指清闲爷。

但，锦成叔似乎也有一种权力，足以使清闲爷害怕的，那便是当他早出暮归的时候，他终害怕着锦成叔或许会来要他的命。他知道，锦成叔是这样一个虎豹般的人物，他是经不起他的一拳的。

真的，锦成叔是像虎豹一样有力的人物，而且同时他是像狐狸一样机警的。他跑过了许多城市，阅历过了许多人物，他晓得怎样去对付那些高高在上的人们。乡村里面的一个绅士是不能够使他害怕的，他碰见了许多，许多比乡村里的绅士还要威风的人物呢。

裕喜叔和鸡卵兄本来都是很懦弱的，他们有些时候，甚至于见了人家便有点害怕，尤其是见了清闲爷。他们都不晓得"官厅"是怎么样，但他们都以为清闲爷便是"官厅"。"官厅"对于人民是有了生杀之权的，他们都是这样地相信。在清闲爷这类人的眼里，农民只是他的牛马，这一点裕喜叔和鸡卵兄也是知道的。但他们并不敢埋怨。他们只是怨恨他们赶不上牛马啊。

但，裕喜叔和鸡卵兄到底是人类，不是牛马。人类应该过着人类的生活，人类有人类的思想和感情。在没有喝酒的时候，裕喜叔和鸡卵兄的确已经忘记了他们也是人类——和清闲爷同是一样的人类。可是当他们高踞着在锦成叔的室子里，在暗淡的灯光下面，在锦成叔的阔大的笑声当中，拿着酒杯来在虎饮鲸吞着的时候，他们的脸孔上流露着一种不顾一切的神气，他们的心灵上闪耀着一星光明的火焰。他们明白了他们的被压迫的位置，他们发怒，他们狂暴地诅咒着一切，他们回复了人类的意识，他们感觉到他们有把一切地主都杀个清光的权利。这时候，他们便都变得和锦成叔一样。在酒精的浓烈的激刺①下面，他们都变成了不顾一切的英雄了。在这样的时候，和锦成叔一道，他们的确是可以做出许多痛快的事情来的。

　　然而，在这上面还有点糟糕的，便是鸡卵兄毕竟是太弱了。他太害怕着他的老婆。便连在他喝酒喝得烂醉的当儿，只要听见他的老婆的尖锐的叫骂声，受到了她的凶狠有力的扫帚杆的沉重的击打，他的酒气便会马上消尽，即时清醒起来，面如死灰地在他的老婆的面前战抖着了。

　　有一回，鸡卵兄和锦成叔他们把几瓶白干都喝光了，正要到外面去做着一两件痛快的事情的时候——在平时，他们是惯于踏坏着地主所有的稼穑，窃取着地主所有的菜蔬以为下酒的佳物。但那一回，他们却预备去偷割着地主所有的禾谷。——他的老婆忽而像一只母熊似的冲进锦成叔的室子里来。这老婆便是曾经使他觉得温馥迷醉的女人。现在却是使他大大地害怕起来了。现在她已经不是他的妻，而是他的主人。这主人整天给予他的只是无终止的诅咒和毒骂。这时，她的手里拿着一把扫帚杆，像凶神恶煞地对准着鸡卵兄的脑袋乱打。她一面这样叫骂着："你吃酒，你吃你这'白虎咬'的骨头吧！（注：白虎咬，是乡村里女人骂她的丈夫的名词）……"跟着，她便在诅咒着他的"三祖六代"，便在诅咒着他的不长进。跟着，她又是重新气愤起来，挥舞着她的扫帚杆把桌子上面的酒杯，盘碗都打碎了。在这当中，她的气愤好像是永远不会停息似的，于是，她又诅咒起锦成叔来了。她说锦成叔是一个恶汉，他把她的丈夫教坏了。

---

①　同"刺激"。

220

锦成叔望了望鸡卵嫂，傲慢地点着他的头。他毫不介意地在纵情欢笑着，简单地答复着鸡卵嫂的嘲骂："男人们讨老婆，毕竟是一件最蠢不过的事情。世上的女人都是一些要不得的贱货呵！"于是，他用他的强健多力的臂膀，把鸡卵嫂送到室子外面去。

那时，鸡卵兄是吓呆了，他木偶般地站立着，用着牙齿频频地咬着他的嘴唇。他的酒气是完全消尽了。他从英雄的，不顾一切的氛围中回复到他的牛马似的现实生活上面了。他的位置并不能够用饮酒来改变的。他是在大石的压力下面生活着。酒精只能够使他的神经起一种过度的兴奋，并没有改变着他身上的大石的位置。鸡卵兄茫然回顾着，他好像感觉到饮酒这回事并不是贫苦的人们拿来反抗着压迫势力的好方法了。……可是，第二天，他仍然在和锦成叔他们喝着酒。他找不到别的出路来解决着他的痛苦呀！

裕喜叔比较是不大害怕着他的老婆的，但他却十分想念着他的卖出去的孩子。他时不时在向人家打听着他的孩子们的消息，他时而快乐，时而忧愁，时而欢笑，时而痛苦，差不多都是为着他的孩子们的缘故。

有一天，他跑到邻村看他的卖给一家有钱的人家的那个儿子去。晚上，当他回来的时候，他全身都在打战着，眼睛里萦着泪花。当他在喝酒的时候，他天真地哭将起来了。

"老家伙，碰到了什么事情了！"锦成叔用着温暖的口吻在安慰着他，但同时，他的嘴角上却露着傲岸的微笑。

"把儿子卖出去，就和儿子死了一样，或者比死了还要更坏！入娘的！今天，我到儿子的家里去，他们不让我看我的儿子。我说：'我是父亲啊！我为什么不能够看我的儿子呢？'但他们把我赶跑了！……他们家里的狗不认得我，吠我，咬我的裤子。唉，入娘的！儿子是我生下来的啊！我一路跑，一路叫骂着。许多小孩子跟着我的后面，用着小石子在投掷着我。他们说我癫狂。入娘的！他们才是癫狂的啊！我为什么会是癫狂，我是我的儿子的父亲啊！……后来，我侥幸地看见我的儿子了！他混在小孩子们里面，在用着小石头掷我。我认得他。我认得他眼皮下面的疤痕，他的样子和卖出去的时候，完全是一样啊！我高兴得大叫起来，我呼唤着他的名字，走到他的身边去，想用手抱他一抱。但是，那入娘的！他完全不认得我了！他用力地拿小石头掷击我！他骂我老乞丐！他骂我癫汉！……唉！入娘的！"裕喜叔忧伤地答复着。

"卖出去，不卖出去不同是一样不认得父亲吗？我的儿子不是天天都在骂我是酒鬼，是恶汉吗？唉！都是入娘的！"鸡卵兄同情地说，用着他的苍白的嘴唇在饮着酒。他的细小的眼睛，偷偷地在窥探着门外，好像害怕着他的老婆又会飞跑前来袭击着他似的。

"我的儿子呢，他对我是什么话也不敢讲的。我的老婆，可以说是把我看成一位皇帝！我告诉你们说，对付这些无知的动物，是应该用着强硬的手段的！"锦成叔带着教训的神气，这样回答着他的两位同伴。跟着，他便拿着别的材料来和他们谈讲。他是不喜欢讨论家庭问题的。他所喜欢谈说的是杀人的故事，犯罪的故事，活埋资本家的故事。这样的故事，和他的阔大的笑声，"仁丹式"的胡子，勇猛的神气，和酒精一样有气力的，足够令他的同伴们陶醉的。

可是，裕喜叔，似乎是一天一天地衰弱下去。他一天一天地更加想念着他的儿子。他跑到许多旁的地方找着他的旁的儿子去。但他所得到的效果，是不会比第一次所得到的更加快乐些的。啊，他是一个不幸的人物啊！有一天，他因为想念儿子的缘故，和清闲爷发生冲突。这一次的冲突，更惹下一场大祸来了。

事情是这样发生的。

富人们也有碰到不幸的时候，清闲爷的家中死了一个儿子了。这对于清闲爷是一种莫大的打击。他一向都在走着好运道，而且他自己以为他是应该永远走着好运道的。他以为他的儿子会这样死了，一定不是由于他的运道不好，而是由于这乡村的风水不好的缘故。于是，他主张在那座"公厅"前面筑起一道围墙来。他说，这样便可以使族中的男丁不再损失。他说，这是为着公众的利益，每一个农民都应该拿出钱来完成这件工作，没有钱的便应该拿出劳力来。这是一种毫无理由的欺骗。这是假公济私。裕喜叔对于这一种欺骗，是特别不能够忍受的。在暴怒中，他忘记了清闲爷的地主而兼绅士的位置，这样地质问着清闲爷说："清闲爷，你这句说话是完全靠不住的！我问你，把这道围墙筑起来，我的失了去的六个儿子，可以重新跑回来了吗？我不晓得这是什么鸟道理，你们有钱人丢了一个儿子便这样大惊小怪起来啊！"

清闲爷是一个有位置的人物，照例，他对于农民们的说话是可以不用置答的。对付这大胆的质问，清闲爷只是在裕喜叔的全身上用着一根手杖抽打了一阵。清闲爷素来是不讲道理的，他的手杖，便是他的道理。

当清闲爷说话，那便是实行。他的说话是训谕，是命令，是圣旨。围墙是筑将下去了。裕喜叔在这筑墙的工作上面，当着一名苦工。可是他的愤怒是一天一天地跟随着他的汗水增加起来的。这样的工作，对于他简直是一种侮辱。把围墙筑起来，假使真的能够保住男丁，但这对于他有什么好处呢？他的儿子们都已经被他卖尽了！

白天里他跟着旁的农民在工作着，在"杭育"声中杂着呻吟和叹气。一到晚上，他跟着锦成叔他们在喝酒，喝醉了，便狂吼起来。他在痛骂着清闲爷，乱哼着他所知道的一切最怨毒的字句。他是越闹越凶的。有一天晚上，他哭得很伤心，他在室子里面奔来跑去，头发散乱着，眼睛带着血，样子是可怕极了。锦成叔和平时一样的在高谈阔笑，他用着他的有力的拇指和食指在扭转着他的那两撇"仁丹式"的胡子。他的眼睛里面闪燃着愉悦的火焰。他差不多是无论碰到什么事情都是快乐的。这时，他用着有权威的口吻在讽刺着裕喜叔说：

"喂，老家伙，你该害羞，你这样闹着，有了什么好处呢？"

"入娘的！我丢了六个儿子不算！他死了一个儿子便来'惊猪动狗'，建筑围墙！入娘的！他打我！我要打死他！……"裕喜叔狂暴地叫喊着。

鸡卵兄扭了一下头，好像是害怕的样子。但即时，便又镇定起来。他的脸上照耀着有希望的微笑。

锦成叔更是大为快乐起来了。他用着他的手掌揪挽着裕喜叔的头发，兴高采烈地说：

"啊哈！你这蠢笨的驴子，亦有了聪明的想头了！对的，我们应该拿出丈夫气来，我们应该向着一切侵害我们的敌人复仇！我们生存着，应该为着我们自己的缘故。我们不应该当着有钱人

224

的牛马。我们有的是气力，有的是健康，有的是智慧，我们可以称王，我们可以征服一切！不要害怕！不要屈服在妻子的势力下面！拿出丈夫气来！"锦成叔的说话像一把火在燃烧着他的同伴们的心坎。他的有力的语句，他的坚决的态度，使带着醉意的裕喜叔和鸡卵兄迅速地受了感应。一种原始的，野兽性的心理笼罩着他们全体了。

"推倒围墙！放火烧屋！打死入娘的清闲爷！今晚便去！"裕喜叔乱跳乱喊着，他感觉到他的全身充满着气力，自由的血液在他的血管里沸腾着。

"好！大家都去！不敢去的是娼妓的儿子！"鸡卵兄添上了这一句，他想起了他的父亲倒在老水牛身边死去的事情了。他觉得他应该向着一切的地主们复仇。

喝酒的人们，是特别容易惹起事情来的。他们不再踌躇，便这样出发了，像他们平时到外面做着痛快的事情去一样的出发了。

这是隆冬的天气，村里除了时不时有了狗吠的声音而外，旁的一切都是死寂的。这广大的农村，这黑色的大海，是在沉沉地睡着。夜色是黑的。沉重的黑云像棺材盖似的笼罩着全村，笼罩着全宇宙。在这黑云上面，有着万千的星光在闪着怪眼。这样的怪眼似乎在向着不平的人们，腐败的社会作着一种忧郁的探问。这是一种严重的探问啊！锦成叔、裕喜叔和鸡卵兄在这星光下面走着，手里拿着竹槌，拿着火种。他们的心里头充塞着痛快的感情，他们要在火光中实现着他们的希望……

锦成叔无论在什么地方，都是他们中的领袖。这时候，他严重地提醒着他的同伴们说：

"放火的时候，应该多灌下一些'洋油'，用拳头打击着墙头的时候，应该出力一些，流血也是不怕的啊！……"

自然，这是一件祸事。对于清闲爷，对于农村里面的统治阶级这是一件祸事。第二天清早，人们眼里所看见的是，那保住男丁的围墙是完全被推倒了，清闲爷的屋舍是被烧去了一部分，清闲爷算是侥幸地逃脱了。但，这一次的打击，简直是把他吓昏了。有好几天，他藏匿在家里哭泣着。

在一般农民的心眼中，这一回的事情是痛快的。清闲爷是值得惩罚一下的。这三位醉汉虽然是奇怪的，但仍然是他们中间的人物。他们彼此间在同一样的空气下面生活着，他们彼此间有了同样的呼吸和同样的感情。这三位酒徒的确是奇形怪状的，但这证明他们所受的压迫是怎样的沉重。他们完全是沉重的压迫生活下面的人物啊！……

自从这件事情发生了以后，锦成叔的室子里便再没有了灯光，这三位酒徒从此便不再在这农村里面过活着。他们到别的地方去，世界对于他们是空阔的啊！

下　部

广大的农村像大海一般地在咆哮着，叫喊着，震怒着，这不是沉默时的农村了。这是在革命中生长起来的农村，这是被压迫的人群自己建立起来的农村。在这里面有着血腥的斗争，有着光荣的胜利。在这里面有着集团的力量，有着新兴阶级的伟大的精神。在这里面有着新鲜的旗帜，光亮的太阳，人们的欢欣和不怕劳苦的表情。这样的农村有了一个名字，叫作苏维埃农村，这名字已经深入到全体被压迫的人们心里头，而且能够提高了他们的斗争情绪了。啊，这革命的农村！这幸福的农村！

锦成叔、裕喜叔和鸡卵兄是一些幸运的人物，当他们再次从南洋跑回来的时候，他们的农村已经是包括在这样的幸福的农村里面了！这样的农村已经没有了清闲爷，也没有了其他的绅士。地主已经都被打倒，土地都分给了农民。祠堂已经变成了会议厅、保卫团的住所，已经变成了自卫队的办公处。全村的人们都晓得怎样去理解苏维埃的意义，晓得怎样是革命的、集团的行动。他们晓得怎样去开大会，提议案，喊口号。每个人都似乎变得年轻些，整天地在跳来跳去。

这革命的农村，自从建立起来到现在，不过有了半年的历史，但它已经有了它的伟大的成绩了。

第一，这村里面，从斗争中组织了一队保障政权的自卫队，在全区的一致行动中，积极地在扩大革命的领域。这样的自卫队，打破了反革命的会剿与封锁，帮助了白色恐怖统治下的群众斗争和暴力的行动，消灭了军阀的混战，武装地拥护了普罗列塔利亚特的国家……

第二，农村里面的一切私斗，都已经没有了。现在村里面的革命政府，修理了一切水道，每个农民田里都可以得到充分的水。这一方面可以使禾苗不致干坏，减少收获，其他方面自然可以使农民间不致再会因争水的缘故而惹起私斗了。不但如此，农民间一切扯皮不清的事情，革命政府都干脆地给他们解决了。现在这农村里，只有洪亮的歌声，没有打架和啼哭的声音了。

第三，解除了农民们的剥削。现在村里面由群众集股开设了消费合作社。工农日用必须的油盐等货，都由群众自己采买，不受内地商人的剥削。此外还组织了各种生产合作社，和工人共同经营，共享权利。

第四，村里开办了信用合作社（即农民银行）。这村里的群众，不论在农业上或工业上需要款项时，都可以向合作社借贷。

第五，开设革命的小学，专以提高无产阶级文化和养成革命的人才为宗旨。除学校外，还有一种普遍的识字运动，按群众住所，不分男女老少，十人一组，从中选出一较识字者为组长（即教员），每周由村里的苏维埃召集各组长授以科目与教授法，以革命歌谣，及工农所需的东西为教材。总之，现在村里面的男女老幼，都有了受教育的机会。

第六，妇女得到了解放。苏维埃代表与委员都有女子参加。无论政治上，经济上，教育上，都与男子丝毫没有两样。同时，妇女对革命的贡献与男子也是一样，无论×军，×卫队，少年先锋队，作战，放哨，游行示威，女的也一样参加。

第七，苏维埃决定了劳动保护法，实行八小时工作制，增加了工资，减少了学徒年限，废除了一切虐待工人的条例，得到了一切集会，结社，言论，出版的绝对自由。

第八，村里面没有叫化子，没有偷窃，政府把他分配了工作，参加了革命战线。过去一切残废无依靠的人，政府分了土豪劣绅的高大的屋子给他们住，给了大批经费供养。

第九，村里面的墙壁上布满了革命的标语，就是厕所里都布满了革命的空气！这些标语的建设绝不是仿照资产阶级的办法用纸写，完全是用石灰或各种颜料，最多是石灰，因为他经久耐用，不变颜色。写字的笔最多用鞋刷、笋壳、木片、竹篾片等等，这都是无产阶级写标语的顶括括的工具！这样写出来的标语，不会比一般的大商号的招牌字坏。

第十，村里的革命政府聘请了医生，设立公共看病处。村里的群众有病去诊断，不收取分文钱。同时，各地均设立药材合作社（或名公共药铺）。农民过去有病请医不起只有向菩萨一条路，现在农民不但发生政治问题要提出意见到苏维埃解决，就是身上小小的病患，都由苏维埃来解决。这里恰恰给了那些专门靠菩萨骗人吃饭的庙祝吃了一点暗亏。

第十一，在革命的区域里相隔五里就有一个交通站，专门担任代递来往信件。各站交通员，虽没有很多经济上的报酬，传递信件都是很热心。苏维埃下面的群众，不论好坏的消息，马上报告政府，各级政府得了重要消息，除飞报上级政府外，同时报告邻近二十里内的苏维埃或群众团体，因此革命区域的消息非常灵通。这种灵敏周密的交通网的建设，完全是群众的力量，这是资本家有钱办不到的。

第十二，村里面，建设有俱乐部，它的作用，不但供群众游玩，而且是教育群众最好的地方。四周壁上贴满了标语与画报，屋里一切桌凳与器具虽不及资产阶级的那样华丽，却充分表示无产阶级的精神！每晚有人做政治报告，有人讲故事，说笑话，演新剧，唱歌，呼口号。此外，还有各种各式的乐器。全乡老幼男女每晚相聚一堂，欢呼高歌，真是十分热闹……

这三位新从异邦归来的人物，对于这些，是完全觉得生疏的。他们几乎完全不相信他们的眼睛，他们几乎是叫喊起来，但他们是快乐的。他们虽然不十分明白这是怎样一回事情，但他们都相信这是好的……

他们现在都不喝酒了，他们都被新生活征服着。他们变得异常驯服，他们都愿意在苏维埃的指导下面去做事情。有些时候，他们虽然也发出了一些莫名其妙的议论，但结果，他们都是喜欢跟着大众前进的。

......

村里面的公厅，现在已经改成苏维埃常务委员会办公的地方。公厅前面那道围墙，曾由锦成叔他们摧毁，而仍由清闲爷下命令建筑起来的那道保障风水的围墙，在它的上面，贴着许多宣言和壁报。这些宣言和壁报上面，最主要的是说把农村里的斗争和城市上的斗争汇合起来……驱逐富农……发展游击战争……

锦成叔的儿子阿九，是常务委员会的一位委员，他的年纪已经二十余岁，是个红头发、眼光锐利、躯体雄健的人物。他自小便和他家中的水牛睡在一块，在极冷的冬天，他只穿着一件破棉袄在泥地上爬动着，鼻孔下永远地挂着两条青色的鼻涕。年纪稍长的时候，他跟着他母亲到田园上做工作，他的皮肤和筋骨以及他的意志便都在烈日和猛雨下面锻炼起来，锻炼得铁一般的坚强。

农村中斗争一开始，他便积极地参加。这其中经过了广大的农会的组织，英勇的抗租运动，对于土豪劣绅的驱逐，也经过了官兵的焚掠，白色恐怖的镇压，同志们的血腥的战斗。在最后，这斗争终归是获得伟大的胜利，在农村中建立了工农兵自己的政权。

在运动的初期中，阿九天真烂漫地在农会里面奔来跑去，脸上永远挂着笑。当大家分配工作给他做的时候，他便格外高兴起来。他能够贴标语，散传单，介绍会员，替农会作有力的宣传。而且在这些事情上面，他渐渐地认识了许多字，得到了许多知识。他渐渐地能够用他的粗大的腕拿起笔来写着，同志们，起来斗争。从那个时候起，他便知道农会不但是领导农民向土劣地主作战的大本营，同时也是一个组织严密的平民学校。是的，被压迫的人们只有从集团的作战的阵营里，从斗争中获得经验和知识，这便是他们的学校。除此以外，这旧社会里面，绝对地没有替他们预备下任何式样的学校了。

运动发展下去的时候，阿九的知识和工作能力都随着斗争经验有了长足的进展。他虽然不很能够说话，说话时，常有词不达意的地方，但他的认识是很正确的，他的工作代替了他的说话。在白色恐怖十分严重的期间，经过许久的流血的争斗，阿九更加明白统治阶级的罪恶，和晓得怎样去从艰苦的奋斗中，建立起自己作战的基本队伍。他从不晓得悲观，幻灭，动摇是怎么一回事情，因为这只是离开集团的个人主义者的玩意儿。阿九是在斗争中生长起来的，他始终跟着集团所指示的正确的路线跑。集团始终是积极的，前进的，因此阿九便也是始终是积极和前进的了。

当革命的形势发展，群众的力量，冲破了白色恐怖，工农兵终于用着自己的力量建立了自己的政权的时候，阿九便以一个战士的资格被选为这村里苏维埃常务委员会里面的一个委员了。现在，他已经不是一个小孩子，而是一个老练的指导者。他理解着最正确的政治路线，他明白工农兵的政权在这革命的阶段上有了多么重大的意义，同时他能够组织群众，动员群众和配置着旁的一切工作。

锦成叔回到村里来的时候，他相信整个的工农兵的力量，他相信没有清闲爷，没有地主，这对于农民是有利益的。但他不相信他的儿子。他不相信他的儿子能够管理全村，乃至管理他，儿子的老子！

231

"稚鸟哩！他晓得什么？几年前还是任我随意鞭打，在地上乱滚的小子，现在便做了常务委员了，岂有此理！"

当裕喜叔和鸡卵兄在他的面前称赞他的儿子能干的时候，他老是这样答复着。

他不愿意拿着好的神气对待他的儿子，他看不起他；但有时，他似乎又有点害怕他。他不敢再鞭打他了，他晓得他有了群众的力量，群众都拥护他。他不简单地是他自己的儿子，他是这村里的一个指导者了。

有一天，锦成叔看见他的老婆要到村中的一个什么妇女会出席去，这激怒他了。他拿起拳头来威吓她。他承认工农兵的政权，但他不承认他的老婆有出席什么妇女会的必要，他在等候吃饭，要是他的老婆出席什么鬼妇女会去，他便必须自己弄饭，这不是太糟糕吗？

出乎他的意料之外的，是他的老婆向他冷笑着。她的神色是很镇定的。她并不害怕他。

"岂有此理，这还成什么世界！妈的，我要你的命！"他在她的额上打了一下。

他的老婆一点也不示弱，她格开了他的手，用着教训的调子这样答复着他：

"蠢汉，你要认清楚这是什么时代！你拿什么权利来打我呢？你是这村里的一个最无耻的蠢汉！你对于工农兵政权的建设是连些微的力量也没有出过的！严格点说，你不配在这村里面生存下去的！"老婆在他的面前，很神气地掀起了衣袖，卷起了裤脚，露出许多在战场上得来的伤痕给他看，用着进攻的姿势这样继续着，"我们经过了两年多的斗争，我们和官兵打了几十次仗，我们有许多战死，有许多受伤。现在我们是胜利了，你便跑回来享福！你这样吃现成饭还不够，还想打人！啊！别再合着眼睛做梦吧，蠢汉！……"

锦成叔是气昏了。他没有想象到一个女人，他的老婆，可以这样来责骂他。可以说他是一个蠢汉，可以说他在做梦。这不太可恶吗？女人！他不能再忍耐了，他宁愿把他的老婆打死，再跑一次南洋。他不愿意他的老婆出席什么鬼妇女会。

他把他的老婆打跌在地下，用拳头向她乱捶。他的老婆却扭住他，用牙齿向他只是啮咬着。刚在这时候，儿子回来了。他还未跑进门的时候，便喘着气问：

"妈妈，为什么还不出席妇女会去呢？时间已经到了，今天是三八节！"

在阿九的面前，这场武剧是停止表演了。母亲出席妇女会去，父亲愤愤地蹲在门限旁边。

"爸爸，你这样做是不行的！在这苏维埃区域里面，男子打妇人的事情是绝对不容许的！"阿九这样地责问着他的父亲，一面还在用手拭着他脸上的汗。

"难道儿子便可以干涉老子吗？妈的！"锦成叔亢声答复着，他立刻又想跳起身来打他的儿子。但他忍耐着。

"可以的，儿子是可以干涉老子的。但我现在是用同志的资格来纠正你的错误！"阿九脸上挂着笑，温和地说。他毫不踌躇地拿出教育旁的同志的态度来教育他的父亲。在这新时代里面，老人们大都是跑错了路，所以是特别需要教育的。"爸爸，你要明白，喝酒和打老婆，这是农民的旧的生活方式，也是一切被压迫的人们的旧的生活方式。在那时，被压迫的人们始终找不到出路，他们的出路，只有饮酒和打老婆。他们始终寻不到幸福，他们的幸福也只有饮酒和打老婆。现在可就不同了。现在在我们的面前已经开拓了新的道路，我们已经有了新的生活方式。我们应该把我们所有的精力都拿来镇压反动和建设我们的事业了……"

"哼，旧的生活方式！"锦成叔狂笑着，用手捻着金色的胡子，眼睛发亮起来，"你们的新的什么生活方式，不是要活埋资本家，打倒地主吗？当老子在活埋资本家，剥着地主的皮的时候，你们还没有出世！"

阿九向着锦成叔点了一下头，恳挚地说：

"对的，爸爸你所说的是事实。当你在活埋资本家，剥着地主的皮的时候，我们诚然还没有出世。但当我们已经晓得用集团的力量，鼓动全体被压迫的民众起来推翻旧制度的时候，你还在迷恋着旧的斗争方式，这不能不算是你的落后。你要明白，你那样匹马单刀地蛮干，是绝对不能推翻整个的旧制度的。那种斗争的方式，只是农民的意识的反映，只是一种自然生长的斗争方式。现在我们绝对不需要那样蛮干了！"

锦成叔沉默着，他的儿子的说话，他虽然还有点觉得模糊，但他拿不出什么说话来反驳。他似乎领略了一种新的道理。他这样断论着：被压迫的人们已经用他们自己的力量建设了政权，他们都有了新的想头了。这是新的时代。他不能够再用旧的方法来对待他的儿子和他的老婆了。

……

裕喜叔现在已经没有了癫气，而且不很想念他的儿子了。集团的欢乐，使他忘记了个人的悲哀，他自己的儿子现在变成怎么样，这没有多大的关系；当他看到这村里面的孩子们都是这样幸福的时候，他的心里头便也感到快乐了。现在，他是绝对不会感到寂寞的。现在村里的生活是热闹的，在小组会上，在俱乐部里，在群众的集合上面，到处有了一种新的力量在催促人们前进，有了一种新的气象，在使人们快乐。没有经过谁的劝诱，裕喜叔无条件地把他自己的意志融合在这集团里面了。啊，伟大的，革命的力量！

他的老婆现在已经不是一个乞丐婆，而是妇女会里面的一个重要的人物了。她和锦成叔的老婆一样，对于这两年来的革命的斗争是有了很大的帮助的。她当过间谍，当过交通，在枪弹方面，做过许多英勇的事业。在旧社会里面，她是被看作连垃圾也比不上的秽物，在新社会中间，她却是一位光荣的女战士了。

做着这样光荣的女战士的丈夫的裕喜叔，他是很有理由可以快乐的。

可是，使裕喜叔即刻便理解了苏维埃的意义的，还是关于田地的问题。他并不会忘记，他从前所受的种种压迫和屈辱，把儿子卖光，让自己做酒鬼，妻做乞丐婆，全都是为着没有田地的缘故，全都是因为田地在清闲爷手里不让他耕种的缘故。现在地主是被打倒了，田地是由苏维埃公平地分配。

他得到田地了。

当他第一次再踏上他隔离了二十多年的田地上去的时候，他的心是怎样欢乐得在发跳。田地是他的血，他的肉，他的兄弟，现在他是把他的血，他的肉，他的兄弟得到了。"啊，死也要拥护苏维埃，她好比是我的亲娘！"裕喜叔自语着，他在田地上乱跳乱舞。

他和旁的农夫们在一道耕种。他们一面在工作，一面在谈笑。他们不再担心欠租，不再担心被"吊佃"了。他们的前面，展开着无限大的希望，他们不但要把田地耕种好，而且要把世界改造好。他们现在是人类了，绝对地不是牛马！

一望无际的田野上，浮耀着碧绿而有活气的颜色。沟涧间的流水也在奏着一种快乐的音调。春鸠在啼叫着，牧童在唱着歌，农夫们在劳动着，朝阳在照耀着，这一切都令裕喜叔感觉到新鲜，活泼，有生气。他开始感觉到大地上的春天的力量。他的心情恍惚也回复到青春的时代上去。值得赞美的苏维埃区域内的春天啊！只有这样的春天才是被压迫的人们所有的！

裕喜叔从此没有癫气了，人们不再叫他做癫裕喜。人们叫他做裕喜同志！

……

鸡卵兄在南洋的时候，曾经听见人们说，世界上到处都有了布尔塞维克，而这样的布尔塞维克是一种吃人的怪物。他觉得很担心，他生怕有一天他会碰到布尔塞维克，被它吞去。鸡卵兄虽然是贫穷，虽然到处在过着奴隶的生活，但他还是怕死啊。他不愿意被怪物吞去。

后来，他又听到一个不幸的消息，说是他的故乡已经被布尔塞维克占领了去，布尔塞维克是很厉害不过的，不久它就要来占领全中国，而且占领全世界。于是，鸡卵兄整天在忧愁着，他跟着有钱的人们在一道诅咒着布尔塞维克。他觉得他虽然不能够和有钱人一样地享着其他一切的权利，但至少这诅咒布尔塞维克的权利他是可以享到的。

可是，他的估计是完全错误的啊。

他在一间工厂里面做工，这工厂里面整天在翻着皮带，转着机轮，闪着火花，工友们黑脸长发，像鬼物一般地在里面走动着。人们传说这里面有了许多布尔塞维克。鸡卵兄是很担心的，他极力地避开一切在他想象里认为差不多便是布尔塞维克的人们。可是，有一天，这工厂忽而罢工了。

厂主勾结捕房来抓众工。成批成批，不问理由地抓了去，鸡卵兄也被抓去了。他们都被叫作布尔塞维克。鸡卵兄也被称作一个布尔塞维克。这样，鸡卵兄很快地便明白了布尔塞维克的意义了。

"在有钱人的眼里，凡是穷苦被压迫的人们，都是布尔塞维克！"他得到了这样的结论，他现在明白了他没有权利来诅咒布尔塞维克了。在监狱里面，他听到了许多布尔塞维克的说话，演说，和他们一道在唱着布尔塞维克的歌。

直至他从监狱里面被释放出来，他便成为一个真正的布尔塞维克了。

"啊，布尔塞维克！布尔塞维克！伟大的布尔塞维克！"在一切被压迫的人们面前，他公开而且勇敢地在提倡着布尔塞维克，向他们喊出这样的口号来了。

他以一个布尔塞维克的资格回到他的故乡来。不是要来享福，而是要来帮助同志们建立革命的事业。

现在，他的"状元才"是得到用处了。他会写很好看的标语，而且会教着人们怎样去写。他会教人怎样去认识字。这认识字的目标不是去读《三国演义》，而是去读通告，读刊物。在这乡村里面，他成功了一个很好的教师了。

旧时和锦成叔、裕喜叔一道饮酒的地方，已经改成平民夜校。每晚有了二十个学生以上，在这里面，热烈而迫切地学习着他们的功课。鸡卵兄在这里面做教师，锦成叔、裕喜叔是他的学生，这夜校里面，别的老头子也并不少的。老人们也需要学习，因为被压迫的人们是更加迫切地需要知识的啊！

鸡卵兄的老婆，也在这样的夜校里面读书。她现在已经变成一个脾气很好的人物，从不再来咒骂鸡卵兄，或者拿起扫帚杆来打他。她对他老是现着笑脸。差不多要来在人家面前，公开叫他"亲爱的"了！

……

村中开了这样的一个群众大会。会场上人山人海。这山和海有时是屹立着，静默着；有时却是翻腾着，叫喊着。

"选举代表出席全国苏维埃会议！"会场的门口横着这样一条红布白字的标题。会场里面，血色的旗帜，鲜明地在空中飞扬着。少年先锋队持着木杆在维持着会场的秩序。主席台是从平地上搭起来的好像演社戏时的戏台一般。

这差不多是和平时演社戏时一样热闹，所不同的只是群众已经有了组织，而且他们都充满了热烈的、革命的情绪。

群众中有了统一的意志，这意志便是和各地的革命势力汇合在一块，去××××和××××。

锦成叔、裕喜叔和鸡卵兄都在一道地站立着，他们的脸孔上都挂着稚气的笑容。他们在乱唱，乱叫着。

"旧世界打他个落花流水！"

"引他纳逊儿，明天就一定要实现！"

铃声在响着，群众都肃静起来。

主席在宣布开会的理由了。

主席是个年青的工人同志，是个魁梧奇伟的人物。他的声音异常响亮，尤其是当他在喊着同志们——这一句的时候，声音是特别响，而且很使人感动……

他一开始便举出许多事实，说明世界的以及中国的革命的高潮。其次便说明在这高潮当中，对于一切的斗争都应该取着进攻的策略。最后，他才详细地说明这一次全国苏维埃代表会议的重要的意义。

"这是我们消灭军阀战争，武装××，深入土地革命，×××××的一个最有意义的会议！"他这样结论着。

跟着便是一些热烈的口号。

跟着，便是阿九的演讲。在这一场演讲当中，他使群众都受了激动。连锦成叔亦不禁点着头，跟着群众狂热地鼓掌……

选举的时候，阿九中了选。

群众都相信，这一次的会议能够使革命的斗争更加深入而且扩大；都相信这一次的会议可以转变中国的命运。锦成叔、裕喜叔、鸡卵兄也都这样相信着。

这是儿子时代的斗争方式。

他们对于那一次三个人的放火，烧屋，打倒围墙的把戏，都感觉到好笑。像那样的斗争方式，已经像古物馆里面的东西一样不中用了。

群众在呼喊着口号。

群众在唱着革命歌。

群众在游行着。

于是这大海是在翻腾着，咆哮着，叫喊着了！

在木筏上

　　约莫是夏天的季候，在日光像熔炉里的火舌一样灼热，船头上有一些白烟在升腾着的一天，我被一只小艇载到M河岸边，在B京对面的这木筏上面来。这时我被几个同乡的农民惊异地接待着了。

　　"呀，得源，你来？"他们都睁大着眼睛在凝视着我，先由黑米叔伸出他的粗大的臂膀，把我从小艇上挽起来，一若我是一个小孩子似的。

　　"得源！"我的堂兄旭高从艇上替我拿起那破旧的包裹——那被挟在他的肋下显出异常的细小——脸上挂着疑信兼半的笑容。他的心里头似乎在说："你怎样也会到这儿来呢？"

　　跟着是"得源兄！得源叔！得源！"这名字在这木筏上响了一回，竖弓，妹子，亚木，粗狗次第都各叫着我一声。

　　"得源叔，这破市篮！啊！"亚木现出感慨的态度，闪动着他的眼皮上有了疤痕的眼睛，从我的肘上把我的市篮抢下，丢进一个角落里面去。

　　他们的这种亲热的表情，使我周身感觉到暖和，使我登时忘记了数万里长途飘泊的疲乏。同时，我一样地是为他们所惊异，我怎样也想不出他们为什么不好好地在乡中耕田，偏要到这儿来干什么呀。

"啊！你们都来？干什么勾当呢？"我劈头便是这一句。他们都哑默着，有的脸上挂着苦笑，只有鲁莽的旭高睁大着他的带血的眼睛，用着愤怒似的口气说："来？不来这里，到哪里去呢？"

亚木解释着说："得源兄，乡中真是支离破碎呀！又水旱，又怕匪乱！……"

粗狗插着嘴说："不到这儿来便要饿死了！"

这时候，筏上的老板，爽聘，他是个年纪三十余岁，面部有如放大的泥人一般的我的同乡，在柜头旁边带着忙碌不过的态度站起身来向着我说："来呀？得源。"跟着，脸上带着苦容——怕麻烦又怕碰到事情来的苦容——便又坐下去记着他的账了。

木筏面水这边有许多筐咸鱼，里边有了许多很大袋的一袋一袋的东西。楼板擦得很是光滑，河里面的水影跟着日影一道跑进来在这地板上面跳跃着。

……

住在这木筏上以后，我和他们算是度了同样的生活，他们的脾气和性格我愈加懂得多一点，我的心便愈和他们结合起来了。这木筏像一个大鸟笼似的，它把我们从偌大的世界中攫取来关在它的里面，好像我们是不适宜于在这鸟笼外面生存似的。同时像关在笼里面的鸟喜欢叫着一般，我们彼此间都喜欢说话。真的，在这样的时候，我们彼此间觉得说说话，发发脾气是差不多和吃饭一样的重要啊。

这天我们照例又是谈起话来，门外下着大雨，屋背的木板（全屋都是用木板筑成的）用着全力在抵抗着那粗暴而且激怒的雨点，迸发出一种又复杂，又合一，又悲壮，又苍凉的声音来。从窗外望出去，M河迷濛着，浪花掺杂着雨点，白茫茫混成一片，这是多么有趣的景色啊。但受到这种声音的激动的怕只有我一个人，他们的脸上的表情都丝毫也没有改变的，我知道他们从小就被残酷的现实生活所压损，再没有闲情来领略这大自然的美丽啊。在他们以为下了大雨天气便会凉些，那便是一切了。但，这倒没有什么关系，因为我们彼此间实有了共通之点，那便是同是离乡别井的流浪者，同是在人篱下的寄食者，因此我们彼此间总觉得异常亲热，谈话的时候，也特别谈得痛快些了。

　　我们彼此拥挤地坐在这木筏上的后房（我们晚上便都在这里睡觉的；这儿没有蚊子，晚上只躺在地板上便够，用不着睡具）。旭高望着我们说：“数一数寄回家去的‘番批’①！”他的态度似滑稽又似庄严，似快乐又似悲伤。他的枣色的脸孔上近唇边的一粒黑痣上的毛，跟着他的唇在移动着，这好像是在戏谑着这说话的主人公似的。

　　“臭虎！天天在数着‘番批’，不怕激怒你的老子吗？你这臭虎！”黑米叔用着手掌拍着他的屁股，在他的身边蹲下去，看着他的“番批”。他的面孔几乎像“吉宁人”一样黑，身材比较细小而坚实。

　　“没有钱寄回去，数一数‘番批’开开心！”旭高用着解释的神气说，把他的两只手捧着“番批”在念着，“……兹寄去大

---

① 番批，闽南方言，指海外华侨汇寄给国内亲属的汇款并家信，是一种汇、信合体的特殊邮传方式，也称“侨批”。

洋××元，以为家中之用……"

"'臭虎'！不要念吧！"竖弓尖着他的嘴唇，半恳求半阻止地走上前去抢着他的"番批"，"我们连'平安批'都还没有寄一张回家去啊！"

"唉！我已经不知多久没有寄钱回家去了！……"黑米叔怅然地从旭高身边退下，坐到地板上去。他的黑漆有光的眼睛似乎微微地湿了，但他这回的态度却变成更加愤怒了。他磨着他的牙齿，圆睁着他的眼睛，欹扬着他的头说："'你妈给我×的，'赚几个臭钱，这么辛苦！……"

大家见他这样动气和伤心都沉默了，他却作着冷笑说：

"我不信，我这个人连老婆和儿子都养活不起！他们那些发了财的'×母'，哪一个强似我啊？他们有什么鸟本事呢！……"

"你，你没有他们那么好的命运呢！"旭高照旧蹲踞着，安静地说，他的表情看不出是在安慰他，还是在嘲笑他。

"命运！鸟命运！为什么他们有好命运！我们便没有好命运呢！"黑米叔用着鸣不平的口气说，他的周身的坚强的筋肉都似乎在替这位主人抱着不平。

原来旭高和黑米叔到这B埠来，差不多都已经快一年了，他们自从上次从"山巴"内面"行船"回来以后，便没有事做，在这木筏上做"寄食者"也已经快一个多月了。旭高的年纪比我大五岁——三十岁——身材却比我高大了差不多一倍。他自小就没有父亲，他的母亲有了四五亩田园。旭高十二岁至十五岁是我的私塾同学，那时他很顽皮，最喜欢趁"塾师先生"睡去，在他的辫子上结着一只用纸画成的大龟。往后，他没有读书了，他很喜欢在晚上到邻乡去看看社戏，同时喜欢在戏台前和人家打架。约莫二十三四岁的时候，他讨了一个老婆，从此以后他便很肯努力着田园上的工作。但天知道那是什么缘故，他的田园一年一年地变成完全为课税和捐款之用，而且渐渐地被富人们收买完了。最后，他只得抛弃了他的瞎了眼睛的母亲，和离别了两个突突然的乳头的老婆跑到这B埠来。据他自己说，他是想拿着锄头到B埠来发掘金矿的。然而他自到南洋以来，所度的只是一种矿坑下的生活，金子却不知道到哪里发掘去呢？他一到B埠时，开始便在这木筏上"寄食"，往后他便替这筏"行船"到"山巴"里面去——载着这筏上的槟榔、辣椒、蔗糖、咸鱼、烟、茶等等到内地和土人交换米谷去。做这种生意是不容易的，有许多人白白地被土人杀死了呢。做着这种生意本来是全然为着这筏卖死力的，赚来的钱，是归这筏主人的，他只可以得到很少的工钱。但当没有"行船"的时候，他只得又在这木筏上"寄食"，因此这木筏的主人，居然又是他的恩主了！

黑米叔年纪约莫四十岁了，我在儿童的时候觉得他似乎很高，现在站起身来，他却比我矮了一个拳头了。他的妻年轻的时候是被称为美人的，我在差不多十岁的时候，时常看见她的两只眼睛在暗室里发光。现在呢，我已经许久不回家去了，不知道他的夫人变得怎样；但我想无论如何，黑米叔之离开家庭一定不是出于自己愿意的，因为他差不多天天都在记念着她啊！他自小便在替别人家耕田，等到禾谷成熟的时候，一担一担地挑到人家的家里去。他自己却时常没有饭吃。到B埠以后，他和旭高一道在"行船"，——这便是他为什么把面孔晒得那么黑的缘故——一同依着这筏主以为活！（这筏主是他的堂侄，但"臭钱"使他的

244

堂侄变成了他的恩主！这恩主给他很多苦工做，但给他很少很少的工钱！）

这时坐在黑米叔对面的亚木深深地被黑米叔所感动着了，他睁大着他的忧愁的眼睛，张着粗厚的嘴唇忠厚地说："黑米叔，黑米婶在家很凄惨呢！她现在是每餐都要到邻家借柴借米呀，她天天在咒骂你，说你负心呢！她说你一定在外面讨小老婆！忘记了她了！但是你的儿子都很乖，我向他们说：'你们的爸爸到哪里去了？'他们都向着我答：'到番邦赚钱去哩！'……"

黑米叔摇着头说："这也很难怪她在咒骂着我呀！……"以下他便说不下去，他的声音哽咽着了。

旭高这回却气愤起来，他用力在竖弓的肩上打了一下，借以加强他的说话的语气说："狗种呀，做劫贼去吧！"

跟着他从他的衣袋里抽出一条指头般大小的木条，顶端扎着一束红丝线，很神秘地说："这是很灵验的'Kown'头①，不怕刀枪的！"说过后，他又是很神秘地把它拿到唇边呵了一口气，迅速地拿到头上打了几个旋转，于是神气十足地把它收藏起来了。

"臭虎！值得这样贵重，这又比不上'番批'呀！"竖弓俏皮地在把这巫术者讽刺着，他的两颊很肥，颜色又很赤，所以看起来倒像是庙里的红面菩萨一般！

"比不上'番批'，比不上'番批'！你这'狗种'不知道这儿赚钱艰难，要来这儿'×母'吗？依我说，你这'臭颇髀屎

---

① "Kown"头，也写作"愤头"，译音，是当时流行于东南亚的一种巫术。传说此术能使刀枪不入，或使妇女可获丈夫专宠。

人'① 还是在家里'咬虱'好！"旭高叱着他，用着拳头向他恫吓着。

"你在讲屁话！家中有饭吃，谁个喜欢到这里来寻死！"竖弓反抗地说，他的眼睛完全变成白色了，"旧年做了两回'大水'，今年旱了半年，一切'收成'都没有，官厅只知道'落乡'逼'完粮'，完到民国二十四年，又来逼收惩匪捐，缓缴几天便会……臭虎！看你说嘴！便是你在乡中，你可抵得住吗？臭虎你啊！"

"真是哩！……竖弓、亚木、妹子和我都因为……才不顾死活便逃到这里哩！"粗狗用着和平的口吻赞同着说，他把他的巨大的头点了又点，像要借此去感化着旭高似的。

"你们为什么不替他们对打起仗来呢！你们这些臭虎！"旭高暴躁地说，他弓起他的有力的臂膀，睁着他的血色的眼睛，似乎觉得对于打仗是万分有把握的样子。过一会，他却自己嘲笑着自己似的，大声地笑将起来了。

这时候，大家都沉默着，雨却依旧在下着，而且似乎下得更大了。但这回我再也不会把我的头伸出窗外去看一看江景了。他们的说话震动我的灵魂，那气势是比这狂暴的雨点更加有力些！他们一个个的家境我通是很明白的。他们都是在过着牛马似的生活。他们的骨子里的膏髓都被社会上的吸血鬼吸去。他们的全部的劳力都归于徒然，他们的祖先，他们的父亲，他们自己，甚至于将来的他们的儿子！……

亚木、妹子、竖弓、粗狗，都是和我住得很近，在乡村间。

---

① 这是粗野下流的骂人话。"屎人"同"死人"。

亚木的母亲是个裂耳朵的老寡妇，她的职业是，不计早晚，手上拿着"猪屎篮"和"屎耙"到各处把起猪屎——这可以做肥田料之用，可以把它卖给耕田的人的。亚木自小便很孝顺他的母亲，提着小"猪屎篮"和小"屎耙"跟着他的母亲到各处去耙起猪粪。在乡中的时候，我们替他起了一个诨号叫"猪屎"的。妹子是我的堂侄，他的父亲喜欢喝酒和抽鸦片，把全家弄得支离破散，——他卖了两个儿子，剩下来的两个，较大的在邻乡（行船），小的这个便是妹子自己了。——但照他自己的解释，他便是不喝酒和不抽鸦片烟对于家计也是没有办法的。他能够举出许多例来证明许多许多的没有喝酒和抽鸦片烟的人也和他一样穷。竖弓的父亲已经死去了许久了，他也是一个出名的红面菩萨。粗狗的父亲和母亲都很忠厚，粗狗也很忠厚，因为他自小头发便有几条是白的，所以人家都叫他做"粗狗"——照我的乡下人的解释，粗狗这名字，是指杂而不纯之意。

　　静默在我们中间展开着，我们似乎都变成了化石。骤然间，黑米叔用着刚从梦中醒来的神气说："得源，你为什么愿意去干着那样的事体呢？不是阿叔想沾你的光，你读了这么多的书，大学也毕业了，本事也大了，要多赚一些钱寄回家去才好呀！你的父母都是穷光蛋，你要知道穷人是不易过活的啊！"他这时从他的耳朵上拿下来一粒药丸似的乌烟在他的牙齿上磨擦着，态度很是仁慈。

　　"对呀！得源！你连大学也毕业了，为什么不去做官呢？"旭高张着疑问的眼睛望着我，但他的态度却显出异样的孩子气，好像害怕他这句话或许会说错了似的。

　　这回妹子也说话了，他似乎在守候了很久，直至这时才得到这说话的机会似的。他的年纪约莫二十岁，身体很不健康，两只眼睛无论怎样出力睁着也睁不大开。"得源叔，老婶天天在家中捶胸顿足地啼哭，她要老叔到外面来把你找回去哩！她每回听见城市上拿了学堂生或是自由女去'打铳'的时候，她便哭着向老叔要儿子！她差不多完全发疯了！得源叔，我这回从唐山到这儿来，她千叮咛，万嘱咐，要我替她把你找个下落呢！……得源叔，依我的说话，你还是偷偷地跑回去一下好呢。"妹子说得怪伤心了，他出力地张一张他的疲乏的眼皮，定定地望着我。

亚木，粗狗，竖弓，都在替我伤心，他们都亲眼看见我的母亲的疯疯癫癫的形状，听见她的疯疯癫癫的说话。他们都不约而同地向着我说："对呀，你应该回去一下呀！"

也许我是太伤心了，我只是咬紧我的嘴唇，把我的沉重的头安放在我的手肘上，一句话也说不出来。实在呢，我不知道要怎样置答才好。我的心里头的话是太多了，以至于挤塞着了，这反使我不容易把它们发表出来。我将向他们说出这个社会是怎样黑暗，现阶段的资本制度是怎样罪恶，他们为什么会那样受苦，而我为什么会去干着那样的事体吗？我将告诉他们说当这全体被压逼的兄弟们还没有家可归的时候，虽然我的母亲是疯了，我独自个人回去是回不成功吗？这些问题是太复杂了，不是一下子便可以讲明白的。所以，我对着他们只好摇着头。

加倍使我伤心的，是我看见我的侄子的那种疲乏的神情，要是有钱人，老早便应该被送到医院大大医治一下的，而他呢，连好好地在家里耕田还不能够，抱着病跑到这B埠来。同时呢，他似乎还不知道他自己的悲惨的命运，他还在替我伤心，这有什么话讲呢？于是，我不自觉地这样喊出来："妹子，我是不能够回去的！但是你打算怎样过活呢？你的身体是这样糟的！"

妹子显然是很受到感动了，他说："一连病了十几天，又没有钱医！家也回不成了！事体又找不到！……"

"便是回家去，难道你便有钱医病吗？死在'番邦'，死在'唐山'，不同样是死吗？不要害怕！臭虎！"旭高用着他的有力的手掌抓住了妹子的头发，摇了几下，便又放松了，于是狂笑着，这在他便算是对于同伴的细腻的安慰了。

妹子也惨笑着，躺下地板去，合着眼睛在睡着。

我沉默而又温柔地抚着他的背，这便是我所能够帮助他的一切了！

雨还是没有停止，河水增高了几尺了，但这不全然是为着雨，大半是为着潮涨的缘故。我们不高兴再去说起这种伤心的说话了，因为这样说得太多了时，对于我们似乎是一种莫大的耻辱。

"到外面洗身去吧！吁唅！"旭高忽而站起身来高喊着，从角落里拿起一条大浴巾来——这种大浴巾可以卷在头上做头巾，可以围在下身做"纱龙"，可以横在腰上做腰带各种用途的。

"臭虎！去便去！"黑米叔也站起身来，脸上挂着天真的笑容，把他刚才的忧愁全部都忘记了。

在B埠这儿，每天洗几次身，这是一种必要，而且也是一种风俗。于是不顾雨是怎样下着，我们次第地都把衣衫脱光，围着大围巾，成行地走向筏外的步道上去。老板爽聘和平时一样地坐在柜头上，正和一个顾客在谈着话。他下意识用着怀疑的眼光在望着我，心里头是在说："看！你这个不成器的大学毕业生！"可是，我却旁若无人地跟着这队"寄食者"走出去。

249

筏外面的这步道也是由木板做成的，它的低级的十几级都浸在水里面，只有最高的两级还是现出水外来。这时候，这木筏的地板距离水面还不够一尺高，像即刻全部便都要沉入水中去似的。景象是美丽极了，雄壮极了，极目只有像欲坠下来的天空，像在水面上漂浮着的许多远远近近的树林，房屋和木筏，在河心与岸际跳跃着的许多小艇，艇上面有着周身发着油漆气味，口嚼着槟榔、茗叶①的土人，男的和女的，而这一切都笼罩着在粗暴而又雄健的雨点之中。

我们都欢跃着先后地跳下河里面来，急激的波浪把我们的躯体冲击着，剥夺着，压制着，但我们却时时刻刻都保持着把我们的头颅伸出水面之外。河流不能淹没我们，也正如悲哀不能淹没我们一样。

我们呼号着，叫喊着，把手掌痛击着浪花，我们藐视着这滔滔的河流，我们都暗暗地在赞颂着我们自己的雄健的身体。有着这，我们是能够把一切困难逐渐征服的啊！

黑米叔游水的姿势好像一只鸭，纤徐地，坚定地，自负地，浮向前面去。旭高显出像野马一样矫健，他时时腾跃起在各个浪头之上。他一面游泳着，一面高声唱着：

"水里面的海龙王啊，

请把你的皇位让给你的老子！"

亚木弓起他的屁股来，好像看不起一切似的在用着滑稽的眼

---

① 马来语，即槟榔树叶。

色看着我们。竖弓把他的两掌上的两个拇指放置到头顶上去，全身在蠕动着，像在爬着的虫一般。忽然间，粗狗游泳到他的身边去，不提防地碰撞了他一下。他便竖起头来，伸长着他的臂膀把粗狗连头盖面地压到水中去。但只一瞬间不知粗狗从他的下面怎样一拉，竖弓自己把头沉没到水中去，回时粗狗却高高地骑在他的身上，于是我们都大笑起来了。

同时，妹子因为身体不大好，只在步道旁边浸了一会，便先自起身去了。……

过了两个星期，这筏上的老板爽聘对待我们更加刻薄起来，甚至于时时把我们冷嘲热讽，说要是这样继续下去，不久他的生意便只好收歇了。我们都感觉这比一切的屈辱都要难受些，于是我们都愿意从这鸟笼飞到广大的世界外面去，虽然我们知道那也只是一种沉重的压逼。

在洪流中

村中满了洪水，官兵不容易到来，阿进的母亲觉得不十分担心，这几天她老人家的脸上可算是有点笑容了。本来是瘦得像一条鬼影的她，在她多骨的面孔上投上了一阵笑的光辉，反而觉得有点阴惨可怕。然而，这在阿进，总算是一种说不出来的安慰，因为他的母亲发笑的时候实在是太少啊。她在二十四岁那年，阿进的父亲给地主二老爹拿去知县衙门坐监，后来被说是土匪拿去砍头以后，一直到现在——她老人家已经是六十岁了——便很少发笑过。她寻常总是把牙齿咬着嘴唇，用着她的坚定而多虑的眼睛看着各件事物，表情总是很阴沉的。她很有一种力量——一种农妇特有的坚强不屈的力量——但这种力量好像是深沉的，表面却平静着的海水一般，很不容易被看出来的。用着这种力量，她以一个寡妇的资格，支持了三十多年的家计：水灾，旱灾，地主的剥削，官厅的压逼，都不能够磨折她。虽然她是吃了许多苦头，但她很少啼喊过；而且这些苦头，只把她磨炼得像一具铜像，在各种险恶的浪潮中，她只是屹然不动呢。但这一回可不同了，她的儿子在像这样的社会上，又算是犯了所谓滔天的大罪了。

她真是不知道触到了什么霉头，三十多年前，她的丈夫被说是什么土匪砍了头；现在她的儿子又被说是什么农匪，无处栖身了。她没有读过书，不大知道土匪和农匪到底是作何解释，但是她彻骨地感觉到凡是被地主和官厅剥削得太利害，敢于起来说几句话或者表示反对的便会被叫作土匪或农匪——这样的土匪和农匪便会被拿去砍头和"打靶"呢。

可是现在总算是不幸中的幸运，他的儿子刚从一个新近才被烧去的农村中逃回来，村中却好做了"大水"，这样一来，她老人家便觉得这滔滔的洪水，倒好像是保护她的儿子的铁墙，再用不着什么害怕了。所以，这几天晚上，她老人家都睡得很熟呢。

这是六月的时候，白天间太阳光照射在一望无涯的洪水上面，淡淡地腾上了一些轻烟。村里的居民都住在楼上，有的因为楼上也淹没了，甚至于住在屋脊上面。因为人类毕竟是喜欢空气和日光的动物，所以在各家的屋脊上走来走去的人物特别来得多。在彼此距离不远的这屋脊和那屋脊间总是架上了一些木板，借着这种交通的方法，各户的人家都可以往来自如的。此外，还有一些木排和竹排或近或远地在荡动着。年轻一点的农民，总喜欢坐着这些木排和竹排在传着东西，或者到野外采取一些果实，捞取一些木薪，表情大都是很活泼而且充满着游戏的神气的。在像这样久久地埋没在地主和官厅的联合的逼压底下的农村，穷困的生活已经不能使他们骇怕①，每一种临到他们头上的灾祸都不能

---

① 同"害怕"。

怎样地使他们灰心丧气。在他们的眼里看起来，做"大水"诚然是苦的，但是没有做"大水"，他们也不会有更好一些的生活呀。

村外的甘蔗林和麻林，都探头探脑地在无涯的水面上颠摇着，好像是在叹着气似的。矮一点的禾穡，却老早便已淹没在水里面去了。比较有生气的，还是一些高大的树，和耸出空间的竹，它们似乎都是襄着它们的碧绿的衣裳在涉着水似的。天气格外凉些，鸡啼狗吠的声音也格外少了些，因而全村觉得静默了许多了。

夜间，星月的光辉，冷冷地照射在水面上，黑的阴影薄纱似的覆在各家的檐下和屋脊的侧面。天宇显示出低了一些，洪水似乎携着恶意，不久便要把它浸没了似的。

阿进的屋子的位置，刚在地主二老爹的华夏的后面。二老爹已经死了，二老爹的儿子也还是一位老爹，他在一个什么中学毕了业，老早便做了村中唯一的绅士。他的年纪还不到三十岁，已经留下了两撇胡子了，据说当绅士的有了胡子比较有威风些。这几天，小二老爹家里，不停歇地在弹奏着音乐，小二老爹的从城里买来的侍妾都在唱着怪腻腻的"十八摸"一类的曲调呢。小二老爹时常燃着他的稍为稀疏了一点的胡子，在尊敬他的一些农民中间说：

"做'大水'倒是一件好运气，大家都用不到做工，都可以享一点闲福的。"

阿进家中的楼上已经有了尺来高的水，但他不敢到屋脊上跑走去。他没有这种权利。白天他老是坐在一支垫在凳子上的箱子上面，晚上他便睡在一板用绳子悬在梁上的尺来阔的木板上。每餐的饭都是由他的母亲从天窗爬到屋脊上而去弄的，碰到风雨的时候，简直不能造饭，他们便只好捱饿了。但这捱饿的事情在阿进的母亲眼里看起来，算不得什么一回事了。只要她的儿子平安，余外的都是不成问题的。

本来她是一个很有计算的人物，她时常在替阿进设想一个藏身的去处。有一回她说倘若官兵真个来了的时候，阿进最好是躲在角落里的那堆干稻草中，另一回她又说最好是藏匿在一个透了空气的大柜里面。后来，她觉得这些都不妥，她便吩咐了几个和她要好的农妇，要她们替她留心，做她的耳目，倘若官兵坐着船从村前到来的时候，她们便该赶速来向她报告，预先把阿进藏到邻家去。

晚上在像豆一般大小的洋油灯下，人影巨人似的倒在楼上的水里。这里面除开一些悬在梁上的破布袋，一些零用的杂物，和一些叠在凳子上的衣箱而外，其余的都浸没在水中。藏豆的白钵罐被涨破了，不及拿走的火炉被浸溶了，忘记入水的水缸被撞破了，一樽洋油被打翻了，满满地浮在水面上。可是这些都不会惹起阿进的母亲的悲哀，她觉得即使没有那些，她仍然是可以生活下去的。她所最开心的，只有她的儿子阿进。差不多是成了惯例，每晚她都幽幽地向着阿进说：

"儿啊！靠神天庇佑，平安便好了。现在的天年是'剥削人口'的天年呀。"呆呆地凝视着阿进，眼泪萦着她的眼睫，她会继续着说，"儿呀！那些事情做也是做不了的。你的娘看看便来不中用了，家庭你是再也离不得的啊。"

在这样的时候，阿进觉得是最苦的。他宁愿他的母亲打他，或者骂他。本来从前读过几年私塾，这两年来又经过了训练的他，对于为什么要那么干的理由，是懂得很多的了，但是他总觉得很难用那些话头来说服他的母亲呢。他一看见她的眼泪，他的说话便滞涩起来了，虽然他能够在群众大会的会场上演说了一大篇……

这天晚上，阿进的母亲，在翻着衣箱，无意间翻到一两件她的丈夫剩下来的旧衣衫，呆呆地注视了一会之后，她便发狂似的挽着阿进的耳朵，喘着气说：

"……一家人看看都要这样死完了！……"跟着，她便把她的头埋在那两件旧衣里面，似乎欲把她的整个的躯体缓缓地钻进了去似的。

阿进咬着他的苍白的，薄薄的嘴唇，摇着他的细小的头颅，张翕着他的稀疏的眉毛，用着哭声说：

"母亲呀！……我是不会这样死的啊！"跟着，他温柔地在捶着他的母亲的腰。

这回，他的母亲却放声地哭出来了。她神志不清地紧抱着她的儿子，好像在抱着一个婴孩似的。"母亲，你要保重点！"阿进抚着他的母亲的灰白的头发。

阿进的母亲哭得更利害了，她的儿子的温暖的说话使她全身心，全灵魂都融解①在一种悲哀的快乐里。

"儿呀，我不允许你再到外面去的呀！"在这一刹那间，她感觉到她的儿子已经从茫茫的世界上跑回到她的怀里来了。

刚在这个时候，从远一点的地方，沉沉地传来了一些枪炮声，阿进知道他们又在剿乡了，异常的悲愤。同时他的母亲亦听到了这些声音，她用着一种悲天悯人的态度说：

---

① 同"溶解"。

"儿呀！你听！这又是枪炮声！靠神天庇佑，平安便好了。现在的天年是'剥削人口'的天年呀。……做'大水'还好些，官兵不容易到来呀！"

看来似乎是专在和这些农民作对似的，洪水不涨不退地一天天老是维持着原状。大家都恐慌起来了，许多人已经没有粮食了，虽然每天都有卖米的和卖食物的小生意人划着船到这里来。小二老爹依旧和他的侍妾，每天在唱着他们的"十八摸"，而且每餐都在吃着肥肥的猪肉。他还想出了一种救济邻人的办法，那便是只要有房屋和园田做担保的叔孙们都可以向他"生钱"，利息是连母带子，十日一叠。假如向他借一块钱，一个月不能还他，便是欠他两块。两个月便四块，三个月便八块了。

青年农民现在不大坐着"木排"和"竹排"到村外面去了，儿童们因为争吃食物而啼哭着的声音，和母亲们的尖锐的吵闹的声音混成一片。这使全村显出异常的惨淡，但这也只是惨淡而已，这些农民的心里头依旧不会惊慌，他们都相信这洪水不久便会退去，他们将依然可以生活下去。

阿进的家里已经把最后的米都吃光了。他们每餐都在吃着番薯。

这日午间，阿进的母亲正蹲在屋脊的火炉前在炊着番薯的时候，瑞清嫂连哭带骂地从对面的屋脊上踏着一条木板走过来。

"天追的！……挨饿又要挨打！……你看那'白虎'多么枭，一下一下地用脚尖踢着我的心肝头！……呃呃呃！……"

在乡村间，妇人们啼啼哭哭，这是很平常的事情，因而这并不会特别惹起人家的注意的。当瑞清嫂走到阿进的母亲身边的时候，阿进的母亲用着安慰的口吻问着她说：

“瑞清嫂，为着什么事情呢？”

瑞清嫂坐在阿进的母亲的旁边，抽咽着说：

“什么事，那‘白虎’打人是不用看日子的。老婶，你这里有跌打损伤胡膏药吗？唉！我的心肝头有了一巴掌大小都青肿起来了。”

“有怕有一块吧。我忘记丢在什么地方去了。等下子，我去找一找吧。”阿进的母亲用着一种抚慰小孩的口吻说。

瑞清嫂是个阔面孔、躯体笨重的三十多岁的妇人。头顶上，有了一块大大的疤痕，上面没有头发，只得用“乌烟”把它漆黑。这时她在火炉前面，帮着阿进的母亲把“菁骨”送到炉门里去。她似乎已经得到了不小的安慰似的，抽咽的声音渐渐低微些了，口里却还在喃喃地咒骂着。

“老婶，你看那‘白虎’枭横不枭横呢！他在书斋头和乾喜老叔、独目鹅叔、阿五、阿六一群人在争闹着这回为什么会崩堤。争闹了大半天。这不是肚子太饱吗？那乾喜老叔说这回的事情完全被湖子乡弄糟；独目鹅叔又说是因为溪前乡太偷懒了，才有此祸；那阿五说是禽母‘乡绅’打铜锣打得不响，那阿六又说是因为堵堤的‘人仔’不出力。那‘白虎’，自作聪明，他抢白说别人说的话都不对，崩堤是因为南洋汇来的几十万筑堤的捐款，都被民团总办和各乡的绅士拿去，以致堤里面没有下着‘龙骨’，才会这样容易崩坏。他不该昏头昏脑地又说‘那家人’——指小二老爹——也领到一笔款。那‘白虎’，说话也不顾前后，他不知道乾喜老叔是‘那家人’的爪牙。自然啦，乾喜老叔翻脸了，他禽父禽母地骂着那‘白虎’！那‘白虎’没处出这口毒气，回家来像要对人死似的说：‘禽母！还未弄食！’我说，'你骂谁呀？家里连番薯都吃光了！'那'白虎'不问来由地叱着我："畜母你！我骂你呢！你待怎样！'我也冒火了！'白虎''短命'地咒骂了他几句。并且说他这半天到哪儿挺尸去，也不会借一些番薯回家来。你看，那'白虎'，睁起他的那对死猪目一样的眼睛来，一脚踢上我的心肝头了，口里说："你这畜母，怕不怕死呢？'我忍着痛咒骂着说：'哪个怕死，死了更清闲！'那'白虎'，真个不愿死活地，又把我踢了几脚！老婶，你看那'白虎'枭横不枭横呢！死！我要是真个死，看他怎样抚养着他的一群儿子呢！一个二岁，一个四岁，一个六岁，一个八岁！……"

她莫名其妙地停止着不再哭了，好像她已经把她满腔的哀怨发泄清楚了似的。阿进的母亲抚着她的肩，怜爱地说：

"啊！踢伤了可不是耍的！下一次你还是忍耐一些才好，男人的脾气是不好惹的，当头他好像老虎，过后他会来向你赔不是的。瑞清嫂，你的瑞清兄虽然是脾气坏些，心地却是好得很呢。你看他，平时对待人是怎样好的呀！"

"那'白虎'，心肠倒是不会狠毒的。"关于这一点瑞清嫂也同意了，"他对待他的儿子也还不错的，平时他也不大打我的，这一回想是发昏了。"

"对啦，瑞清嫂，你这样子想，才对啦！"阿进的母亲脸上溢着一种息事宁人的气色。

跟着，瑞清嫂低声地问着阿进的母亲说：

"阿进叔呢，近来有什么消息没有？唉！这个天年做人真是艰难啊。"

阿进的母亲镇定地说：

"有倒是有一点消息，可是不敢回家来呢。"

"是的呀！回来，'那家人'知道了也是不肯干休的，他在家时惯和'那家人'做对头的啊。"

他们又继续地谈了一会，当番薯已经炊熟了的时候，阿进的母亲坚持着要瑞清嫂拿了一半去。瑞清嫂感激地掀起了她的粗黑夏布衣的衣裾，把熟番薯一个一个地塞进里面去。阿进的母亲说，那块膏药，等她找到时，便替她送去。瑞清嫂点了点头，像一只母猪似的，缓缓地踱过那木板去。

这天，阿进家中，番薯也吃光了，早餐和午餐都由阿进的母亲到邻家乞番薯去。情形是再也维持不住了，阿进坚决地向着他的母亲说无论如何他是不能再停留在家中了。他恳求着他的母亲，允许他即晚坐着"木排"到邻村的一个朋友家中借一两斗米去，同时他说他不能回来，那一两斗米他会叫他的朋友送来的。

听了他的这些说话，他的母亲凄楚地向着他说：

"到外面去？又是去干那一回事情吗？……而且不回来啊！"

"我想到外面挑担子，做短工，赚一点钱来帮助家用呢。"阿进咽声说，眼泪流到他的睫毛上，尽管他心里想怎样继续干下去，口里只是说不出来。

看着她的儿子这样伤心，阿进的母亲觉得愈加怜楚起来了，她用着她的在震颤着的手指把住了阿进的手，没有牙齿的嘴巴一上一下地在扭动着。可是这继续着没有多久，她忽而恢复了她的平常的镇定的而且屹然不动的态度了。她开始用着哄小孩子的声调在抚慰着她的儿子：

"儿呀！不要到外面去吧！外面的世界是险恶不过的呀！你

只要好好地坐在家中，过了一年半载，人家把你从前的事情忘记，便不会再怀恨你了。那时候，你便可以再在这乡中领了几亩园田来耕作，安安静静地过了一生了。……唉，儿呀！你不要因为我们的家境太穷便烦恼起来啊。穷有什么要紧呢？只要我们的品行好，对得住天地，怕比那些狠心狗行的富人还要来得快乐一些呢。……我们家里虽然连番薯也吃光了，但还有什么要紧呢？大水退后，阿妈可以去做乞丐婆，也可以去做媒人，做乞丐婆，做媒人随便哪一件都可以养活你啊。……儿呀，你不要替你的母亲害羞呵。只要品行好，又不偷人家的东西，又不向人家搬说是非，做乞丐婆，做媒婆有什么失体面呢？"

在她的这样说话中间，她的态度异常泰然，昏花的老眼也在闪着光。实在呢，她一生所度的生活并不会比乞丐婆和媒人好些，因而在她的眼里，即使做着乞丐婆和媒人也没有多大的不幸啊。

阿进像死人似的沉默了一个钟头以上，眼泪反而流不出来了。事实上，他是不能够再停留在家中的，但离开他的母亲呢，这在他是多么悲怆的一件事情啊。照着她的母亲所说的那样做去吗？这又哪里可以呢？他，一个年富力强的儿子，要待他的六十岁的母亲做乞丐婆，做媒人来养活他！这是怎样讲呢？……

鼓起了比拿起枪在战场上射击着还要多千百倍的勇气，阿进嗫嚅地向着他的母亲解释着，穷人们唯一的生路只是向前。那回事是穷人们唯一的希望。没有那，他们永远是没有翻身的日子的。没有那，一代又是一代，做父亲的只好让他们随便拿去砍头，做儿子的也只好让他们随便拿去枪毙了。

跟着他又向着她说，坐在家里是比较到战场上去还要危险

261

的。日子一长了，小二老爹一定会知道他回家来的这个消息，那时候一切都完了……

听了这些说话以后，阿进的母亲始而啼喊着，继而镇定起来了。

"那么，你还是赶快逃走好！我的苦命的儿子呀！"她开始地又在抚摩着她的儿子，用着她的多筋的手掌在抚摩①着他的头顶。

这时在阿进的眼中，他的母亲变成了一位半神性的巨人了。这巨人是一切灾难所不能够磨折的，在她里面有了一种伟大的力量，而这种力量是在把人类催进到光明的大道上去的……

洪水已经退了约莫两尺的光景了，阿进和他的母亲谈话时可以站在楼板上，那是积了半寸来厚的溪泥的。许多撞破、涨破，或者打翻了的东西上面都薄薄地涂上一层溪泥，那好像女人的脸上涂着粉一般。太阳光从天窗口探进来，照燃着在这一切之上，腾上了一履带虹彩的轻烟，同时，发出来了一种绍兴酒一般的气息。

也许是有了一种特别的原因吧，小二老爹家中这两天可不大唱着"十八摸"了。到底是不是因为洪水退了反而觉得不快乐起来呢，这是很难知道的。

年轻的农民坐着"木排""竹排"到村外去的又渐渐地多了。他们的脸上都充满了一种欢喜，那便是一二天内便有到坚硬的地面上奔走着的可能的欢喜。他们纷纷地提着网到各处捕鱼去，依据他们的经验，当洪水退时，鱼忙赶着流水归溪。每日夜碰幸运很可以捕到几十斤的鲤鱼和大头鱼这一类呢。

----

① 同"抚摸"。

归　　家

　　村前的大路上堆积着淡淡的斜阳光，已经是暮晚的时候了。从这条大路上回家的牧童们坐在水牛背上悠然地唱着歌，那些水牛们跑得很是纡徐，面孔上挂着一种自得的神气。大路两旁，闪映着甘蔗林的青光，望过去，和冥穆的长天混成了一片。

　　这路的尽头便是一道用几片大石排列而成的高约一尺的短垣。这短垣的作用大半是在阻止着家畜——尤其是猪——到田园上去践踏，同时，便也成了一道划分村内村外的界碑。从这短垣踏出去的是出乡，踏入来的是归乡。短垣旁有了一株龙眼树，那盘踞着在路口就和神话里的虬龙一般。这虬龙站在这路口关注着这乡中进出的人们，做他们的有益的伴侣，从他们的祖先时代到现在，一直到将来。

　　景象是平静到极点了，然而这平静继续着没有多久便被一个生客所打破。像一片石子投入一个澄澈的池塘，池面上即时起了涟漪似的，这生客刚从甘蔗林伸出头来，坐在牛背上的童子们即刻便注视着他，喧嚷起来了："喂，那不是百禄叔吗？"

　　"啊，'番客'来了！啊，百禄叔一定是发洋财回来呢！"

"啊哈，百禄叔，我们要'分番饼'啊！"

"啊哈，番客！"

"啊哈，发洋财回来了！"这所谓的"百禄叔"是一个瘦得像枯树枝一样的人物。他显然是被这些村童们的问讯所烦恼着，他甚至于想再走进甘蔗林里去，但他刚把脚步向前踏进了一步，却又停止了。他的脸上显出多么懊丧而且悲伤啊。他的目光暗弱的眼睛闪了又闪，眉毛不停地在战动着。"×恁老母！不要作声吧！"百禄叔忽而奋勇地走到大路上，口里喃喃地叫骂着。虽然，他没有害病，但他开始发觉他的两足是在抖颤着了。这蟠踞着在路口的老树，这老树旁边的短垣……这说明他的确地是回到了家乡，然而这倒使他害怕起来。他感觉到他没有回家的权利……

他在甘蔗林旁边的大路上呆呆地站立着，眼泪浸湿了他的多骨的面孔，这使他的形状显出和一个老乞丐一般。

坐在牛背上的村童们看了他的这种形状都惊讶而沉默着。他们都已看出百禄叔是倒霉的，他和旁的"番客"并不一样。

"百禄叔，你遭了劫贼，金银财宝都被人家偷了去吗？"一个年纪较大的村童问，带着同情的口吻。

"怕是害了病吧？"另一个也是用着同情的口吻发问。

百禄叔只是沉默着，眼睛望着冥穆的长空，村童们的说话他显然是没有听到的。在农村里不幸的事件是太多了，每一件不幸的事件都不能怎样伤害着人们的心灵。儿童们尤其是天真烂漫，不识愁惨为何物。所以，坐在牛背上的这些村童虽然在替百禄叔难过，但他们的心情却仍然是快乐的。这时狗儿尖着他的嘴唇，摇摆着头，很得意地仍在唱歌：

——我的爸爸是个老番客，

　　我的哥哥到外面去当兵；

　　我亦要到外面去闯一闯呀，

　　待到我的年纪长成！——

　　阿猪年纪比他大了一些，更加懂事些。他听见狗儿这样唱，登时便摆出师长一样的神气这样唱着：

　　——臭媚弟，

　　太无知；

　　你的爸爸许久无消息，

　　你的哥哥也不知道是生是死；

　　你的妈妈整天在吞声叹气，

　　亏你还有心肠到外面去！——

　　百禄叔仍然呆呆地在站立着，他唯一的希望是天快些黑，他可以隐藏着他的难以见人的面目在夜幕里，走回到他的家中去。这不是太奇怪的事体吗？他曾经在和邻乡械斗的时候拿着一柄"单刀"走到和敌人最接近的阵线上去，曾经在戏台前和人家打架的时候，把他的臂膀去挡住人家的杆杖。可是，他却没有勇气回到他的家中去。

　　村童们一个个归家去了，他们的清脆的歌声，活泼的神气，葱茏的生机都使他十二分羡慕。这使他忆起他从前的放牛的生活来。他的脑子里跃现着一幅幅的风景画片，草是青色的，牛是肥肥的，日光是金黄色的。那时他的歌声，他的神气，他的生机也和现在的村童们一样的，然而这一切都消失去了，牛马似的生涯磨折了他。他相信这是命运。是的，一切都是命运。他想现在的这些村童，将来也免不了要和他一样变成老乞丐似的模样，这也是命运。关于这一点，他是很确信的，一个人要是命运好的，那他便一定不会到农家来投胎了。

百禄叔想到命运这一层，对于现在他自己这样惨败的状况几乎是宽解起来了。但他一想到他的老婆和他吵闹的声音像刺刀似的尖锐，他的心里不觉又是害怕起来了。

……

呆呆地站立了两个钟头——这两个钟头他觉得就和两个年头一样长久——夜幕慈祥地把百禄叔包围起来。星光在百禄叔的头上照耀着，龙眼树、甘蔗林都在沙沙地响。像喝了两杯烧酒似的，百禄叔陡觉兴奋起来了。他拔开脚步奔跑着，就好像在和人家赛跑似的奔跑着。一个蚂蚁尚且离开不了它的蚁穴，一只飞鸟尚且离开不了它的鸟巢，一个人哪里能够不想念他的家庭呢。百禄叔虽然是害怕着他的老婆，但他想世界上最甜蜜的地方仍然是家庭哩。

他奔跑着，奔跑着，石子和瓦砾把他的脚碰伤了，但他一点也不回顾。最后，他终于孤伶仃地站在他的家的门口了。他的心跳动得很利害。他想他的老婆如果看不见他，让他幽幽地塞进家里去便再好没有了。

可是百禄叔的想象显然是失败了。当他刚把他的脚踏进他的家中的时候，那身体笨大、两只眼睛就如两只玻璃球的百禄婶已经发狂似的走到他身边来。她呆呆地把他怒视了一下，便把她手里的扫帚杆向他乱打，同时歇斯底里地啼哭着，咒骂着：

"你这短命！你这'白虎咬'！你还没有死去吗？……"

百禄叔的脸色完全变成苍白了，他的嘴唇一上一下地战动①着。

"你这×母！"他抢开了她手里的扫帚杆，喘着气说，"你这短命！你这'白虎咬'！亏你还有面目见人！亏你也学人家讨老婆，生儿子！……你这短命！你这'白虎咬'！哎哟，'过番'！（过番，即到外洋去的意思。）人家'过番'，你也学人家'过番'！你'过番'！'过番'！'过番'！过你这'白虎咬番'！……"

"×母你，不要做声②好不好！"百禄叔把头垂到他的胸前，两手紧紧地把它抱着。

"不要做声！……你这短命！……你这白虎咬！你也学人家'过番'，人家成千成百地寄回家来，你呢，你连一个屁也没有放！……你这短命！你这'白虎咬'！……我不是苦苦地劝诫你，叫你不要'过番'。'作田'（即耕田的意思）虽然艰苦，嘴看见，目看见，比较好些。你这'白虎'！半句说话也不听，硬要'过番'，你说，'番邦'日日正月初一，伸手便可以拿着黄金！你这一去包管是发洋财回来！发你这短命的洋财……你也不想想，一家四五个嘴，阿牛、阿鸡又小，不会帮忙，你到番邦去快活，一个钱也不寄回来，叫我们怎样过活呢！……你这狠心的短命！你这狠心的'白虎'！你的心肝是黑的，你的心肠是比贼还要狠啊！……你这短命！你这'白虎'……"百禄婶越哭越

---

① 同"颤动"。
② 同"作声"。

大声，越哭越伤心。她终于再拿起扫帚杆，拚命地走到百禄叔身边去把他乱打着。

"你这×母！你是在寻死吗？"百禄叔又是把她手里的武器抢开，出力地丢到门外去。他觉得他的老婆咒骂他的说话句句是对的，他自己也把那些说话向他自己咒骂了一千遍以上。但他暹罗也去过了，安南也去过了，新加坡也去过了，到处人家都不要他，他在番邦只是在度着一种乞丐似的生活，哪里能够把钱寄回家里来呢。用着一种近于屈服的口气，他这样地继续着："赚钱也要看命运！命运不做主，这叫我有什么办法呢？我并非不知道家中艰难，但没有钱上手，我自己也得捱饿，哪里能顾到家中呢？……"

"你这短命，你既然知道番邦的钱银难赚，怎么不快些回来呢！……"百禄婶的阔大的脸部完全被眼泪和鼻涕浸湿，她拿起她的围巾出力地揩了一下，愤愤地用拳头打着她的胸。"唉！狠心的贼！阿牛、阿鸡又小，不会帮忙，阿狮虽然大些，单脚独手怎样种作呢？……你这短命，我以为你已经死了！要是我年轻一些我早就想去嫁了！你这短命！……"

"你这×母！你要嫁就嫁人去！"这回，百禄叔却有些愤然了。

"嫁人去！你这短命！你这'白虎咬'！要是我真个嫁人去，看你怎样抚养这几个儿子！你这狠心的短命！你这狠心的'白虎'！……那一回，你这短命欠纫秋爷的谷租，被他捶打了一顿，回到家里来便要对人死，赌神咒鬼，说你以后一定不种作了。我不是向你说，穷人给人家捶打一两顿，这有什么要紧呢？如果照你这种想头，受点气便不种作，那天下的田园不是都荒芜

268

起来，人人都要饿死了吗？你这'白虎'，半句说话也不听，偏偏要过番去！过番！过番！过你这'白虎'咬番啊！你这短命！你如果在番邦死去倒好些！……"百禄婶咒骂混杂着啼哭都和喇叭一样响亮。这时她的门口已经被邻右的来观热闹的人们层层围住了。百禄婶的儿子阿牛、阿鸡也从外面走回家来。阿牛年约七八岁，阿鸡年约五六岁，他们都睁着小眼睛，望望着他们的母亲和这个生客。为着一种义愤所激动着，他们都向着这生客叱骂着：

"喂，×母你，不要坐在我们家里啊，你这老乞丐！"

"啊，我要打死你哩！"

百禄婶一一地给他们打了一个耳光，顿着足叫喊着：

"你们这两个小绝种！"

阿牛和阿鸡都啼哭起来，滚到门外去。观热闹的人们都大声地哗笑起来。

"连自己的父亲都不认识！哈哈！"

"哈哈！叫自己的父亲做老乞丐！"

这时白薯老婶从人群中钻出她的头发白透了的头来。她用着她手里的拐杖出力地击着地面，大声地咒骂着：

"砍头的，你们这些没有良心的砍头！人家这样凄惨，你们偏有这样的心肠来取笑人家！"

"对呀！你们不要太没有良心啊！……"芝麻老姆赞同着，她也颤巍巍地挤进人丛里面去。不知哪一个顽皮地在她的背后把她推了一下，她全身摆动着，几乎跌下去，口里却喃喃地咒骂着："呀！哪个'白虎咬仔'，这样坏透啊！"

百禄婶这时已经不大哭着，她用着诉苦的声气向着这群观众诉说着：

"大家呀，你们听呀，世上哪里有一个人像这'白虎咬'这样狠心狗行啊！……过了这么多年番，连一个钱也没有寄回来，这要叫他的妻子吃西北风吗？……"

百禄叔只是沉默着，好像在思索什么似的。他的样子是可怜极了，那灰白而散乱的头发，那破碎而涂满着灰尘的衣衫，那低着头合着眼的神气，处处表示出他是疲乏而且悲怆，处处表示出他是完全失败，被这社会驱逐到幸福的圈子以外。为什么会致成这样呢？依照百禄叔的解释，这是命运；依照百禄婶的解释，这是因为他忍受不住人家鞭打，不听说话地跑到番邦去……

白薯老婶眼睛里湿着眼泪，走到百禄嫂身边去，挽着她的手，拍着她的肩，像在抚慰着一个小孩子似的说：

"阿嫂，不要生气啊。阿兄回来就欢喜了，钱银有无这是不要紧的……"

芝麻老姆频频地点着头，自语似的说：

"对啊，钱银实在是不紧要啊。'留得青山在，不怕没柴烧。'运气一到了，钱银会来找人呢。……"

"哎呀，老婶、老姆，你们不知道，这'白虎咬'完全不像人！……他累得我们母子一顿吃，一顿饿，捱尽千凄万惨！……"百禄婶又是啼哭起来，她把她的头靠在她的手肘上，软弱地在灶前坐下去。

"阿嫂，以往的事情不说好了。……夫妻终归要和气才好。……现在你咒骂也咒骂够了，阿兄完全没有做声，这便是他承认他自己是有些过错哩。……呵，百禄兄，你怕还未吃饭吧？……哎哟，真惨哩，因为太穷的缘故，回到家来没有人来向

270

你说一句好话，连饭也没有吃一碗啊！……啊，阿嫂，你快些替他弄饭吧。……我看还是弄稀饭好，就拿点好好的咸菜给他'配'好了。他在外面久了，这家乡的咸菜一定是好久没有吃过的。……"白薯老婶说得怪伤心，她自己亦忍不住地抽咽起来，她的两腮扇动着就如鱼一般。

芝麻老姆已经走到灶前，伸出她的多筋的手拿起火箝来，一面这样说：

"哪，我来替你们'起火'！阿嫂，你去拿些米来啊，这真快，用不到几个草团，饭便熟了！……"

百禄婶用力把芝麻老姆推开，一面啼哭，一面叫喊着：

"替他弄饭，替这'白虎咬'弄饭！这是怎么说呢！唉，老婶和老姆，你们怕是发昏了！……他一两餐不吃打什么要紧，我们母子这么多年不知道饿了几多餐呢！……"散乱的头发，披上了她的面部，眼睛一上一下地滚转着，百禄婶变成熊似的可怕起来了。

百禄叔忽而像从梦中醒来似的站直着他的身子，他的眼睛呆呆地直视着，于是他跳跃起来，向着门外奔跑去。

"百禄叔，你要跑向哪里去！"

"百禄……"

"呵，他一定是发狂了！……"

看热闹的观众这样喧闹着，他们试去阻止他，但是已经没有效果。

百禄婶从灶前跳起身来，就和一只猛兽一样矫健，她一面推开着观热闹的人们向前追赶，一面大声叫喊着：

"你这短命，你要跑到哪里去？"从她这咒骂的声气上面，可以看出她是露着忧愁和悔恨想和他和解起来了。"你也骂得他太狠了!""太没有分寸!"白薯老婶和芝麻老姆喃喃地在评说着。

……

百禄叔被百禄婶半拖半抱地带回来。在他们间似乎经过一度争执,因为两人的脸上都有些伤痕。百禄叔的额上有几处流着血珠的爪迹,百禄婶的眼睛下面有了一片青肿。百禄叔像一个病人般地在喘着气,百禄婶在啼哭着。她把他紧紧地抱住着,好像怕他又是跑去一般。用着一种近于抚慰的口气,她向他这样咒骂着:

"你这短命,我刚这样骂你几句你便受不住,我们吃的苦头比你多得千百倍呢!……"于是,她用着她的有权威的声气向着他吩咐着:"哪,坐下吧!"她敏捷地走去纺车上撕出一片棉花,在一个洋油樽中浸湿着洋油,拿来贴在他的伤痕上。"就算我太狠心吧,但,我的眼睛也给你打得青肿了!……"

百禄叔把头俯在他老婆的肩上,像一个小孩似的哭了起来。他的神志比较清醒了。他用着一种鸣不平的口气说:

"……你让我到外方去吧,我和你们……""你这黑心肠的'白虎咬',你还想到外方去吗?"百禄婶恫吓着他。

"命运注定我是一个凄惨人!我何曾不想福荫妻子,赚多几个钱来使妻子享福!"百禄叔缓缓地诉说着,"但是,命运不做主,这教我有什么办法呢?就讲种作吧,我的种作的'本领'并不弱,这乡里哪一个不知道我百禄犁田又直又快,种作得法呢。但,这有什么好处呢?我的父亲留给我的只是一笔欠债,我整整地种作了二十多年,这笔债还未曾还清。每年的收成,一半要拿去还利息,这样种作下去,种作一百世人也是没有出息的啊。……我想过番,这是最末的一条路。但那时我还希望这条路怕会走得通，说不定我可以多多地赚一些钱来使你们享福。我真想不到番邦比较唐山还要艰难呢！我们无行无铺，吃也吃着'竹槌'，睡也睡着'竹槌'①，这比种作还凄惨得多哩！……"

阿狮已经从外面回来，他看见他的落魄的父亲，咽声地问讯着：

"阿叔！你回来了！"

"替你的父亲煮饭吧，他还未曾吃饭呢！"百禄婶这样吩咐着。

阿狮点着头，即时蹲在灶前"起火"，他的躯体比他的父亲还要大些。他的眼睛点耀着青春的光芒，他的臂膀的筋肉突起，显出坚强而多力。百禄叔把他看了又看，心中觉得有一种说不出来的快慰。在这种悲惨的生活中，他看见了一种幸福的火星。他想从此停留在家中，和阿狮一道种作，缓缓地把欠债还清，以后的生活，便一年一年地充裕起来，这怕比较跑到任何地方去都要好些。

观热闹的人们渐渐地散去，阿牛、阿鸡也走进室里面来。他们都站在百禄叔旁边，渐渐地觉得这老乞丐没有什么可怕，也没有什么可恨了。阿鸡露着他的小臂膀用着他的小拳头，捶着百禄叔的肩头，半信半疑地叫着：

"阿叔？"

阿牛望着阿鸡笑着，即时走到他的哥哥身边去了。

这时，白薯老婶和芝麻老姆脸上都溢着笑容，缓缓踏出百禄叔的门口。白薯老婶把她的拐杖重重地击着地面赞叹地说：

"这样才好，夫妻终归要和气才好啊！"

"对啊！"她的同伴大声地答应着，哈哈笑将起来了。

---

① "竹槌"，即竹竿，这里指竹扁担。这句的意思是，无行无铺、吃、住都靠用一根扁担，出卖劳动力。

气力的出卖者

（一封信）

　　母亲，我写这封信给你，已经是我快要死的时候了。母亲，前几天，我虽然亦曾淌了淌眼泪，但直到要死的此刻，我反而觉得没有什么难过了。我是一个不懂得什么的人，我对于死是觉得一点骇怕也没有的。母亲，相信我，我这时是一点也不会觉得难过，我只觉得死是一种休息。

　　母亲，说到休息，我想你一定又要骂我的。我想，你会骂我懒惰。但，母亲，这一回可不同了。我实在是不能够再活下去，因为我的气力都已经用完了。不！母亲，我不应该说用完，我应该说卖完了！母亲，我们实在都是在把气力贱价地卖出的，我也是，母亲也是，父亲也是，哥哥也是，弟弟也是。不过，我们的气力的买主不同，你和父亲、哥哥、弟弟的气力都被田主买去，我的，却被资本家买去，这便是我们间唯一的差别了。母亲，你听懂我的说话吗？我的说话是从大学生们中间学习得来的，因为一有机会的时候，他们便会偷偷地走来把这一类的说话告诉我和我的同伴了。

母亲，我是快要死了，我已经病了好几天，跑路是跑不动，东西是一点也吃不下去，而且没有人来打理我，没有医生来看我的病。我自己已经预先感到我是没有生存的希望了。可是，母亲，你相信我吧，我的心境很是平静，我是一点也不会难过的。不，我不但不会难过，反而感到舒适。因为，我相信死是我的休息，而现在该是我休息的时候了。母亲，我自己是快活极了，我因为不久便可以得到一个无终止的节日（死便是穷苦的人们的节日），所以觉得快活异常。但，当我想到你，想到父亲，想到哥哥，想到弟弟，我的眼睛便不自觉地为泪水所湿透了。母亲，你们现在还没有得到休息的机会呢。你们还得继续贱价地出卖着你们的气力呢。在你们的后面有了一根无情的鞭子在鞭打着你们，不许你们喘息一下。那根鞭子便是生活，那根鞭子便是资本家、地主，和一切的幸福的人们所特有的指挥刀啊。

母亲，我这样说，你会不会觉得太奇怪呢？我想你一定会以为这是太奇怪的。真的，这些话实在是太奇怪的。我在健康的时候，从不曾这样想过。现在，我是病了，我的神经一定是有了变态了，所以，我要说着这样的说话。前几天，有一个大学生偷偷地到来看我的病，我便把这一段说话告诉他。他很热烈地握着我的手，安慰了我一阵。我看见他的秀美的眼睛里面包着泪水。在那一刻间，我忽而感到伤心，便也跟着他在流着眼泪。而且我忽而感到生是可留恋的了。但，我不能、我不能够再生存下去；因为，我的气力已经出卖完了！当他用着他的战颤着的声音向着我这样说"同志，你不应该死，你应该'做着你们的阶级的前锋去向你们的敌人'，向你们的气力的购买者复仇"的时候，我相信着他的说话，但我看一看我的身子，看一看我的四肢，那已经是完全和枯树枝一样。于是，我低下头去，不再说什么了。母亲，从这一点说起来，我觉得我的死是太可惜了。我悔恨我当初为什么没有想到这一层，好好地留下我的气力来替我们的敌人——气力的购买者，掘坟墓！

母亲，我这个时候是围着一张破洋毡躺在公司的栈房里的地板上面。这破洋毡便是我的财产的全部，便是我借卖气力所赚来的财产的全部。正对着我的头顶，有了一枝约莫五烛光的电灯，那是特为附近的小便处而设的。这时候，已经是深夜了，许多鼠子在我的身边走动着。我是不能够睡觉了，所以爬起身来写着这封信给你。但我的手已经是变成这样无力的了，我写着每个字的时候是这样的不容易。但，母亲，我一定要把这封信写成功，而且要把它写得长些，因为这要算是我和您最末次的谈话了！

我不想哭，真的，母亲，我无论如何也是不愿意哭的。我今年虽然只有二十岁，但在外面飘泊①了几年的结果，使我的心情变老了。我想我的心情已经变得和母亲一样老了。我为什么要哭呢？有什么人来向我表同情呢！从前，当我遭骂受辱的时候我便时常哭，但结果只是得到一些嘲笑。所以，这一两年来，我只有愤怒，只有冷笑。直至现在差不多要死的时候，我还只有愤怒和冷笑。母亲，我不愿意哭，我不能够哭。倘使我要哭，我将为着快乐而哭啊。

真的，哭是一种软弱，而快乐的时候，便是最软弱的时候。母亲，在前几天的晚上，我的确是哭了一回的。那是一个有月亮之夜，而这月亮是乳白色的，正和一位穿白衣的少女一般。单是

---

① 同"漂泊"。

276

这月亮已经是可爱极了，而她更照映着在这空阔而渺茫的湄南河上。我们的栈房有了一列窗子朝着湄南河的。我躺在地板上，只要把头向着窗外一望，便可以看见这一切了。

起初的时候，我是一点也不留意的。我把我的视线对着湄南河，呆呆地在望着这样美好的月色。过了不久，我的眼前忽而浮现出许多熟悉的人们的脸孔来。最先便是母亲的脸孔，其次便是父亲的，往后便是哥哥和弟弟的。这些脸孔都是呆板而无活气，皱纹很多，笑容是一点也没有的。可是，这些脸孔都用着爱抚的表情在向着我。这给予我温热，这使我感觉到和一般人一样幸福。于是，我哭起来了。但这只是一瞬间的事情，等到我的意识回复了之后，我看清楚我的地位，我是一个奴隶，我是一个出卖气力者，现在我是快要死了，但是没有人来打理我，我的地位并不会比猪狗更好些，于是我即刻不哭了，我又是愤怒，又是冷笑。母亲，我知道你接到我这封信的时候一定要哭得晕倒下去。你一定要责骂我为什么不赶快跑回家去。你一定要说，倘若我赶快回到家里去，你便可以尽力来调治我的病，我的病便一定会痊愈。母亲，我相信你一定会拿这样的诚心来对待我的，但我不能够回到家里去，我不愿意回到家里去！让我在这异乡死了吧，我是不愿意回到家里去的！

我虽然离家已经有了不少的时日，但家里的情形，到底我是明白的。我家的门口猪粪和牛粪是特别多的。人在距离我家三几十步的时候已经可以闻出一种沉重的臭气味来了。什么客人也不会来探访着我们的，除开债主们而外。债主们是不怕臭气味的。而我家的债主们之多，也正和门外的猪粪和牛粪一样。这些债主们除开一部分是新债主外，其余的都是老债主，那是说我们的祖先欠他们的祖先的钱，我们现在必须把钱还他们，我们的儿子孙子，将来也必须把钱给他们的儿子孙子。他们是祖传的债主，我们是祖传的负债者。

此外，在主宰着我家的命运，更利害而且更可怕的便是田主了。他们都是一些天生的贵人。他们的脚和手都用不到沾湿，而我们收获的禾谷和一切稼穑的大半必须恭恭敬敬地挑到他们家里去。而且，我们还得向他们磕头，极力巴结着他们。因为，他们万一不高兴，不允许把田地给我们耕种的时候，我们便须捱饿了。实在说，我们的生命完全悬在田主爷的手里。他们对于我们实在操有生杀之权呢！……

父亲的年岁本来不过五十左右，但看起来，倒像个六十以上的人物了。他的背已经驼，眼睛已经昏花，面孔是瘦削得不成样子的。他的鼻头是红的，嘴唇微微地翘起，露出黄色的牙齿来。样子是可怜极了。他好像是专为受人家的糟蹋而生似的。不管债主们和田主们怎样骂他做狗，用脚尖踢着他的屁股，他都得忍受着。忍受着，忍受着，这已经成为父亲的哲学，也是一般的出卖气力者的哲学了。可是，受了这么多屈辱的父亲，在家庭里却成为一位暴君了。他一有了机会便拚命地在喝着一些一份火酒和百份水量掺成的液体。喝醉后，他便睁大着他的带血的眼睛在寻隙把我们打骂着。有时，他更把母亲头顶上的一块约莫二寸宽阔的秃了的头皮打得出血，用着粗大的竹槌打击着我们，不让我们吃饭。有时，他更像发了狂一般地把家里所有的鼎灶盘碗等等都打得粉碎了。母亲，我知道父亲并不憎恨我们，并不是故意要和鼎灶盘碗等等作对。不过他所受的闷气实在太多，倘若不是这样做时，他必定会发狂了。

母亲，我们有了这样的一个家庭，我又何必回家去呢？我的回去，只使家庭加重了一种负担，而且使父亲更加容易发狂。我能够回到这样的家庭去养病吗？这只是做梦！母亲，让我在这异地死去好了，穷人们的病是用不到医治的啊！

母亲，我的确也曾希望回到家里去。但不是想把带病的身躯运回家里去医治，而是想发了财，拿着很多很多的钱回去的。我想拿着这么多的金钱回家之后，父亲将有最纯粹的好酒喝，他的脾气也将会变得好些。于是，他将会变成了一个很好的父亲，不再打破你的头皮，不再会不给我们吃饭，不再全，把鼎灶盘碗等等打碎了。但是，母亲，这自然只是一个梦，而且是一个愚蠢得了不得的梦！

母亲，飘泊了几年的结果使我认识了许多从前绝对不会认识的事体了。我们怎样能够致富呢！我们不能够变成富人，正和富人们不能够变成穷人，是同一样的道理。我们倘若变成了富人，那么，那些购买气力的富人们将到哪里去购买这些气力呢！为了要购买气力的缘故，富人们一定是不允许穷人们发财的。母亲，你一定会不明白我的说话。你将会说这是假话，我们赚我们自己的钱，发我们自己的财好了，和富人们有了什么相干呢？母亲，你是不是会这样说呢？倘若你真的是这样说，那便是你的错误了。母亲，事情并没有这样简单的。譬如说，父亲的本事变得更大些，你以为他便能够发财吗？这是一定不会的。在父亲的颈上有了一条看不见的绳子，债主们和田主们都挽住这绳子在他的两旁拉着。他们对于父亲有了生杀之权，他们只是让父亲为着供给他们的利息和田地上的生产而生活着的。要是父亲有了这发财的放肆的想头，他们只把绳子尽力地一拉，父亲便会即刻鸣呼哀哉了！

城市上的资本家的面孔是比乡村间债主和田主更加可怕的。他们的权力比任何官厅还要大，他们暗中命令着官厅做着这样，做着那样，官厅是一点也不敢违背的。譬如他们向我们这些出卖气力的人们说，五毛钱一天，你们应该在这一天的十二个钟头中把你们所有的全部的气力都卖给我。另一个时候，他们可以把购买气力的价钱降低到四毛，而且工作的时间要延长到十三个钟头。我们倘若不干，便得捱饿。倘使大家都一道地不干，他们便会说这是罢工，抓到官厅去，便是枪毙！母亲，像这样，我们怎样能够发财呢！

母亲，我该是多么可笑呢，当我在家的时候，便为了那个愚蠢的发财的梦使我不安于田园上的工作了。那时，每当在田园上被太阳光晒得背上发痛，头脑发晕的当儿，我便发痴，我便想到南洋来发财。于是，在一个阴惨的下午，我终于偷到母亲卖猪得来的十几块钱，走到汕头来搭铁船……

到了暹罗之后，真是所谓"人面生疏，番子持刀"！即刻令我走投无路了。我像一只羔羊，而这都市上的人物一个个都像是虎豹。当他们睁开眼睛在看着我的时候，我便感到骇怕。于是，我悔恨我为什么一点没有打算便跑到这异邦来，真是该死了！

"唉，让我在家乡的田园上给太阳光晒死吧，这比较在这举目无亲的异邦上飘流着，好得多了！"

母亲，旁的事情我是不再说了，因为我这几年的生活怎样，你是完全知道的。总之，我的命运是和旁的工人一样。我得贱价地出卖我的气力。而且因为命运不好的缘故吧？！一年中时常总有许多时候，人们是不大愿意购买我的气力的。这便叫作失业。

母亲，失业是比任何事情都要可怕的，那是和田主爷不肯把田园给父亲耕种一样的可怕啊。……我在上面不是曾经说过吗？生活是一根无情的鞭子，这鞭子有了使每一个工人都柔顺地做着资本家的奴隶的权威。自然，我也是许多奴隶中的一个呢。我现在住的这间公司是一间制盐的公司。我在这公司里面当一名伙夫。这公司每年不知道赚了几千万块钱，但它却只用每月十二块钱的贱价买得我每天做十二点钟的工作。整日夜二十四点钟，这公司里面的大火炉继续地有火在烧燃着，司着这种职事的就只有我和一个吃鸦片烟的同伴。先前这公司本来是雇用着三个伙夫的，那时每人每天只做八点钟便够了。但现在公司因为要省钱的缘故，便命令着我们来做着三人份下的工作，工钱是照旧没有增加的。我们把做工作的时间平均地划分着，我的那位吃鸦片的同伴每天做着他的工作由下午四点钟起到早晨四点钟止，我的工作的时间是由早晨四点钟起到下午四点钟止。这样干了一个月我便睡眠也睡不得，吃饭也吃不得，样子是瘦得和骷髅相似了。可是，我仍得做下去。母亲，我怕失业，失业是比较害病和死亡更加可怕的。

可是，母亲，我一个月，一个月地捱下去，现在已经是筋疲力竭，身体上的每一滴血都被火炉的热气焙干了。我的气力是完全出尽了，我非死亡不可了。公司方面，已经另请人在替代着我的职务，预备我一死，这新来者便可以很熟练地做下去了。

母亲，我现在已经是完全不中用了，我像一条死尸似的横陈在地板上。我这几年来借着出卖气力所得到的财产的全部，只是一条破洋毡！可是，我并不想哭。我只有愤怒！只有冷笑！……倘若我的病是会痊好的呢，那么，我以后的生活将要照着那些大学生们的说话去复仇，去做斗士，并且要去唤醒一切和我们同样受压逼的人们去做着彻底的破坏和建设。

但是，母亲，我已经是病得太利害了！我的气力已经是被购买完了！我已经是不能够再生存下去了！……母亲，我请你接到我这封信的时候不要哭泣啊。哭泣对于我们是并没有多少好处的，我们所需要的是觉悟，是向敌人们复仇！母亲，你应该特别告诉父亲，劝他不要再打破你的头皮，他所应该做的是扼住敌人们的咽喉！

母亲，过几天，我一定会被丢到荒郊外，或者会被浅浅地埋在土坑里面。但这对于我有什么关系呢？当我生存的时候，已是不曾被人们珍重过，直至我已经变成一条发臭的死尸了，又何必讲究呢！

母亲，我将和你们别了，永远地别了！可是，母亲，我郑重地请你别要哭泣，因为哭泣对于我们并没有多少好处的。……母亲，我的生命是完了，但我愿意我的说话永远在你们的脑子里，在一切的被压逼的人们的脑子里生了根。

母亲，我是快要死了，但我并不悲哀，因为我的脑子里是这样地充塞着热烈的希望！

祝你和父亲以及我的哥哥弟弟积极地生活下去！

我在此预说着被压逼者们未来的伟大光荣！

你的儿子绍真

春

生且不能遑云死，

春光腻腻将何之？

十年绮梦无寻处，

万里河山欲尽时。

风雨连天杂涕泪，

干戈满地独吟诗。

剧怜古道红棉树，

落尽千花人未知。

白 菊 花

傲骨千年犹未消，

篱边照影太寥寥。

生涯欲共雪霜淡，

意气从来秋士骄。

如此夜深伴皎魂，

更无人处着冰绡。

绝怜风度足千古，

不向人间学折腰。

黑　　夜

——深黑幽沉的夜，

深黑幽沉的土人，

在十字街头茂密的树下，

现出一段黑的神秘的光。

黑夜般的新加坡岛上的土人啊！

你们夏夜般幽静的神态，

晓风梳长林般安闲的步趋，

恍惚间令我把你们误作神话里的人物！

在你们深潭般的眼睛里闪耀着的，

是深不可测的神秘！

家国么？社会么？

你们老早已经遗弃着了。

人类中智慧的先觉啊，

你祖胸跣足的土人！

宇宙间神秘的结晶啊！

你闪着星光的黑夜！

大 风 雨

在大风雨的时候；

树林里不能自止地发出悲壮的叫号，甘蔗林和麻林一高一低地翻着波浪，全宇宙都被笼罩在银色的烟雾和雨点之中；

一切都变成生动而活泼，都带着一种癫狂和游戏的态度；

那个手持着斧头、凿子，尖着嘴，状类猿猴的"雷公"，他在风雨后面追赶着。他遵照玉皇大帝的圣旨，手上拿着斧头凿子，飞来飞去，睁着眼睛，尖着嘴，在寻找着一切作恶的人们……把他们击死。

前线二首

（一）

不要踌躇，

不要悲观，

不要落后，

高举你的臂膀，

持起铁槌来，

不顾一切地打下去吧！

打下去吧！

（二）

在这个时代里，

我们需要流血，

不需要洒泪；

需要战鼓，

不需要瑶琴；

需要彻底地战斗，

不需要虚伪的和平。

绀红之光

值不得踌躇，值不得踌躇啊！

你灿烂的霞光，

你透出黑夜的曙光，

你在藏匿着的太阳之光，

你燎原火焚的火光，

你令敌人胆怖，令同志们迷恋的绀红之光，

燃吧！照耀吧！大胆地放射吧！

我这未来的生命，

终愿为你的美丽而牺牲！

大 雷 雨

雷呵！雨呵！电光呵！

你们都是诗！都是天地间最伟大的文学作品！

你们都是力的象征！都是不屈不挠，有声有色的战士！

我在这里——

听见你们的斧凿之声，

听见你们在战场上叱咤喑呜之声，

听见你们千军万马在冲锋陷阵之声！

我在这儿——

看见你们的激昂慷慨的神态，

看见你们独来独往的傲岸的表情，

看见你们头顶山岳，眼若日星的巨大的影子！

你们都是诗的！

你们的声音，你们的容貌，你们的行动都是诗的！

只有你才是伟大，才是令人震怖！……

伟大！伟大！

我们的人格，要像这雷、这雨、这电光一样才伟大！

啊！伟大！

被压逼的十二万万五千万人。

要像这雷、这雨、这电光，

起来大革命才伟大！

—— 下编 ——
洪灵菲研究

忆洪灵菲同志

秦　静

洪灵菲同志原名洪伦修，辈序名树森，曾用名洪素佛、李铁郎、林曼青、林荫南等。1903年出生于广东省潮安县江东区的一个小村庄——现名洪砂乡。他家境清贫，父亲是个落第秀才，后转业学中医，发明了好几种丸药，在南洋一带销路很好，因此家庭经济情况渐渐好转。父亲为人严正耿直，生性仁慈，以助人为乐，乡里近邻如有困难，不但瞧病不收诊金，有时连医药费也不收。因此病家莫不感其为人善良。

可是他对灵菲非常严厉，灵菲见到父亲，躲得远远的，万一被叫到，则低头无语，温顺得像只绵羊。据灵菲同志告诉我，他父亲特别迷信风水，喜看相问卜，他说灵菲好读书，不是长命的人。灵菲的一举一动，在他老人家看来，没有一处顺眼。例如灵菲读书或朗诵诗词，就说音调哀怨凄楚，不是吉兆；灵菲写字，本来很端正利落，却说笔画好像骨头，没有肉，不饱满，是短命相。

母亲系农家女，粗识文字，性情极温婉慈和，能吃苦耐劳，治理家务有条不紊。

灵菲同志有兄二、姊一、弟一，在弟兄们中，他排行第三。因为弟兄众多，家境贫困，灵菲同志幼年的生活，十分艰苦。他曾经这样告诉过我："到我十五岁时，还没有单独吃过一个鸡蛋。我向母亲要求多分给我一点，母亲总是这样的劝我：'森儿，你要好好地念书，将来有本事，会赚钱，什么都有得吃。'"从这里就可以知道灵菲同志幼年的物质生活是十分困窘的了。但这正养成他后来勤俭朴素的美德。

灵菲同志四五岁时，便被母亲分配做儿童所能做的事。每天早上，天刚微亮，便帮助哥哥到村外去拾猪粪、捡蔗渣，前者当作肥料，后者当作柴烧。他们常常受地主的欺侮、恶骂和毒打，嫌他们脏、臭，不应该从他们门口走过。灵菲回家时哭诉于母亲，母亲则忍气吞声，安慰着灵菲说："好孩子，不平的事多着哩。咱们是穷人家，他们有钱有势，谁敢惹他们呢？惹着他们，还不是咱们吃亏。官府还不都是为他们说话的？"在灵菲单纯稚弱的小心灵上，已感到这是极大的耻辱和不平，内心埋下了反抗的种子。

灵菲同志生长于穷乡僻壤，一直到1912年，他九岁时，才进入乡村小学。一入学校，便专心致志地读书。由于屋少人多，仅有的两三间小破屋，十分嘈杂拥挤，他便悄悄地一个人溜到屋顶去学习。当时人们即称他为书呆子。1918年灵菲同志从小学毕业，考进潮安县金山中学。

灵菲同志身体瘦长，文质彬彬，不像农村出身的人那么粗壮结实。在瘦棱棱的脸孔上，长着一对特别乌黑明亮的圆眼睛。待人接物很诚恳真挚，体贴入微，又能舍己为人，生性豪放爽快，从不计较个人得失。我很喜欢他这种性格，爱和他在一起聊天。虽然他是这么瘦，却十分矫健，这跟他爱好体育活动特别爱踢足球是分不开的。

中学毕业后，1922年升学到广东高等师范学校（即中山大学前身）。1926年毕业于高师，是郁达夫先生最喜爱的一个高才生之一。

从小学到高师二年级的这一段时间，灵菲同志的生活比较平静，使他能醉心于文艺的研究。他崇拜李白、杜甫、白居易、李清照、苏曼殊和雪莱、拜伦等几位国内外有名的诗人，喜欢读他们的诗和词，不管是在道上漫步徘徊，或在阶前庭院憩息。他喜欢高声朗诵，旁若无人。

当灵菲同志在高师二年级时，家里忽然给他定下婚约，使他失去了在中学时期多年相爱的女友。虽然他经过一度的反抗和斗争，结果仍被封建势力压了下去，和一个素不相识、目不识丁的农女结了婚。他从此更不想回家了，他父亲也更不喜欢他。他想借酒消愁，在醉中求得解脱，有时喝得过量，一连昏睡两三天不能起床。他内心的痛苦由此可以想见。

这时家里不给他寄钱，他便自己写文章，到处投稿，维持生活。记得他曾经告诉过我："第一次写的是一篇短篇小说，题为《一个小人物死前的哀鸣》，署名洪素佛，寄到《香港日报》去发表，后来刊登出来，署名不变，稿费却被人窃取去了。"

到第一次国共两党合作时期，革命高潮如洪流般地到处奔腾澎湃，灵菲同志开始参加学生运动，他的思想渐渐朝着革命的路上走，再也不像过去那样消极、悲观、失望、颓废了，成为一个生气蓬勃，心情舒畅，大有作为的青年。他的变化跟许苏魂[①]同志对他的影响是分不开的。

许苏魂同志，原名许统绪，牺牲时名许进，出身于小店员，由于家境贫困，青少年时期没有上过正规学校，靠自己勤奋努力学来一身本事，真是难能可贵。他为了家庭生计，到过南洋，对于海外的情况很熟悉。1925年国共合作后，他担任国民党中央委员兼任海外部秘书长，还负责广东省委党的工作。他是一位优秀的共产党员。后来我们听说他在1930年赴上海参加全国苏区代表大会时，中途被国民党逮捕，英勇就义。

许苏魂待人很和蔼可亲，没有旧社会那种旧官僚的习气。他非常喜欢灵菲，爱他的聪明能干，有学问，落笔成文，善于处理事物，但深为灵菲的失恋抱不平。他痛恨旧社会、旧制度。为了婚姻不自由，不知牺牲了多少男女青年。他鼓励灵菲同志，一定要坚强起来，另找志同道合的伴侣，不能那么软弱下去，以自杀了事；必须反抗到底，推翻整个吃人的旧社会、旧制度，这就是我们共产党人所应该做的事。

当时灵菲同志和他一道在海外部工作，受他的领导。灵菲担任组织科科长，兼做党的支部工作。1924年灵菲同志加入共产党，他还和许苏魂同志一同负责潮州旅穗学生革命同志会的工作。继省港大罢工之后，1926年广州沙基惨案发生，他经常出现于各种群众大会做宣传、组织等工作，发动反帝斗争力量，从此灵菲同志便一心一意地为革命事业而奋斗，直至后来英勇牺牲。

我和灵菲同志的认识，约在1926年6月中旬。那时我刚从潮安

---

① 同"许甦魂"。

296

韩山师范毕业，来到广州升学，经姚师（我在福建集美女师时的史地教员）宝猷的介绍，知道许苏魂同志的家眷在此，我才寄宿于许同志的家。许同志夫妇俩待我很好，我们都是同乡，又是同志，每天一道吃饭，一道谈心，亲如一家。

后来苏魂同志要灵菲同志帮助我，经常给我谈谈革命的道理。他们了解了我的家庭情况以后，都不主张我报考中山大学，要我到何香凝同志主办的妇女运动讲习所学习。于是我考进了妇女运动讲习所，见到了1925年革命军东征潮汕胜利时曾随军到韩师讲演的邓颖超同志。她还领导过我们金、韩二校最高班的女生组织，成立潮安县第一届妇女解放协会。当时，她是我们讲习所的妇女运动史的讲师。在她的教导下，我对革命有进一步的认识。是年秋，我写了入党申请书。在同学许珉仇和同乡洪灵菲两同志的介绍下，经过六个月预备党员的考察，终于在1927年春初，光荣地被批准为中共正式党员，我心里是多么愉快、多么兴奋！从此我便一心一意地沿着革命的道路走，不管后来白色恐怖如何残酷，始终没有动摇过我的革命意志。

在妇运讲习所毕业后，我被党分配到中央海外部担任文书工作。时革命军北伐，节节胜利，国民党中央政府决定迁都武汉，彭泽民部长、许苏魂秘书长以及我们妇运所长何香凝等，都随政府第一批迁都武汉。我们这些留守广州的，等候通知，再行出发。

1927年4月15日，继上海"四一二"之后，这个阴险毒辣、嗜杀成性的蒋介石，在广州一手制造反革命事变，破坏国共合作，以便独吞革命胜利果实。从各机关、各部队、各学校、各革命团体，清洗、杀害了大批共产党员和革命志士。

是日深夜一点多钟，全广州市内外的老百姓正在酣睡中，蒋介石下令戒严，全城顿时布满军警，到处搜查、追捕，枪杀成千累万的革命战士。我们的优秀共产党员、出色的好领导、广东省委的负责人萧楚女同志，就在这天被逮捕杀害。据说反动派用木夹把他从市内大东路拖到长堤海珠公园之后，已是遍体鳞伤，血迹斑斑，危在旦夕，但敌人还不放过他，又用酷刑将他处死。

事后同乡友好前来告诉我们，4月15日一早，敌人也来过中山大学两三趟，想逮捕灵菲同志，结果都扑了空，最后把刚进去的新同学许声闻（即许涤新同志）逮走，他正睡在灵菲同志原来睡过的床上。

其实灵菲同志和我，早已得到组织的通知，为了工作的需要，也为了我们的安全，在春节过后（3月2日）一同搬到距离大东路不远的竹丝岗，一座尼姑庵后边的三间小屋里，这里成了我们新婚的洞房。除了我的同学谭澹如、许珉仇和一些友好同志外，谁也不让知道，因为估计敌人迟早总有一天要逮捕灵菲同志。

事变之前两三天，灵菲同志正害病，我们都没有去上班，不然，敌人到海外部去抓灵菲，他也难幸免。

第二天下午，由尼姑庵的大姑和十一姑这两位好心肠的同情者雇了四辆人力车，扮成要到庙里烧香还愿的样子，将灵菲同志和我转移到白云村——尼姑庵的佃户人家去避难。由于我的短发，乡人感到很奇怪，互相传告，不断有人前来探望。怕因此惹出意外，我们住了几天，又转回尼姑庵来。在组织的关怀下，我们又和当时刚从星洲归国的代表团负责人蔡博真同志以及海外部的陈沧海、张晓天等同志避难到香港，借宿于吴老板的商店和住家。吴老板是我们的同乡，又是苏魂同志的好友，对于我们的招待很周到。

由于吴老板的商店早已接待了海外部主任许超循同志夫妇和苏魂同志的家属，现在又加上我们，来往人多，引起港英政府的注意。他们以查户口为名，逮捕了灵菲、博真、晓天三同志，因为他们都是西装革履，不像该店的伙计。被逮去后，禁锢于香港西捕房。过了几天，查无证据，并经我与香港友好同乡，积极营救，始获自由。释放后，由香港政府送上海轮，驱逐出境，遣返潮汕故乡。船开行后，恐港英政府与汕头市府有了联系，灵菲同志乔装为商人，我则模仿富家女儿装束。抵汕后，看到国民党的通缉令刊登于广州国民党《中央日报》上，定要抓到灵菲同志。他只得又化装为贫苦农民，剃光头发，赤着足，穿上褴褛的衣服，背上市篮（这是广东一带贫苦农民出洋的装束），只身南渡，到过暹罗、唛叻等地。谁知到南洋后，白色恐怖比国内更形严重！亲友们恐受他连累，不敢招待。灵菲同志日则流浪街头，以红薯（北方叫白薯）汤充饥，夜则栖身公馆墙角。侨居海外数月，备尝辛酸苦楚！

1927年周恩来同志和朱德同志领导了"八一"南昌起义。消息传到国外，灵菲同志便偕戴平万同志（当时平万被海外部派在暹罗工作）一道归国。船抵汕岛，恰好贺龙、叶挺两同志率领的部队刚刚退出潮汕，反动派的军队尚未到来，汕市一片荒凉，商店紧闭，人心惶惶，惟恐①国民党反动派的军队一到，人民又要惨遭屠杀、抢劫，路上行人很少。灵菲和平万两同志，只好匆忙离

① 同"唯恐"。

299

开汕岛，返回故乡，暂时匿居村僻，等待这一浩劫过后，相偕去沪。灵菲同志不但不因此而感到气馁，反而因此增强其对于革命的信心。

是年冬，灵菲同志偕平万同志离开故乡，继续踏上革命的征途，来到上海，恢复党的组织关系，负责闸北区委书记，与光慈（即蒋光慈）、钱杏邨（即阿英）、孟超等同志认识，并开始写作生活。以蒋光慈、钱杏邨、孟超三同志为首组织了"太阳社"，主编《太阳月刊》，创办春野书店。以灵菲、杜国庠（笔名林伯修）、戴平万等同志为首成立"我们社"，主编《我们》月刊，创办晓山书店。

1928年灵菲同志又兼任地下党办的上海中华艺术大学中文系教师。

灵菲来沪后，始闻人言，我已偕姊北上升学，但不知道我的通讯地址，他便写信到北京大学给他在金中时的同学詹昭清，请他转给我一信，要我返沪。1928年1月9日，我由北平回到上海。这时的上海，天寒地冻，灵菲同志的衣衫非常单薄，同时也贫困不堪。原来两眼炯炯有神，好像两盏明灯，经过这一年来的流亡生活，奔波了好几万里路程，已筋疲力尽，不但眼睛无神，面容瘦削，身体也不像过去那么矫健。我问他："生活怎样？"他只是摇头叹息，慢慢才告诉我："现在已经欠饭馆好几十块钱，没有办法还，借债也已经无处可借，马上就要停止我们吃饭的权利！你说糟糕不？"接着他又说，"只我一个人还不要紧，还有好几位流亡朋友，他们比我更没有办法。最可恨的是书店的老板，好像专门和我们作对。我写了一本书送到他们那里，已经将近两个月了。究竟要不要，也不答覆我。好在我的老师郁达夫先生，还是了解我和爱护我，给我写了一篇序文，并介绍我送到'现代书店'。现代书店答应给我出版；但他们也不是傻子，看到有名作家写序，又看到《流亡》一书所写的内容也是新情况，销路一定不错。书店答应每千字给我四块钱，版权就归他们所有。但贪得无厌的剥削阶级还不知足，他们不愿痛痛快快地付款，一而再、再而三地拖延付款日期。现在眼看春节就要到来，需要花钱的事多着哩：几个流亡朋友的生活马上成问题还不说，房东请我们吃年饭，难道就不送人家一点礼物吗？倒马桶的工人，辛苦了一年，到春节就不打赏他一点钱吗？这一切，没有钱都过不去！"他愤愤不平地告诉我。

我连忙安慰他说："别着急，我这里还有一点钱，饭馆的欠款，就由我先付给他们吧，别让他们停伙，停伙就不好办，横竖是个老主顾，有商量的余地，再找新的饭馆，那就更不好办了。"

灵菲同志同意我的主张。出乎他的意料之外，我在那样贫困不堪的处境，以苦学生的名义，获得了一笔小小的"都门津贴"助学金，能积下这几十块钱，真是不容易的事啊！灵菲同志很兴奋，很激动，有力地紧紧握住我的手，不知怎样说好。

当时，灵菲同志和几个难友都住在上海法租界白莱尼蒙马朗路西门里的一个前楼；十一二米宽，窗口摆着一张书桌、两把椅子、一张木板双人床和一张行军床，别无他物。五六个难友住在一起，显得非常拥挤，再加上我，更挤得不堪设想了。但是同志们都很客气，让出大床给我们睡，他们有的睡地板，有的睡书桌，有的睡在行军床上。

第二天，我们和房东商量，腾出了二楼的一间亭子间——

五六米宽，只能放一床一桌一椅。可是我们没有钱添置什么，唯一的家具，只是我从北平带回来的一张行军床，和一个多年失修的破藤箱子。把箱盖放在行军床上，可以作为写作的书桌，把箱子翻过来放在地板上，权当椅子坐。就在这样艰苦的环境里，灵菲同志创作出他的中篇小说《前线》和《转变》。

1928年春，《流亡》一书已出版，在国内各大城市和南洋一带，销路很好。各书店争先恐后来要稿，灵菲同志为了宣传革命思想，也为了担负起流亡同志们和我的生活重担，答应了书店的要求，夜以继日地辛勤写作。

灵菲同志一向很关心同志们。不管自己有没有钱用，一听说同志们有困难，总要设法帮助。记得有好几次，他到外面去接头，听到某某同志生活很困难，马上给我写来了条子，问我身边还有多少钱，要我分一半给他们。

灵菲同志的另一特点是为人谨守信用，与人约会，不管狂风暴雨，准时前往，决不失约，有时直至对方过时不来，才慢步往回走。

为了创作，也为了生活，灵菲同志除忠心耿耿从事于党的事业外，每天起早贪黑地写文章，从1927年冬至1930年春，这短短两年左右时间，灵菲同志共写了一百多万、将近二百万字。单行本有《流亡》《前线》《转变》《明朝》《归家》《气力出卖者》《家信》《大海》《长征》（日记体，写上海生活的）及《在淞沪车厢里》。《在淞沪车厢里》是写两个参加过"围剿"红军的国民党士兵的对话。其他还有些短篇小说和论文、诗歌、卷头语等，散见于《我们》月刊、《太阳月刊》《海燕》《拓荒者》、《海风》周报、《大众文艺》《文艺讲座》等刊物。长诗有《朝霞》《躺在黄浦滩头》《在货车上》。《在货车上》是为纪念我们的战友谭澹如同志于1928年参加 广州起义时，被国民党反动派惨杀而写的。他们用木标插进她的阴部，割去她的两乳，然后用棉花包扎她的全身，注上火油，当"天灯"点，其手段之残暴酷毒，实无以复加！敌人无法收殓，就用货车把残骸运送到郊外去掩埋。这首诗的底稿，国内已无法寻得。据当时留学日本的同乡杜镇奎同志来信告诉我们，这诗早已被上海"内山书店"的人译成日文，刊登于日本刊物上。除创作外，灵菲同志还翻译过高尔基的《童年》和陀思妥耶夫斯基的《赌徒》。

在西门里住过了1928年的春天，为了工作的方便，也为了逃避法租界每晚对行人的搜查（这对于我们这些地下工作者来说，很为不利），夏初，灵菲同志和我，一道从西门里搬到北四川路"奥迪安"电影院旁边的鸿庆坊，租了一间亭子间。这时我已怀孕，行军床太小，无法挤下两个人，只好到旧家具店买了一张最便宜的、锯了上半节的双层床，和一张旧书桌、一把椅子。这就是我们的全部家具。

1928年秋天，杜国庠同志由香港逃难到上海，我和灵菲同志、戴平万同志都搬到北四川路东武昌路口春江里54号。这里只有两层楼房，楼下住的是一位姓谭的资本家和他的太太，两个孩子、一个保姆。二楼住的是一位洋行职员和他的妻子，我们称呼她林少奶奶，和一个八九岁的丫头，据说是他们的佣人。现在他们便是我们的房东。我们租了他们两间房子，大约有三十多平方米宽，后厢房很大，可放三四张单人床，摆三张桌子：一张是平万同志的书桌，一张是杜老的书桌，中间一张饭桌。

我和灵菲同志住的是前后房中间的一间厢房，大约有十一二米宽，除一床、一桌、一椅外，我们添了一张单人铁床，待孩子生下来后，灵菲同志可以一个人睡在那里，不至于妨碍他的工作和学习。

搬到这里以后，有组织关系的文化界人士，来往更多了，有时说不定要在这里开个会，研究一些问题。灵菲同志每天一早就起来写作，白天接待同志们。平万同志喜欢在晚上，更深夜静的时候写作。杜老搞日文翻译，多半在白天和晚上。这三人都有稿费收入，其中要算灵菲同志的收入最多。他写得快，每天早上四到六点两个小时左右，他都能够完成五千字的任务，书店也最欢迎他的稿子。同志们一个个见到灵菲同志，就拥抱他，表示对他的尊敬和爱戴。杜国庠同志也认为灵菲同志年轻有为，很佩服他。

现在需要我们接济的同志也渐渐少了，有的派了工作，有的调到地下党机关去。我们的生活也就慢慢地宽裕起来，请了谭家的保姆来做饭、买菜、洗衣服和照顾我坐月子，因为她不愿意在谭家干活，我们便把她请来了。这人很忠厚诚实，很适合我们做地下工作的需要。她出身于工人家庭，二十岁结婚，生下一儿一女，丈夫就去世了，今年才二十三四岁，为了生活，出来帮工。据说谭老板对她还不错，太太有点醋意，她就不想再干下去了。她看到我们这里人虽多，活路不重，一个个和颜悦色，没有架子，心地也好，她便乐意到我们这里来。这时已是深秋十月，我眼看就要分娩，不请人帮忙是不行了，便答应了她。她真是事事都为我们着想，买菜、做饭一点都用不着我们操心，每天起早摸黑地手脚不停。灵菲同志怕她太累，老劝她休息，她只笑着说："没事，没事，在你们这里，比谭家的活路少得多，林先生你放

304

心吧。"

在这些同志当中，她最敬重的是灵菲同志，她常常对我说："三姑，林先生真好，没有架子，每天起得这么早，也不要人给他打洗脸水，不但不用侍候他，反而要他操心。他老是怕人多吃饭，我没菜吃（因为经常都有临时来吃饭的客人），每回我吃饭的时候，他老看看我是不是有菜下饭，没有菜，他就给我些钱再添，我真是不好意思！他自己生活得这么艰苦朴素，可是对人是那么关心、大方。"

从此她对我们更加忠实，更加关心。后来为了工作的需要，灵菲同志和我介绍她入党。她在我们家一直带灵儿到两三岁的时候，大约在1930年下半年，为了党的需要，我们只好让她到地下的党中央机关去工作。在党的培养下，她到过苏联留学，和一位公安干部结婚，她爱人做过延边公安厅厅长，她协助他做了不少治安工作，以后她爱人病死，调她到吉林省总工会担任副主席。1963年6月30日，她在《吉林日报》上刊登了一篇《忆灵菲》的文章，我们才取得联系。

1930年左翼作家联盟成立，灵菲同志是发起人和七个常委之一。后来敌人看到文化界进步势力一天天蓬勃发展起来，进步作家都围绕到左翼作家联盟的旗帜下，便对"左联"恨之入骨，除极端无耻地诽谤谩骂、造谣诬蔑之外，对进步作品的发表和出版横加刁难，或者扣压，禁止，甚至把已经同意出版的，也不让与读者见面。据我所知，灵菲同志的著作就被他们扣压了好几部，如《前线》《长征》《在淞沪车厢里》《在货车上》等等。由于敌人的法西斯暴行，这些作品的底稿都无法保存，而被烧毁。

这时，灵菲、杜老、平万诸同志所主持的晓山书店被封，

《我们》月刊被禁，国民党反动派还不甘心，在上海《申报》上登出第二次通缉洪灵菲的命令。

1930年下半年，为了转移敌人的目标，党要灵菲同志暂时放弃写作，转入地下，担任江苏省委宣传部工作。不久又调他到中央，参加纪念广州暴动筹备会的工作。事情结束后，他又回到江苏省委组织部，直至1932年上海"一·二八"事变发生。日本帝国主义继1931年"九一八"侵占东北三省之后，更进一步向中国进攻，引起全国人民的愤慨和反抗。在地下党的领导下，于上海成立中国反帝大同盟，又把灵菲同志调到全国反帝大同盟担任党的领导工作。他更忙了，白天工作，夜晚办工人夜校，亲自授课；组织工人，发动群众，加强抗日阵营。遇到各种集会或节日，党发动群众在南京路上示威或游行，灵菲同志都亲自参加。有一次，差点被敌人逮捕。为了避开敌人的追捕，他跌得膝盖上皮破血流，但仍然出生入死地干革命工作，置自己安危于度外。

这时白色恐怖更为严重，工作之艰难，实无以复加。为了避开敌人的暗探，我们经常搬家。1929年从北四川路春江里搬到沪东周家嘴路，自己租了一幢房子，与平万住在一起。这时文化界的同志们如蒋光慈、钱杏邨、孟超、李初梨等，经常来我们家接头，研究工作，讨论问题。为了保护同志们的安全，我便带着灵儿在门口弄堂里放哨。在周家嘴路住了将近一年之久，平万同志的妻子来了，我和灵菲同志又搬到海宁路三德里驻省委机关。当灵菲同志调中央纪念广暴筹备会，我们又搬到闸北宝山路。1930年年底，我们再搬回海宁路省委机关。随着灵菲同志工作的调动，我也越来越忙碌，在我们家开会、碰头的次数更多了。除放哨外，邮寄宣传品，到工矿区散发传单，替发生问题的同志搬家，协助灵菲抄写内部文件、汇报等工作，我都帮着做。

这时我已经是两个孩子的母亲了。由于有孩子，对我们的工作，起到更大的掩护作用。

灵菲同志的父母亲听说我们于1928年生下灵儿，非常高兴（这时灵菲同志的大哥、二哥都早已去世，他们只剩下灵菲一个儿子）。老人家打算于1929年春天来沪看望孙子。谁知在未动身以前，灵菲同志的父亲忽然得病死去，我们非常悲痛。为了安慰灵菲的母亲，我们把刚生下来的第二个孩子曙曦送回老家去。不料因家里人太迷信，孩子种痘也要问神卜卦，一直拖到三岁还未种痘，以致得了天花，不幸夭折！老母亲为了怕我们难过，找了一个男孩过继给我们，起名洪瑞宁。1932年，我又添了一个女儿，名叫小菲。

灵菲同志对这三个孩子，一向抱着放任的态度，由他们自由发展，他说："父亲对我太严厉，使我不敢亲近他，因此我对待孩子要和父亲不同，使孩子们不要怕我。"他虽然非常宝贝孩子们，但对孩子们可花可不花的钱，他坚决不花。例如大儿子小灵，小时候非常喜欢小三轮车，他始终不肯给他买，宁可把钱帮助有困难的同志。有时我忙不过来，看孩子淘气，打骂他们两下，灵菲同志总是背着孩子恳求我不要打骂他们。

我家没有保姆，一切家务事、带孩子、工作等等都是我一个人负担。我们别无收入，每月只从党内领到一笔小小的津贴费，灵菲同志一人每月享受十八元的待遇，我十二元，孩子每人每月8~10元，这就是我们全部的生活费用。在上海这样繁华的地方，我们的生活虽然很艰苦，但是我们住的是省委机关，摆设却十分考究，可以说是富丽堂皇，有双人钢丝床、大衣柜、梳妆台，有大沙发、小沙发，所以显得非常阔气。我们为了工作方便，也只好这样。

灵菲同志在全国反帝大同盟工作了好几个月之后，党又把他调回左翼文化总同盟。反帝大同盟的工作由徐冰同志接手。

1933年2月份的一天，上级忽然决定灵菲同志要外调。究竟调到哪里？我一点也不知道，只听灵菲同志吩咐我："芳妹，明天一早，我们就要走，你把所有的东西收拾收拾，越简单越好，不带走的家具和其他的东西，都交给省委。以后我们到新的工作岗位，从新布置。"我问他到什么地方去，灵菲同志说："你不要问吧，到那里你就明白了。"

第二天，我们在闸北火车站集合，由一位不相识的同志带我坐上京沪列车，我和他及孩子们坐在一个车厢里，灵菲同志和另外一个同志在别的车厢里，我们装作互相都不认识。这样一直等到火车抵达北平，我才晓得是调到北平来。北平地下党组织早租妥了东城干面胡同五号内院三间东屋。屋里早已放了一套新家具，有红木双人床一张、书桌一张、转椅一把、书架一个。中间一间为会客室，摆了一张红木方桌、四把椅子，桌上放着一个花瓶和一套茶具。靠正屋那一间，做厨房并放杂物。这就是中共中央驻平全权代表秘书处。一切文件都存放在我们这里，因此跟其他同志只有单线联系，除田夫同志（现名孔原）外，并没有其他的人来往。到这里以后，我才知道灵菲同志是由省调到中央来了，护送我和孩子的那位同志，是专跑京沪的交通员，他对沿途一切都很熟悉，对于我们的安全，比较有保障。

到北平以后，田夫对外，灵菲对内，当时华北六省的文件和汇报都往我们这里送，他们负责领导这六个省的工作。所以我和任何人也不来往，在家除带好孩子之外，有空就协助灵菲同志抄写来往文件和汇报。

初来时，灵菲同志还出去接了几次头，这些同志都不认识他，经常在问：

"你认识灵菲同志吗？听说你刚从上海来的。"

"是的，我有点知道他，可不常来往。"灵菲答。

"那么你知道他最近有没有写文章？"另一位同志问。

"可不太清楚。"灵菲答。

"我们都很喜欢读他的书，可是最近见不到他有什么书出版。我们很耽心①他的安全！"同志们说。

"那没有什么，也许他太忙吧。"灵菲随便地答。

"这作家年纪很轻，写文章的速度可真罕见，我们真佩服他哩！"同志们说。

"你们怎么知道？"灵菲同志漫不经心地问。

"从1927年至1929年，这短短的一两年时间，出了这么多的书，还不惊人吗？"同志们说。

为了避免同志们对他的注意，他接完头，马上回来。

以后还碰上两三处的同志在问灵菲同志的情况，他索性说："我不认识他。"

但是他心里感到很抱歉。现在由于工作比过去集中，他正想抽出时间，继续写他的《童年》。谁知《童年》刚刚写了三章，他就不幸为叛徒阮锦云出卖了。

1933年7月26日一早，天刚刚亮，田夫同志就来到我们家，我

---

① 同"担心"。

和孩子们正酣睡着，只有灵菲同志早已起来工作。田夫一进门，说他今天有事，不能到宣武门外去，要灵菲同志替他去。究竟到谁的家，我一点也不知道（直到解放后，我在海关总署见到了孔原同志，他才告诉我，那次是到李大钊烈士的侄女家）。灵菲同志吃过早饭，临走时告诉我："十二点就回来。"灵菲同志一向说话很守信用，他每次宁可告诉我晚点回来，结果提早回来，绝不愿意告诉我早回来，而到时不来，令我着急，这是他的习惯。

十二点过去，一点过去，两点也过去了，……灵菲同志始终没有回来！这可把他最心爱的儿子小灵急坏了！他走进走出，到门口去等爸爸不下二三十次，结果爸爸终于没有回来。灵儿说："爸爸不回来，我就不吃饭！"听到孩子的誓言，母亲的心更加碎了！但是在当时的处境，有苦也只好往肚里咽，哪敢吭一声呢，不怕暴露自己的身份吗？我只好强笑着说："爸爸就快回来了，你乖乖先吃一点饭吧，我的好孩子，听话的孩子才是妈妈的好宝贝呢。"哄了好一会，孩子才吃了几口饭。田夫同志又来了，这是下午三点钟的时候，他一进门就叫我：

"小秦，灵菲回来了没有？"

"没有。"我答。

"那糟糕得很！一定出事了！"田夫自言自语地说。

"一早是你叫他出去的，究竟上哪儿？"接着我追问了这一句。

"……"他没有回答，急忙吩咐我，叫我把家里所有的文件都烧毁，并约我第二天早上八点钟在协和医院（即今首都医院）见面，说完他就走了。

我知道，他是中共中央驻平全权代表，为了他的安全，我只好让他快走。但是我也知道，灵菲同志真的遇难，他也绝对不会说出自己住在什么地方。田夫走后，我把一切文件都销毁了。

次日，我依照田夫同志的嘱咐，瞒过街坊邻居，假说带孩子去看病。到了协和医院，见到张月霞同志（田夫同志的爱人），她给我四十元，要我马上回上海。我因为不知道灵菲同志的情况，有点不舍得离开北平，总想他是左翼作家里有点名望的人物，报纸上一定会泄露一点关于他的消息。等知道情况后，再把孩子送回上海或老家，然后设法营救他。我希望田夫同志能设法让我隐蔽一下，慢点再走，他不同意。

回到家，又过两天，对面西屋的傅大妈来看我。她丈夫是店员，两口子和我们家关系不错。平时灵菲同志很少出门，这两天不在家，她表示关心地问：

"林太太，林先生上了哪儿？"

"上西山。"我答。

"干吗去？"

"看房子。"

"你们要搬家吗？"

"不，这里天气太热，赶上林先生放暑假（当时他的身份是某大学学生），我们想到那里避暑去。"我答。

"他平时除上学不大出门，这回出去了两天，莫怪孩子那么想念他。"傅大妈表示同情孩子地说。

"明天一早我就走，免得孩子老想爸。"我装得若无其事地回答。

其实我的心就像刀在绞一样难受，家里实在是再也待不下去啊！四壁好像有无数狰狞的脸孔对着我，连一个帮手都没有。大儿子想爸爸老是哭，小女儿出疹子还没有完全好。这怎么办呢？再住下去，很容易被人看透，不如早点走为妙。

7月30日一早，雇了一辆人力车，到距离前门车站较远的一家偏僻的旅馆住下来，让茶房给我买了车票。听说下午两三点钟，有一趟特别快车开到上海。吃过午饭后，茶房给我雇了一辆人力车，拉着我和孩子直奔车站。谁知刚到车站，我正要下车，迎面来了两个便衣侦探，装着很有礼貌、很客气地说：

"太太，三团团长请你。"

"什么事？"

"到那里，你就知道。"

"不，我不认识他，我不去。火车就要开，去了回来赶不上车了。"我说。

"不要紧，我们送你上车。"

那两个便衣侦探看我坚决不去，便恼羞成怒，收了笑脸，蛮横地拉着车夫跟他们一起走。这时我心里早已明白过来，一定跟灵菲同志的失踪有关系，我暗暗地嘱咐灵儿见到爸爸，不要叫他。

到国民党宪兵第三团，即时提来一个人，还没有走到跟前，说是提错了。再提来一个，是灵菲。这时灵菲同志满身血迹，走路都很艰难，我见了他，低头无语，犹如利刃锥心！灵儿很懂事，也不叫爸，脸孔藏在我的怀里，只有一岁多的小女儿，笑眯眯地叫了一声爸，她在我怀里挣着，老想要爸。灵菲走过来，抱着孩子亲了又亲，同时用家乡话对着灵儿（其实是在对我）说：

"我被叛徒阮锦云出卖了，现在只有准备一死，死前别无他言，希望你不要难过，带好孩子，我就满意了。"接着他又说，"我

312

是对得起党，对得起任何人，只有对不起你，从结婚到现在，累得你好苦！"我安慰着他说："别为这些小事不安吧。"

不知怎么，当时我并没有哭，也哭不出眼泪来。我只想着能见到灵菲同志，知道他的下落，就是拿我去枪毙了也是痛快的。这次会面也就是我们最后的诀别。

在宪兵三团关了将近两个星期，我和当时为李大钊烈士送殡而被捕的学生，及国民党两个军事犯，共22人，一道被押往南京警备司令部判刑。

在南京模范监狱坐了三几个月牢之后，等到第二批又从北平解往南京判刑的政治犯到来，才从他们嘴里听到洪灵菲同志在北平壮烈牺牲的消息！

当时有两种说法，一说当灵菲同志被提走不久之后，听到黄城根大公主府（三团当时就驻扎在这里）后花园的枪声响。

另一说，是敌人用绞死李大钊烈士的绞架绞死洪灵菲同志的。这绞架又经过七八年的雨淋日晒，已锈钝不堪，用刑达半个多小时之久始断气！……究竟哪一说是真，至今无人证实。

我听后，难过得昏了过去。当我醒来时，我便暗地里立下心愿，坚决为他未竟的事业奋斗到底。随后又写下这首纪念他的诗，题为《失掉了他》，现记录如下：

失掉了他，失掉了他，
好像失掉了我的心！
使我没有力量支撑我的四肢。
啊！
他是沙漠里的甘泉，

313

他是生命上的露珠。

我将因为没有它的滋润而枯萎！

唉！

人生是这样冷酷！

社会又是那么无情！

到今天，我才深深地尝到它们的滋味。

可是，我并不因此而伤心，

我并不因此而痛哭流涕，

这只是弱者的表现，

我应该、更加坚决地

踏着他的血迹

前进！前进！

1933年12月写于南京模范监狱

不管我受尽多少折磨，处在什么环境，我从没有忘记灵菲同志的心愿。遵照他的嘱咐，1936年在我出狱不久，通过沈端先（夏衍）同志的帮助，与八路军办事处取得联系，于1938年将大儿子洪小灵送往延安，以继父志。1946年又托董必武同志将小女儿洪小菲带往延安学习。

1939年，我们在第五战区集训，为掩护共产党员唐应续同志逃出虎口，我被汪精卫派去潜入第五战区的汉奸特务刘治汉拘留，再次入狱，那时正逢7月26日，是灵菲同志被捕六周年的日子，我又写了这首忆灵菲的诗：

忆 灵 菲

年年此日心中苦，

今年今日苦更添。

壮志未达身先丧！

遗下孤骸留帝都，

本欲前往亲运返，

凭吊英魂解心愁，

怎奈身居囹圄地！（第一次在南京坐牢）

一片真诚化为乌，

及后敌骑入平地，

半壁山河任他攻，

千万生灵当炮火，

千万荒塚变泥涂。

君兮，君兮埋骨处，

恐与风尘同飞空！

1939年7月26日写于鄂北郧阳监狱署

灵菲同志被捕后，据说日本反帝大同盟和其他国家，以及孙中山先生的夫人宋庆龄同志，都先后发出电报，向国民党提出抗议，并声援灵菲同志，要求释放他，可是敌人置之不理，又害怕当时的读者和群众知道，对他们不利，于是秘密在北平将他处死，时间是1933年大约中秋节前后。灵菲同志牺牲后，尸骨埋于何处，至今没有人知道。

灵菲同志和所有的烈士们一样，成为今天中华人民共和国的奠基石。在四十六年后的今天，我来回忆他，好像他就在眼前一样，他永远活在我们的心里。

1979年9月写于北京

（原载《新文学史料》1980年第2期 ）

在中国"今天和明天之交"的无产阶级
作家——洪灵菲

鲍 昌

革命者——作家

有时，历史是辜负人的。曾经心力交瘁地把自己贡献给历史的人，历史却未能把他清楚地记录在案。洪灵菲，就是这样一个人。他像那夜空中划过的一道流星，在人们眼中留下了光辉，但人们却不知它由何而来，向何而去。真的，我们现在仍未能弄清楚洪灵菲生于何年，卒于何月。他的尸骨也不知在何处，怕是被万恶的国民党匪徒遗弃在不知名的荒野青山中了吧！

洪灵菲为人是质朴的、谦逊的，他没有给自己写什么自传性的材料。倘若钩稽洪灵菲的生平史迹，我们只能依靠他的生前战友、原太阳社成员孟超的两篇回忆文章，还有许涤新、许美勋等同志提供的一点史实，仅此而已。此外，他写的《转变》《流亡》《气力出卖者》等作品，不少人认为有一些自传性质，可以拿来做一定的参证。

这样，我们知道洪灵菲的原名叫洪伦修，是广东省潮安县洪砂寮村人。他大概（很遗憾，我们只能作大概的估计）生于一九〇一年。父亲是前清的不第秀才，先在农村中课蒙为生，其后转业中医。因为家里是"断分寸地"（毫无土地）的，而兄弟姊妹又有六七口之多，故生计艰难，使他从五六岁起，便须干"耙猪屎""看木子""拾蔗皮"以及放鸡、打柴一类农活。他常受到富家儿"叱骂""吐口水"，恨得他"眼睛里只是喷着火"。

九岁时，他开始读私塾。十四岁时，在小学毕了业。小学毕业后，父亲经过反复的考虑，才让他上了金山中学。他在中学临毕业时，五四运动的浪潮席卷了全国。

估计他是在一九二〇年，从中学毕业后考入广东高等师范学校。这年的冬天，孙中山重回广州，发表了宣言，于是，广州开始成为"革命的策源地"。在高师学习的四年，对洪灵菲的一生具有决定性的意义。这四年中，中国共产党成立，国民党改组，国共第一次合作，五卅运动，省港大罢工……他在一浪高过一浪的革命运动中接受了洗礼。一九二四年，他投身于革命学生运动，参加了国民党左派组织，随即又参加了中国共产党。

他在一九二五年由广东高师毕业。毕业后没有离开广州，而成了一个职业革命者。他以共产党员身份，在国民党中央海外部工作，一直到一九二七年的春天。

那时的广州，正像鲁迅所形容的，是个"红中夹白"的地方。表面上看，连蒋介石、汪精卫都在高喊"革命"口号；内里却是激烈的阶级分化。风吹劲草，浪卷流沙。当时，政治局势还很暧昧，但洪灵菲在"红""白"两种势力的胶着苦斗里，做出了合乎他自己出身历史的抉择：他忠于"普罗列塔利亚"，而与国民党右派泾渭相分。

这就是为什么他在广州"四一五"政变时被通缉了。曾经是他"忠实的同志"要流他的血,他不得不逃亡。数月之内,广州——香港——新加坡——暹罗——汕头——上海,他在尼姑庵停厝的棺材里藏过身,在香港的英牢里被拘留,在新加坡的栈房里挨饿,在湄南河的木筏上漂流……最后,他在上海留下来,冒着空前的白色恐怖,从事党的秘密工作。

洪灵菲进行文学创作,是从一九二七年下半年开始的。到他就义时,前后不超过六年。而实际上,他的绝大多数作品是在一九二七年秋到一九二八年底的一年半时间中写成的。这期间,他先后写了长篇小说《流亡》《前线》《转变》《明朝》四部,以及一些短篇小说和诗歌。一九二八年春天,他与杜国庠、钱杏邨、孟超、戴平万等组织了革命文学团体"我们社",出版了三期《我们》月刊。他还翻译了高尔基的一些小说。后来,孟超在回忆他的文章中写道:在"我们社"的成员中,"他是最勤奋最辛劳的一个"。

一九二九年后,他写的东西不多了,因为他先后在中共江苏省委宣传部和沪西区委工作,还要在中华艺术大学兼课。一九三〇年春"左联"成立时,他是发起人和七个常委之一;不久,又成了"巴尔底山社"的成员。一九三一年"九一八"事变后成立的中国反帝大同盟,一九三二年六月成立的中国左翼文化总同盟,他都是主要领导人之一。繁重的党的工作压在他的身上,他这时只在业余翻译了高尔基、巴比塞、陀思妥耶夫斯基的几部作品,写了《在木筏上》《在洪流中》等短篇小说和长篇小说《大海》《新的集团》的片断。但这少数几篇作品,却标志了他的创作新阶段。

一九三三年春，党把他派到北平，让他以作家身份为掩护做党的工作。四月间，他曾为"左联"事情去过一次天津。在七月二十六日，即不幸在北平被捕。没几天，他的爱人秦静（孟芳）也被捕，一同被押在北平皇城根大公王府国民党宪兵第三团。

在监狱中，洪灵菲表现出共产党人的钢铁坚贞。敌人对他的一切威逼利诱，都未能使他吐出半句党的机密。他憎恨敌人，他蔑视敌人，他使敌人恨得发狂，终于把他秘密处决。据说，他在绞架上还受到敌人最后的折磨，敌人把绞索一松一紧，使他呻吟了半小时方痛苦地死去。但他究竟是在北平还是在南京，究竟是在一九三三年还是在一九三四年就义的，现在有两种说法，无从证实。不过根据秦静同志在狱中便听到狱卒向她讲述了洪灵菲的噩耗，我们估计，他也许是在北平就义的吧！

"故国乱离三万里，东风吹恨一千年。"洪灵菲的两句旧诗，正是他自己悲壮一生的写照。他在苦水里诞生，在乱离中成长，而在祖国"今天和明天之交"的子夜中死去。他大约只活了三十三岁。想起他那未遂的理想、横溢的才华，我们感到锥心般的怆痛。

观其一生，察其全人，应当说洪灵菲是个革命者——作家。他首先是个革命者，其次才是个作家。正因如此，他早就对革命牺牲作了充足的精神准备，他早就写下了如此热烈的誓言：

　　值不得踌躇啊！值不得踌躇啊！你灿烂的霞光，你透出黑夜的曙光，你在藏匿着的太阳之光，你燎原大焚的火光，你令敌人胆怖，令同志们迷恋的绀红之光，燃

罢！照耀罢！大胆地放射罢！我这未来的生命，终愿为你的美丽而牺牲！——《流亡》

现在，令人迷恋的绀红之光已经笼罩了祖国大地。特别是粉碎"四人帮"之后，中国无产阶级文学的第一页——"左联"的历史重现光辉。倘若灵菲同志"天上有灵"，他应当回眸笑慰了。因此，尽管我们对他的早死感到怆痛，我们却无须让悲哀的安琪儿去寻找他那无处可寻的坟墓。我们应当研究他的遗作，并把他的名字镌于文学史上，以至永恒。

革命转折时期的一页历史画幅

我们说过，洪灵菲在他短暂的文学生涯里，写出了为数颇多的作品。而他所有的作品，其共同特点都是以他当时的生活遭际为题材的。他执着于现在，而不游离现实。因此，他的作品成了二十世纪二十年代至三十年代初期黑暗中国的一页画幅。他的作品，具有时代的特点。

还应当指出一点，洪灵菲的文学创作，是从一九二七年"四一二"政变后开始的。他的主要作品，特别是他的处女作和代表作《流亡》（解放后出版的《洪灵菲选集》正是选了这一部）。集中地反映了"四一二"政变前后中国社会政治形势的剧变。因此，他的作品又特别具有这个大转折时期的时代特点。

一九二七年春天以前，中国人民的大革命达到了高潮。北伐军胜利前进，反动军阀的部队节节败退。"打倒列强，除军阀！"的战歌唱彻云霄。全国处在革命的盛大节日里。由于革命统一战线的不稳固，人们从"中山舰事件""整理党务案"之后，已看出了革命统一战线内部在聚集着乌云。但谁也不曾料到：反革命暴风雨竟来得如此突兀，蒋介石一伙屠伯竟使出如此辣手。黄浦滩头，血花飞溅；珠江两岸，尸骨堆山。这是鲁迅所说的一场"血的游戏"。那些杀戮青年者，"对于别个的不能再造的生命和青春，更无顾惜"（《答有恒先生》）。有多少人，被这场剧变惊诧得瞠目结舌啊！

于是，"虎狼成群，弹冠相庆"，蒋家王朝在南京奠基。"新月派"的"正人君子"赶快到门下献媚，这使得屠伯们颇现"得意之色"。他们想再造一个"无声的中国"。

但是，真正的革命者并没有被吓倒，鲁迅没有被吓倒，包括洪灵菲在内的许多革命作家也没有被吓倒。一九二七年九月，鲁迅在《答有恒先生》文中又写道："我曾经叹息中国没有敢'抚哭叛徒的吊客'。而今何如？"正当他提出这个问题的同时，洪灵菲在写《流亡》了。他正在抚哭死难的叛逆者，他正在向历史起诉。

《流亡》这部小说，故事情节很简单。它写的是"K大学的毕业生，M党部的重要职员"沈之菲在"四一五"政变后几个月内的流亡生活。小说的场景由C城到H港，到新加坡、暹罗、S埠，再去上海，这正与作者本人的流亡路线完全一致。因此，我们可以认为这部小说有很大的自传成分。正因如此，它富有生活实感，人物有血有肉，令人读起来感到亲切、真实。小说描写的生活场景，人物的心理状态和语言，都完全属于那个特定的时代。可以说，它是"四一二"政变时期中国社会动乱局面的一页实录。

我们从《流亡》中感触最深的，是作者以炽烈的憎恨，揭露了蒋介石国民党的反革命政变罪行。小说所描写的C城里，"M党恰好发生一个极大的变故，党中的旧势力占胜利，对新派施行大屠杀"。革命者"被拿去的日多，有的给他们用严刑秘密处死，有的当场给他们格杀，全城已入于一个大恐怖的局面中"。血腥的刽子手们，把"所谓犯人的头面用黑布包起来，一个个的用粗绳缚着。像把美洲人贩卖黑奴的故事，再演一回"。对于国民党反动派的这些滔天罪行，作者通过沈之菲给他的爱人黄曼曼的信，进行了愤怒的声讨："啊，好个空前未有的浩劫！比专制皇帝凶狠十倍，比军阀凶狠百倍，比帝国主义凶狠千倍的'所谓忠实的同志们'啊，我佩服你们的手段真高明！"

洪灵菲在《流亡》中所声讨的，并不限于国民党的反革命政变罪行。他深知：那"吮吸膏血，摧残自由，以寡暴众的统治阶级"总后台，是"资本帝国主义"。因此，他在小说中同时揭露了H港英国殖民当局的反动面目。沈之菲流亡到H港时，立即被他们无理拘留，在监狱里连饭都不给吃饱。他的遭际，引起了狱中一个"黑眼睛里闪着泪光的司号的印度人"的同情。这使得沈之菲认识到，必须"大家联成一条战线！叱咤喑呜，使用我们的强力，把罪恶贯盈的统治阶级打倒"！

从《流亡》开始，洪灵菲在他其后的作品中，都表现出对于帝国主义、封建主义、国民党反动派的强烈的批判倾向。同时表现出他对于工农劳苦群众的真挚同情。而他的爱爱仇仇，又是从不加掩饰的无产阶级立场出发的。他通过作品中人物之口，多次喊出"世界革命"的口号，希冀着当时世界上"十二万万五千万被压迫的同胞"彻底解放。也许因为洪灵菲具有诗人气质之故，他在作品中开拓襟怀，直抒胸臆，爱憎是格外分明热烈。读了他的作品，有如读了"左联"烈士殷夫的诗歌一样，虽觉得缺乏含蓄，过于明露，但那种炙得人血热的真诚，是不容置疑的。

就这样，洪灵菲的作品作为大转折时期的时代画幅，作为大革命失败后无产阶级发出的第一批抗议，获得了应有的历史价值。鲁迅在《中国无产阶级革命文学和前驱的血》一文中，把"左联"烈士柔石、殷夫等人的作品看成是"中国无产阶级革命文学的历史的第一页"，那么，洪灵菲的作品，当然也应该载入这光辉的历史第一页的。

"从沉沦到革命"的主题与人物

历史条件决定：中国的第一批无产阶级革命作家，大都是从小资产阶级出身的。洪灵菲并不例外。他虽然出身寒苦，但毕竟受了十多年的资产阶级教育，因而在思想感情上，都带有小资产阶级知识分子的烙印。

大革命失败后，小资产阶级知识分子产生了深刻的分化。极少数人在反动派的威逼利诱下，趋炎附势地爬了上去；大多数人则受到新的压迫，苦闷、彷徨，在既同情革命而又不敢革命的矛盾状况下生活着；但也有一部分人，像洪灵菲这样，他们早在大革命当中便投身于革命运动，或参加了共产党组织，在革命转入低潮之后，并没有离开革命，终于通过斗争的实践，把自己锻炼成为坚强的无产阶级革命者。

由此可见，洪灵菲虽然在后来成了无产阶级革命作家，他本来是对小资产阶级知识分子很熟悉的，比他对于工农大众熟悉得多。这就决定了他在作品中要很自然地以小资产阶级知识分子型的革命者为主要描写对象。《流亡》中的沈之菲,《前线》中的霍之远,《转变》中的李初燕,《明朝》中的库瓦尔达等等,都属于这一类人物。

根据毛泽东同志《中国社会各阶级的分析》,第一次国内革命战争时期的小资产阶级可分为左、中、右三翼。洪灵菲所描写的,大多是小资产阶级的左翼,特别是本人尚未在经济上自立的大、中学生及刚刚在革命机关拿菲薄工资的职员。正如毛泽东同志分析的:"这一部分人好些大概原先是所谓殷实人家,渐渐变得仅仅可以保住,渐渐变得生活下降了。"于是,"这种人在精神上感觉的痛苦很大,因为他们有一个从前和现在相反的比较"。《流亡》中的沈之菲,正是这样一个典型。沈之菲的父亲本"是个前清的不第秀才,后来弃儒从商,在T县开了一间小店,足以糊口"。但在动乱的时局下,沈之菲无法得到家庭的接济,不得不到处流浪,乃至和"过番"的工人为伍,饱尝了帝国主义、反动军阀压迫之苦,因此他虽然在革命低潮时期,仍然要继续革命。沈之菲的这条道路,是当时小资产阶级出身的革命者应当走的一条正确的道路。作者在小说中塑造了他的形象,对当时的读者是有启发的。

然而,沈之菲、李初燕这些人物,毕竟是刚刚走上革命道路的小资产阶级知识分子。他们还没有取得完备的无产阶级思想意识,世界观是复杂而矛盾的。首先,他们的革命动机中有不小的成分是属于资产阶级思想范畴的个性解放要求。他们都出身于小康家庭,父辈思想顽固,笃信封建礼教,为他们娶了包办婚姻的妻子。这使他们极感痛苦,不得不从家中出走,而去寻找自由的爱情。在爱情问题上的解放要求，竟成了他们走向革命的重要动力，正如作者对沈之菲描写的："照他的见解，革命和恋爱都是生命之火的燃烧材料，把生命为革命，为恋爱而牺牲，真是多么有意义啊！"

显然，这是一种"革命加恋爱"的世界观。这种世界观，必然造成人物内心和行动的种种矛盾。一方面是激情的革命，一方面是灰黯的沉沦。沈之菲在走投无路时，曾想要"勇往的沉沦！一瞑不返的沉沦！不死于战场，便当死于自杀"！李初燕也不止一次"用着一种似乎隔世的而又是同代的，客观的而又是主观的，茫漠的而又是具体的悲伤的心情，去悼惜他的爱的残灰"。

但可贵的是，洪灵菲所描写的这些人物终于从沉沦中挣扎出来了：沈之菲终于在眼前"分出两条大路来"，"再上他的流亡的征途"；李初燕终于拒绝了情人的召唤，决心走向那武装斗争的"战阵"，准备"流一点青年人所应该流的圣洁的血"。甚至《明朝》中那个一直纠缠在爱情苦恼中的库瓦尔达，最后也"从醉梦醒回来了"。几乎在洪灵菲的所有小说里，革命都战胜了沉沦。于是，"从沉沦到革命"，成了洪灵菲最爱描写的、特有的主题。

今天，我们的青年读者会很不理解沈之菲、李初燕这样徘徊于革命与沉沦之间的革命青年形象。实际上，他们在当时的社会上是真实的存在，而且为数并不少。这是因为：小资产阶级知识分子本来就具有动摇性，而革命的突遭挫折更增加了他们的惶惑、幻灭之感。在这个问题上，我们不能过苛地要求洪灵菲。当时，茅盾同志不是也写了"蚀"的三部曲吗？胡也频《光明在我们的前面》中的白华，柔石《二月》中的肖涧秋，不都是沈之菲、李初燕一类的人物吗？既然历史上有过那么一段真实，作家把它的轨迹描画下来，这是应当历史地予以肯定的。

尽管如此，我们仍应指出：洪灵菲的这类作品确实存有缺陷。首先，作者在展现"从沉沦到革命"的主题时，没有把转变中的主人公安排在适当的、正面的革命斗争实践里，没有着力表现革命政党和工农大众对他们的教育。这样，除了沈之菲处理得好一些外，其他人物的思想转变，都缺乏足够的说服力。其次，作品中的爱情穿插过多，尤其是《明朝》，从头到尾都写爱情，还夹杂了一些感官描写，它大为减弱了主人公的思想光辉，也影响了作品结构的匀称和完整。此外，作品中出现的工农形象，大多是苍白而模糊的。他们不但处在陪衬的地位，而且缺乏英勇奋发的反抗精神。

自然，造成上述缺陷的原因是复杂的。这与作者本人的生活阅历、世界观的成熟程度以及创作时间的匆促都有关系。洪灵菲的主要作品都写于一九二八年底之前。那时候，井冈山根据地刚创立不久，中国工农红军还是"星星之火"。洪灵菲自然也还写不出完美的工农英雄形象来的。

洪灵菲的上述作品距离今天已经半个世纪了。半个世纪中，中华大地换了人间。生活在社会主义时代的新青年，当然和沈之菲、李初燕的遭际大不一样了。但是，沈之菲、李初燕等人物在世界观转变时经历的内心搏斗，他们最终投向工农群众的坚韧意志，不屈服于反动压迫的斗争精神，对今天的读者说来，也还是有历史的借鉴意义的。

"透出黑夜的曙光"

一九二九年以后，洪灵菲的创作有了新的特色。他陆续写了《在木筏上》《在洪流中》《在俱乐部中》《归家》《气力出卖者》《金章老姆》等短篇小说和长篇小说《大海》《新的集团》的片断。这些作品的主人公，已从带有作者本人影子的知识分子革命者转为工农群众了。

洪灵菲在创作上的这种转变，完全是自觉的。一九三〇年一月，他写了一篇重要的文艺随笔《蛋壳》，认为"我们一向所过的生活，还是蛋黄一般的生活"，"我们的父兄，我们的大学生的资格，我们的在社会上的特殊的地位都像我们的鸡蛋壳"。这蛋壳使自己同广大的工农群众隔绝着。因此，文中宣称："我要把这蛋壳全部打破，我要撕去了这重不应有的厚衣，我要走到他们中间去，我要做他们中间的一员。"这些话，可以看作是他要扬弃小资产阶级思想意识，彻底与工农结合的宣言。

据孟超回忆：洪灵菲在一九三〇年以后做了很多实际的工运工作，"他更加坚实，更加沉着"了。因此，他力求在作品中去表现工农群众形象，就不仅有了真切的愿望，而且有了生活的基础。

在上述这组作品中，有几篇仍是从他的流亡生活中取材的。《在木筏上》一篇，可能就是他在暹罗湄南河上漂流的回忆。文中刻画了亚木、妹子、粗狗等"几个同乡的农民"形象。小说并没有曲折的故事情节，实际上是对于在国外漂泊的苦难工人的速写，但它富有生活气息，并表达出工人们"愿意从这鸟笼飞到广大的世界外面去"的心声。《在俱乐部中》把场景移到新加坡，也许是作者从他自己落难在新加坡栈房的生活中生发出来的。小说把"俱乐部里面的一个杂役，和那胖子的弟弟"写成"我的朋友"，对他们赋予了深厚的同情。这一篇也饶有生活实感。

除这两篇以外，其他数篇显然是创造性的想象的产物。《归家》的主人公是出洋做工多年的农民百禄叔，小说描写他一文不名地回到家中，引起妻子对他的怨恨，从而闹了一场纠纷。《金章老姆》写一个八十多岁的贫农老奶奶，儿子阿进出洋做工一去不归，因此发了疯，每天见人就要询问儿子的消息。《气力出卖者》采取书信体形式，写一个贫病待毙的工人，在死前给母亲写信诀别。这些作品，虽然也缺乏动人的故事，但都能撷取被压迫者最为痛苦的顷刻，发出苦难的呼号，提出悲愤的抗议。特别是头两篇，在人物刻画和语言上都比较成功。

短篇小说《在洪流中》《路上》及长篇小说《大海》《新的集团》的片断，则又前进了一步。这里面出现了新的、革命的工农兵形象。《在洪流中》的阿进，是个农民协会会员，革命运动失败后逃回家中，恰好村中又发了洪水，他的母亲把他藏在用绳子悬在梁上的木板上。母子俩看来无路可走了，因此阿进决定再次出走，并对母亲说："穷人们唯一的生路只是向前。"《大海》中写了锦成叔、裕喜叔、鸡卵兄等好几个贫苦农民，他们性格各异，但是命运相同，都是"穷透的人物"。他们在生活的重压下，不得不从酗酒、打老婆当中去排遣苦恼。但当大革命时的农会运动兴起后，他们解放了。鸡卵兄"成为一个真正的布尔塞维克"，锦成叔的儿子阿九成了苏维埃的一名委员；裕喜叔从国外流浪回来，"开始感觉到大地上的春天的力量"。他们的苦难故乡，像大海一样"翻腾着，咆哮着，叫喊着了"！这篇作品，从一个侧面反映了洪灵菲故乡潮汕地区的农村革命形势。小说的基调是粗犷的、奔放的，它和蒋光慈的《田野的风》、叶紫的《星》一样，都是正面反映毛主席领导的农会革命运动的作品。另一个短篇《路上》，则是用日记体形式，描写一队女兵在北伐战争中的行军和战斗生活。小说中的"我"在战斗中负了伤，但躺在医院中时"依旧很乐观"，她坚信"我们的时代，必然地是要来的。"这些人物，与《新的集团》中那个入狱后毫不动摇的革命者的形象，都是洪灵菲在他新的创作阶段中塑造的新型人物。我们说他们是新的，因为他们挣脱了精神上被奴役的枷锁，敢于反抗，敢于斗争了。他们的革命性，像冲决堤坝的春潮般汹涌奔流了。"我们可以称王，我们可以征服一切！"

当然，这些人物形象的塑造上还有一定的缺点。有时候，作者渲染农民身上有"一种原始的、野兽性的心理"，过分强调了他们在斗争中的复仇主义因素；因此，他们的斗争缺乏政治领导，带有较多的自发性质。另一方面，某些工农形象又夹杂了知识分子一样的心理和性格，也显得有失真之处。这就使得他们的形象缺乏血肉，不够丰满。而这种缺点，在二十年代末期的左翼文坛上，并不是洪灵菲独有的。说句公平话，这也是阅历所限，时代使然的。

尽管如此，洪灵菲后期作品中塑造的工农兵形象，仍如他自己说的，乃是中国大地上"透出黑暗的曙光"。他们是光明的种子，是革命的脊梁。当洪灵菲描写他们时，他们正在思想、才智、性格各方面飞速地成长。洪灵菲如果一直活下来，我们相信他必定会同革命的工农兵一道成长，必然会有新的创作，把这"透出黑暗的曙光"写成燎原般的革命大火的。

"其人虽已没，千载有余情。"今天，我们重读五十年前洪灵菲那些迸发出炽烈情感的作品，感受着他那颗为革命献出一切的火热的心，我们怎能忘情于他？向今天的读者再一次评介、推荐洪灵菲其人其文，难道不是我们应尽的责任吗？

（原载《中国现代文学研究丛刊》1979年第1期）

拓荒者的耙迹与犁痕——"左联"烈士洪灵菲及其创作

洪灵菲于1931年6月14日致其妻秦静（曼芳）的信中云："嗟夫！读书十年，学尚浮浅；飘蓬半身，事无一成。……愧对苍苍生民，虽有我饥我溺之念，贡献之微，何足道哉！"这当然是一个志士的谦辞，其实，就在写成此信的两年之后，洪灵菲就不屈地牺牲于敌人的屠刀之下，将自己的生命奉献给了世界上最壮丽的事业。

在20世纪30年代的无产阶级革命文学运动中，洪灵菲是一位影响弥深的倡导者与实践者，堪当左翼文学曙新期的代表作家之一；然而，洪灵菲首先是一位革命者，一位生命以赴的职业革命家，文学仅仅是他的"副业"。若要研究作家洪灵菲，则非要了解革命家洪灵菲不可，因为后者的立场、思想、感情、气质、身世、经历不仅决定其创作的倾向与内涵，而且亦是其创作的主要素材来源。

耿耿丹心、铮铮铁骨的革命者

洪灵菲原名洪伦修，辈序名树森，字子常，又字素佛，笔名洪灵菲、林曼青、林荫南、李铁郎、韩仲漪①等。广东省潮安县东乡红砂碛村人，生于清光绪二十八年（1902年）。父亲洪舜臣是一个穷苦的读书人，青年时屡试不第，备尝了封建时代下层知识分子的酸辛。后来弃儒从医，在县城荣春堂药铺当坐堂医生，以菲薄的收入维持全家生计。母亲陆氏是一个勤俭善良的农家妇女，夙兴夜寐地苦撑着人口众多的家庭，灵菲非常挚爱含辛茹苦的母亲，后来在《躺在黄浦滩头》组诗中写道："母亲哟！慈爱怜悯的母亲哟！……我想起你给予我的那种伟大的恳挚的慈爱。"灵菲在兄弟中排行第三，上有二兄、一姊，下有一弟。因家境清寒，吃口繁多，在艰困的环境中，灵菲很小就参加了田间劳动，捡猪粪，拾蔗渣，并常常受到豪绅及其子弟的欺凌。

由于家境的窘迫，灵菲直到1911年9岁时才进入私塾读书。1914年由父亲带到县城进入城南小学。1918年考进潮安县立金山中学。1922年中学毕业后赴广州考入国立广东高等师范学校英语部，旋即参加"潮州留省学会"，并在该会年刊上发表了若干文艺习作。1923年10月28日创作了第一篇小说《别后》，抒发了思乡的愁绪与初恋的哀乐。稍后，又参加"国立广东师范学校潮州同志会"，并在该会《会刊》上刊发散文、游记、旧体诗词多篇。1924年顷，广东高等师范学校改为国立广东大学。翌年春，

---

① 此笔名资料，最早见于叶恐嵩作《现代作家笔名考》，其中"E. 太阳社作家"章"洪灵菲"条下注有：韩仲漪、李铁郎。载《出版消息》第36期，1934年5月16日。但署名韩仲漪文章迄未发见，姑录以待考。

复有"国立广东大学潮州学生会"之成立，灵菲又加入该会，并在该会会刊上发表旧体诗词二十余首及论文《到革命的前线去》一篇。灵菲在这篇论文中昭示了自己"辞了象牙之塔参加到革命的战线上"的决心，表露了对革命的憧憬与追求："一切旧的制度，旧的权威和力量，如若他们是为着我们障碍物，或者阻害我们人性的发展的时候，我们必须要革命，必须用着严厉的手段去打倒着他们！"认清了中国的"国民革命"的对象就是"军阀"和"帝国主义"，也认识到革命的主力是工农大众："我们现时最紧要的工作，自然是要扶植农工，农工的人数占了国民的百分之八十以上"[①]。这些都是灵菲思想跃动到更高阶段的表征。1922年，汕头成立了新文学社团——"火焰社"，在《大岭东报》上出版《火焰》周刊百余期，"起初系由几个人所发起，后来社员渐多，广州、北平、上海、武汉以至国外，都有社员"[②]，灵菲也系该社社员，在周刊上发表过若干诗文。火焰社于1927年前后自行解体。

1925年，灵菲由广东高师英语部转入大学文科外国文学系，1926年8月毕业于广东大学（中山大学的前身）。大学时代，灵菲除参加同乡联谊性质的同学会组织而外，还跻身于中国共产党领导与影响的革命社团，如中共广东省委负责人之一许苏魂领导的潮州旅穗学生革命同志会，以及由毕磊负责的中山大学社会科学研究会。这些社团在灵菲自传体小说三部曲中也有所反映。

青年时代的洪灵菲，受时代潮流的激荡，从风花雪月的吟唱

---

① 载《国立广东大学潮州学生会年刊》第2期，1926年6月20日。
② 涓涓：《忆汕头之火焰——文学之昨日与今日》，载1931年9月7日《文艺新闻》第26号。

中奋起，投身于轰轰烈烈的民众运动与学生运动，"一九二五年广州沙基惨案和省港大罢工发生，他经常出现于各种群众大会，做宣传、组织等工作，发动反帝斗争力量"[①]。另据《中山大学校史》披载，当时中大学生参加的革命活动，其主要者有：（一）沙基惨案和省港大罢工；（二）收回教育权斗争（反对帝国主义文化侵略，收回公医学校等）；（三）支援东征、北伐等。在这些热烈蓬勃的革命活动中，都闪现着灵菲矫健的身影。

作为洪灵菲政治上引路人的是中共党员许苏魂，他是灵菲的同乡，原名许统绪，曾化名许进，1926年国共合作时当选为国民党中央候补执行委员，并被任命为外事部（后改为海外部）秘书，同时参与中共广东省委的领导工作。1931年9月，在红七军担任政治部主任时，被"左"倾路线执行者于肃反中无辜杀害，1945年在中共第七次全国代表大会上得到平反昭雪。大约在1926年春，灵菲即由许苏魂介绍进入国民党中央执行委员会海外部工作，其时，灵菲尚系广东大学外国文学系的学生。灵菲还把自己政治上引路人摄取入创作之中，《前线》中黄克业的生活原型就是许苏魂，将其描写成为一个忘我的革命者，一个"深沉的，有机谋的了不起的人物"；在该书第11章更述及"介绍他们加入这个×党的，便是黄克业"，并称其为"思想的指导者"。

洪灵菲的入党介绍人是许苏魂，至于入党时间，有多种不同的说法，如结合自传体小说《前线》来考察，则以1926年为是，即入海外部工作之后，具体时间约莫是该年的"初冬"，《前线》第11章曾写道："在几天前他已经和罗爱静一同加入资本社

---

① 秦静：《忆洪灵菲同志》，载《新文学史料》1980年第2期。

会所视为洪水猛兽的×党去了"，亦可作入党时日的参考。

在海外部的工作情况已无从细考，仅知其在该部的交际科、编辑科、文书科、组织科等科室任干事，在《前线》等作品中也仍可寻觅若干蛛丝马迹。如《前线》主人公霍之远曾为海外部编过《×部周刊》的《北伐专号》，据秦静回忆，灵菲确实编过《海外周刊》，因编辑刊物正是编辑科干事的职责。《海外周刊》于1926年3月22日创刊，出版期数不详，其第32、33期合刊（1926年11月21日）"时评"栏中刊载有署名"洪伦修"的论文《中俄联欢大会的意义》，作于1926年11月8日，即十月革命九周年纪念的翌日。此外，灵菲还担任过海外部后方留守处的海外工作人员训练班的代主任，《前线》中也有相应的描述。

1927年4月，国民党右派相继在上海与广州制造了"四一二"与"四一五"反革命政变，大肆屠戮共产党人与革命民众。灵菲的战友大多罹难，而他由于群众的掩护得以幸免。不久避难香港，抵港后又遭港英当局的逮捕，被拘于西捕房。后经爱人及亲友多方营救始得获释，旋即被驱出境，只得返回潮汕故乡。到汕头后即见到刊于广州《民国日报》的通缉令，敌人正四面张着罗网。灵菲只得化装为贫苦香客，只身南渡，流亡于暹罗（泰国）、唛叻（新加坡）等地。南洋的白色恐怖也十分浓重，为了逃避鹰犬的侦嗅，为了填塞肚皮的饥饿，灵菲过着艰辛屈辱的流亡生活，栖身公馆，浪迹街头，寄居木筏，转徙山水，备尝了颠沛流离的辛酸苦楚。这些在长篇《流亡》以及短篇《在木筏上》《在俱乐部里》等篇什中均有所反映。刊于《我们月刊》创刊号（1928年5月20日）的《躺在黄浦滩头》一诗也凝炼地描述了这段苦难的历程。

当南昌起义的枪声震撼古老中国大地的时候，也召唤着这远在南洋流亡的游子。8月底灵菲与海外部派往暹罗工作的戴平万相偕归国。洪、戴先抵香港，然后乘船至上海，本拟取道武汉转赴南昌追随起义部队，后因闻知贺龙、叶挺所率义军已于9月13日占领潮汕，遂复联袂南下，径由上海赶回汕头。讵料贺、叶义军与国民党军黄绍雄等部激战失利后，10月初已退出潮汕，故而洪、戴抵汕甫一登岸，即见因贺、叶部刚刚撤离，而国民党军尚未进驻之际，汕市街头巷尾一片混乱，只得匆匆离开汕岛，潜回故乡，匿居红砂寮经旬。因闻彭湃领导的农民运动有云蒸霞蔚之势，遂与戴平万同赴海陆丰参加火热的创建苏维埃政权的斗争，大约于10月下旬经香港乘船赴上海。

灵菲回到上海之后，仍然继续从事党的地下工作，在中共闸北区委任第三街道支部党小组长，同时还开始了创作活动。随着中国无产阶级革命文学运动的勃兴，灵菲成为这一运动的中坚与骨干，他先参加蒋光慈、钱杏邨、孟超、杨邨人等组织的太阳社，旋即与林伯修（杜国庠）、戴平万等缔结"我们社"主编《我们月刊》，创办晓山书店（社址：北四川路西海宁路357号）。

与此同时，灵菲开始了长篇三部曲的创作。作为一名无产阶级作家，他十分明确自己的使命，首先应该是争取无产阶级解放斗争中"最勇猛的战士"，充当对敌作战的"军前的喇叭手"，同时还律己及人地强调了无产阶级作家"应该运用马克思列宁主义的观点去考察社会"，从而创造出这一阶级"所需要的艺术"[1]。灵菲正是这样做的，在艰困险恶的地下环境中，在贫乏穷愁的物质条件下，他以鼎沸的激情从事于革命文学的拓荒与耕

---

[1] 洪灵菲：《普罗列塔利亚小说论》，载《文艺讲座》第1册，神州国光社，1930年4月10日初版。

耘，其创作量是十分惊人的。自1927年终至1930年末，在不足三年的时间里，共创作了长篇小说七部：《流亡》（现代书局，1928年4月15日初版）、《前线》（《我们社丛书》第一种，上海晓山书店，1928年5月22日初版）、《转变》（上海亚东图书馆，1928年9月初版）、《明朝》（上海亚东图书馆，1929年1月初版）、《家信》（载《拓荒者》第1卷第1期与第2期，未完成）、《新的集团》（载《拓荒者》第1卷第4、5期合刊，未完成）、《长征》（已佚）。中篇小说三部：《大海》（上海乐华图书公司，1930年11月1日初版）、《两部失恋的故事》（上海亚东图书馆，1930年4月初版）。短篇小说两集：《归家》（现代书局，1929年8月初版）、《气力出卖者》（上海乐华图书公司，1930年3月1日初版）。译作四种：《我的同年》（高尔基著，上海亚东图书馆，1930年12月初版）、《地下室手记》（陀思妥耶夫斯基著，上海湖风书局，1931年11月1日初版）、《赌徒》（陀思妥耶夫斯基著，上海湖风书局，1933年3月20日初版）、《山城》（辛克莱著，南强书局刊有广告，后似未出版）。编选评注一种：《模范小品文读本》（上海光华书局，1933年初版）。此外，尚有散见于《太阳月刊》《我们月刊》《新流月报》《拓荒者》《大众文艺》《海风周报》《现代小说》《文艺讲座》《五一特刊》《读书月刊》等刊物上的诗歌、散文、杂文、论文、译文等。以上各种文体的作品，总计不下一百万字。

除了致力于革命文学的创作实践而外，灵菲还殚精竭虑地从事无产阶级革命文学运动的开创与拓展：1928年初与戴平万等创组"我们社"，1929年参与筹组中国左翼作家联盟的活动，系"左联"筹备小组的12名基本成员之一，在1930年2月"左联"成立大会上被选为第一届执委，以及7名常委之一。灵菲负责"左联"隶属的工农兵文化委员会，为此他经常深入闸北、杨树浦等工人区进行革命文化的传播活动。

在进行公开或半公开的革命文化活动的同时，灵菲还从事艰险的地下工作，过着职业革命家的隐蔽生涯：1927年底担任闸北区第三街道支部党小组长；1929年在闸北区委宣传部工作（宣传部同事有蔡博真、李初梨，区委书记是黄理文）；1930年4月，闸北区委行动委员会成立，与孟超同在宣传部工作，书记仍为黄理文；同年下半年调江苏省委宣传部工作，同年11月又调到中央参加广州暴动纪念筹备会，12月下旬该会活动结束后又回到江苏省委；1931年春，党中央决定成立"上海反对帝国主义大同盟"（简称"上反"），领导全市人民进行反对帝国主义的斗争，灵菲被调至"上反"任党团书记，党团成员有郦成明、林立、刘英等五人，"上反"的工作是"经常地无条件地号召和组织政治罢工、同盟罢工、罢课、罢市、飞行集会和示威游行等活动"。1931年12月，由中央宣传部副部长华少峰（华岗）与江苏省委宣传部长杨尚昆布置灵菲与中国社会科学家联盟的吴驰湘负责筹组上海民众反日救国联合会（简称"民反"），并由江苏省委任命杨尚昆、洪灵菲、吴驰湘组成"民反"领导小组，于同年12月7日，召集54个抗日团体代表在四川路青年会正式成立了上海民众反日救国联合会，发布了宣言；1932年7月17日，中共江苏省委同"上反""文总"等在沪西劳勃生路（今名长寿路）胶州路口共和大戏院召开全市各反日团体代表大会，突遭军警的围捕，灵菲跳墙脱逃，幸免于难；同年秋，灵菲又调到"中国左翼文化总同盟"担任领导工作，曾负责编辑过"文总"的机关刊物——《文化月报》，仅出版创刊号（1932年11月15日）。

1933年2月，灵菲被调往北平，在中共中央驻北方代表处工作，代表是田夫（现名孔原），李培南负责交通，洪灵菲负责秘书。在繁剧的工作之余，灵菲还进行了长篇小说《童年》的创作，已完成了三章，不料7月26日因叛徒阮锦云的出卖而被捕，拘捕在皇城根大公主府宪兵三团驻地，虽经严刑拷打而坚贞不屈。灵菲在与妻子诀别时说："我被叛徒出卖了，现在只有准备一死，死前别无他言，希望你不要难过，带好孩子，我就满意了。"并自豪地说，"我对得起党，对得起任何人！"最后被暴戾的敌人秘密杀害，一说被杀害于宪兵三团驻地大公主府的后花园，一说被刽子手用绞架绞杀。总之，灵菲以自己的碧血浇灌与浸润了祖国的大地。

激情澎湃、孳孳矻矻的"喇叭手"

以战士的英姿投身于无产阶级文学事业的开创，洪灵菲是当时蜂起的左翼作家中较早挥斥上阵的一员。1927年"四一五"之后，为逃避敌人的通缉追捕，洪灵菲浪迹天涯、历尽艰辛，最后来到上海，一面从事党的地下工作，一面从事革命文学的拓荒工作。使后人感到惊异的是，灵菲仅以两个月的时间就完成了十余万言巨帙——长篇三部曲之一《流亡》。该稿经原中山大学文学院的老师郁达夫荐引，由现代书局于1928年4月15日出版。

《流亡》《前线》《转变》三部曲的次第，若从时间的顺序来看，应是《转变》《前线》《流亡》，各部主人公的姓名不同，分别为李初燕、霍之远、沈之菲，然而它们所展现的却是以作者自己生活轨迹为蓝本的一个青年知识者的道路，即如何从小我的茧缚中挣扎而出，如何从感情的纠葛中解脱而起，摈除迷惘、消沉，投身到革命洪炉中经受焙锻的历程。三部曲带有明显的自叙传风，在这方面，肯定受到其大学时代的导师郁达夫的影响。郁达夫在创作中的若干特质，诸如：作品取材于一己体验，抑或中心人物有作者身世的浓重投影，以及每每选取自叙式的描写角度，乃至细腻的心理描写与内心独白，都孕有浓郁的主观色彩，凡此种种在或一方面皆程度不同地为灵菲所师承、借鉴与发展。首先，三部曲写的正是灵菲自己在历史巨变时刻的切身体验，不过与郁达夫所强调的"一个人的经验，除了自己以外，实在另外也并没有比此更真切的事情"[①]有所不同，灵菲所阐发的不再是郁达夫笔下所津津乐道的乡愁、穷蹇、相思、孤独等个人的情愫，而代之以面对急剧变化的社会情势，人妖颠倒的社会关系，弱肉强食的社会制度，一个敏感的青年知识者的疑虑、思考、悒闷与感奋。其次，三部曲的中心人物都烙有作家自己的印记，与郁达夫笔下人物的自我投影相似，表现了作家思想与心绪的不同侧面，灵菲作品中主人公的思想、阅历、视野均较其师笔下人物深广复杂得多，与时代潮流的节拍也较为相近。

三部曲是无产阶级革命文学曙新时期的战斗实绩，作者自叙中所说的"新的倾向""新的努力"表现在哪里呢？笔者认为有以下几个方面：

第一，作品展示了恢宏的历史背景，从而给主人公提供了一个腾挪跌宕、衍变转化的广阔舞台，同时又对急剧变化的时代作

① 郁达夫：《序李桂著〈半生杂记〉》。

了迅速的反映。李初燕、霍之远、沈之菲三个主人公的原型就是灵菲自己，分别撷取了三个时期来做其活动的环境，一是1923年至1926年大革命浪涛骤来时的冲击与催化，一是1926年至1927年革命发展与剧变阶段的考验与锻冶，一是1927年"四一五"事变使革命受挫后的流亡与升华。灵菲青年时代所生活的广州，当时被称为"大革命的策源地"，中国现代史上不少威武悲壮的活剧都曾在这里开演，他自己也亲身经历了省港大罢工、沙基惨案、东征，乃至"四一五"大屠杀。作家从切身体验出发，真实地、具象地写出了一个青年知识者在时代洪流冲击下，如何挣脱家庭、教育、传统、世俗的精神束缚投身革命行列，如何扬弃国粹的或舶来的思想枷锁而服膺革命真理。难能可贵的是，在反映青年知识者思想转变、发展这一命题的同时，还结合着时代脉搏的律动来多角度地表现、描画了这一如火如荼时代的眉目，刻绘了这一风云变幻时代的特点，为这个波诡云谲、生灭无常的大转折时期留下了一帧堪以传世的历史画幅。

作家曾以叙述的语言交代了这一非常时期的或一断面：

这一年的政治环境异常险恶而紧张，五卅惨案、沙基惨案、省港大罢工的事件次第发生，一般的民众都警醒了，起来参加革命。李初燕是这民众里面被潮流所震荡，所警醒的一个。（《转变》第216页）

同时，更对主人公生活与斗争的场所——中山大学的革命氛围作了特写式的形象描绘：

S大学的运动场上和东郊校场上，差不多几天便有群众大会。农工台时常在这样的大会中占着最重要的位置。慷慨激昂的演说词，嘶咽悲壮的口号，人头的蠕动，旗影的招展，……整个地表现出民族热血的沸腾，阶级意识的醒悟。在这样的群众大会中可以看出整个的中华民族已经苏醒过来，时代的潮流把这病从国从坟墓之前带回来了。（《转变》第218页）

以上正是中山大学乃至广州鼎沸蒸腾的革命气象的剪影，从洋溢于字里行间的流水般的热情中，我们仿佛嗅到了那个大革命时代的气息。毫不妥协地反对帝国主义、封建主义以及依附这两种势力的反动派，是那个历史阶段的时代精神的聚焦点，灵菲将此熔铸在自己的三部曲中，而且灌注其创作的始终。

更为难得的是，三部曲对国民党新军阀叛卖革命的过程也做了迅疾与淋漓的揭露（《流亡》竣稿于1927年12月；《前线》竣稿于1928年3月；《转变》初版于1928年9月，按当时一般出版周期三个月计，大约竣稿于同年6月。三部皆距"四一二""四一五"仅只几个月或年余）。三部小说皆触及了这个文网中违碍的题材，《流亡》写的是"四一五"反革命政变发生后革命者的历尽艰辛的逃亡，《前线》写的是这一反革命事变氤氲与发生时革命者的感触与遭遇，《转变》的末尾部分还写出了主人公在事变前夕对国民党右派势力的警觉与预见：

现在在表面上看起来，革命的潮流虽然是异常高涨，但内部的分化一天比一天的厉害起来，说不定不太久的将来，资产阶级的背叛革命是一件可能的事实。但我们的意志是坚定的，我们只有向前干，没有退缩。（《转变》第222、223页）

对于这场"法西斯蒂的势力"大肆屠戮民众的"事变"本身，即新军阀一手擘画的白色恐怖也作了秉笔直书的揭露：

大屠杀的惨剧开演着了！C城，曾经被称为赤都的C城，整个的笼罩在白色恐怖势力之下。工人团体被解散了，纠察队被缴枪了，近郊的农军被打散了；被捕去的工农学生共计数千人，有许多已被枪决了。

　　这只是一夜间所发生的事！（《前线》第241页）

　　作家还以历史见证人的身份记录了叛变革命的新军阀的暴戾与凶残，具体地体现了"白色恐怖势力"所导演的"大屠杀的惨剧"。甚至还以谐音或隐喻的姓名记载了著名共产党人的遇难，例如其中写到的殉难者有"在黄埔军校当训育主任的肖初弥"（按即萧楚女），"学生运动的林五铁"（按即毕磊，因其笔名"三石"，故化为"五铁"以喻之），"工人运动的领袖，中华全国总工会的执委"（按即邓培、李启汉等烈士）……这些都是铁笔镌刻的历史实录，足见作家的赤诚与勇敢。即使从历史文献的角度看，当时恐怕没有任何一部文艺作品对血腥的"四一五"惨案，有若三部曲那样反映得如此迅疾、翔实。

　　故而我们认为三部曲赋有史诗的气质，它不愧为中国无产阶级革命文学萌芽时期的代表作品之一。

　　第二，三部曲有意识地塑造了作为中国革命推进者的共产党人的形象，抒写了他们百折不偭的革命精神，以及工农民众中所蕴藏的如熔岩般奔突的反抗情绪。

　　三部曲的背景紧紧契合着中国革命的历史进程，艺术地再现了中国共产党人前仆后继的顽强斗争。《前线》中主人公霍之远及其战友在敌人面前"手携着手在唱着革命歌"，并表现了视死如归的凛然态度："我们都完了！可是真正普罗列塔利亚革命却正从此开始呢！"《流亡》中的主人公沈之菲在敌人追捕下远徙重洋，于颠沛流离中仍然谛听着祖国革命的跫音，于寒馁困顿中仍然翘望着革命复起的烽火，所以当他闻知汪精卫声明讨蒋、革命志士云集武汉的消息，遂立即启程归国拟赴W地（按即武汉三镇）；不料甫入国门就获悉武汉政府策动"七一五"政变的噩耗，只得滞留上海；不久又得知"八一"南昌起义后贺、叶军占领S埠（按即汕头）、T县（按即海丰）的消息，又匆匆由沪乘船返粤；抵汕后方知贺、叶所部"工农军"已退出汕头，遂只得蛰居乡间；不久，又踏上了新的"征途"……作品对1927年大革命失败后中国共产党人奋起斗争的几桩重大历史事件都有所反映，并且这种反映不是凭空描摹，而是与主人公执着追求革命的历程有机结合在一起来绘写的。

作家在《前线》中甚至以淋漓的笔墨来赞颂无产阶级先锋队——共产党，推崇共产党人是"光明的创造者"，是"新时代的前驱者"！

除了对共产党及共产党人的礼赞而外，三部曲中的若干篇什还表现了觉醒了的民众对于新军阀的仇恨，例如《转变》中从一个普通农民的口中说出了："不管谁打胜仗，谁打败仗，如果我参加这种战争的时候，我一定要参加农会这方面的！"作家还以赞赏的口吻对这传达万千农民心声的语言表示称许："他的声音这样粗大而且有力，简直就和一个巨大的口里吐出来一样。"并以抒情的文字表达了对蕴藏着无穷反抗力量的亿万农民的热切期待：

> 日光渐渐强烈了，田野间的烟雾渐渐消散了。目光所及的几处农村，都在一种强健的，而又公正的日光照耀着，反映出它们的和平而不屈服的气象来。（《转变》第237页）

作品力图展示出正在氤氲为巨雷的人民革命力量。

第三，三部曲虽然有相当多的篇幅写的是革命陷于低潮时，革命者在阴霾满天与荆棘布地的境况中苦斗，但是作品的基调是欢快明朗的，并不笼罩着灰暗的色调，与悲观无望更是绝缘，每一部分作品中都闪烁着理想的火花，都横亘着信念的虹霓，都预示着前景的绚烂。

试以《流亡》为例，就中以诗意盎然的笔触展示了革命复兴趋势的必然。

　　值不得踌躇啊！值不得踌躇啊！你灿烂的霞光，你透出黑夜的曙光，你在藏匿着的太阳之光，你燎原大焚的火光，你令敌人胆怖，令同志们迷恋的绀红之光，燃罢！照耀罢！大胆地放射罢！我这未来的生命，终愿为你的美丽而牺牲！（《流亡》第128～129页）

作家坚信革命的"绀红之光"必将君临中国大地，他甘愿为此贡献自己的生命，事实上他也没有违背自己的誓言，终于为谋求中国的解放而牺牲。

《流亡》《前线》《转变》三部曲是无产阶级作家洪灵菲献给革命文学的第一束花，当时就赢得了广大的读者群，具有强烈的"摄引读者的力量"，左翼批评家钱杏邨在评论中指出："在'只有寒林的惊涛，只有虎豹觅食的叫嗥'（《序诗》）的文坛环象之中，我很欣慰的能有《流亡》这样的产物。"[1]《流亡》自1928年4月至1933年2月，销行了五版；《前线》于1928年5月初版，翌年9月就已再版，后被国民党当局密令查禁；《转变》自

---

[1]　岛田（钱杏邨）：《流亡》，载《我们月刊》第3号，1928年8月20日。

1928年9月至1940年，销行了7版；这些都从另一侧面证明了三部曲的生命力与感召力。

大约自1929年开始，灵菲扩大了他的创作视野，开始从单纯描画知识分子命运的轨道中跃入更广阔的领域，创作了诸如《在木筏上》、《在洪流中》、《归家》、《信》（后改名为《气力出卖者》）、《女孩》、《金章老姆》等短篇，以及《大海》、《家信》、《新的集团》（未完稿）等中长篇。在这一阶段，作家的思想也有新的升华，他在小品《蛋壳》中表露了希望投身"无产者"的"世界"中去的强烈欲求，"我要走到他们中间去，我要做他们中间的一员"，从而获取"无产阶级的坚强的人生观"。这种意欲体认与把握"无产阶级的精神"的渴求，遂成为洪灵菲创作产生新的转捩的契机。

灵菲开始致力于反映业已成为中国革命主潮的农民土地革命，创作了一批刻画农村巨变的短篇乃至中篇。关于这一新的题材领域，作家也并非向壁虚构，而是有所依凭的。1927年秋冬，灵菲曾与戴平万一道参加海陆丰农民运动，为创建中国第一个苏维埃政权尽过心力，相当程度地切身体验使得他笔下新的农村新的人物有较为厚实的生活基础，加上他自幼生长于农村的生活经历，均有助于这类作品的丰腴与朴茂。

短篇《在洪流中》主人翁是一个赋有"坚强不屈的力量"的"农妇"，丈夫早在30多年前被官府杀头，儿子如今则因参加农民运动而遭通缉；而这坚强的母亲却默默承受着一切，经过激烈的内心斗争，终于抚慰并勉励儿子阿进出逃去参加新的斗争。作家是怀着深挚的感情来刻绘这个"半神性的巨人"般的母性的，寄托了对于劳动者所含孕着的潜在伟力的期冀与希望："这巨人是一切灾难所不能够折磨的，在她里面有了一种伟大的力量，而这种力量是在把人类催化到光明的大道上去的。"在20年代末的左翼文学中，如此夺目的母性形象尚不多见。

本篇与那些缺乏农村生活实践、单凭主观臆造的同类题材小说不同之处，在于有鲜明的地方特点和强烈的生活实感，华南农村风物在作家笔下泛溢着一片绚丽的色彩，方言的恰当运用也使人物性格刻画得明豁爽朗，关于"洪水"景况的细节描写也富有浓郁的生活气息。故事虽然没有正面描写农民武装斗争，仅只写了一个农运骨干的隐蔽与逃亡，但却是以轰轰烈烈的农民土地革命作背景的。同时，作家也触及了农村中严酷的阶级剥削与阶级对立，一用实写，地主小二老爹利用涝灾向农民发放"连母带子，十日一叠"的驴打滚高利贷；一是虚写，即通过瑞清嫂的口述，透露了"乡绅"小二老爹之流侵吞"南洋汇来的几十万筑堤的捐款"，导致溃堤的惨剧。作品虚实结合地揭示了：正是这种残酷的封建剥削，是造成大批农民破产、趋于赤贫的主要原因，它形象地宣示了："穷人们唯一的生路只是向前"，亦即投身中国共产党领导的土地革命运动。

《大海》是反映土地革命在中国农村掀起巨变的中篇小说。故事仍然以作者熟稔的南方滨海农村作背景，塑造了锦成叔、裕喜叔、鸡卵兄等几个贫苦农民的形象，他们个性迥异，而遭受的压迫却相同，都在穷窘困厄的非人境况下生活，后来因不堪财主清闲爷的欺凌，一把火烧了他的房子，三个人一道远徙南洋去谋求生路。当他们从南洋返归故里时，家乡已发生了历史性的巨变，土地革命的波涛冲击与改造了这个普通的村庄，也驱使这三个饱经风霜的老农在斗争中经受了洗礼。作品通过三个主要人物及其周围人物精神面貌的变化，歌颂了苏维埃政权给农民带来了新的理想、新的生活。从作品的内容与写作的时间考察，本篇是作家有意识地配合全国苏维埃区域代表大会的召开而创作的，其题旨可与灵菲同时期撰写的《拥护苏维埃区域代表大会》结合起来探究。后者是刊于由《文艺讲座》《拓荒者》《萌芽月刊》等十三种左翼刊物联合出版的《五一特刊》（1930年5月1日）上的一篇重要政论文章，它对三年来势如燎原的土地革命作了历史的回顾，欣喜地指出："从海陆丰、醴陵、琼崖等地方苏维埃之成立，中间虽经敌人不断的会剿，不绝的破坏，但两年以来农民苏维埃的政权，始终未尝绝迹于中国。及至现在，遍长江及珠江流域各省，几无不有苏维埃区域及游击战争的存在。"进而揭示道，"在南方，这些苏维埃区域的存在，红军与游击战争的发展，发动了成千成万的农民群众卷入这一浪潮，天天都有几万群众在发动，这是过去海陆丰醴陵苏维埃时代的特点，现在闽西、赣西、潮梅、赣东北、平浏、鄂东、鄂西、广西几个大的苏维埃区域，同样都是围绕着几万几十万的农民群众，在进行没收地主土地，推翻豪绅统治，建立自己武装与苏维埃政权的斗争。"灵菲正是站在对全国土地革命形势高瞻远瞩的立场上，目的在于艺术地再现"中国革命中农民战争的作用"，于是创作了《大海》，以表现觉醒了的农民"咆哮着，叫喊着，震怒着"的伟力。《大海》与蒋光慈的长篇《咆哮了的土地》（后易名《田野的风》）、叶紫的中篇《星》等作品一样，都是左翼文学中最早旨在讴歌农民革命力量的力作，应该载入中国文学的史册。

此外，灵菲还有一部重要作品一直为研究者所忽略，那就是1930年4月由亚东图书馆出版的《两部失恋的故事》，笔者认为这也应是灵菲的代表作之一。本书由两部情节互不关联，主题却相互照应的中篇组成。其《卷头语》写道：

> 我是死也不能违背着你啊，姑娘！
>
> 虽然在过去我的行为是那样的不检！
>
> 我在这儿准备着流血，
>
> 姑娘哟，你是一滴，我是一点！

"姑娘"在诗里是赋有双关涵义的，就中表示不惜流血为爱情矢忠，不正表达了作家对无产阶级事业的热忱与赤诚嘛，而这正是该书两部中篇所欲歌咏的共同主题。第一部中篇题名《残秋》，作家以万物凋零的萧瑟秋色来比拟大革命失败后的寂寞、窨哑局面，体裁采用便于抒情的日记体，藉一个历尽沧桑的女人的眼睛，鸟瞰了周遭人物的各种嘴脸、各种表演：这一群曾经在革命风涛中拍击的人，在革命失败的逆境中，有的沦为虚无，有的涵于酒色，唯有一个名叫眉海的革命青年与众不同，他仍然坚守着自己的信念，不被黑暗与庸俗所吞噬，而是矢志不移地"走向前去，和一切已经觉醒的人们一道去创造一个新的世界来"，最后这个"把一己的躯体和灵魂交给大众"的志士，再次走上了"为着人类的光明的前途而奋斗"的征途。第二部中篇题名《蓝缧》，采用第一人称的写法，讴歌了一个作为"我"的引路人的女革命家，细腻地描述了她如何将自己从一名沉溺于"多量的眼泪，过度的豪情，夸张的酸辛，杂着夜气的渺茫，街灯的凉冷，雪茄的烟雾，台布的乳白"的罗曼蒂克大学生，逐步引导成为"暴风雨的时代"中一名"英勇的战士"；作品更侧重多角度多层次地表现女主人公蓝缧如何"一心一意地想把我的生命贡献给被压迫的大众"，直至最后"为着人类的光明和自由的目的而牺牲"。作家是怀着浓酽的阶级感情、沉重的革命义愤来塑造这位血溅苍穹的女烈士形象的，特别渲染了她在敌人大屠杀面前的沉着与无畏。

坚贞、热忱、赤诚、忘我的蓝缥女烈士的光辉形象，是中国左翼文学新女性群雕中煜然如星的一座，在当年的读者中曾产生过影响弥深的作用。该书至1940年已发行了九版就是其有力地感召着读者的明证。

洪灵菲的创作活动，到1930年岁末基本告一段落，此后因为全力从事党的工作，不再致力于长篇巨帙的制作，而只间或写些政论与杂文，1933年调北平后，开始创作长篇《童年》，仅成三章即因被捕而中辍，原稿也散佚了。

在中国无产阶级革命文学史上，洪灵菲是它曙新期的代表作家之一，于20年代末、30年代初的中国文坛产生过甚大的影响，当时的评论界就曾指出："在新进作家中间，洪灵菲也是被读者大众所热烈欢迎的一人"[1]；同一营垒的战友亦对灵菲评价颇高、期望甚殷，蒋光慈曾称许他是"新兴文学中的特出者"[2]，孟超亦推崇他是初期革命文学社团中"最勤奋最辛劳的一个"[3]；可惜，法西斯蒂的魔爪扼杀了他年轻的生命，不然他将为中国无产阶级革命文学做出不可估量的贡献！

（原载《上海社会科学院学术季刊》1982年第4期）

---

[1] 梁新桥：《读〈流亡〉、〈归家〉与〈转变〉》，载《现代出版界》第1卷第8期，1933年1月。

[2] 蒋光慈：《异邦与故国》，现代书局，1930年1月出版。

[3] 孟超：《〈洪灵菲选集〉序》。

洪灵菲"左联"时期的创作转向

黄景忠

洪灵菲是中国左翼作家联盟一位具有较大影响力的作家。他的文学创作主要是从1927年年底开始，到1933年10月被国民党秘密杀害前，六年间一共创作了近二百万字的小说。对洪灵菲的小说创作，学术界更多关注的是早期他创作的长篇小说《流亡》三部曲——正是这部长篇系列小说奠定了他在文坛上的地位。至于他参加左联前后的小说创作的转向，虽然也被许多研究者所注意，但是，多数论者只是在论述他早期的小说创作之后捎带提及，尚未有人对他后期的小说进行专门的研究，而这正是本文所要重点探讨的。

一

我们可以先来考察洪灵菲早期创作的长篇系列小说：《流亡》《前线》《转变》。

洪灵菲的这一长篇三部曲，有一个共同特点，就是以他本人的生活际遇和真实感受为题材，反映了从"五四"落潮到"四一二"事变这大变动时代小资产阶级知识分子的思想转变历程。

《流亡》以"四·一二"事变前后中国社会政治形势的剧变为背景。小说的开头，血腥中渗透着浪漫的气息，男女主人公沈之菲和黄曼曼这对革命恋人，在满城戒严、满城屠杀的白色恐怖下，决定结婚了，沈之菲对黄曼曼豪迈地说：

> "你和我的关系，再不用向别人宣布，我俩就今晚结婚吧！让这里的臭味，做我们点缀着结婚的各种芬馥的花香；让这藏棺材的古屋，做我们结婚的礼拜堂；让这楼上的鼠声，做我们结婚的祈祷；让这满城的屠杀，做我们结婚的牲品；让这满城的戒严的军警，做我们结婚时用以夸耀的卫队吧！"[①]

当然，现实并没有他们想象的那么浪漫。沈之菲，平日持论颇激烈，这次发生事变，他被视为危险人物，在通缉之列，必须逃走；他的家庭并不赞同他革命，况且那里还有旧式的婚姻在等他，所以，他是在社会和家庭的双重压力下流亡。他先是和爱人坐船到香港，被当作赤匪拘留。之后又独自流亡到南洋。其间经历监禁、通缉、驱逐和唾骂，回到家庭父亲又不理解他。他几乎陷入困境，心绪十分悲观。但流亡的生活，更坚定了他革命的决心，使他更清楚地认识到，要消灭这种社会现象，非要经过流血的革命、彻底变革社会不可。所以，最后，他又悄悄离开家庭，走上流亡的征途，"去为着人类寻找永远的光明"。

---

① 洪灵菲：《流亡》，见杜运通，杜兴梅，黄景忠《我们社研究及精品选读》，花城出版社2008年版，第107、129页。

这部小说出版后，在当时文坛上立即引起不小轰动，甚至风行东南亚。一方面是因为小说真实地反映了在革命低潮中知识青年由苦闷、消沉转而反抗的心路历程；另一方面，小说采用了当时风靡文坛的"革命+恋爱"叙事模式。革命和恋爱会不会冲突呢？小说中的沈之菲认为："革命和恋爱都是生命之火的燃烧材料"，"人之必需恋爱，正如必需吃饭一样。因为恋爱和吃饭这两件大事，都被资本制度弄坏了，使得大家不能安心恋爱和安心吃饭，所以需要革命"①。这种对革命的看法既带有小资产阶级思想情感倾向，同时又是很朴素的，可以说是真实体现了当时大多数知识青年的心理倾向。

《流亡三部曲》的第二部《前线》和第三部《转变》的主人公，同沈之菲所走的是相仿的道路。

《前线》所写的是在《流亡》之前的国共合作时期，主人公霍之远，在国民党党部工作，又是共产党员。他一方面为革命奔忙，一方面在情场上角逐，有老婆孩子在乡间，却与林病卿相爱，又和妓女张金娇厮混，还与有了恋人并已同居的林妙婵热恋，在私生活上颇为出格。这正显示了他作为小资产阶级知识分子情感的劣根性。不过，在反动派大屠杀的危急关头，他又能挺身而出，销毁文件，保护了党的利益和同志的安全，牺牲自己，成了英雄。

《转变》所写的则又在《前线》之前的"五四"落潮到北伐战争之间。主人公李初燕，是个从城里回乡间复习功课的准备考试的中学生，却与寡居在家的二嫂秦雪卿相爱，回到城里读书又

① 洪灵菲：《流亡》，见杜运通、杜兴梅、黄景忠《我们社研究及精品选读》，花城出版社2008年版，第107、129页。

与同学之妹张丽云相恋，父亲却要他与一个素不相识的村姑结婚。爱情的失意使他觉得家庭无温暖，社会太冷酷，非把这个不合理的社会制度推倒不可，经过一番苦闷、怨愤和抗争，最后他在日益高涨的工农运动中，离家出走，走向革命。

洪灵菲的这一长篇系列小说，有几个共同的特点：

其一，这一长篇系列小说，都以中国革命的重大事件为题材或背景，努力表现革命斗争的主题。其中包括从"五四"落潮到"五卅"运动、北伐战争、国共合作、省港大罢工、"四一五"政变等。那是一个风云变幻的时代，作家为这个波诡云谲、如火如荼的大转折时代写下了壮丽的诗篇，在一定程度上带有史诗性质。

其二，这一长篇系列小说，都有作家的身影，或者也可以说是作家的自叙传。洪灵菲1918年考进潮安县金山中学。五四运动传播到潮州，他接触了《新青年》《共产党宣言》等书刊，同其他爱国进步学生一样深受陶冶，在校组织了学生救国活动。中学毕业后，于1922年升学到广州广东大学（中山大学前身）读书。在大学读书期间，正是第一次国共合作时期，广州的革命热潮十分高涨，他开始参加学生运动，并在1924年参加国民党"左派"组织，随即又加入了共产党。其间，被迫遵从父母之命与一位农家姑娘结婚，这种没有爱情基础的包办婚姻，让他深感人生绝望和痛苦。后来，他在广州找到了自己心目中理想的革命伴侣秦静。毕业后，他没有离开广州，而成了职业革命者，以共产党员的身份，在国民党海外事务部门工作。广州"四一五"事变发生，国民党清党，洪灵菲也在通缉之列。洪灵菲只好开始流亡。在数个月内，辗转于香港、新加坡、暹罗等地，后来，获悉南昌起义的部队转战潮汕，他还和同样流亡南洋的戴平万乘船回到家乡，并参加了海陆丰的农民起义。这些经历，包括他的爱情生活，我们都可以在这一长篇系列小说中找到明显的印迹。当然，更重要的是，这一长篇系列小说，真实地反映了洪灵菲自己在大革命前后的苦闷、绝望、挣扎，而后寻找到革命道路的心路历程。

其三，这一长篇系列小说具有浓烈的浪漫主义色彩。左翼早期的文学创作，流行的是浪漫主义，这与当时对革命的理解有很大的关系，蒋光慈的"革命是伟大的罗曼蒂克"口号就将革命和浪漫主义捆绑在一起了。但是，洪灵菲选择浪漫主义和他的个性和经历也有很大的关系。孟超曾经评价洪灵菲"具有淳厚的，不加雕琢的农民的性格，同时，也具有放浪形骸的诗人士大夫的性格"[①]。他平素喜欢拜伦、雪莱的诗，在广东大学读书时又师从郁达夫，受郁达夫的影响颇深。所以，他选择浪漫主义的创作路径就不奇怪了。在叙事中，他常常借人物之口或者直接跳出来，宣泄对现实的不满、仇恨，对革命与未来的向往和寻求，直抒胸臆，爱憎分明，感情表现强烈。此外，他的作品的心理描写细腻。如《流亡》中他常常通过书信、内心独白来描写人物的内心世界，还善于用自然风景的色彩、变化来反映人物心理的细微活动。如沈之菲太平洋的远渡和湄南河的放筏，那人物的一腔豪气，那景色的辽阔壮丽，就构成一幅诗情浓烈的图画。

从艺术上说，"流亡三部曲"是成功的。虽然你有时会觉得作品的议论过多，作家常常直接介入文本以主观议论代替情节的

① 孟超：《我所知道的灵菲》，见杜运通，杜兴梅，黄景忠《我们社研究及精品选读》，花城出版社2008年版，第83页。

发展和人物性格的成长；虽然，他的笔墨稍嫌粗糙，在表现人物的思想转变的时候，描写失之简单，缺乏足够的说服力。但是，这并不妨碍他的作品在当时深受读者欢迎，阿英在评论《流亡》时就指出过："洪灵菲有一种力量，就是只要你把他的书读下去一章两章，那你就要非一气读完不可。"并认为他"在现代文坛上，是不可多得的"[①]。

二

洪灵菲左联的创作转向出现在1929年。当时的左翼文学阵营已经意识到，此前的革命罗曼蒂克文学已经不适合去表达那个时代了，应该寻求新的表达模式。这个时候，日本左翼文艺理论家藏原惟人所提出的新写实主义进入了人们的视野。藏原惟人认为，从观念出发的理想主义是没落阶级的艺术态度，写实主义才是新兴阶级的艺术态度，而对一个普罗作家来说，"第一不可不获得明确的阶级观点。所谓获得明确的阶级观点者，究竟不外是站在战斗的无产阶级立场"。同时，"他从过去的写实主义继承着它对于现实的客观的态度，决不是说对于现实——生活之无差别的冷静的态度，也不是说力持超阶级的态度，而是把现实作为现实，没有什么主观的构成地，主观粉饰地去描写的态度"[②]。凭借革命想象去表达现实是早期左翼文学的通病，而藏原惟人所提倡的新写实主义，尤其是强调作家客观描写现实的态度，刚好

---

① 阿英：《"流亡"批评》，《我们月刊》第三期，1928年8月。
② 藏原惟人著，林伯修译，《到新写实主义之路》，《太阳月刊》1928年第七期。

是治疗早期革命这种弊病的良药。1928年，洪灵菲在太阳社的同仁，左翼文学阵营中重要的文艺理论家钱杏邨在《太阳月刊》1928年7月号发表的书评《动摇》中，第一次提出了新写实主义的口号。之后，另一位具有影响力的理论家林伯修在《1929年急待解决的几个关于文艺的问题》中明确指出，"普罗文学，从它的内容要求，是不能不走着这一条路——普罗列塔利亚写实主义之路"①。这样，左翼文学阵营开始高举新写实主义的旗帜。

　　洪灵菲显然是接受了这种新写实主义的创作方法的，在1929年后出版的小说，如短篇小说集《归家》、中篇小说《家信》和《大海》等，从主题到叙事模式都发生了很大的改变。作品主人公已从小资产阶级知识分子换成了工人、农民和革命者，主题则从表现知识分子在沉沦中走向革命变成了集中暴露时代的黑暗和正面表现工农大众的革命斗争。这，就是当时由蒋光慈、钱杏邨、洪灵菲等人正在大力倡导的普罗文学的样本作品。

　　短篇小说集《归家》包括六个短篇，其中《在木筏上》《在俱乐部里》写流落异国他乡的下层劳动人民的苦难生活；《归家》写农民百禄叔欠地主的租谷被毒打，再加上生活困苦而"过番"，结果身无分文回到家中，引起妻子的怨恨的酸楚境遇；日记体小说《路上》直接描写一群北伐战争中女战士唱着"英他拿逊南儿"投入战斗的生活。非常有意思的是，在这篇小说中，在严酷的革命生活中，农民出身的"我"和其他战士表现出坚定的信念和坚决、勇敢的革命精神，而小资产阶级的楚兰却不能吃苦，甚至是抱着享乐的心理参加革命，这是一次非常有意思的身

---

① 林伯修：《在1929年急待解决的几个关于文艺的问题》，《我们月刊》1928年第三期。

份转换。在这个短篇小说集中，写得较好的是《在洪流中》。小说写农协会员阿进，在大革命失败后逃回家，因洪水漫村，剿乡的官兵进不来，母亲劝他不要再冒着生命危险出去革命了，要他在家中"安安静静过了一生"。儿子听着从远处传来的反动派剿乡的枪声，开导母亲，说明穷人唯一的出路是革命，即使躲在家里，也是坐以待毙。他对母亲说："坐在家里是比较战场上去还是危险的。"母亲终于想通了，支持儿子出去革命。作品有较生动的细节描写，人物思想转变自然，作为普罗文学的范本之一，曾被选入蒋光慈编选的"中国新兴文学短篇创作选"第一集《失业以后》。

书信体中篇小说《家信》与《在洪流中》所表达的主题是相同的，即通过闹革命的儿子与思想保守的母亲的往复通信，揭示了革命才是穷苦人唯一出路的道理。小说的开头，母亲给儿子去信，由于母亲对革命的不理解，骂儿子长英为"魔鬼""无灵性的禽兽""鬼革命家"，说人家"革命"升官发财，衣锦还乡，光宗耀祖，而儿子的"革法"实是太背时，不仅自己要送命，并且也牵累家庭，要儿子及早回家。作为革命者，长英回信耐心开导母亲，"母亲，本来在我们的家庭状况已经是这样支离破碎当中，我似乎不应该参加革命，似乎只应该切切实实地做着家庭里面的一个良好的儿子。但当我进一步地想我们的家庭为什么这样支离破碎，我的父母为什么磨折了这几十年还不能得到好好的安息，我的两位哥哥为什么会因为工作过度而致死……这一切都证明旧制度的罪恶，旧社会的残忍。倘若不是把这旧制度、旧社会根本地推翻，根本地打碎，个人的独善其身绝对是做不到的。"①最后母亲虽未完全理解儿子的思想，但已不像以前那样阻碍儿子的革命了，只是从一个做母亲的心理出发，要儿子"应该珍重生命"。小说反映了"四一二"政变到南昌起义和秋收起义后大革命低潮期人们对革命的矛盾心理。非常值得注意的是，在《家信》与《在洪流中》，我们看到作家在处理革命者与家庭的矛盾的时候有着新的变化，在"流亡三部曲"中，革命者与家庭的矛盾是紧张的、僵硬的，而在后期的小说中，革命者与家庭开始在矛盾中走向沟通和相互的理解。这一变化传递的信息是，知识分子出身的革命者开始敞开怀抱接纳民众之中的保守者，在保守者之中发现并培育革命的种子。

中篇小说《大海》是洪灵菲后期小说的代表作，小说从正面描写广东潮汕地区农民革命斗争。作品分为上、下两部。上部写三个农民锦成叔、裕喜叔和鸡卵兄，他们性格各异，但境遇相同，都是受尽地主阶级的剥削，过着不能忍受的痛苦生活。在生活的重压下，他们不得不从酗酒、打老婆当中去排遣苦恼。最后三人自发地团结起来，对地主做了报复性的反抗，他们烧毁了清闲爷的屋舍，推倒了他的围墙，然后逃往南洋。下部写大革命的高潮到来，农村里起了翻天覆地的变化，在苏维埃的领导下，农民自觉地组织起来，建立了自己的政权。这三个农民从海外回来，"开始感觉到大地上的春天的力量"。从不了解革命逐渐转变到拥护新政权，鸡卵兄甚至"成为一个真正的布尔塞维克"。和广大农民一样，他们第一次过着主人翁的自由生活。农村不再

---

① 洪灵菲：《家信》，见《洪灵菲选集》，人民文学出版社1982年版，第243页。

沉默了，农民革命的情绪，就像大海一样在"翻腾着，咆哮着，叫喊着了"。小说的基调与蒋光慈的《咆哮的土地》相似，显得粗犷奔放。

作品最深刻的地方是，作者有意采用了对比的方法，以上下两部的一些典型情节的对比，倾向性非常明显地说明了，农民报复性的个别行动是不行的，只有从个人的自发斗争到有组织的斗争，才是工农阶级斗争正确的出路。作品还着力描写了新的人物的面貌。如锦成叔的儿子阿九，从小就是一个受苦的人，受社会的压迫，但他参加了革命后，成为一个老练的指挥员。又如过去经常饱尝丈夫老拳的锦成叔的老婆也完全变了，她很神气地掀起衣袖，卷起了裤脚，露出许多在战场上得来的伤痕给丈夫看，她已经锻炼成一个新型的妇女了。作品通过一些细节描写，形象地说明了被压迫人民的旧生活已经迅速地改变，崭新的生活已经形成。

这部小说的重要意义在于，它与蒋光慈的《咆哮的土地》和阳翰笙的《地泉》一样，显示了当时普罗文学在题材的转变和拓展，即努力反映农村生活，歌颂土地革命，描写武装斗争。在这个方面上，他和蒋光慈等人一起，一直走在无产阶级文学创作的前沿。

如果说，洪灵菲前期的小说是在表现知识分子如何在沉沦中在走向革命，那么他1929年以后的创作表现的是农民如何在对革命的不觉悟中走向觉悟。农民革命的合法性和可能性，是洪灵菲后期小说的基本主题。而总结他后期小说创作的特点，大约有如下几个方面：

其一，尽可能客观地描摹现实，小说富于生活实感。洪灵菲前期的小说侧重于自我表现，后期的小说侧重于生活描写。与一些作家对农村及农民革命不了解，只是出于革命理念与革命想象表现农民革命不同，洪灵菲从小在农村长大，也亲身参加农民运动，所以，他往往能够通过鲜活的生活细节和经验，构建一个生活气息浓厚的艺术世界。比如《大海》中鸡卵兄，《归家》中百禄叔和老婆打架的场景，在乡村中是经常可以看到的。《在洪流中》有一段关于洪水的描写，也很有生活实感：

"这是六月的时候，白天间太阳光照射在一望无涯的洪水上面淡淡地腾上了一些清烟。村里的居民都住在楼上，有的因为楼上也淹没了，甚至于住在屋脊上面。……在各家的屋脊上走来走去的人物特别来得多。在彼此距离不远的这屋脊和那间屋脊间总是架上一些木板，借着这种交通方法，各户的人家可以自由来往。此外，还有一些木排和竹排或近或远地荡动着。年轻一点的农民，总喜欢坐着这些木排和竹排在传递东西，或者到野外采取一些果实，捞取一些木薪，表情大都是很活泼而且充满着游戏的神气的。……在他们的眼里看来，做'大水'诚然是苦的，但是没有做'大水'，他们也没有更好的生活呀。"[①]

洪灵菲的家乡在韩江边，几乎年年做"大水"，这些是原生态的生活场景。再比如《大海》中写到农村组建保卫政权的自卫队，开办合作社，妇女解放，实行八小时工作制度等，都是洪灵菲参加的海陆丰农民革命建立苏维埃政权后所推动的工作，是有着生活原型的。

所以，应该说，洪灵菲后期的小说，是更富于生活实感的。

---

① 洪灵菲：《在洪流中》，见杜运通，杜兴梅，黄景忠《我们社研究及精品选读》，花城出版社2008年版，第207~208页。

其二，注重刻画人物性格。洪灵菲前期的小说，很善于表现人物心理，而后期的小说，则注意刻画人物性格，特别是比较成熟的作品，往往人物性格鲜明。比如他的《大海》，小说塑造了性格各异的三位农民锦成叔、裕喜叔和鸡卵兄。锦成叔身躯高大，皮肤是赤褐色的，长着非常有杀气的一双大眼睛，"吃着大块的肉，喝着大碗的酒"是他的生活常态，他很有办法赚钱，"他主张，做强盗也好，乘其不意把资本家活埋也好，只要把钱抢过手便算了"①。这是一个讲义气同时又带着匪气的性格强悍的农民。裕喜叔是一个有些傻气又懦弱的人，他原本有力气，他想着凭力气发家，但是，生了几个儿子，生活越来越困顿，后来只好靠卖儿过活。他很痛苦，但是又不懂得如何摆脱困境，所以只好天天借酒消愁，喝了酒，便四处找人家要田地种作。鸡卵兄是另一种性格，他聪明机巧，小的时候在私塾读书，教书先生称赞他是"状元才"，但是，出生在贫困的家庭再聪明也没有用武之地，在他实在难以生存下去了的时候，他不是像裕喜叔卖儿，而是偷渡到南洋打工，但是，在资本家的手下同样赚不到钱，只好灰溜溜地回到家，最后也只能像裕喜叔那样借酒消愁。应该说，这部小说在人物塑造上是成功的，几个人物形象虽然不够饱满厚实，但是个性鲜明。值得注意的是，洪灵菲这个时期特别注意人物群像的塑造，《大海》是这样，《路上》《在俱乐部里》也是这样，这和洪灵菲对革命的理解有关，他在《普罗列塔利亚小说论》中认为无产阶级的一个特性是它的集团的力量，所以主张在文学作品中应主要写群像。当然，也正是因为着力于写群像，所

---

① 洪灵菲：《大海》，见杜运通，杜兴梅，黄景忠《我们社研究及精品选读》，花城出版社2008年版，第219页。

以，也就很难每一部小说的人物塑造都能够像《大海》那样鲜明、生动。

洪灵菲从革命的罗曼蒂克到新写实主义的转变，应该是成功的。他前期小说的那种富于力度的美保留下来了——只不过，在前期，这种"力"源于强大的、放荡不羁的自我；而后期，则源于觉醒了的民众的力量。另外，前期那种感情有余、形象不足的毛病，那种因为过于侧重自我表现而导致的随意而松散的结构，在后期小说中都得到不同程度的克服。但是，我们不能因此说他1929年以后的小说在艺术上超越了《流亡》三部曲。一方面，即使他后期的小说尽量客观地去反映现实，尽量让人物自己去表演，但是，很多时候，他还是会忍不住跳出来，直接表达对现实的评判和议论，而这对于现实主义文学来说恰恰是避忌的，会破坏作家苦心经营的生活世界的圆融感；另一方面，对于洪灵菲来说，他本质上是一个诗人，对一个诗人来说，表达自我远胜于描摹生活。我们固然在洪灵菲后期的小说中看到他所提供的富于实感的生活世界，固然看到他克服了前期小说一些概念化的毛病，但是，前期小说那种融入了作者浓烈感情的文字叙述，那种有点神经质的宣泄和呐喊，那种放荡不羁的精神气质，显然消失了，而在我看来，这是属于洪灵菲的文学世界最为独特的精神印记。我以为，洪灵菲选择新写实主义，更多地不是考虑艺术的因素，而是政治的因素。他说过：无产阶级的文学，"它的特性是唯物的、集团的、战斗的、大众的，其次，它是观念形态的艺术，在普罗列塔利亚的解放运动中，它发挥了很重大的战斗和教养的作用"①。所以，在他当时看来，普罗文学无疑应该选择新写实主义。但是，从艺术的角度来看，我们又不能不承认浪漫主义是最适合洪灵菲的，"流亡三部曲"是最能够代表洪灵菲的创作水平和创作风格的。

洪灵菲是一位富于文学才华的作家。在他的创作期，革命文学运动的方向和创作方法都没有获得透彻的解决，还只是在摸索、讨论和初步实践的阶段，洪灵菲的作品产生在这样一个时期，也就具有先行者的重要意义。与此同时，他在现在看来并不太契合的文学选择，他创作存在的一些问题，也是可以理解的。我们有理由相信，如果他不是过早牺牲在敌人的屠刀下，以他的文学才华，一定可以创作出更厚重、更成熟、更有艺术魅力的作品来。

---

① 洪灵菲：《普罗列塔利亚小说论》，见吴福辉编《二十世纪中国小说理论资料（第三卷）》，北京大学出版社1997年版，第102页。

洪灵菲简谱

林洁伟

1902年

农历正月出生于广东海阳县江东洪砂乡（即今广东省潮州市湘桥区江东镇红砂村）。乳名洪树森，学名洪伦修，字子常，又字素佛。洪家世代务农，其父洪舜臣以读书为业，但科考失利，连秀才都没考上，以教私塾谋生，后转行行医，到潮州城开设药铺"荣春堂"。

1911年　9岁

入乡村私塾读书。

1915年　13岁

转到潮州城读书，进城南小学，在四年级插班。

1918年　16岁

小学毕业。进入潮州金山中学就读。

1921年　19岁

11月，在金山中学《金中月刊》上发表《潮州风俗与舆论的弱点》一文，署名"洪伦修"。

1922年　20岁

从金山中学毕业。8月抵达广州，通过入学考试后，进入国立广东高等师范学校（中山大学前身）就读。

1923年　21岁

与戴平万一起加入许美勋在潮汕地区组织的文学社团火焰社。

暑假期间，被迫接受父母之命，回家乡与仙洲村姑娘黄婵英结婚。

署名"洪素佛"在《香港日报》发表第一篇小说《一个小人物死前的哀鸣》。

1924年　22岁

以本名"洪伦修"在《潮州留省学会年刊》上发表作品多篇，包括短篇小说《一个不合格的学生》，旧体诗《夜渡过海》《野浴》《村居》《秋夜书感》等。

6月，在《国立广东高等师范学校潮州同学会年刊》第一期上发表散文《旧游余影》《一封信》《几日的生活》及旧体诗数首。

夏，与黄婵英所育女儿洪瑞娟出生。

11月，因广东高师与广东公立法专、广东公立农专、广东公立医校合并，改组为国立广东大学，洪灵菲与戴平万由原高师转入广东大学英吉利语言文学系本科就读。

1925年　23岁

参加学生运动，加入了因广州沙基惨案而引发的反帝斗争，参与省港大罢工示威游行运动。

参加"国立广东大学潮州学生会"，并以本名"洪伦修"在《国立广东大学潮州学生会年刊》第一期上发表旧体诗数首，包括《孤光》《夜黑》《素影》《海行》《天风》《堕世》等。

10月，认识共产党员许苏魂。不久，在许苏魂的介绍下阅读《共产党宣言》及中共广东区委的机关刊物《人民周刊》。与戴平万、刘煜桦等人组织社会科学研究会，研读马克思主义书籍。参与组织"潮州旅穗学生革命同志会"。

1926年　24岁

在许苏魂介绍下加入中国共产党。

6月，从广东大学毕业。认识刚从潮安韩山师范毕业的秦孟芳（秦静）。为秦孟芳补习英文，为其考大学做准备。后秦孟芳顺利考入何香凝主办的妇女运动讲习所。与秦孟芳相恋。

以本名"洪伦修"在《国立广东大学潮州学生会年刊》第二期上发表旧体诗十余首及论文《到革命的前线去》。

7月，经许苏魂推荐进入国民党中央执行委员会海外部当干事，参编《海外周刊》，并撰写评论文章，摘译外文。月薪100元。

8月，参与海外部组织的"华侨北伐后援会"，并兼任编辑科长，负责《华侨与北伐》专刊的编辑出版工作。海外部成立中共特别支部，任组织委员。

11月，以本名"洪伦修"在22日的《海外周刊》上发表评论文章《中俄联欢大会的意义》。因国民党中央及国民政府迁都武汉，海外部在广州成立后方留守处，洪灵菲任该留守处秘书。

1927年　25岁

3月2日，与秦孟芳在广州结婚。暂居竹丝岗。

4月中旬，为避国民党当局屠杀，与秦孟芳逃亡市郊白云村。不几日迁回竹丝岗尼姑庵。

4月下旬，与秦孟芳、蔡博真、张杭生等接受中共党组织安排赴香港组织秘密办事机构。后筹办机构计划失败，洪灵菲、蔡博真、张杭生三人被香港警察局拘留。经秦孟芳及同乡好友营救出狱，遂被驱逐出香港。

5月初，被押送汕头，回潮安家乡避难。

6月，为避通缉，只身逃离潮安赴新加坡避难。

8月，辗转流亡暹罗。遇戴平万，一同归国，意欲参加革命。

9月，与戴平万辗转新加坡以及香港和汕头，抵达上海。月底又从上海回汕头，意欲追随贺龙、叶挺起义部队，但该部队已提前撤离，于是暂回洪砂乡避难。

10月，与戴平万一起赴海陆丰参加农民运动，后运动失败，辗转香港抵达上海。居沪期间，开始创作长篇小说《流亡》。遇郁达夫、阿英、孟超等。

1928年　26岁

1月，长篇小说《流亡》完稿，开始创作长篇小说《前线》。

恢复了与中共党组织的关系，加入蒋光慈等人组织的太阳社。

3月，长篇小说《前线》完稿，开始创作长篇小说《转变》。

4月，经郁达夫推荐，长篇小说《流亡》由上海现代书局初版。署名"洪灵菲"。相识杜国庠（林伯修）。

5月，以笔名"洪灵菲"在《太阳月刊》5月号上发表诗作《在货车上》。与杜国庠、戴平万组织"我们社"，编辑出版《我们》月刊。创办晓山书店。

在《我们》月刊创刊号上发表诗歌作品《躺在黄浦滩头》及长篇小说《前线》前五节。作为"我们社丛书"第一种，长篇小说《前线》由上海晓山书店初版。皆署名"洪灵菲"。长篇小说《转变》完稿，开始创作长篇小说《明朝》。

6月，在《太阳月刊》6月号发表短篇小说《路上》；在《我们》月刊第二期发表短篇小说《女孩》及翻译作品《一个秋夜》（高尔基著）。皆署名"洪灵菲"。

8月，在《我们》月刊第三期发表译作《沉郁》（高尔基著《我的童年》之第六章）。不久，《我们》月刊及晓山书店被国民党当局查封。再次被通缉。

9月，长篇小说《转变》由上海亚东图书馆初版。署名"洪灵菲"。不久即被查禁。

10月，与秦孟芳所育长子洪曙望（洪小灵）出生。

在此期间，化名在上海中华艺术大学任课，并从事地下革命活动。

1929年　27岁

1月，长篇小说《明朝》（署名"林曼青"）由上海亚东图书馆初版。

以笔名"李铁郎"在1月20日的《海风周报》第四期上发表评论文章《读高尔基〈我的童年〉》。

3月1日，署名"洪灵菲"在《新流月报》创刊号上发表短篇小说《在木筏上》。

在此期间，与冯铿、许美勋见面。父洪舜臣病逝。

4月1日，署名"洪灵菲"在《新流月报》第二期上发表短篇小说《在洪流中》。

4月21日，署名"洪灵菲"在《海风周报》第十四、十五期合刊上发表短篇小说《在俱乐部中》。

5月1日，署名"李铁郎"在《新流月报》第三期上发表短篇小说《归家》。

8月，短篇小说集《归家》由上海现代书局初版，收录作品《在木筏上》《在洪流中》《在俱乐部中》《路上》《女孩》《归家》等六篇，署名"洪灵菲"。

9月15日，署名"洪灵菲"在《新星》半月刊创刊号上发表诗作《朝霞》。

10月15日，署名"洪灵菲"在《现代小说》月刊第三卷第一期《十月扩充纪念专号》上发表短篇小说《信》。

1930年　28岁

1月10日，署名"洪灵菲"在《拓荒者》月刊创刊号上发表译作《不可屈服者》（法国作家巴比塞小说），并开始连载长篇小说《家信》至第一卷第二期。

1月15日，署名"洪灵菲"在《现代小说》月刊第三卷第四期发表作品《蛋壳》。

2月10日，署名"洪灵菲"在《拓荒者》月刊第一卷第二期上开始连载中篇小说《大海》，至第一卷第三期。

2月16日，与鲁迅、冯雪峰、柔石、郑伯奇、冯乃超等12人出席"上海新文学运动者底讨论会"。会议决定成立中国左翼作家联盟筹备委员会。

同月，出席文艺大众化问题座谈会。

3月，短篇小说集《气力的出卖者》由上海乐华图书公司初版，收入作品《金章老姆》《气力的出卖者（一封信）》《考试》《柿园》《爱情》《里巷》等六篇，署名"洪灵菲"。

3月2日出席"中国左翼作家联盟"成立大会，被选为第一届执行委员，七个常务委员之一。负责左联隶属机构工农兵文化委员会。

3月29日，出席第二次文艺大众化座谈会。

4月，中篇小说集《两部失恋的故事》由上海亚东图书馆初版，署名"林曼青"。

4月10日，署名"洪灵菲"在《文艺讲座》第一册刊出论文《普罗列塔利亚小说论》的"总论"内容。

5月1日，在《五一特刊》上发表政论文《拥护苏维埃区域代表大会》；在《大众文艺》月刊第二卷第四期《新兴文学专号》下册发表《我希望于〈大众文艺〉的》；同月，在《拓荒者》月刊第一卷第四期、五期合刊上发表长篇小说《新的集团》前三节。皆署名"洪灵菲"。

先后被派往中共江苏省委宣传部、沪西区委工作，后被调到中共党中央参与纪念广州暴动筹备会工作。冬，调到江苏省委组织部工作至1931年秋。

冬，与秦孟芳所育次子洪曙曦出生。

11月，中篇小说《大海》由上海乐华图书公司出版，署名"洪灵菲"。

12月，在上海亚东图书馆初版译作《我的童年》（高尔基小说），署名"林曼青"。

1931年　29岁

1月，由上海乐华图书公司出版的《气力的出卖者》《大海》二书遭国民党当局查禁。

2月，由上海现代书局出版的《归家》一书被国民党当局查禁。

9月，"上海青年反帝大同盟"成立，与黄春源编辑刊物《青年反帝》。后来该组织改名"上海反帝同盟"，任党团书记，并编辑刊物《反帝同盟》。主办工人夜校，组织学生读书会，宣传抗日活动。

10月10日，在《读书月刊》第二卷第六期《反帝运动特刊》上发表《论抗日运动》一文，署名"林荫南"。

11月，译作《地下室手记》（陀思妥耶夫斯基著）由上海湖风书局初版，署名"洪灵菲"。

1932年　30岁

6月，与秦孟芳所育女儿洪芳子（洪小菲）出生。调往"中国左翼文化总同盟"工作。

1933年　31岁

2月，调任中共中央驻北平全权代表秘书处秘书。开始创作长篇小说《童年》，此作品后散佚。

3月，译作《赌徒》（陀思妥耶夫斯基著）由上海湖风书店初版，署名"洪灵菲"。编选评注《模范小品文读本》，由上海光华书局初版，署名"林荫南"。

4月，参与筹备李大钊公葬活动。

7月，被捕。

10月前后，被秘密杀害于南京。